KB001127

조선통신사

조선통신사

1

김종광 장편소설

다산책방

일러두기

1. 이 책은 조일전쟁(임진왜란과 정유재란) 후 제11차 통신사를 다룬 소설이다.
2. 제술관 남옥은 『일관기日觀記』「좌목座目」에 472명의 이름을 적어놓았다. 정사 조엄은 『해사일기海槎日記』「일행록一行錄」에 102명의 이름만 적어놓았지만 총인원이 '합계 477명'이라고 명기했다. 그 밖에 대마도 배 50여 척과 대마도인(도주와 이정암승을 비롯한 호행 무리와 장사꾼) 2천여 명이 동행했다. 일본 본토에서도 이러저러한 일본인이 3천여 명 동고동락했다. 서울에서 출발한 이들 기준으로 정확히 332일이 걸렸다. 사행단의 절대다수를 차지했던 영남인의 관점으로는 (부산에서 머문 날들을 제하고) 255일이 걸렸다. 서기 원중거는 『승사록乘槎錄』「총목總目」에 수로와 육로를 합하여 5,735리, 왕복 11,470리라고 적어놓았다.
3. 상고한 주요 사행록의 번역본은 부록 '상고 문헌'에 밝혔고, 대소 자료의 출처와 근거는 본문에 담아 밝혔다. 본문 중 해서체는 번역본에서 직접 인용한 것이다. 해서체로 표시하기 곤란할 정도로, 번역본의 명문을 발췌하여 대화문을 유려하게 꾸민 바가 많다.
4. 일본인의 말, 일본인과의 통역을 낀 대화·서계·필담 등은 〈 〉로 묶었다.
5. 일본 지명·직명 등은 한자음, 인명은 원지음 표기를 원칙으로 했지만 불가피한 예외가 있다. 필요시 혼용하기도 했다. 원지음은 『조선시대 대일외교 용어사전』(한국학중앙연구원)을 따랐다.
6. 이 소설의 이야기는 사행록의 한두 줄을 재구성한 것이 반, 순전한 허구가 반이다. 박람강기(博覽强記) 저술도 1할쯤 된다.

차례

서문

1763년 8월 3일, 조일전쟁(임진왜란과 정유재란) 이후 제11차 통신사(通信使)가 서울을 떠났다. 영조(英祖) 39년이었고 계미(癸未)년이었다. 일본 에도(강호, 현재의 도쿄)에 닿은 것은 이듬해 2월 16일. 돌아와 경희궁에 복명(復命)한 것은 1764년 7월 8일. 332일이 걸렸다. 흔히 '계미통신사' '계미사행', 시쳇말로는 '고구마 통신사'로 회자하였다.

계미사행 때 각별한 기록자가 십수 명이었다. 대개는 이럭저럭 일기를 썼다.

정사(正使) 조엄(趙曮)의 『해사일기海槎日記』. 조엄은 탁월한 대필자를 곁에 두었다. 조엄이 구술하고 의원 유성필(劉聖弼)이 받아 적었다. 지나온 날을 반추하고 갈 날을 조감하는 데 큰 도움이 되었다. 가감 없이 적으려고 했으나 차마 쓸 수 없는 일이 숱하였다.

제술관(製述官) 남옥(南玉)의 『일관기日觀記』. 성실한 시인 남옥은 자기가 보고 듣고 겪은 것을 은유하려고 했다. 산문과 운문 사이에서 방황하였다.

서기(書記) 성대중(成大中)의 『일본록日本錄』. 일기라기보다는 적바림에 가까웠다.

서기 원중거(元重擧)의 『승사록乘槎錄』. 가장 일기답게 시시콜콜히 썼다. 원중거는 워낙 산문가였다. 시를 지으면 위축되지만 산문이라면 폭포수 같았다. 보지 않고 겪지 않은 것까지도 기록했다. 잡다한 견문이 상세했다.

명무군관(名武軍官) 민혜수(閔惠洙)의 『사록槎錄』. 쪼가리 일기만 남아 있지만 실은 굉장한 보고서였다.

한학상통사(漢學上通事) 오대령(吳大齡)의 『명사록溟槎錄』. 오대령은 중국에도 열세 차례나 다녀온 환갑 늙은이였다. 일본과 중국의 문물을 비교·대조하는 독특함을 보였다.

선장(船將) 변탁(卞琢)의 『계미수사록癸未隨槎錄』. 변탁은 통신사배 두 척의 건조 과정을 지켜보았던 장교였다. 배를 구체적으로 기술했으며 귀한 항해일지를 남겼다.

한학압물통사(漢學押物通事) 이언진(李彦瑱)은 시도 쓰고 일기도 썼다. 장편시 「해람편海覽篇」이 유명하다.

참고로 조선인 말고 왜인이 남긴 40여 종의 필담창수집(筆談唱酬集)도 있다. 일본의 지식인은 조선의 문사들과 필담하고 시 주고받는 것을 공명으로 알았고 그 빙거(憑據)를 책으로 묶어 대대로 전했다.

지금까지 말한 이들은 하나같이 한자로 썼다.

서기 김인겸(金仁謙)의 『일동장유가日東壯遊歌』. 언문(諺文) 가사로 쓴 방대한 일기다.

변탁과 성명이 비슷하고 일가친척이고 행적이 비슷하고 직책도 같은 선장이어서 동명이인으로 오해받기도 했던 변박(卞撲)은 일본의 지리와 문물을 화첩에 담았다.

여기까지가 훌륭한 박사님들이 나름대로 고증한 기록물이다.

세간에 알려지지 않은 언문 기록이 있다.

종놈 중에는 삽사리(揷沙里)가 썼다. 삽사리는 하루에 한 명 이상씩 동류와 소통했고 낱낱이 적었다. 대화록이랄까. 자질구레한 견문도 양반들 못지않다.

격군(格軍) 중에는 추상우(秋尙右)가 이따금 이모저모를 적바림했다.

역시 격군인 김국창(金國昌)은 별의별 것을 다 적어놓은 책을 남겼다. 김국창은 15년 전, 열 번째 통신사 때도 갔던 자다. 그때 얘기를 중첩한 것이 흥미롭다.

소동(小童) 중에는 임취빈(林就賓)이 지었다. 뎐(傳)도 있고, 『일동장유가』 비슷하게 운문일기 같은 구석도 있고, 죽은 사람한테 지어준 행장도 있고, 종잡을 수 없는 잡탕이다.

그 밖에도 한자로 언문으로, 심지어는 일본글자 가나로 이러저러하게 끼적거린 이들이 더 있지만 구태여 거론할 바는 아니다.

위 모든 기록을 낱낱이 상고하여, 하나로 꾸민 것이 지금부터 할

이야기다.

혹자는 물을 테다. 무슨 의미가 있느냐고.

그러니까 역사소설이라 하면, 왕이든 고관대작(高官大爵)이든 도적놈이든 족적 화려한 여인이든, 그가 미증유의 성인인 양 그려내든가, 혁명이니 참사상이니 권력투쟁의 비정함이니 인생무상이니 지고지순한 사랑이니 뭐라도 고구한 듯 보여야 말하기 쉬운 바가 있겠다. 한데 이건 뭐, 그저 잡다한 오백 가량의 사내가 삼백여 일 동안 일만 리 먼 길 다녀오며 동고동락한 이야기라니? 무슨 가치가 있겠느냔 말이다.

의미를 먼저 곧추세우고 이야기하는 자들도 있다지만, 의미가 먼저인지 재미가 먼저인지 다른 무엇이 먼저인지 그 누가 한정지을 수 있단 말인가. 예컨대 뭇사람은 괴력난신(怪力亂神)을 즐긴다. 괴이(怪異)와 용력(勇力)과 패란(悖亂)과 귀신에 관한 일. 사람들은 왜 그런 이성적으로 설명하기 어려운 어렴풋한 이야기에 혹하는 것인지…….

각설하고, 오백 사내와 더불어 머나먼 길을 떠나보자.

1

동래(東萊)—7월 26일

동래는 영남(嶺南)에서 으뜸 도회지다. 동래부사·경상좌수사·부산첨사가 한자리에 모였다. 통신사의 윗사람은 한양 조정에서 결정했지만, 아랫사람 수백 인의 차출은 이들 셋에게 달린 바였다.

지난해 여름(1762년 8월) 인원 선발을 마무리했다. 영남 71 고을에서 각각 최소 3인은 차출되도록 배려했다.

도훈도(都訓導)·나장(羅將)·포수(砲手)·의장군악대(기수·취수)는 경상좌우도 각 병영과 관아에서 추천한 장교와 나졸 백여 명을 그대로 낙점했다.

향서기(鄕書記)·도척(刀尺)·소동(小童)·소통사(小通事)·급창(及唱) 등은 동래·초량·다대포·부산진의 유력자가 알음알음으로 천거

한 30여 명을 뽑았다.

악공(樂工) 18명은 경주·창원·진주·김해·동래에서 특출한 자로 선발했다.

여섯 척 배 부릴 선장(船將)·사공(沙工)·격군(格軍) 2백여 명은 네 가지 경로로 뽑았다. 통신사 배 네 척을 만든 통제영(統制營, 경상우수영)에서 뽑아 올렸고, 두 척을 만든 경상좌수영 관할 수군진에서 대여섯씩 차출했고, 한양 권력자의 몇 다리 건넌 추천을 받았고, 신분 고하를 따지지 않는 취재(取才, 재주를 시험하여 사람을 뽑음)도 보았다.

이전에 정해진 종행자는 격군에 이르기까지 한 명도 바꾸지 말라는 어명이 있었다. 허나 세상일이 왕의 말 한마디대로 흘러갈 수는 없었다. 윗사람들이 툭하면 바뀌는 동안 아랫것들이 처음 정해진 그대로라면 말이 안 될 테다.

동래부사가 두 번씨 장교에게 중책을 맡긴 바 있었다. 대변(大卞) 변탁(卞琢, 35세)이 먼저 보고했다. "장교·나졸짜리는 딱 열다섯만 바꾸면 되겠습니다. 다섯은 죽을병으로 누워 있고, 셋은 그새 죄를 지어 옥에 있습죠. 일곱은 행방불명입죠. 사또들이 결원 장졸 대신 자기네 관아 다른 놈을 보내달라고 난리를 피웠습죠. 그 관아 놈들은 다 나와서 제 바짓가랑이를 붙잡고 매달렸습죠. 거참, 뒈질지도 모르는 왜 땅에 뭐 주워먹을 게 있다고 한사코 가겠다는 건지, 희한한 일입죠."

경상좌수사가 반가워했다. "잘되었네. 그렇지 않아도 서울에서 말씀이 있었네. 종전에 정해진 그대로 하되, 피치 못할 결원이 생기거든 이러저러한 자들을 뽑으라고 성명을 잔뜩 내려보내셨어. 그들을 뽑아 올리도록 하지…… 이런, 대변, 자네 이름은 없고만."

대변 변탁이 기운 빠진 낯꼴로 보고를 이었다. "아이들은 별로 문제가 없습니다. 문제가 있어도 알아서들 다 바꿨을 테죠. 그 아이들 신상명세를 누가 제대로 파악할 수 있겠습니까?"

소동이나 소통사나 급창은 대개 십대 소년들이어서 '아이들'이라 할 만했다.

부산첨사 이응혁(李應爀)이 치켜떴다. "점검도 안 해봤단 말인가? 장정도 견디기 힘든 뱃길인데 몸 상태가 엉망인 아이를 태울 수는 없잖은가?"

"싹 벗겨놓고 꼼꼼히 살펴보았습죠. 도저히 안 될 것 같은 열한 살짜리가 있기에 무조건 바꾸라고 했습죠. 다시 확인하겠습니다. 근데 말입죠, 그 소동 말입죠, 정말 계집 같은 아이들로만 골라놨더라고요. 신기하단 말입죠, 춤 잘 추는 사내는 하나같이 계집 같단 말입죠. 이번에 으뜸 미녀는, 아니 으뜸 소동은 임취빈이라는 아이가 있는데 정말 예뻐요! 당년 18세라는데 웬만한 기생보다 훨씬 이쁩죠."

소변(小卞) 변박(卞璞, 23세)이 보고했다. "선장 6인은 무탈합니다만, 사공과 격군은 결손이 심각합니다. 워낙 상것들이다 보니 소재 파악이 안 되는 자가 허다합니다. 죄지어 숨어버린 자도 다수입니다. 신분이 수상한 놈도 많았습니다. 일일이 파악해보니 그새 몸이 완전히 망가져서 옴나위도 못하게 된 놈도 수두룩합니다."

부산첨사가 물었다. "얼마나 새로 뽑아야 하는가?"

"사공은 열 명 이상, 격군은 백 명 정도입니다."

"절반을 새로 뽑아야 한단 말이군. 각 관아·병영에 몇 명씩 보내라고 할까?"

"그러면 편하겠으나 무슨 꿍꿍이들이 있을지 저어됩니다."

"그렇지, 수상한 놈들을 뽑았다가…… 우리 애꿎은 목이 달아날지도 모르지."

세 사람은 정사 조엄을 두려워했다. 조엄은 동래부사·경상관찰사 직책으로 3년 가까이 영남 지방을 관할했다. 셋은 휘하 지휘관으로 조엄의 엄격하고 까다로운 성정을 진절머리나게 겪었다.

부사가 좌수사를 의논조로 쳐다보았다. "우리가 직접 뽑아야지 별 수 있겠습니까? 취재를 보지요. 잡음 없는 데는 취재가 최선입니다."

"알아서 하시지요. 저는 배 돌보는 것만으로도 경황이 없습니다. 여섯 척 배가 벌써 반년이나 하릴없이 썩고 있으니."

첨사가 동의했다. "저도 취재에 찬성합니다."

동래부사가 두 변씨 장교에게 명했다. "방을 널리 붙이게."

변탁이 대꾸했다. "널리 붙이지 않아도 구름떼처럼 몰려올 겝니다. 왜국 가는 일이 무슨 용궁 가는 일로 아는 멍청이들이 동래 시장바닥에만 1만은 깔렸습죠…… 하온데 나리, 저도 취재에 응하게 해주십시오."

"무슨 소리인가?"

"소인도 일본에 가고 싶어졌습니다. 도훈도 자리 하나를 빼달라고 뇌물을 바칠 주제도 못 되고, 수청 들라고 나리 방에 억지로 처넣을 딸내미도 없고, 비공식적으로는 방법이 없으니 공식적인 방법에 응하게라도 해달라는 말씀입네다."

좌수사가 실소했다. "네놈은 입이 참 아무렇게나 뚫렸구나. 그런 입구멍으로 아직 장교 자리에 붙어 있다니 신기한 일이야."

"이래 봬도 제가 신임도 받는걸요. 아니 그렇습니까, 부사 나리. 조엄 사또께서도 여기 계실 때 저를 소동처럼 아꼈습죠. 저를 깜박 잊으시고 대체 명단에 안 넣으신 모양입니다만, 제가 싹싹 빌면 어떻게 좀 끼워주실 거라고 확신합니다. 허나 제 실력으로 뽑혀보고 싶습쇼. 도훈도 아니면 어떻습니까. 사공이든 격군이든 갈 수만 있다면 뭐든지 하겠습죠. 허락해주십시오. 허락하지 않으시면 목숨을 걸고 계속 간청할랍니다."

"마음대로 하게. 그럼, 이번 취재는 소변이 책임져야겠군. 변박, 인정을 두지 않고 시험을 봐야 하네. 특히 대변에게는 엄중한 잣대를 대도록."

변박이 경례하였다. "명심하겠습니다!"

한양(漢陽)—8월 3일

통신사 세 사신이 처음 정해진 것은 지난해 11월이었다. 수차례 바뀌다가 확정된 것이 불과 두 달 전이다.

정사(正使, 상사) 조엄(趙曮, 44세).

부사(副使) 이인배(李仁培, 47세).

종사관(從事官, 종사, 삼사) 김상익(金相翊, 42세).

셋을 불러놓고, 늙은 임금이 추상같이 을렀었다.

"감히 내 말에 거역하는 자가 있지를 않나, 부모 핑계를 대고 가지 않겠다는 자가 없나. 갖은 이유로 왕명을 우습게 아니 어찌된 일인가? 내가 그 꼴을 더는 못 보겠노라. 너희는 하늘이 무너지는 일이 있어도 가도록 하여라."

인사차 들른 이들이 물으면 조엄은 겸양했다.

"일행으로 말하면 원역(員役, 벼슬아치 밑에서 일하던 구실아치라는 뜻이지만 통신사에서는 특별한 소임을 부여받은 윗사람을 가리킨다)으로부터 격군에 이르기까지 5백 인에 가깝소. 막료(幕僚) 군관(軍官)은 자제(子弟, 사신의 친인척 및 지인)·명무(名武, 문벌 높거나 무용이 이름난)·장사(壯士, 세 사신의 상명·하달 수행) 이 세 가지로 나뉘오. 문사 또한 제술관과 서기 두 가지 명목(名目)으로 나뉘오. 역관도 왜역(倭譯)·한역(漢譯) 두 가지로 나뉘오. 그 외 의관(醫官)·사자관(寫字官)·화원(畫員)이 있고, 별파진(別破陣)·마상재(馬上才)·전악(典樂)·이마(理馬) 등의 명색(名色)이 있소…… 원역은 46인인데 명색이 이처럼 수다한 중에도 각기 세 사신의 방(房)에 갈라져 소속되어 있소."

"전장에 나가는 군 같습니다!"

"우리 일행은 갑자기 모은 오합지졸이나 다름없소. 군대 장사(將士)들은 마음과 힘을 한가지로 의지하오. 우리 행차는 명색이 가닥이 많고 지향하는 바가 일정하지 않소. 까마귀 떼와 무엇이 다르겠소?…… 그 5백 인을 통솔하기는 실로 군사 5천 명을 거느리기보다도 벅찰 것이오. 여러 사람을 거느리는 도리는 실로 거느리는 사람의 능력 여하에 달렸소. 나같이 재간 없는 사람이 과연 상사(上使)의 책임을 감당할 수 있을는지."

마침내 통신사가 떠나는 날이었다. 동틀 무렵 세 사신이 경희궁(慶熙宮)으로 들어갔다. 임금(영조)은 숭현문(崇賢門) 장막 안에 있었다. 임금은 칠순 연세가 무색하게 우렁찼다.

"교린(交隣)은 중대한 일이다. 그대들의 임무가 막중하다. 하릴없이 왜국 새 관백 승통(承統, 종가의 대를 이음)이나 축하해주고 올 일이 아니니다. 우리 조선의 강력함을 주지시킬 것이며, 왜국의 사정을 속속들이 살펴봐야 할 것이다. 일전에도 누누이 일렀으니 더는 말하지 않겠다."

삼사는 입을 모았다. "명심하겠나이다."

임금은 단호히 명했다. "약조를 어기고 조정에 수치를 끼치는 자, 기이하고 교묘한 물건을 사서 은밀히 이익을 노리는 자, 저들과 술을 마시어 감히 나라의 법금(法禁)을 어기는 자는 너희가 먼저 목을 베어라. 목숨에 인정을 두지 마라."

임금이 문득 글귀를 외웠다.

二陵松柏不生枝(이릉송백불생지) 두 능침 송백나무 가지가 있나 없나.

조엄도 잘 아는 글귀였다. 윤안성(尹安性)이, 정유재란 후 평화교섭차 왜국 가는 사신에게 써준 글귀란다. 성종 · 중종 두 임금의 묘를 파헤친 도적놈도 못 잡은 상황에서 무슨 교린이냐? 억울하고 분한 마음을 토한 절규였다고.

임금이 하교했다. "내가 왜 하필이면 이 글귀를 외웠겠는가. 외교란 잔인한 것이다. 부모를 죽인 원수 적국이라도, 나라와 백성을 위해서는 사귈 수밖에 없는 것이니라. 너희 또한 왜국 가는 마음이 오죽이나 불편하겠느냐? 허나 나라와 백성을 위해 애써다오."

임금은 친히 붓을 들어 세 장의 종이에 똑같이 네 글자씩 썼다. 내관이 받들어, 세 사신에게 한 장씩 나눠주었다.

好往好來(호왕호래)

조엄은 잘 다녀오라는 네 글자가 퍽이나 감격스러웠다. 늘 늙은 호랑이처럼 무섭던 임금이 이런 인자한 모습을 보여주다니.

임금은 오랫동안 서서 세 사신의 멀어져가는 등을 바라보았다.

한강 나루터에 닿았다. 떠나는 자들과 떠나보내는 자들이 울어대는 통에 나루터는 통곡의 우물이라도 된 듯했다. 세 사신으로부터 종놈들까지 태반이 황당하게 불가피하게 느닷없이 왜국에 갈 사람으로 선택되었다. 청나라 연경(燕京)에는 뇌물을 써서라도 가려고 하는 사람이 수두룩하다지만, 왜국은 누가 황금을 준다고 해도 선뜻 가겠다고 나서기 두려운 곳이다. 태풍 한 번에 황천길로 떠날 수도 있는 바닷길이었다.

조엄이 두 장사군관을 불러 명했다. "별리가 너무 길다. 어서 강을 건너자."

임춘흥(林春興, 29세)과 조신(曹信, 32세)이 이리 뛰고 저리 뛰며 강배에 오를 것을 독촉했다.

용인(龍仁)—8월 4일

정사가 거느린 패를 일방, 부사가 거느린 패를 이방, 종사관이 거느린 패를 삼방이라 했다. 용인현 관아 객사(客舍) 한 봉놋방에서 삼방 종놈들이 수작했다.

"반갑네들. 나는 종사관 나리를 모시는 광봉(光奉, 35세)일세. 서로 싸우지들 말고 왜나라까지 잘들 가보세. 나이로도 내가 제일 위겠구먼. 편하게 형이라고 불러도 되네."

"나도 종사관 나리 모시오. 광욱(光郁, 33세)이오. 이런 기회는 다시 오지 않으니, 잘 사귀어봅시다."

"내는 한흥(汗興, 30세)이오. 서기 김인겸 나리를 모시오."

"당상역관 현태익(玄泰翼) 나리를 모시는 미금(美金, 27세)이외다."

"이몸은 한학상통사 오대령(吳大齡) 나리 모시는 몽선(夢先)이야. 광봉이, 함부로 나이 자랑 말게. 내가 동안이라 그렇지 내일모레면 불혹지년(不惑之年)일세."

"종놈 주제에 불혹지년이라니? 멍석말이 당하고 싶어 환장한 두꺼비구만."

"어허, 다들 이름이 끝내주네유. 주인님들이 참 좋으신가뷰. 이름을 글케 멋지게 지어주시구. 지 이름은 삽사리(揷沙里, 22세)유. 이름도 아니쥬. 개지 뭐, 왈왈!"

삽사리가 개처럼 짖는 바람에 한바탕 웃었다. 삽사리가 덧붙였다. "제 주인은 역관 현태심(玄泰心) 나리입네다. 제가 언문도 쓸 줄 알고 이야기를 겁나게 좋아하오. 아무 이야기라도 제게 해주시면 감사, 또 감사하오."

"지도 이름이 좀 거시기 허지라. 계집 이름이니께. 장금(長金, 24세)이라고 혀요. 유명한 여자 대장금이랑 이름이 같으요. 압물통사 유도홍(劉道弘) 나리가 제 주인님이시고요. 근디 참 깝깝시럽네요. 이런 자리는 술이 딱 있어야 되는디여. 술도 없이 불알 달린 것들끼리 이러고 있을라니께 돌아번지겄으요. 근디 참말로 술 한잔 못 마시면서 왜나라까지 가는 거라요?"

"술은 꿈에도 생각 마셔. 우리 종사관 나리는 관대한 분이시지만, 정사 나리가 보통 깐깐한 양반이 아니랍뎌. 술 마시는 걸 들키면 진짜 목 날아갈 거우. 작년에 목 날아간 대감처럼 말이외다. 아, 나는 성호(成灝) 의원 나리를 모시는 덕봉(德奉, 30세)이오."

"사자관 이언우(李彦佑) 나리 모시는 일동(日同, 19세)이지비."

"자제군관 이징보(李徵輔) 나리 모시는 노미(老味)여. 내일모레 불혹지년 몽선이, 자네도 함부로 나이 자랑 말게. 내가 한참 위일 겨. 내는 자네 또래 아들놈도 있어. 내 나이를 쉰 살까지는 헤아렸는데 더는 안 세봐서 올해 몇 살인지도 모르겠구만."

"이 관아 마당 쓰는 할아범인 줄 알았네. 아따, 노인네가 먼 길을 어쩌려고 나섰수?"

"우리 나리가 가난해서 튼튼한 젊은 종을 구할 돈이 없어. 나라도 가야지 뭐."

"지는 군관 오재희 나리 모시는 오봉(五奉, 18세)이라고 해유. 이상하게들 쳐다보시는 까닭 다 압니다. 제가 좀 계집처럼 생겼지요? 살

갖 뽀얗고 허리 야들야들하고 가슴도 나오고. 분명히 제가 사내임을 밝혀둡니다. 못 믿겠다는 눈치인데 이 자리에서 훌딱 벗어볼랍니다."

오봉이 일어서더니 바지를 까 내리고 알궁둥이를 막 흔들어댔다.

장금이 오봉의 엉덩이를 걷어찼다. "어디서 똥구멍을 보이는 게냐."

신나게들 웃었다.

충주(忠州)—8월 7일

날이 무더웠다. 아침에 한껏 걷고 점심때 쉬고 저녁때 제법 걸었다. 화원 김유성(金有聲, 38세)은 방향을 틀어 초야에 묻혀 사는 그림쟁이 강세황(姜世晃)을 찾아갔다.

김유성은 주정을 떨었다. "사형, 내가 왜 죽을지도 모르는 일본길을 자청한 줄 아쇼? 부귀공명 때문이오. 돈 좀 벌고 싶소, 이름을 한번 떨치고 싶소. 내가 사형들보다 못한 게 뭐요? 도대체 내 그림이 사형들보다 모자란 게 뭐요? 세상은 왜 사형들 그림만 알아주고 내 그림은 알아주지 않소? 도화서 화원인 내 그림보다 초야에 묻혀 사는 사형의 그림만 알아주느냔 말이오?…… 그 돼먹지 않은 인간 최칠칠(崔七七)이 나보다 잘 그리오? 최칠칠이는 일본 다녀온 거 하나로 명성이 났소. 그 명성으로 한양 그림값을 제 마음대로 한단 말이오…… 나도 일본에 가서 왜놈들이 그려달라는 대로 다 그려주겠소. 천 놈, 만 놈이 손을 내미는 대로 보란 듯이 그려줄 것이오. 돈도 벌고 명성을 떨치겠소. 통신사라도 다녀와야 내 이름이 남을 것 아뇨…… 사형, 내가 많이 아프오. 의원 말이 가슴에 뭔가 얹혀 있는 것 같다오. 아마 나는 오래 살지 못할 것이오. 알다시피 난 자식도 얻지 못했소. 자식도 없이 이대로 죽으면 내 인생은 뭐요? 이름이라도 남겨야 할 것 아뇨."

강세황이 말없이 웃더니 그림 뭉치를 내왔다.

김유성은 짯짯이 보았다. 냇가에서 빨래하는 아녀자, 씨름 마당에 우글대는 상것, 천렵하는 아이, 서당에서 왈왈대는 아이, 왁자지껄한 시장, 소 잡는 백정놈…….

"이게 무엇이오?"

"그림이지 무엇이겠나."

"어찌 이런 그림이 있을 수 있소?"

"거기 있잖은가?"

"사형! 산천이 아니라 사람을 그리시오?"

"내가 그린 게 아닐세. 김홍도(金弘道)란 떠꺼머리가 그린 걸세."

강세황이 안산에 있을 때 하루는 일곱 살짜리 아이가 찾아왔다. 다짜고짜 그림을 가르쳐달라고 했다. 아무거나 그려보라고 했더니 댓가지로 마당에 여자 얼굴을 그렸다. 자기 어미라는 것이었다. 하나를 가르쳐주면 열을 알았다. 가르쳐주는 것과는 정반대로 생각할 줄도 알았고 가르쳐주지 않은 것까지 그릴 줄 알았다. 금방 가르칠 게 없는 아이가 되었다. 가르치지 않는 대신 아이가 마음대로 하도록 보아주었다. 좋구나, 나쁘구나, 어둡다, 처량하다, 시시하다, 어이없다, 무섭다…… 아주 간단한 감상평만 해주었다.

"천재는 원래 노력하지 않는 법이라는데, 홍도는 다르네. 노력하는 천재일세. 그림 그리는 사람은 대체로 전에 그려진 것을 보고 배우고 익혀서 공력을 쌓아야 비로소 비슷하게 그릴 수 있지. 홍도는 독창적으로 스스로 알아내어 교묘하게 자연의 조화를 빼앗을 수 있는 데까지 이르렀네. 이는 천부적인 소질이 보통 사람보다 훨씬 뛰어나지 않고는 될 수 없는 일이야. 홍도가 과연 어느 경지까지 발전할는지 기대가 된다네."

김유성은 따지듯 물었다. "왜 나한테 보여준 겁니까? 왜요, 왜?"

김유성은 통곡하고 싶었다. 유성은 여덟 살 때 처음 그림을 배웠다. 삼십 년간 노력을 멈추지 않았다. 남에게 배우고 남모르게 수련했다. 하루를 매일같이. 그렇게 노력해서 이만큼 이루었다. 세상이 인정하지 않아도 심사정(沈師正), 강세황, 최칠칠 등에 못지않은 경지라고 자부했다. 열여덟 살짜리 김홍도의 그림은 자신이 이룬 경지를 훌쩍 뛰어넘어 있었다. 김홍도의 산천은 살아서 숨쉬는 듯했다. 유성은 주저앉아서 땅바닥을 퍽퍽 쳤다. 누구에게 분노해야 할지 알 수 없었다.

동래(東萊)—8월 9일

사공·격군 취재 보는 날이다. 동래읍성은 족히 만 명은 넘는 인파로 바글바글했다. 무슨 커다란 행운수라도 되는 줄 알고 응시하러 온 이가 부지기수였다. 훌륭한 구경거리란 소문에 몸달아 몰려온 이가 태반이었다. 저희끼리 찧고 까부는 소리가 팔도 오일장을 합해놓은 듯했다.

"기해년(1719)·무진년(1748) 두 사행 때 왜국 다녀온 것들이 다 부자 되었다며? 노만 젓다 왔는데도 일확천금했다며? 가야지, 나라고 그런 횡재수가 없을쏘냐."

"그거이 생판 뻥이다카이! 태풍 만나서 뒈진 놈, 배랑 함께 불타 죽은 놈, 인삼 팔아먹다 딱 걸려서 목 날아간 놈, 왜년이랑 붙어먹다가 곤장 맞아 병신된 놈, 굶주리고 병 걸려서 물똥 싸다가 객사한 놈, 미쳐갖고 바다로 풍덩 뛰어든 놈…… 그런 놈들 얘기는 숱하게 들었지."

"가진 것 없는 놈이 설령 격군에 뽑혔다 치자. 무슨 수로 돈을 번대?"

"어데, 뽑히기만 하면 물주들이 귀신같이 나타난다아이가. 물주들이 여비도 다 챙겨주고 몰래 팔 물건도 쟁여주고."

"양반짜리 대장님이 조엄 나리시라며. 그분이 동래부사로 있을 적에 좀 유명했나. 고지식하고 꽉 막혀서 밀무역해 먹고사는 것들이 파리 잡았다카이. 대마도 잡놈들하고 초량 왜구 놈들이 미치고 팔딱 뛰었지."

"사행 밀무역은 조엄 나리도 못 막어."

"취재를 어떻게 본다카나? 작년에는 어떤 식으로 봤나? 누구 아는 놈 없으셔? 근데 그때 뽑힌 놈들은 다 어디로 갔기에 새로 뽑는다카나?"

"1년여. 태평성대라고 떠드는 미친 것들도 더러 있더라만, 우리 상것들 하루하루 살아내는 게 전쟁판이었어. 1년이면 별의별 일이다 있었겠지."

"임금님이 훌륭하시면 뭐해. 정승이라는 것들이 다 그 모양인데."

"훌륭하긴 뭘 훌륭해. 치매 걸려갖구……."

"용감한 사람들 많으시네."

"그게 치매가 아니면 뭐라카이? 오죽하면 지 친아들까지 죽였을꼬. 죽일라면 사약 멕여 죽이지, 뒤주가 다 뭐꼬. 짐승이 제 새끼 죽일 때도 그렇게는 안 죽인다카이."

"대관절 왕 하신 지 몇 년이나 되었을까."

"40년쯤 되지 않았나?"

"술도 못 먹게 하고 증말 짜증난다카이."

"마실 놈은 다 마시잖아."

취재관 변박이 관아 대문을 열고 나왔다. 장정들이 다투어 나섰다. 변박이 한눈에 훑어보니 될 리가 없는 놈도 숱했다. 노질은커녕 빗자루질도 어려울 것처럼 병색이 완연한 자, 팔 한짝이 없거나 다리 한짝이 없는 자, 소경, 청맹과니, 마빡에 피도 안 마른 아이, 남장한 여인…….

변박이 휘하 군졸들에게 명했다. "응시할 자들에게 표식을 나눠주어라."

"병신들한테도 줍니까?"

"줘라. 기회는 줘야지."

동래부 관인이 찍힌 헝겊, 종이, 댓가지, 돌멩이 등을 달라는 사람 모두에게 분배했다.

변박이 언문으로 적힌 시험과제를 게시했다.

1차시, 부산진지성(釜山鎭支城) 남문까지 선착순. 삼백 등까지 통과. 표식 없을 시 무조건 탈락.

알아먹은 자들은 냅다 뛰어나갔다. 언문을 못 읽어 헤매는 자들에게는 군졸들이 큰 소리로 읽어주었다. 이해하지 못하여 '무슨 개소리냐'는 식으로 묻다가 얻어터지는 자도 있었다. 남들 뛰는 걸 보고 일단 뛰고 보는 약빠른 자, 뛰어보지도 않고 포기하여 주저앉은 자, 그럼 구경할 거리가 없는 거 아니냐며 분개하는 자, 서로 부딪혀 멱살 붙잡고 싸우는 자, '떡 먹고 뛰시오!' 떡판을 들고 달리는 자…… 오일장이 뒤집어진 듯했다.

변박과 장교들은 말을 타고 달리며 혹시 있을지 모르는 부정행위자를 경계했다. 아니나 다를까 주막집에 들어가 말 빌려 타려는 자들이 속출했다. 가차 없이 표식을 회수하고 엉덩이에 찜질을 되우해주었다.

동래읍성에서 부산진지성 남문까지는 25리쯤(약 10킬로미터, 1리는 약 400미터) 되었다. 장정 슬슬 걸음으로 1시진 2각(두 시간 삼십 분. 1시진은 두 시간, 1각은 십오 분이다)쯤 걸린다. 빠른 사람은 반시진에도 댈 수 있었다. 부산진지성은 본래 부산포의 외성(外城)이었다. 왜군이 물러간 뒤, 왜성을 조선식으로 고쳐쌓았다. 부산첨사 정발(鄭撥)이 왜군의 선봉과 싸워 장렬하게 전사했던 격전지 부산포의 내성 부산진성은 스러져버렸고, 부산진성의 자식 같았던 부산진지성—그래서 흔히 자성대(子城臺)라고 불린다—이 부산의 중심이 되었다.

추상우(秋尙右, 32세)가 일등이었다. 사나운 산길도 눈감고 뛰어다니는 터수라 여염집 밥 한 번 지을 참에 닿았다. 너무 일찍 와서 크게 의심받았다. 한참 나중에 도착한 이들이 적토마처럼 뛰어가는 걸 보았다! 축지법을 쓰는 줄 알았다! 말해주어 간신히 인정받았다.

대변 변탁은 289번째로 닿았다.

소변 변박이 축수했다. "대단하십니다. 턱걸이는 하셨어요. 이리지 말고 사또께 부탁드려보지요. 사또께서 형님을 그토록 신임했는데 설마 배에 안 태우시겠어요?"

"네가 잘 모르는 바여. 그분은 목에 칼이 들어가도 아닌 건 아니라고 하실 분여. 없는 자리를 주시진 않는다고. 아이구, 죽겄다. 대체 어떤 놈이 뜀박질 과시(課試)를 생각한 거냐? 너지?"

"끈기 없으면 노질 못 합니다."

두 번째 시험은 볏섬 나르기였다. 한 섬을 등에 지든 어깨에 메든 오백 보 이상 떨어뜨리지 않고 걸어야만 했다.

추상우는 볏섬이 무거웠다. 졸개놈들이나 지고 다녔지 나 같은 두목이 이 무거운 걸 날라봤겠냐고. 볏섬을 마치 지푸라기처럼 얹고 가는 떠꺼머리총각이 있었다.

"넌 하나도 안 무거우냐?"

"나 말야? 언제 봤다고 반말이야?"

"썅새꺄, 어른이 가짜 상투 튼 애송이한테 반말도 못해?"

기가 죽은 종도리(19세)가 풀 죽어 대답했다. "나는 머슴질을 원없이 해서 하나도 안 무겁소."

추상우는 잔머리를 굴렸다. 가만있자. 한 놈이라도 떨어뜨려야 할 거 아냐. 아무에게나 느닷없이 말을 걸었다. "뒤통수에 왕벌 붙었수!" "무슨 기생집에서 구멍동서 한 사람 아니요?" "나한테 꾼 돈 갚으셔." 효과가 있었다. 놀라서, 말대답하다가, 화내다가 볏섬을 놓치는 이들이 몇 있었다.

"뚱뚱한 몸으로 고생허시네. 그러다 등뻐 내려앉아. 등뻐 나가면 사내구실도 종치는 거야. 왜나라 가서 뭐하려고 그래? 한 번이라도 더 하고 사는 게 좋지."

변탁은 듣다못해 버럭 소리를 질렀다. "개똥상놈아! 뒈질래?"

변탁은 거의 떨어뜨릴 뻔했다. 가까스로 볏섬을 견뎌냈다.

악으로 깡으로 통과한 변탁이 변박에게 투정했다. "볏섬하고 노질이 또 무슨 상관이 있냐? 등뻐 나가는 줄 알았다. 마누라 거시기 구경 종칠 뻔했다고."

"힘이 있어야 노를 저을 거 아닙니까."

150명까지 간추려졌다.

마지막 시험은 영가대(永嘉臺)에서 치러졌다.

광해군이 영창대군을 죽였던 해(1614), 경상관찰사 권반(權盼)의 지휘로 부산진지성 가까이에 못을 파고 바닷물을 끌어들였다. 전선(戰船) 선착장을 만들었다. 파낸 흙이 10발(약 15미터, 1발은 약 150센티미터) 언덕을 이루었다. 언덕 위에 망루를 겸한 8칸 누각을 세웠다. 원래는 이름이 없었다. 어떤 관리가 관찰사 권반의 본향(本鄕)인 안동의 옛이름 '영가(永嘉)'를 갖다붙였다. 정자 이름이 인공포구 전체를 가리키는 말로 굳어졌다.

병선에 태우고 노를 젓게 했다. 노를 생전 처음 잡아보는 듯 답이 안 나오는 이들을 솎아냈다.

"처음부터 잘하는 놈이 어딨소? 젓다 보면 잘 젓게 될 거 아뇨? 대마도까지만 가면 내가 여기 있는 놈들보다 훨씬 잘 저을 수 있소. 제발, 붙여주시오. 다섯 끼니나 거르고 뛰고 나르고 여기까지 왔는데 탈락이라니 나를 차라리 죽여라, 죽여!"

생청붙이는 자들을 냉정히 내쫓았다.

노질은 선수급이라 무난히 통과한 변탁이 꼬집었다. "불쌍한데 좀 봐주지그래. 그까짓 노질이야 배우면 되지."

변박은 딱 부러졌다. "처음부터 잘 저어야 합니다."

독배만 저어봤는지 다른 이와 도무지 동작을 맞추지 못하는 이들도 낙제했다.

변박은 꼬장꼬장했다. "합심할 수 없는 자들은 필요 없다."

합격자 대부분이 수군진에서 복무한 전력이 있었다. 비리가 있는 거 아니냐고 따지는 탈락자가 허다했다.

변박이 을렀다. "나는 공평무사한 사람이다. 오로지 실력으로 뽑았다! 어떤 무지렁이가 감히 의심하느냐?"

최종 선발된 상것들은 만세를 불러대며 기뻐했다. 덩실덩실 춤추는 자들도 있었다. 생면부지이건만 얼싸안고 눈물을 흘려대는 자들도 있었다. 추상우와 종도리는 한몸뚱이로 데굴데굴 굴렀다.

"너도 신나냐, 나도 신난다."

"성님, 배에서 나 잘 챙겨주셔."

격군이 되는 데 성공한 이들 대상으로 사공 취재가 있었다.

돛을 올리고 내리는 데 출중한 이들 몇이 응시하여 요수(繞手)로 뽑혔다. 닻을 던지고 걷는 데 능숙한 이들 몇이 응시하여 정수(碇手)로 뽑혔다. 물레를 잘 움직이는 이들 몇이 응시하여 무상(舞上)으로 뽑혔다. 목수 빰치는 이들 몇이 응시하여 선장(船匠, 배목수)으로 뽑혔다. 요수·정수·무상·배목수 취재는 기예 자랑과 같아서 다들 기쁘게 즐겼다.

시험을 주도면밀히 주관한 변박이 마무리까지 했다. 합격자들에게 호패(號牌)를 받아 성명·출생신분·직역(職役)·나이·거주지를 적고 용모파기(容貌疤記) 했다.

변박은 장교를 대대로 배출한 중인 집안 출신이었다. 열일곱 살 때부터 장교 노릇을 했다. 동래부의 어느 관청이든 문제가 발생하면 변박을 투입했다. 보름 안에 문제를 해결했다. 자타가 인정하는 동래부의 핵심장교였다. 군사·선박 업무에서도 오롯했지만 그림으로도 두각을 나타냈다. 3년 전 부산진순절도와 동래부순절도를 고쳐 그릴 때 겨우 스물이었다.

"종도리, 열아홉이고 삼천포 사람이라. 성은 없느냐?"

"상것이 성이 있을 리가 있소."

"있는 상것도 많다. 아무 성씨나 대봐라. 성씨가 있는 게 좋다."

"뭐, 김……씨로 해도 되오?"

"개나 소나 김씨지. 넌 이제부터 김종도리다."

변박이 그린 제 용모파기를 보고 종도리는 눈이 휘둥그레졌다. 와, 장교 나리, 짜장 잘 그리시네.

"추상우, 나이는 서른둘, 변산? 변산에서 여기까지 왔다고?"

"서울서 온 이들도 많더만요."

"변산에 아직도 수적이 많나?"

"웬걸요, 요새는 씨가 말랐죠. 이 태평성대에 웬 수적이랍니까."

변박은 추상우를 수상쩍게 쳐다보았다. 보통내기가 아니겠는데. 예의주시해야겠어.

변박이 합격자를 모아놓고 알렸다. "너희 급료는 대략 은자 10냥이 될 것이다."

일제히 환호성을 질렀다.

"물론 왜국에 무사히 다녀온 다음에 준다."

좌중이 궁금한 것을 묻느라 돌 맞은 오리떼처럼 꽥꽥댔다.

변박이 잠잠해지기를 기다렸다가 찬찬히 고지했다. "가장이 없는데 너희 식솔이 어찌 1년을 살겠느냐. 또 일개 격군이라고 소용 물건이 없을까. 밥 나오고 잘 데는 있다. 허나 옷도 넉넉히, 짚신도 충분히, 알아서들 준비할 것도 있을 게다. 하여, 환곡 알지? 환곡처럼 미리 양곡을 빌려줄 것이다. 은자로는 안 되고 양곡으로만 빌려준다."

"왜요?"

"네놈들에게 은자를 주면 무슨 일이 벌어지겠느냐? 빼도 박도 못하게 환곡으로 주는 거다. 너희 식솔이 1년 먹고 살 만큼만 대출하여, 왜국에서 돌아왔을 때 손에 다만 은자 한두 냥이라도 쥐기를 바란다. 환곡 얻을 자들은 내일부터 동래관아로 오너라."

유곡(幽谷, 현재의 문경시)—8월 10일

수탄(戍灘)은 남북의 산수가 합하여 소용돌이를 치며 급속히 흐르니 예로부터 무턱대고 건넌 자들이 자주 빠졌다. 과연 넓고 거셌다. 고을 현감이 보낸 역군이 부족했다. 마냥 기다릴 수는 없는 일, 윗사람 가마부터 건넜다. 종놈들이 죽을 고생을 했다. 거꾸러져 물 먹는 것은 예사고 살려달라고 발버둥치며 떠내려가기도 했다. 건넌 자, 건너는 자, 건너야 할 자…… 모두가 지옥을 만난 듯 야단법석이었다. 일본은커녕 부산도 못 가 죽는다고 황소울음이 마구 피어났다.

먼발치에서 심드렁하게 바라보는 한 사람이 있었다. 중국말 역관인 한학상통사 오대령(62세). 역관 경력이 42년인 오대령은 청나라 수도 연경에만 열 번을 다녀왔다. 수탄보다 훨씬 험난한 강을 백 번 가까이 건너야 닿는 데가 연경이었다. 수탄의 법석은 아이들 물장난처럼 보였다.

"이제 인사 올립니다. 소인 이언진(李彦瑱, 23세)입니다."

역관 한 지 삼 년밖에 안 된 이언진도 연경을 두 번이나 다녀왔다. 수탄의 난리는 눈요깃감도 못 되었다.

"반가우이. 한양 떠난 지가 언젠데 이제 본단 말인가? 일부러 나를 피했는가?"

"연로한 어머니가 편찮으십니다. 쉬이 떠날 수가 없어 돌보아드리다가…… 국법을 어길 수는 없는 일이기에 바삐 달려왔습니다."

"자당이 나보다 연세가 높은가?"

"아래입니다."

"왜국 가는 상늙은이도 있잖은가. 괜찮으실 거야. 이왕 가는 길이니 마음 편히 가보세."

"제가 어려 말벗도 변변히 못 해드릴 것이 걱정입니다."

"아니야, 아니야, 자네가 유식하다는 소문 넘치게 들었어. 틈틈이 담소하며 가르쳐주게."

"몸 둘 바를 모르겠습니다."

"늙은이 뒷방에 처박아놓고 괄시하지 말란 말이네. 의지가지인 자네마저 나를 외롭게 하면 난 정말 이놈의 숭악한 치질하고만 동무해야 하네."

몇 년 잠잠했던 항문 종기들이 한강 넘자마자 깨어났다. 여기까지 오는 동안 오대령은 똥을 딱 세 번 누었는데 세 번 죽었다 살아난 듯했다. 두억시니 같은 치질이었다.

열두 명 통사 중에 둘만 중국말 역관이었고, 나머지는 죄다 왜말 역관이었다. 중국 갈 때는 당연한 바이고 평상시 한양에서는 중국말 역관 위세가 제일이었건만 남쪽 길 떠나고 보니 상종할 가치도 못 느끼던 것들한테 치여 아주 찬밥신세가 아닌가.

"예까지 오는 동안 왜말짜리들한테 내가 얼마나 따돌림당한 줄 아는가. 자네를 만나고 보니 천군만마를 얻은 듯하이."

"저야 재주 있다고 잘못 알려져 특히 오게 되었습니다만, 연로하신 선배께서는 어찌하여……."

이언진이 사연을 생판 모르는 바는 아니지만 무료한 기다림을 때우는 셈 치고 운을 띄웠다.

오대령은 흥겨이 떠들었다.

"중국에는 서로 가겠다고 뇌물질에 편법에 난리지만, 왜국이야 서로 안 가려고 하지. 왜말 역관 놈들이야 꼭 가봐야 하는 데가 거기겠지만, 우리 한학 역관에게는 꿈에서도 가고 싶지 않은 땅이야. 젊은 자네들도 안 가겠다고 버대는데 환갑 지난 늙은이가 왜 가게 되었느냐?…… 그렇지, 아무리 상통사로 가겠다는 늙은이가 없어도 나같이 죽을 날 가까운 늙은이를 강제로 보내기야 했겠는가. 나보다 십 년 이십 년 젊은 사람들이 서로 안 가겠다고 꼴불견 싸움을 벌이는 게 하도 한심해서 내가 나섰네…… 중국에는 만리장성 근처까지 갔다온 것까지 합쳐 열세 번이나 가봤는데 왜국에는 한 번도 안 가봤단 말이야. 이 세상 하직하기 전에 왜국도 한 번 봐야지 않겠나. 그런 욕심이 생겼네. 내가 연경 다녀온 것은 다 젊을 때 일일세. 늙은 어머니가 이제나저제나 하시니 길을 떠날 수가 있나. 십오 년간이나 꼼짝 못 했지. 하고 보면 내 어머니는 내 여행길을 막으려고 그리 오래 앓으셨나…… 이제 부모님도 안 계시고 육십을 넘어 구애될 것이 없어. 아하, 남들 고려장 치를 나이에 나는 자유를 얻은 것인가. 못 가겠다는 늙은이들이 더 늙은 내가 가겠다니 어찌나 말리는 시늉을 하든지. 내가 그 속들을 모를 줄 아나. 암튼 나는 지금 일생일대의 쾌사로 여기고 가는 중이라네."

두 역관은 가장 늦게 건너 한밤중 유곡역에 닿았다.

역사적으로 통신사 행차는 폐단이 극심했다. 통신사가 거친 고을은 한바탕 전쟁을 치른 것 같았다고. 조엄은 그런 침략군 같은 통신사로 말발에 오르고 싶지 않았다. 지공(支供) 절차를 확 줄여라! 원역이 개인적으로 데리고 가는 자들의 탐학을 금하라! 역졸(驛卒)이나 역마(驛馬) 등을 일체 간략해라! 신칙했고, 각 고을에서 잘못 대접한 일이나 실수가 있어도 문책하지 않았다.

여기서는 참을 수가 없었다. 인마(人馬)가 거의 다칠 뻔했다. 죽은 사람 하나 없다고 넘어갈 일이 아니다. 고을 기강이 몹시 해괴하지 않은가. 조엄은 고을 좌수(座首)·색리(色吏)를 붙잡아다가 엉덩이가 피떡이 되도록 잡도리했다.

이언진이 탄식했다. "저들이 당하고 가만있겠습니까! 애꿎은 농민에게 화풀이하겠지요."

오대령이 헛웃음 지었다. "만리장성 다녀올 때, 저런 일을 한두 번 보았나?"

예천(醴泉)—8월 11일

정사·부사에게는 각각 일곱의 군관이 배정되었다.

종사관에게 배속된 군관은 달랑 셋뿐이었다. 셋 중에 임흘(任屹, 31세)은 유명한 색골이었다. 임흘은 들르는 고을마다 아전을 닦달하여 얼굴 좀 된다는 다모(茶母)를 취했다. 삽살개가 밤새 짖도록 요란한 밤을 보냈다.

임흘은 한양 떠나던 날 저녁부터 아비뻘인 김인겸을 졸라대었다.

"김진사 고향이 안동이고 예천은 젊은 날에 앞마당처럼 노닐던 곳이라면서? 예천이 색향이라는 말 귀 따갑게 들었소. 예천에 가시거든 일등 미인을 뽑아서 나를 주오. 그리 해주시면 내가 김진사를 친부처럼 모시리다."

김인겸은 별생각 없이 "그럽시다" 해두었는데, 마주칠 때마다 그 소리였다. 어린놈이 싸가지가 바가지였다.

예천에 일등으로 도착한 김인겸이 짐작한 데에 가보니 기생이 죄 모여 있었다.

이방이 반색했다. "잘 오셨습니다. 나름대로 수청 다모를 지정해두려는데 이게 참 어려운 얘기라는 거지요. 취향이 각각이실 테니……."

"시대에 뒤떨어졌네. 알아서 취사선택하도록 일단 한자리에 대령하는 게 시류일세. 게다가 이번 세 사또는 초록은 동색처럼 대놓고 색을 밝히지 않으시니 큰 문제는 없을 것이야. 아래 원역 중에는 더러 밝히는 것들이 있는데……" 김인겸은 이러저러하게 훈수를 둬준 후 물었다. "다들 곱구만. 박색은 없나?"

"경칠 일 있나요. 고운 것들만 모아놨죠. 못생긴 것들은 꼭꼭 숨겨놨습죠."

"최고의 박색을 찾아올 수 있겠나?"

"취향이 남다르신 분이 계신가요?"

이방이 데려온 기생 홍심은 늙어 보이는 건지 실제로 늙은 건지 쉰 살은 됨직했다.

김인겸은 흡족했다. "그 얼굴로 기생 노릇 하느라 힘들었겠구나."

"말이 기생이지 서른댓 살이 되도록 수청 한번 못 들어봤답니다. 빨래하고 아궁이에 불 때고 그렇게 평생을 살았네요. 발정난 수캐 같은 하인배도 저를 보면 섰던 그분이 도로 죽는다고 쳐다도 안 봐요." 홍심이 천연덕스럽게 지껄이는 통에 고운 기생들이 실컷 배꼽을 잡았다.

"너, 수청 한 번 해보려느냐?"

"불감청고소원(不敢請固所願, 감히 청하지는 못하나, 원래부터 몹시 바라던 바임)입지요."

"그자 성격이 개차반이라 목숨을 잃을 수도 있다."

"죽어도 소원을 이룬다면야……."

김인겸이 짐짓 겁주었으나 홍심은 진심인 듯했다.

임흘은 도착하기 무섭게 김인겸을 찾았다. "영감, 어찌되었소?"

"동행의 청을 내 어찌 허투루 하리. 예천 제일 미색을 대령했소. 작은 문제가 있는데 경국지색이 흔히 그렇듯이 까탈 심하기가 춘향이 뺨치는지라……."

"그거 좋소이다. 성격 없는 미색은 미색이 아니지요."

빨리 보여달라고 성화하는 임흘을, 김인겸은 은밀한 기생집으로 끌고 가 밀주를 잔뜩 마시게 했다. 대취한 임흘을 한 방에 밀어넣었다.

곱게 단장한 기생 홍심이 얼굴을 흰 비단으로 가리고 있었다.

임흘은 모기 잡는 소년처럼 설쳤다. "얼굴을 보자꾸나. 내가 고장마다 들르며 예쁘다는 년은 다 취하였다. 네가 과연 얼마나 예쁜지 보자꾸나."

홍심은 피해다니며 애간장을 태웠다. "제 얼굴이 너무 고와 함부로 배드릴 수가 없나이다. 소녀는 얼굴이 옥문보다 소중하니 먼저 옥문을 취하소서."

"오입질 십 년에 아랫도리부터 잡수라는 년은 처음 본다."

"싫으면 관두셔요."

홍심의 목소리는 사내처럼 굵직했는데, 취하고 동해서 분간이 없는 임흘의 귀에는 꾀꼬리소리였다.

운우지정을 나눴다.

임흘은 궁금해서 잽싸게 촛불을 켰다. 비단천을 걷어내자 홍심의 얼굴이 드러났다. 생긴 것이 꼭 『박씨부인뎐』에서 본 삽화 같았다. 선녀로 변신하기 전 괴물 박씨부인.

임흘이 얼떨떨한데, 홍심이 힘차게 방귀를 뀌었다.

안동(安東)—8월 13일

군관 이해문(李海文, 51세)이 은근히 떠보았다. "술 한잔하겠소?"

군관 서유대(徐有大, 32세)가 인상을 썼다. "진담이오?"

"술 갖고 농을 하겠소. 안동에 밀주가 많소이다. 내 몇 놈에게 넌지시 물으니, 망호루(望湖樓) 인근에 밤새 장사하는 주막이 깔렸다 하오. 내가 살 테니 갑시다."

"영감, 죽고 싶어 환장했소?"

작년(1762)에 세상을 놀라게 한 두 죽음이 있었다.

대사헌이 남병사(南兵使, 함경남도병마절도사) 윤구연(尹九淵)의 파직을 청했다. 윤구연이 법을 집행하는 위치에 있으면서도 매일 술에 취한다는 말이 낭자하다고. 임금은 윤구연을 잡아오라고 명했다. "과연 들리는 바와 같다면 응당 일률(一律)을 시행해야 한다. 어찌 파직만으로 그치겠는가?" 임금은 선전관이 증거물로 가져온 술 냄새 나는 빈 항아리를 보고 대노했다. 나라의 국법을 우습게 아는 자를 당장 일률로 다스려라. 삼정승이 말리고 사간원에서도 인명은 중요하니 선처해달라고 간언했지만 임금은 막무가내였다. 삼정승과 사간원을 파직시켰다. 친히 남대문으로 나아가 참수를 명했다. 조선이 들어선 이래 임금마다 수도 없이 금주령을 내렸고 심하게 어기는 자들을 붙잡아다 태형을 가했다. 매 맞다 죽은 이도 있었고 매 맞은 후유증으로 죽은 이도 있었다. 허나 참수형에 처해진 자는 윤구연이 유일하지 않을까. 임금이 제 친아들을 뒤주에 가둬 죽인 게 5월이었고, 금주령을 어겼다 하여 종2품 고관 윤구연을 목 베어 죽인 게 9월이었다.

이해문이 너털웃음을 터뜨렸다. "국법이 지엄하기는 합니다만 사람의 본성을 누가 막겠소? 금주령 그거, 물고기한테 숨쉬지 말라는 것과 같은 소리 아니겠나. 귀공 얼굴을 보니 술 좋아한다고 적혀 있는데 뭘."

"영감, 내 얼굴에 정말 그렇게 씌어 있소?"

"오래 살면 누구나 관상쟁이 흉내는 내는 법이외다…… 귀공께서는 훈련원정(訓鍊院正)이시오. 정사와는 맞먹는 품계고, 부사와 종사관보다는 오히려 높소. 훌륭한 가문 출신에 음보로 선전관에 등용되기도 했었고, 급제하자마자 쾌속으로 승진해 정3품 벼슬에 올랐소. 임금이 아끼는 인재라는 것인데, 그런 사람이 겨우 비장(裨將, 수령을 수행하는 막료)으로 통신사에 섞여 있다니. 기이하지 않소?"

서유대는 말대꾸도 귀찮다는 듯 돌아누웠다.

신녕(新寧)—8월 15일

점심은 의흥(義興)에서 먹고 저녁은 신녕에서 먹기로 된 날이었다. 종서기 김인겸은 댓바람에 출발하여 일찍 의흥에 도착했다. 의흥현감과 잘 아는 사이였고 장기 호적수였다. 현감은 지공 준비로 분주할 텐데도 장기판을 꺼냈다. 딱 세 판만 두자는 것이었다.

"내가 이기면 꼭 들어줘야 할 부탁이 있어."

"김진사 청탁이라면 안 들어주고는 못 배기는 거로 유명한데, 큰일이군. 내가 한 판이라도 이기면 아예 청탁하지 말게."

김인겸이 세 판을 내리 이겼다.

"충청도 보령(保寧) 고을 사또로 있는 이자문을 아는가?"

"무슨 청탁을 하려고? 알아도 모른다고 할 것이야."

"15년 전에도 왜국 사행을 갔었지. 그때 이자문이 군관으로 갔었어. 그때는 여기 의흥 고을에서 하룻밤을 묵었다는데, 아이가 생겼다는군. 어미 되는 수청기생 이름이 일랑(一娘)이라던데."

"그런 천한 인생이 한둘일까. 고을마다 수청 든 다모·기생이 있었을 거고, 하룻밤에도 임신하는 건 드문 일은 아니니까. 허나 어떤 양반이 그 축생(畜生)을 자식으로 인정할 것인가. 제집에서 종으로 부리던 것의 생산도 인정 안 하는 세상에. 아, 내가 말이 너무 과했네."

김인겸이 서얼인 까닭은 그의 조상이 서얼인 때문이었다. 김인겸의 조부가 바로 천한 생산물인 축생이었다.

김인겸은 못 들은 척 하고픈 말을 했다. "이자문은 다르더군. 이자문이 내게 간청하더라고. 딸을 속신해서 자기에게 보내달라고."

"보기 드문 사람일세. 자식이 또 없나? 왜 이제야 찾나?"

"근래에 알았다네. 자식이 없는 것은 아니지만, 제 혈육이 있는 것도 모르고 산 것을 괴로워하더군. 세심한 사람일세."

의홍현감이 아전을 보내 일랑·랑이 모녀를 데려오게 했다.

김인겸이 이자문이 전해달라는 말을 들려주자 모녀는 펑펑 울었다.

김인겸이 물었다. "일랑이가 누구 다모를 드는지 알 수 있나?"

아전이 대답했다. "이번엔 일랑이는 다모 들지 않고 일랑이 딸 랑이가 다모 들기로 되었습다. 한 살이라도 젊은것이 나리들 눈에 알차지요."

"랑이를 누구 다모로 정했는가?"

"종사관 병방비장 되시는 임흘 나리……."

"그 색귀놈한테! 그놈은 차만 마시는 놈이 아니야. 이거 큰일났군. 이보게, 나한테 배정된 다모랑 바꿔주게."

"그거야 뭐 어렵겠나."

의홍현감이 원역들에게 점심 공양하느라 분주한데, 김인겸은 뒤를 졸졸 따라다니며 틈만 나면 랑이를 속신해달라고 졸랐다.

헤어질 때 의홍현감이 똥겼다. "물정 어두운 사람이 작은 고을 사또 한 번 못해본 티를 내나. 관비를 어찌 내 마음대로 속신할 수가 있단 말인가. (두 손가락으로 동그라미를 지어 보이며) 이분 마음대로는 가능할지도."

"진작 얘기하지. 얼만가? 얼마면 되나?"

"둘 다는 어렵겠지만 딸이라면 가능할 수도. 자네가 돈이 있는가? 이번에도 왜국 간다고 큰 빚을 졌다면서."

"그렇지, 호조에서 빌려준 은으로는 터무니없더군. 어떻게든 마련해보겠네."

김인겸은 인근의 지례(知禮, 김천의 옛 지명)현감과도 잘 아는 사이였다. 지례현감은 신녕 고을에 지공 갈 차비 중이었다. 김인겸이 부탁하는 대로 현감은 지례의 관비들을 다 모아주었다. 큰 기대는 아니했으나 행란(杏蘭)이란 기생이 오롯했다. 저만 하면 한양 기생집에 내놓아도 으뜸·버금을 다툴 만했다.

"너 같은 미색이 이런 시골에 썩고 있었구나?"

"알아보는 이가 없으면 귀한 꽃나무도 그저 풀나무지요."

김인겸은 지례현감 일행과 신녕으로 들어갔다.

임흘을 찾아가니 똥 본 듯 고개를 돌렸다.

김인겸은 반갑게 다가섰다. "젊은 분이 그깟 일로 서운해하시기는."

"영감! 내 동행이라 참는 거요. 사람을 반편으로 만들어놓고!"

"가십시다. 내가 일등 기생을 하나 얻어놓았소."

임흘은 귀가 번쩍 뜨였다. 금방 기대에 찬 낯꼴이 되었다.

임흘은 행란을 보고 크게 만족했다. 임흘이 행란과 한 번 재미 보고 또 한 번 할 참인데, 김인겸이 밖에서 불렀다.

"영감, 공치사는 나중에 하시우."

"급히 돈이 필요하거늘 누구한테 빌린단 말인가. 여러 날 정든 자네밖에 생각 안 나는걸."

김인겸은 빌린 돈 꾸러미를 싣고 점심 먹었던 의흥으로 내달렸다. 덩달아 종일 바빴던 종놈 한홍이 뒤따르며 구시렁댔다.

"참 이상한 성격이셔. 자기 앞가림은 잘 못 하시면서 남의 일이라면 아주 날아다니셔. 제 딸 구하는 것도 아닌데 저리 좋으실까. 허기는 나리도 서얼이라고 평생 속 썩고 사신 분이니께. 행란이도 이쁘지만 아까 랑이도 이쁘던디. 랑이가 속신하면 제 아비처럼 양반은 못 돼도 상사람은 된 것인가? 팔자 바꿨네. 우리 종놈은 평생 팔자 바꿀 일도 읎고 기생이 훨씬 낫다니께."

영천(永川)—8월 16일

행로는 동일하나 따로따로 움직였던 원역 무리가 한데 모이는 고을이 영천이다. 동래·부산에서 합류할 아랫것들 빼고는 다 집결했다. 경상관찰사가 조양각(朝陽閣)에서 전별연(餞別宴)을 베풀었다.

관찰사가 농했다. "선배가 국경 밖을 나가는데 부조를 해야 마땅할 듯하나, 전례가 없어 지금 군관과 상의하는 중이야. 얼마를 내놓아야 할까?"

조엄이 유쾌히 받았다. "영남의 도백(道伯, 관찰사)을 지낸 이가 통신사가 된 예는 일찍이 없는데 지금 비로소 있게 되었네. 굳이 부조하겠다면 그 예를 만드는 것이 당연하겠거늘 어찌 전례가 있고 없는 것을 구애하며, 또 하필 당사자에게 묻나?"

선후배 관찰사는 성균관 동문수학이어서 말 나눔이 편했다. 조양각은 층층 절벽 위에 있으니, 아래로는 큰 강이 흐르고 하천 밖은 넓은 들이었다. 구경꾼으로 인산인해였다. 15년 전 사행 때 전별연이 대단했다는 소문이 세월이 무상하게도 남아 있는 것인지, 왜국 가는 행차니 그 자체로 장관이라 여겼는지, 기대에 찬 구경꾼이 사방을 빽빽하게 둘러쌌다.

나라 말을 관리하는 직책이 이마(理馬)다. 이마 장세문(張世文, 45세)이 두 별무사(別武士, 훈련도감의 마병馬兵, 금위영과 어영청의 기사騎士들 가운데 뽑혀 윗자리의 벼슬을 받던 병졸)를 추어주었다. "저들이 다 자네 두 사람을 보러 왔구먼. 저들에게는 평생의 구경거리일 테니 실력 발휘를 해보셔."

별무사 정도행(鄭道行, 39세)이 혀 차는 소리를 했다. "젊은 자네가 열심히 하게. 나는 대강하려니."

별무사 박성적(朴聖迪, 24세)이 기운차게 대답했다. "소인이 최선을 뽐내겠습니다. 선배께서는 몸을 조심하십시오."

훈련도감(訓鍊都監, 수도 경비와 포수砲手, 살수殺手, 사수射手의 삼수군三手軍 양성을 맡아보던 군영)에서 으뜸으로 손꼽히는 두 마상재의 연령 차이가 제법 났다. 정도행은 보면 볼수록 박성적이 대견했다. 이 젊은이가 없으면 어쩔 뻔했나. 중늙은이 마상재들은 박성적에게 기술을 전수해주는 낙으로 살았다.

정도행이 대강 하겠다고 했지만, 기예라는 것은 그런 게 아니다. 대강 하겠다고 마음먹어도 일단 시작하면 혼신을 바칠 수밖에 없는 것이 기예다. 조건이 안 좋아서 몸이 안 좋아서 기분이 영 틀려서 엉망일 수는 있어도, 어찌되었든 몸은 최선을 다한다. 신명에 취할 수 있기를 바랄 뿐이다. 하기는 신명에 취하여 타본 것이 몇 번이나 되었던가.

두 쌍의 사람·말이 출발했다. 이제나저제나 고대하던 구경꾼이 우렛소리를 질렀다.

소동 임취빈도 펄쩍펄쩍 뛰며 소리를 질렀다. 평생소원하던 마상재를 보게 되었구나.

두 쌍의 인마가 크게 한 바퀴 돌았다. 두 사람이 말 타고 달리며 삼혈총(三穴銃, 세 개의 포신을 겹쳐 만든 조총)을 쏘았다. 표적으로 세운 허수아비 목이 뚝 떨어졌다. 함성이 크게 일었다. 두 사람이 말 등을 좌우로 넘어 다녔다. 비명 지르는 사람들이 무수했다. 두 사람이 말 위에 죽은 듯이 가로누웠다. 박수가 천둥소리 같았다. 두 사람이 말 다리 밑으로 몸을 감추었다. 입을 쩌억 벌리고 얼어붙는 이들이 숱했다. 두 사람이 말 위에서 물구나무를 섰다. 탄식과 감탄이 파도소리 같았다. 두 사람이 머리를 말꼬리 쪽으로 두고 말 위에 세로로 누웠다. 장대한 장탄식. 두 사람은 이제까지 차례로 보였던 것을 한 바퀴 돌며 다시 한번 보여주었다. 두 말이 멈추고 두 사람이 조양각을 향해 군례했다. 사방 구경꾼에게 손을 흔들었다. 천지를 뒤흔드는 격렬한 환호.

구경거리는 또 있었다. 기생 경연. 조양각에서 풍악이 울려 퍼졌다. 사행에 속한 악공들이 솜씨를 보였다. 각 고을 이름난 기생들이 차례로 춤추었다. 천지사방에 횃불이 밝혀졌다. 만 명에 이르는 구경꾼이 조양각을 올려다보며 흥에 취했다. 떡·과일·밀주·안주 파는 이들이 구경꾼 사이를 활개쳤다. 좀도둑놈들도 때 만난 물고기처럼 돌아다녔다.

임취빈은 자기를 쳐다보는 눈이 많음을 알아챘다. 흔히 겪는 일이었다. "기생 누이들은 저어기 있답니다. 저기를 보셔야지요."

"너무 멀어. 가까운 곳에 기생보다 더 볼 만한 계집이 있으니…… 계집 맞지? 목소리도 곱네, 고와."

임취빈이 새되게 쏘았다. "사내예요."

"춤출 줄 아나?"

"추면, 저 아이들한테 떡이라도 사주실래요?"

"얼마든지."

"먼저 사세요."

누군가 떡장수를 불러 엽전 한 꿰미를 쥐여주었다. 떡장수가 떡판을 놓으니 거지 아이들이 살벌하게 다투며 먹었다.

임취빈은 무희 노릇을 할 소동으로 뽑힌 사행의 일원이었다. 일찌감치 동래에서 대기하고 있었으나 영천의 큰 구경거리에 동하여 거슬러왔다. 임취빈은 두 팔을 늘어뜨리더니 사뿐사뿐 움직였다. 나비처럼 날아다녔다. 취빈을 둘러싸고 한 무대가 생겼다. 횃불이 몰려들었다.

워낙 숱한 이들이 모였고, 멍석만 깔아주면 잘 놀 사람이 지천이었다. 광대패·사당패·탈패 여러 대도 틈만 보고 있던 차였다. 한두 군데서 판이 벌어졌고, 판은 들불처럼 퍼져나갔고, 강강술래를 도는 여인네들도 생겼고, 마상재 누비던 들판 전역이 가무·놀이판이 돼버렸다. 오히려 조양각에서 기생과 노는 양반님네가 소외된 듯 보였다. 영천의 밤은 오래도록 타올랐다.

동래(東萊)—8월 20일

한양 일행이 동래에 닿았다. 관속(官屬, 지방 관아의 아전과 하인을 통틀어 이르던 말), 장사치, 유생, 농민, 기생…… 오백여 명이 고을 초입부터 기다리고 있었다.

"나는 강제 동원됐다카이. 기분 나쁘지는 않다카이. 우리 사또가 청백리(淸白吏)까지는 아니더라도 잘 다스렸다고 명성 자자한 분 아니셨는가."

"나는 자발적으로 나왔제. 그분한테 은혜 입은 게 있다고. 내가 억울한 옥사로 뒈질 뻔했지 않은가. 사또가 사리 밝은 처사로 구원해주셨지."

"나는 구경 나왔어라. 성안에서는 사람 많아서 뭐를 볼 수 있겠어라. 미리 와서 구경 많이 할라꼬."

하도 시끄럽게 굴어 수레 끄는 말을 귀찮게 하고 가마꾼을 화나게 했다.

조엄이 남여(藍輿, 중간 벼슬아치가 타는 뚜껑이 없는 가마) 문을 열자 민중이 일제히 절했다.

조엄이 농민 한 사람을 불렀다. "금년 농사는 어떤가?"

"큰 풍년은 아니지만, 작년보다 낫습니다."

5리쯤 더 가니, 동래부사가 맞이했다. 바다를 건널 봉물(封物) 일부가 가지런했다. 나장·포수·의장군악대로 선발된 장교·나졸짜리들이 정렬했다. 삼사는 관복(官服), 이하 원역은 시복(時服, 공무복)으로 갈아입었다.

구경꾼이 지지배배했다.

"옷을 제대로 갖춰 입으니 사신 같구나."

"일본에 가서는 만날 저래 입어야 한다면서?"

"보여주려고 가는 길 아닌가."

동래성 남문으로 들어갔다. 불어나서 따라온 구경꾼에, 성에 몰려 있던 구경꾼까지 뒤섞이니, 족히 만오천 명은 되는 듯했다.

국서(國書)가 객사 한 방에 놓였다. 동래부사가 연명례(延命禮, 지방 수령이 사신使臣과 상견相見하는 예의)를 행했다.

세책점 뒷마당에 왁자지껄한 자리가 마련되었다. 횃불로 환했다. 각종 서책으로 먹고사는 자들이 쉰 가까이 모였다. 세책점 운영자, 작가, 베끼는 필경사, 그림 그려넣는 삽화가, 방각본(板刻本) 업자, 시장 바닥에서 읽어주는 전기수(傳奇叟), 사고팔러 다니는 서적상……동래·부산·다대포·초량에 근거한 이들이 싹 집결했고, 인근 경주·울산·대구에서 왔고, 심지어 멀리 의주·평양·함흥·원산·서울·원주·강릉·전주·광주·진주·목포·제주에서도 왔다. 오는 순서대로 툇마루에도 앉고 평상에도 앉고 멍석에도 앉고, 자연스럽게 뒤섞여 마시고 먹었다. 세책점 주인이 손뼉을 쳐 좌중의 시선과 입을 모았다.

"모일 사람은 다 모인 것 같구려. 예고한 대로 당대 최고 인기 작가 '미친 빛'을 소개하리다."

던의 작가들은 이름을 명기하지 않는 게 일반적인데, 4년 전 '광광(狂光)'이라 서명한 자가 나타났다. 남도 독서계를 평정한 세 던이 있었다. 『삼수던』은 『삼국지연의』와 『수호전』에서 조선 민중에게 지명도 높은 왕후장상·영웅호걸 서른을 뽑아 그들의 활약상을 마구 뒤섞어버린 시종일관 치고받는 전쟁질·살육담이었다. 『서금던』은 『서유기』의 4인방에 『금병매』의 여주인공 셋을 함께 등장시켜 상대를 바꿔가며 짝짓기도 하고 여행도 했다. 『홍박전던』은 조선 던의 3대 도술가인 『홍길동던』 『박씨부인던』 『전우치던』의 세 주인공이 모호한 나라 모호한 시대를 배경으로 듣도 보도 못한 도술 대결을 펼쳤다. 세 던의 작가가 광광이었다.

광광 작가가 사립문을 열고 들어왔다. "허어, 과연 책으로 호구지책 하는 면상들이외다. 대견들 하오. 그대들의 노력이 있어 뭇사람이 지식을 얻고 재미를 맛보며 감동을 가지는 게 아니겠소. 뭇사람에게 나눠주는 그대들이 없다면 나 같은 글쟁이가 무슨 쓸모가 있겠소. 그대들이나 나나 책 파먹고 사는 책벌레들이오. 책을 위해 더욱 노력합시다."

책벌레들이 다소 성의 없이 손뼉을 쳤다. 믿지를 못하는 모양이다.

한 필경사가 알아보았다. "혹시 변탁 장교님 아니시오?"

"아니라고 안 하리다." 대변 변탁이 그 유명한 광광 작가였던 것이다.

"장교님 덕분에 먹고사는 주제에 할 소리는 아닙니다만, 장교님이 어째서 던 나부랭이를?"

"가진 재주가 있으니 써먹지 못할 이유가 있을까."

한 도화사가 떠보았다. "큰 변 장교님이 타고난 이야기꾼이란 소리는 들었는데, 그림도 잘 그리실 줄은 몰랐소."

세 뎐이 전대미문의 인기를 누리는 데는 그림도 한몫했다. 삽화가 몹시 인상적이었다. 이야기가 아니라 그림에 매혹되어 세 뎐을 사들인 부잣집 마나님도 숱했다.

"그림은 다른 이가 그렸소. 여러분도 잘 아시는 소변 변박이 그렸지. 내 당질 말이우. 어여, 들어오시게."

변박이 고개를 푹 숙이고 들어왔다. 얼굴을 보여주기는 해야겠기에 잠깐 쳐들었다. 두 변씨 장교를 잘 아는 동래 · 부산 사람들이 타고장 사람들에게 틀림없이 그들이라고 일러주었다.

세책점 주인이 버르집었다. "영남이 자랑하는 이야기꾼 대변이 쓰고, 영남이 자랑하는 그림꾼 소변이 그렸소. 그게 우리를 부자로 만들어준 세 뎐이었다 이거요."

종이 좋은 전주에서 목판에 새겨 인쇄한 책들이 누구나 소장하기를 원하는 완판본(完板本)이다. 전주 방각본 업계에서 파견 나온 쾌(儈, 거간)가 은근히 요구했다. "두 분이 세 뎐을 짓고 그렸다는 확증을 봬주실 수 있는지."

변탁이 헛기침을 했다. "잘 들으셔. 옛날 옛적에……" 춘향이와 심청이와 콩쥐가 누가 더 불행한가를 자랑하는 우화가, 변탁의 주둥이에서 시냇물처럼 흘러나왔다. 여기저기서 훌쩍거렸다. 어떤 이는 "대장부들이 쪽팔리게 저딴 얘기에 왜 울어?" 하더니 얼마 못 가 자기도 울었다. 변탁은 갑자기 이야기를 중단하더니 "제목은 『춘심콩뎐』이 좋겠군. 나머지는 일본 갔다 와서 해주지!" 했다.

원성이 높았다. 책벌레들의 시선이 작은 변에게 쏠렸다. 변박이 세필로 휘휘 그렸다. 세책점 주인이 그림을 들어 보였다. 동래에 입성하는 통신사 일행을 포착했는데, 세 뎐에서 보던 바와 틀림없는 솜씨였다.

필경사 하나가 어깃장을 놓았다. "꼭꼭 숨기던 작가를 왜 공개하는 것일까. 뎐 작가는 자기를 숨기는 것이 유리할 텐데, 큰 변은 왜 모습을 드러내신 것일까. 작은 변도 이상한 그림 그려 팔아먹었다는 게 알려지면 출셋길에 금이 갈 텐데, 왜 밝히시는 걸까?"

두 당사자는 선뜻 대답을 못 하고, 세책점 주인이 탁자를 내리쳤다. "일본에 가기 때문이오!"

"일본에 간다? 통신사 말이우? 그게 뭐?……"

주인이 침방울을 날렸다. "큰 변도 가고 작은 변도 가오. 글쟁이와 도화사가 같이 간단 말이오. 가서 뭐하겠어. 왜나라 이야기를 수집할 거야. 왜나라에도 뎐 같은 게 있을 거 아닌가. 뿐만 아니라, 아는 사람은 다 알겠지만, 왜나라에는 우리나라에 없는 책도 많아. 거, 남만인가 아란타인가 저어기, 쩌어기 멀고 먼 나라에 코쟁이들이 산다는 건 다들 알고 있지? 피부 새하얗고 머리털 색깔 다양하고, 거기 사람들 이야기책이 엄청 들어왔다는 거야. 변 장교가 그걸 싹 빨아들여서 더욱 엄청난 뎐 하나를 지을 거요. 큰 변, 여기서 앞차게 한마디……."

변탁이 헛기침을 하고 흰소리 쳤다. "기상천외한 이야기책을 써볼 참이우. 『삼수뎐』 더하기 『서금뎐』 더하기 『홍박전뎐』이라고 해두지. 전에도 없고 후에도 없을 대작이 될 것이외다."

"들으셨지? 이 충만한 자신감. 큰 변의 천하제일 이야기에 작은 변의 천하제일 그림이 합쳐진 왜국과 코쟁이 땅 사람들의 이야기 엄청 기대되지 않아?……"

장광설을 간략하자면 투자를 하라는 것이었다. 투자한 자에게만 공급할 거다. 돈 안 낸 자에게는 국물도 없다. 『춘심콩뎐』도 주지 않을 거다. 불법 유통 완전 근절시키고, 오로지 돈 내고 권리를 산 책쾌에게만 풀겠다.

"얼마요?"

"한 권당 백 냥씩."

"몇 권을 쓸 건데?"

변탁은 자신만만했다. "최소 열 권!"

"열 권씩이나 쓸 이야기가 있겠소?"

"별걱정들 다 하네. 세계가 얼마나 크고 넓은데. 중국에서 수입해 온 이야기만큼은 있잖겠나."

대개 투자를 했다.

맨 뒤 구석의 한 초립둥이 행색이 새되게 질렀다. "저한테도 투자를 하세요!"

목소리가 묘하게 들려 다들 쳐다보았다.

"웬 남장 계집이…… 어르신들 담소하시는데…… 어디 기생이야?" 넋 놓고 바라보던 자 중 하나가 물었다.

초립을 벗고 단발머리 임취빈이 밝혔다. "전 사내예요."

거개 기연가미연가했다.

임취빈이 좌중으로 나왔다. 싸잡아 일갈했다. "책벌레 어르신들, 부끄럽지도 않으세요?"

"뭘 부끄러워해야 하는 거냐?" 전주 쾌가 되물었다.

"어째서 남의 나라 이야기를 수입하려고만 하세요? 남의 나라 이야기를 흉내내고 짜깁기하는 것을 어찌 자랑으로 아세요?" 임취빈은 특히 변탁을 바라보았다.

변탁이 뭐에 찔린 사람처럼 뇌었다. "짜깁기?"

"짜깁기가 아니면 뭐란 말예요?"

"그래, 이 예쁜 년이 아니고 놈아. 짜깁기했다. 그게 뭐 어때서? 세상에 짜깁기 아닌 얘기도 있더냐? 뎐이라는 게 다 입에서 입으로 전해 내려온 이야기들을 이렇게 저렇게 짜깁기한 것 아니더냐? 한문으로 기록된 이야기들도 구전을 적은 것뿐이다. 한문 야담이니 패설이니 패관이니 하는 것도 다 결국 짜깁기일 뿐이다. 이왕 짜깁기하는 거 남들보다 더 장대하게 더 재미있게 한 것이 잘못이냐? 오히려 상 받을 일이다. 독자들의 열광이 그 증거다. 내 짜깁기가 남도 사람들의 심금을 울렸다, 웃게 했다, 똑똑해지게 만들었다."

"짜깁기가 나쁘다고 한 적 없어요."

"했어! 다들 들었지? 이 예쁜 놈이 말문 막히니까 딱 잡아떼는 거지? 맹랑하구나!"

"남의 나라 이야기를 흉내내고 짜깁기하는 것을 어찌 자랑으로 아세요? 라고 했어요. 이 말이 짜깁기를 나쁘다고 한 말예요? 좋다고 한 말은 아니지만 나쁘다고 한 말도 아니잖아요?"

임취빈도 좌중에게 동의를 구하는 시늉을 했다.

전주 쾌가 또 물었다. "입바른 동자께서는 무슨 자랑할 만한 생각이라도 있느냐?"

"있어요!"

"그게 뭐냐?"

"정선(鄭敾) 선생님이 등장하시어, 조선 사람이 왜 중국의 산천을 그리느냐, 조선을 그려야지, 이리 가르친 이후, 지금 화가들은 대오각성하고 조선의 산수를 그린답니다…… 조선 이야기꾼들은 왜 각성 못 하세요? 『삼국지연의』 『수호전』 『초한지』 『서유기』 『금병매』…… 그 아류들. 중국 이야기가 판친 지는 이미 수백 년이고, 그 책들을 모방하고 변형한 조선인이 쓴 중국이야기가 덩달아 판친 지가 백여 년예요…… 조선의 이야기라는 것도 마찬가지예요. 광광 작가님 말처럼 구전설화를 짜깁기한 게 조선 이야기의 전부예요. 지금 시대를 사는 조선 사람들의 이야기를 그려낸 던이 있습니까? 작가들이 노력을 안 하고, 책벌레 어르신들 또한 노력하지 않았기 때문에 그런 거예요."

대다수가 생각에 잠겼다. 생각 없는 이도 어째 입 닥치고 가만히 있어야 할 듯했다.

소변 변박이 물었다. "너한테 뭘 투자하라는 거냐?"

임취빈이 제 이마를 탁 쳤다.

"참, 정작 할 소리를 잊고 있었네요. 그러니까 어르신들, 제가 통신사 이야기를 써보고자 합니다. 이번에 저도 일본 갑니다. 소동으로요. 제가 낱낱이 적겠어요. 본 것, 들은 것, 겪은 것, 여러 어르신의 이야기, 다 사연을 들어볼 겁니다. 높으신 분들 사연도 듣고 역관 나리들 사연도 듣고 격군 아저씨 사연도 듣고.

……중국이든 왜국이든 사신 다녀오면 꼭 일기 같은 걸 남기는

분이 있잖아요. 사행록 말예요. 근데 그건 높으신 분이 한자로 쓰신 거라 아무리 잘 번역을 해도 언문으로는 재미있게 읽을 수가 없잖아요. 그 책들이 안 읽히는 건 한자로 쓰였기 때문이 아니라 재미없기 때문이란 거예요…… 재미만 있어봐요, 번역하면 되죠. 『삼국지연의』『수호전』도 한문으로 들여온 건데 재밌어서 누가 언문으로 번역했고 과연 잘 팔리는 거잖아요. 그러니까 제가 『수호전』처럼 재미있게 읽을 수 있는 여행기랄까 여행뎐이랄까 그렇게 쓸 자신이 있다는 거예요. 저 역시 저를 믿고 투자해주신 분들께만 제가 쓴 이야기를 드릴 겁니다. 저는 한 권에 서른 냥씩만 받겠어요."

어린아이 말은 들어줄 만큼 들어줬다. 이제 어른이 가르쳐주지, 하는 낯빛으로 책벌레들은 무지몽매한 소년에게 퍼부었다.

"차라리 비역질 얘기를 써라. 내 그러면 투자를 고려해보겠다. 사내 오백 놈이 1년 동안 동고동락하면서 할 짓이 뭐 있니? 비역질밖에 더 있어? 왜들 웃는 거야? 비역질 이거 괜찮은 소재야. 고려 말에는 상열지사라고 해서 남녀 간은 물론이요, 남남 간 여여 간의 거시기를 적나라하게 쓴 이야기가 유행했잖아. 공자님 말씀인가 성리학님 말씀인가가 거시기를 하도 거시기하게 거시기해서 거시기하지만 지들은 할 거 다 하면서…… 암튼 비역질 얘기 팔릴 만해."

"네가 뎐을 너무 안 읽어봤다. 몰라서 하는 얘기야."

"공부 좀 더 하고 와."

"맹추야. 그따위가 어찌 재미있을쏘냐. 설령 네가 원하는 이야기를 썼다고 치자. 거기엔 임금도 안 나오고 임금하고 맞장 뜨려고 했던 반란 수괴도 안 나오고 위대한 정치인도 안 나오고 임꺽정이나 장길산 같은 대도적도 안 나온다. 허균(許筠) 같은 기이한 인생도 안 나오고, 황진이(黃眞伊) 같은 사내 간장 오그라뜨리는 여인도 안 나온다. 심지어 당파싸움도 못 나올걸? 정3품 몇 빼고는 끽해야 급수 떨어지는 무반 벼슬짜리들이니 사색당파에서 취급도 안 하는 무늬만 양반들이잖아? 대체 그 자질구레한 잡것들의 이야기를 누가 읽을 것이며 읽는다 한들 무슨 재미를 얻을 수 있겠느냐?"

"저 어린것이 무슨 재미를 알겠어? 이 어르신이 재미를 보여줄까. 네가 사내일지언정 너라면 내가 기꺼이 안고 자겠어."

"나도 네 몸에 투자할 수는 있다."

"네가 이야기를 잘 모르는구나. 이야기라는 건 말이다, 대신해주는 거다. 규중에 처박혀 인생 썩는 여인들을 대신하여 『금병매』의 여자들이 파란곡절을 겪어주는 거다. 평생 남한테 굴종하기만 하는 뭇 사내들을 대신하여 『수호전』의 도적놈들이 지랄이란 지랄은 다 해주는 거다. 골목대장 한 번 못 해본 못난 것들을 대신하여 소설 속 임금이 장군이 영웅호걸이 대장질을 해주는 거다. 한데 네가 쓰겠다는 이야기는 대신 해줄 게 아무것도 없다. 대신 여행해준다고? 아니, 너는 대신 여행해주겠다는 게 아니야. 여행하는 자들의 신세타령을 들려주겠다는 거야."

"신세타령은 안 돼! 짜증나."

"불쌍한 얘기도 안 돼."

"수시로 죽을병 걸리고 골육상쟁하고 불륜 창궐하고 부모 찾아 삼천리 하고 알고 보니 대감님이 친부고 자고 보니 왕자님이고 뭐 이런 막장 이야기면 또 몰라. 요즘 인기 좋은 던 치고 막장 아닌 게 어딨냐구. 십중팔구 막장이지."

"네가 풍자를 아니? 해학을 아니? 암것도 모르는 게 까불어."

임취빈은 기가 죽어 움츠러들었다. 예상 밖의 반응이었다. 환호와 찬사까지는 아니더라도 구미는 당길 수 있으려니 했는데. 정녕 까막 바보였나.

세책점 주인이 주워섬겼다. "너무들 하시네. 격려하지는 못할망정 싹을 밟는구나 밟아. 이 아이가 글씨는 멋들어지게 쓰오. 내가 필경사로 부려먹곤 했소. 여러분이 팔아먹은 책 중에 글씨 예쁘단 소리 들었다면 이 아이가 베낀 책이오. 나도 이 아이가 뎐 작가를 꿈꾸는 줄은 몰랐구려."

"글씨 예쁘게 쓰는 것하고 이야기를 지어내는 건 전혀 다른 문제야." 광광이 나타나기 전 경상도 최고의 작가로 군림했던 무명씨가 버럭 성냈다.

임취빈이 마지막 수라도 된 듯 소리쳤다. "살해일왕!…… 전 천치가 아니에요. 어느 정도 허구 장치는 쓸 겁니다. 제 허구 장치는요, 임금님께서 일본왕을 죽이라고 밀명을 내린 거예요. 살해일왕이라는 네 글자. 통신사 대장 나리도 모르게 따로요. 왕명을 받은 군관 나리는요, 왜놈들이 천황이라고 부르는 이를 죽이라는 건지, 천황을 궁벽한 성에 처박아놓고 왕 노릇을 한다는 관백이라는 자를 죽이라는 건지 알 수 없어요. 대놓고 죽이라는 건지, 암살하라는 건지도 알 수 없어요. 임금님은 그저 그 말 한마디만 했을 뿐예요. 왜나라 왕을 죽여라! 그 말 한마디 때문에 별의별 사건이 다 벌어지면서……."

"그만! 주둥이 닥치지 못할까!" 소변 변박이 사납게 소리쳤다.

들은 말이 하도 황당하여 책벌레들은 말문이 막혔다.

전주 방각본업계 쾌가 어음을 써주었다. "재능 있어 뵈는데 뭘. 꼭 써야 한다. 살해일왕 어쩌고 그건 접어두고 먼저 얘기한 거 말이다. 동고동락한 거. 네 진심이 절반만 발휘되어도 읽을 만하지 않겠느냐?…… 원래 좋은 이야기는 많은 이에게 읽히지 않는 법이란다. 나라와 주군께 충성하고 어버이께 효도하자, 삼강하고 오륜하자, 좋은 놈 잘되고 나쁜 놈 망한다, 사랑은 숭고하다, 이런 도덕 염불로 도배된 이야기나 팔리지. 진짜 이야기는 알아먹는 사람이나 알아먹는 것인지라 안 팔리는 게 당연하다. 자기계발, 처세술 책보다 안 팔리는 게 진짜 이야기야. 대중이 못 알아먹거든. 하지만 진짜 이야기도 필요한 법이란다. 너에게 희망을 건다."

대변 변탁이 탁자에 쌓인 돈꿰미 하나를 들어 임취빈 앞에 던졌다. "나도 투자하겠다."

"제 이야기도 짜깁기하시려고요?"

"허어, 너는 고맙습니다, 하는 말부터 배워야겠다."

소변 변박도 돈꿰미 하나를 임취빈에게 투척했다. "원한다면 내가 그림을 그려주마."

방금 전 호통친 사람 맞나? 임취빈은 새침한 체했다. 세책점 주인도 그간 부려먹은 정 때문인지 투자했다. 임취빈은 세책점을 나와 어느 주막에서 기다리는 아우에게로 갔다.

아우가 보따리를 풀어보고 입을 다물지 못했다. "훔쳤소?"

"빚을 모두 갚아라. 남은 돈으로 내가 돌아올 때까지 버텨야 한다. 내가 없는 동안 네가 가장이다. 병약한 어버이와 아우들을 잘 돌보아야 한다. 언제까지 이렇게 살 수는 없다. 돈을 벌어오든 장교 자리라도 얻어오든…… 몸 팔이라도 해서…… 정말이지 이야기꾼이 될 수도 있겠지."

부산(釜山)—8월 22일~10월 5일

8월 22일

부산진지성에 들어가 자질구레한 절차를 다 끝냈다. 세 사신은 영가대(永嘉臺) 선소(船所)로 갔다. 조엄은 으뜸 배에 올랐다. 전선(戰船)에 비교하면 조금 크다. 길이가 19발 반(약 29.2미터)이고, 높이·너비가 6발 2자(약 9.6미터, 1자는 약 30센티미터)란다. 이물(배의 앞부분)에서 고물(배의 뒷부분)까지 걸어보았다. 내려가 창고와 노 설치된 것을 살펴보았다. 갑판으로 되올라와, 좌우 청방(廳房, 구들을 놓지 아니하고 마루처럼 널을 깔아서 꾸민 방) 14칸을 일일이 열어보았다. 배는 자못 견고한 느낌이었다. 흡족했다. 군막(軍幕)처럼 꾸미고 붉게 단청(丹靑)한 타루(柁樓, 배의 키를 조종하는 망대)에 올랐다. 의자에 앉아 바다를 내려다보았다. 쾌활했다.

8월 24일

종사관 김상익이 생색냈다. "하나씩 골라 가지시게. 어떤가, 다들 인물이 괜찮지? 내 보기엔 창원기생 운정(雲晶)이가 제일이야."

운정이는 우쭐한 체하고 나머지는 삐친 체했다.

“서기, 시 한 편 짓소. 상으로 운정이를 주겠네.”

운정에게 눈독 들이고 있던 임흘이 입맛을 다셨다.

김인겸이 난색을 보이며 사양했다. “나이 많고 못난 선비라 혼자서 잘 잡니다. 저는 필요 없으니…….”

“어허, 사나이 아니로세. 잔말 말고 어서 짓소.”

문방사우를 내어놓고 재촉하니, 김인겸은 대충 지었다.

나머지 세 기생을 두고 세 군관이 제비뽑기했다.

하나씩 끌고 방으로 갔다.

잘 꾸민 운정이가 교태를 부리는데 김인겸은 말뚝 박아놓은 것처럼 부동이었다.

“나가 자라!”

김인겸이 혼자 누워 눈을 감아버렸다. 운정이가 기생 노릇 5년 만에 처음 겪는 사태였다. 저러다 벌떡 일어나 옷고름 풀어헤치겠지. 내심 기다렸는데 정말 잠들었는지 늙은이는 코를 골았다. 촛불도 꺼진 방에 귀신처럼 앉아 있기도 뭐하고, 기생 체면에 싫다고 누운 영감태기 품을 파고들 수도 없고, 무료해서 나오고 말았다.

곧 죽을지도 모르는데 할 수 있을 때 원 없이 해두자는 것일까, 향후 여덟 달 못 할 거 한꺼번에 하고 갈 것처럼 수청 다모·기생을 밤새 괴롭히는 원역이 흔했다. 그것도 큰 구경거리라고 엿듣고 훔쳐보는 아랫것들이 뒤질세라 진을 치기도 했다. 임흘처럼 색마인 양 날뛰지는 않더라도 주는 기생 마다하거나, 할 수 있는데 안 하거나, 그런 부처님 가운데 토막 같은 이는 드물었다. 자고 일어나보니 김인겸은 ‘서화담(徐花潭)’이 돼 있었다.

종사관도 제 수청기생한테 전해 들었다.

종사관은 혹시 고자인 거냐고 직설로 묻고 싶은 걸 참고 에둘렀다. "옹졸한 처사라고도 할 수 있고, 사내로서 어려운 일을 했으니 황진이를 마다한 서화담 못지않소."

문안 왔다가 별소리를 다 들은 김인겸이 변명처럼 떼었다. "제겐 평생 정한 뜻이 있습니다. 기생 따위를 보고 변할 수는 없지요."

"일부종사라도 다짐했었다는 얘기요?"

"비슷합니다."

"사별한 지 오래라고 들었는데 한 번도 정한 뜻을 배반하지 않았단 얘기요?"

"그다지 어려운 일은 아니었습니다."

다른 종놈들은 김인겸의 종 한홍을 볼 때마다 진짜냐고 캐물었다.

진실을 밝힐 수는 없고, 한홍은 둘러대었다. "내가 모신 지가 딱 10년째인데, 한 번도 못 보았네. 난 거시기가 고장 난 줄 알았는데. 고장 날 나이잖아? 말짱한 데도 안 하시는 거라고? 그럴 리가."

8월 26일

추상우는 개처럼 엎드려 숨죽였다. 종도리가 추상우의 등허리를 밟고 떨어졌다. 이 죽일 놈을 그냥. 나졸들이 바삐 뛰어와 횃불을 들이밀고 얼굴을 확인했다.

"어딜 가려고? 도둑질이라도 할 셈이냐?"

"도둑질은 무슨. 내 형님이 주막거리에 와 있다우. 전별차 오셨는데, 얼굴도 못 보게 생겼으니 속 터져 낙심천만하고 계시다우. 성님들, 이게 말이 되우? 나랏일 하겠다고 나선 우리들한테 상을 주지는 못할망정 가둬놓다니. 우리가 죄수냐고."

"사또께 따져라."

"알음알음으로 다들 들락날락하잖소."

"맨입으로 뒤를 봐주겠나."

"설마 빈손이겠소." 추상우는 나이 많은 나졸에게 뭔가를 쥐여주었다. 값나가 뵈는 은가락지와 엽전 스무 푼이었다. "돈들은 그냥 쓰시구, 가락지는 내가 안 돌아오거나 무슨 사고 치면 가지쇼."

"샛길 알지?"

추상우가 고개를 끄덕였다.

젊은 나졸이 종도리를 너는 뭘 줄래? 하듯 쳐다보았다.

"뭘 더 받으려고 그러시우. 우린 의형제란 말이오. 확 소리질러버릴까보다. 여기 좀 보래요!"

"저 어이없는 물건은 왜 달고 다니나?"

추상우가 한숨을 길게 내쉬었다. "내 불알보다 끈덕진 놈이오. 처치 곤란……."

둘은 성을 무사히 빠져나와 객주거리로 갔다. 딴 세상처럼 휘황했다. 어느 객줏집 깊숙이 들어갔다. 기다리던 두 장정에게 추상우가 눈짓했다. 둘은 종도리에게 재갈을 물리고 보자기를 씌웠다.

"바다에 던져버릴까요?"

"재미나 보게 해줘라."

둘은 종도리를 지분냄새 지독한 방에다 처넣었다. 한때 잘 나가던 기생이었으나 지금은 눈먼 총각들 후리는 걸로 호구지책 하는 노

추한 기생 추심이가 반갑다고 맞이하였다.

추상우는 안채 구석방으로 들어가 상석에 자리했다. 여남은 명이 장시간 술판을 벌인 듯했다.

"누구는 생전 안 하던 짐꾼 노릇에 등뼈가 휘고 있는데 잘들 논다."

추상우는 밀주를 항아리째 가져오게 했다. 한 바가지씩 퍼마시며 그간 억눌렀던 말들을 뱉아냈다.

"그놈들은 만날 놀러 다닌다. 해운대(海雲臺), 몰운대(沒雲臺), 명승고적…… 기생 끼고 악공 끼고 종놈 시중받으면서 말 같지 않은 시 짓고 되지도 않는 농담 따먹고 그러고들 논다. 우리는, 아니, 격군 생병신들은 아침부터 깊은 밤까지 마소처럼 노동한다. 자다가도 한밤중에 봉물 바리(마소의 등에 잔뜩 실은 짐)가 들어오면 벌떡 깨어 나른다…….

구경은 잘한다. 도대체 이름도 모르겠는 그 진귀한 것들을 얼마나 실컷 봤는지 지금 내 눈이 내 눈이 아니다. 그게 다 어디서 오는 거냐? 불쌍한 팔도 백성들한테 빼앗은 거 아니냐? 다 그만두고 호피, 호랑이 껍데기 말이다, 그것만 열 장은 봤다. 죽여주더라. 호랑이 한 마리 잡으려면 얼마나 많은 인민이 개고생을 해야 하냐?

……나도 알아. 주는 것만큼 받아온다고. 지들 딴에는 교린을 빙자한 무역이라는 건데, 문제는 지들끼리 나눠 먹는 거잖아. 팔도 백성은 그만두고, 봉물 싸고 나르고 쌔 빠지게 고생한 우리 격군, 아니, 격군 생병신들한테 떨어지는 게 있느냐고? 뭐, 쪼금 주기는 준다던데 받기 전에는 받은 게 아니고.

……역관 나부랭이를 우리가 사람으로 쳤나? 그냥 사람이 아니라

아주 높은 사람이더라. 그런 벼슬아치가 없어. 역관 나부랭이들이 봉물 감독을 하는데 어찌나 위세가 높은지 누가 보면 고관대작 납신 줄 알겠더라.

……한 놈이 연석(硯石, 벼룻돌)이라나 화석(火石, 부싯돌)이라나 무슨 돌멩이 같은 걸 깨뜨려가지고 역관놈한테 맞아 죽을 뻔하고 쫓겨났다니까. 그걸 못 물어내면 관노비로 박힐 거라더군. 이런, 호랑말코, 실수할 수도 있지. 내가 그 역관놈 딱 찍어놨어. 기회 봐서 반드시 바닷물을 멕일 테다.

……종놈들도 아주 몹쓸 개종자더라. 그건 종놈이 아냐, 집사야, 집사! 지들 모시는 놈 신분이 곧 그 종놈 신분이야. 누가 종놈보다 상놈이 낫다고 그랬냐. 종놈이 더 높은 거다, 종놈이! 종놈들부터 바다에 몽땅 처넣어야 한다.

……똑같이 나랏일로 가는 거 아냐? 왜 우리 격군만, 아니 격군 생병신만 개돼지 취급을 받는 거냐고. 밥이나 제대로 주면 말을 안 해. 그 개밥을, 너무 잘 준다고 평생 밥 못 먹고 살았던 놈처럼 감사히 여기는 종도리 같은 놈도 있더라만. 영남 일흔한 고을이 돌아가면서 지공을 한다는데, 높은 새끼들은 겁나게 잘 챙겨주면서 우리 격군, 아니 격군 생병신들에게는 개돼지 밥 주듯 한다니까. 격군 생병신 새끼들. 그런 개 대접을 받으면서 뭐가 그리 좋단 말야. 아주 신났어…….”

장물아비 박모가 물었다. “근데…… ‘우리 격군, 아니, 격군 생병신들’ 이건 뭐요?”

객주 주인 최모가 웃었다. “동무애가 생긴 모양이지.”

현상금 오백 냥짜리 수적 김모가 고자질했다. "현상금이 나보다 백 냥이나 더 붙은 수적 홍임장이, 그 잡놈이 수상쩍소. 거제도 어디에다가 배란 배는 다 긁어모으고 있다우. 사행선을 칠라는 거요!"

추상우는 어이없어했다. "엄청 컸네. 그 잡도적놈이. 그놈도 참 인사불성이라. 뭐, 홍길동·임꺽정·장길산을 뛰어넘는 대도적놈이 되고자 홍임장이라 했다고. 괴상한 놈들 참 많다니까."

"그놈한테 다 뺏기는 거 아뇨?"

"그따위한테 털릴 사행선이 아니다…… 준비나 착실히 해라."

"근데 왜 꼼짝 못 하게 격군들을 가둬놓는답니까?"

"그걸 꼭 말해줘야 아나. 우리 격군이 뭐라도 훔쳐갈까봐 그러겠지. 장사치들과 밀무역 거래할까봐 사전 단속하는 것일 테고. 그러면 뭐해? 할 놈들은 다 하는데. 나졸들부터가 다 짬짜미가 되었다니까."

8월 30일

종놈 노미(老味, 50세)가 왔다. 노미는 한 열흘 못 보았다고 반가워 난리인데, 이언진은 급한 것부터 물었다. "받아왔느냐?"

"여깄수." 노미가 뾰로통해져 소매 속 종잇장을 내놓았다.

요즘 대세는 박지원(朴趾源)이었다. 박지원이 열아홉 살 때부터 썼다는 몇 편의 패관소설(稗官小說, 민간에서 떠도는 이야기를 주제로 한 소설)이 한양 독서계를 주름잡았다.

애송이 따위가 써보았자…… 깔보았던 이언진은 박지원의 패관을 읽고 감격했다. 자신이 시로 쓰는 이야기를 박지원은 산문으로 쓰고 있었다.

이언진은 근년에 '호동거실(衚衕居室)'이라는 큰 제목을 정해놓고, 6언 4구짜리 시를 지었다. 한양 오소리잡놈의 삶을 그리고 싶었다. 그들의 존재를 기록하고자 했다. 가장 훌륭하다고 자부하는 시 열 편을 골랐다. 박지원에게 보냈다. 여기 당신의 동지가 있다. 우리가 신분이 다르지만 뜻은 같다. 나라는 자가 있다는 것을 알아다오. 치기 어린 마음이었는지도 모르겠다.

어쨌든 박지원이 답장을 보내준 것이다. 이언진은 약간 떨면서 종잇장을 폈다. 장문의 품평을 기대했으나 딱 여섯 글자였다.

瑣瑣不足珍也(쇄쇄부족진야)

자질구레하고 자질구레하여 보배가 될 수 없다고? 잗다랗다고? 값나갈 게 없다고? 볼만한 가치가 없다고? 하찮다고?

이놈이! 이언진은 평을 좍좍 찢어버렸다. 터무니없는 동지애를 느꼈었구나! 저만 잘난 놈이었어. 남의 글을 볼 줄 모르는 작자였어. 이런 외람된 놈에게 내 시를 보여주다니. 인정받지 못한 게 분한 것인가? 이 세상에서 내 시의 진면목을 알아줄 유일한 사람으로 믿었는데, 그가 몰라주니 억울한 것인가?

종놈 눈에는 총알에 설맞은 멧돼지처럼 씩씩대는 꼬락서니로 보였나보다. "나리, 꼭 배신당한 계집 같수."

이언진이 씹어뱉었다. "정나미가 떨어지는구나. 내 다시는 쓰지도 읽지도 않겠다!"

9월 1일

경상관찰사가 조엄에게 단자(單子, 부조나 선물 따위의 내용을 적은 종이. 보통 돈의 액수나 선물의 품목 · 수량 · 보내는 사람의 이름 따위를 써서 물건과 함께 보낸다)를 보내왔다.

"무명 1동(同)에 돈 백 냥이라! 이 사람 통이 작구만."

조엄은 그것을 부산까지 따라온 경상감영(대구) 기생들에게 나누어주었다. 조엄은 동래 관아에서 돈 오백 냥과 쌀 백 포(包)를 꾸었다. 그때까지 행장을 미처 갖추지 못한 원역들에게 일부 나누어주고, 나머지는 격군 먹일 양곡으로 내놓았다.

나중 일이지만 경상관찰사가 전액을 갚아주었다. "허어, 조금 아끼려다가 된통 당했구만."

최초 경상관찰사 출신의 통신사 정사를 위하여, 후배가 전별금을 거하게 쓴 셈이다.

9월 3일

정사·종사관이 원역을 대동하고 동래 바닷가로 놀러 갔다. 몰운대는 다대진(多大鎭) 오른쪽에 있고, 해운대는 좌수영 왼쪽에 있다. 구경꾼은 비교해야 직성이 풀린다. 해운대가 낫다느니 몰운대가 낫다느니 시끄러웠다.

종사관 김상익이 정사 조엄에게 권했다. "품평을 한번 해보시지요."

조엄이 읊조렸다. "몰운대는 앞에 작은 섬들이 아늑하게 고와서, 마치 아름다운 여인이 화초밭에서 화장하고 있는 것 같구려."

휘하 원역이 진심이든 아양이든 감탄사를 토했다.

조엄이 뜸들이다가 이었다. “해운대는 암석이 3면을 둘러싸서 층층 나고 굽이져 천 명쯤 앉을 만하오. 전면이 광활하여 바로 대마도와 맞대고 중간에 한 가지 물건도 가린 것이 없구려. 마치 헌칠한 장부(丈夫)가 흉금(胸襟)을 드러내놓고 천만 가지 형상을 보여주는 것과 같아.”

대개 아까보다 심하게 감탄했다. 몇몇은 손뼉까지 쳤다.

해운대에 장막을 치고 음식을 차렸다. 현악기·관악기가 번갈아 울리고 북이 일제히 울었다. 기생은 춤을 추고 잠수부는 전복을 잡았다. 덕택에 여러 사람이 삶은 전복을 처음 먹어보았다.

해질 무렵 씻은 듯이 갰다. 바다 물결이 흔들리지 않았고 물빛이 환하게 맑았다. 대마도의 산들이 눈앞에 있는 것 같았다. 조엄은 동래부사로 있을 때, 해운대에 두 차례, 몰운대와 부산장대(釜山將臺)와 의상대(義相臺)에 한 차례씩 올랐다. 이날만큼 대마도가 분명하게 보인 적이 없었다.

조엄이 갈채했다. “자네들은 복 받은 것이네. 단 한 번 와서 최고 구경을 했으니.”

최고 구경하는 태를 내느라 왁자지껄했다.

9월 7일

그동안 조엄은 네 문사를 관찰해왔다. 조엄과 종서기 김인겸 두 사람만 우연히 있게 되었다.

조엄이 문득 귀띔했다. “엊그제 제술관이 글을 지어 보내면서 기생을 달라 하더군. 지나치지 않소?”

"수청기생이 이미 있을 텐데 누구를 달라는 겁니까?"

"내가 독수공방하잖소. 내가 쓰지 않으려거든 저한테 달라는 거지. 하나로 만족이 안 되는 모양이야."

"재미있는 자군요."

"제술관 남옥을 자세히 아오? 나야, 원역을 바꾸지 말라는 엄명이 있어 이전에 정해진 대로 동행하는 것이니……."

"신유한(申維翰)과 맞먹는 문재로 일찍부터 명망이 높았지요. 글쟁이답게 괴이한 기질이 있고요. 색을 밝힌다고는 하나 군관 임흘에 견주면 얌전한 수고양이지요."

"주지 않았소. 괘씸하기도 하고 다른 이도 하나씩 더 달라고 하면 어찌하겠소? 그런 것도 헤아리지 못하는 사람이 세평은 괜찮은 모양이군. 야단치고 싶으나 제술관씩이나 되는 이를 그런 일로 나무랄 수도 없는 일이고……."

"잘하셨습니다. 공정해야지요. 남옥에겐 제가 알아듣게 말해보겠습니다…… 한데 사또께서는 정녕 적적하지 않은가 봅니다."

"내가 원래 여색을 가까이하는 편이 아니오. 더욱이 나랏일로 가는 마당에 우두머리 되는 자로서 나만이라도 여색을 멀리하자 다짐까지는 아니더라도 대강 마음먹었소."

조엄은 이제까지 수청기생과 합궁한 적이 한 차례도 없었다.

"소인이야 늙고 병들어 양기가 발동을 못 하니 그렇습니다만 사또는 실로 대단하십니다."

"내가 그렇다고 다른 사람 본성까지 금할 수는 없는 노릇이라 보고도 못 본 척하는데, 좀 심한 것 같소. 이런 얘기는 누구한테도 차마 의논하기가 어려운지라 답답했지. 나랑 비슷하게 도 닦는다는 김 진사를 보니 나도 모르게 나오는구려."

"농담도 하실 줄 아십니다."

"나는 사람 아니오?"

"편히 말씀하시니 편하게 말씀 좀 드려도 되겠습니까?"

"말해보오."

"고을에서 수청기생을 들이는 것은 차라리 고을에 좋은 일일 것입니다. 그런 데 쓰라고 있는 기생들 아니겠습니까. 원역이 기생을 취하고 해웃값(기생, 창기 따위와 관계를 맺고 그 대가로 주는 돈)이다 놀잇값이다 선물이다 내놓고 가는 재물이 고을로 흩어질 테니 말입니다…… 한데 지공은 고을 백성에게 크나큰 고통이 될 것입니다. 부산 고을에 내려와서 벌써 잔치가 몇 차례입니까. 반찬 가짓수를 보고 놀랐습니다. 잘 먹고 할 소리는 아니지만 그 정도 마련하려면 부산 사람들이 얼마나 고초를 겪었겠습니까. 영남의 일흔한 고을에서 돌아가며 우리 사행단 지공을 하고 있잖습니까? 수백 리 밖에서 실어 나르는 폐단은 말할 것도 없거니와, 사오십 일 동안 공급되는 물자의 비용이 얼마이겠습니까?"

"아하, 김진사 사고가 자애롭소. 나는 노력했다고 자처하는데. 고을 백성들에게 폐를 끼치지 않으려고……."

"잘 알고 있습니다. 하온데 제가 부산 사람들에게 들으니 이번 행차에 지공할 가가(假家)를 마련하고 가마·솥·그릇 등을 갖추는 하루의 세(貰)가 백여 금(金)이 넘게 들었답니다. 부산만 그러하겠습니까."

"내 좁은 속을 보여주었더니 큰 질책을 하시네그려."

"그저 노망난 늙은이 헛소리이지요."

조엄은 부산첨사 이응혁을 불러 자세히 알아보았다. 지공을 담당한 아전의 비리가 밝혀졌다. 이응혁을 몹시 질책하여 반성케 했다. 아전은 곤장을 쳐 하옥하고 다른 이로 바꾸게 했다. 각 고을에 급히 공문을 띄웠다. 지공을 3분의 2로 줄이게 하고, 쓸데없는 폐단을 일소하라고 엄중히 지시했다.

곧 떠날 사신이 날린 공문 한 장으로 어찌 각 고을의 폐단이 없어지겠는가. 지공이 있는 한 적폐는 불가피했다.

9월 8일

임진왜란 같은 급변 대비로 조성한 영가대는, 평화사절단 통신사 배 여섯 척의 출항·입항 기점으로 굳어진 지 오래였다.

누각 서쪽에 제단이 설치되었다. 삼경 깊은 밤에 제물이 진설되었다. 격식을 갖춘 뒤 모두가 네 번 절했다. 향을 피우고 폐백하고 술잔을 바쳤다. 조엄이 해신께 부탁하는 글을 낭독했다. 대해의 신명이 어찌 들었는지는 모르겠으나, 이날 바다는 무척 고요했다. 은하수가 밝고 맑았다. 제단의 음식을 나누어 먹었다. 제문을 태웠다. 날돼지와 날양 한 마리씩도 태워 재를 만들었다.

역관의 최고책임자 수역(首譯) 최학령(崔鶴齡, 53세)이 재를 담은 상자를 받들었다. 비선(飛船, 나는 듯이 빠르게 가는 배)을 타고 바다 멀리 나아가 가라앉혔다.

9월 9일

통신사의 네 문사는 서얼이었다.

제술관 남옥(41세)은 증조부가 서자여서 조부도 아버지도 자신도 서계가 되었다. 스물다섯 때는 과거시험장에서 글을 판 죄로, 작년에는 사도세자의 죽음 여파에 얽혀 귀양을 다녀왔다. 서른 즈음에 정시(庭試, 특정 지역의 유생이나 관료를 대상으로 실시한 특별 과거) 급제하고 비좁은 고을이나마 현감 자리에까지 올랐다. 어릴 적엔 어떤 관상쟁이가 관재수가 끊이지 않을 것이라 했는데, 두 번으로 끝날 운명이 아닌지도 몰랐다.

정서기 성대중(31세)은 몇 대조부터 서계 집안이 되었는지 확실하지 않다. 사마시(司馬試, 생원生員과 진사進士를 선발하는 과거) 급제가 열아홉 살 때, 정시 급제가 스물세 살 때니 나름 전도양양한 인재라 할 것이나, 종6품 역참 찰방(察訪)이 으뜸 봉직한 관직이었다.

부서기 원중거(44세)도 몇 대조부터 서계로 취급되었는지 확실하지 않다. 사마시 급제한 것이 서른두 살 때다. 아무 벼슬도 얻지 못하다가 마흔 넘어서야 종8품 봉사(奉事) 자리를 얻었다.

종서기 김인겸(56세)은 문벌이 혁혁한 집안에 태어났지만 조부가 서출이었다. 열네 살 때 아버지를 여의었고 지독한 가난에 시달렸다. 마흔일곱 살에 사마시에 가까스로 합격했다. 아무 벼슬도 얻은 바가 없어 다른 문사들은 전현감·전찰방·전봉사인데, 김인겸은 그저 진사였다.

김인겸은 자주 앓았고 세대차 나는 문사들과 소통하는 것도 버거워해서 함께하지 않을 때가 많았다. 너나들이로 벗하는 남옥과 원중거, 그 둘을 사형으로 모시는 성대중, 이 셋은 잘 때 빼고는 대개 행동을 같이했다. 따로 '삼문사'라고 불렸다.

저번 해운대에서 놀 때 병환으로 참여하지 못했던 부사 이인배가, 몰운대에서 놀아보자고 동떴다. 정사 조엄은 집안 제사가 있는 날이라 금욕한다고 빠지고, 나머지 원역이 죄 몰려갔다.

햇빛이 날카로웠다. 원중거와 성대중은 그늘진 곳을 찾다가 역관들이 한데 모인 장막 뒤에 자리했다. 여느 때처럼 당상역관인 최학령·이명윤(李命尹, 52세), 상통사 최봉령(崔鳳齡, 41세), 차상통사 최수인(崔壽仁, 54세)·이명화(李命和, 35세), 압물통사 현태심(玄泰心, 50세)·현계근(玄啓根, 37세) 등의 왜말 역관이 똘똘 뭉쳤고, 한학상통사 오대령은 외톨이였다. 왜말 역관들이 떠들기를 뚝 그치더니, 이명화가 두 문사에게 다가왔다.

"여기서 뭐하오?"

뭐하십니까도 성질날 판인데 뭐하오? 원중거가 싸늘하게 대꾸했다. "쉬고 있다!"

"자리도 많은데 하필이면 여기로 올 게 뭐람."

역관들끼리 긴한 얘기를 하고 있었다. 누가 엿듣고 소문을 내면 몹시 귀찮을 얘기였다.

원중거가 버럭했다. "네 이놈, 어디서 역관짜리가 반말이냐?"

역관짜리들이 다 쳐다보았다.

이명화가 같잖다는 표정으로 말대답했다. "내가 언제 반말했다고…… 혼잣말도 못 하오?"

"내 귀로 똑똑히 들었는데 그게 어찌 혼잣말이냐? 우리 들으라고 한 말이잖느냐?"

"그런 적 없소."

"여기를 전세 냈느냐? 어디서 역관짜리가 옮기라 마라 하느냐?"

"거참, 입 개구멍이시네."

"개구멍?"

"젊은 나한테 이놈이 하는 건 참겠소만, 우리 어르신들을 싸잡아 역관짜리라니 말이 좀 과하지 않소? 당상도 계신 자리에서."

"늬놈들이 역관짜리가 아니면 뭐냐?"

"누가 나리더러 서얼짜리라고 부르면 좋겠소?"

"이놈이!"

"어설픈 양반 유세 좀 작작합시다. 서얼이나 역관이나 홀대받는 처지로……."

"그래, 나 서얼이다 이놈아! 허나 어찌 너 같은 역관짜리 중인 것하고 같을 수가 있느냐?"

"세상이 다 같다고 인정하는데 뭘…… 아니지, 세상은 우리를 더 높이 치지 않소? 우리가 나라에 기여하는 바도 훨씬 많고. 댁네들이 무슨 쓸모가 있어. 허구한 날 신세타령하는 음풍농월 시나 짓는 거로 소일하면서."

"이놈아, 난 벼슬도 했다!"

"장흥고(長興庫, 돗자리·유둔·종이 등을 관장하는 관아)에서 종8품 봉사 잠깐 하신 거? 대단하시오. 우리 영감님들도 그 정도는 다 하셨소. 통사가 나라에 공 세우고 벼슬 높이 하는 거 잘 모르시나보오?"

원중거는 부들부들 떨었다. 군관이었다면 칼을 뽑아 당장 저놈의 목을 쳤을 것이다.

당상역관 이명윤이 사색이 되어 아우 이명화의 빰을 호되게 때렸다. "네 이놈 어느 안전이라고 망발이냐. 썩 조아리지 못할까."

이명화는 조아리기는커녕 "뭘 잘못했습니까?……"를 남기고 휙 가버렸다.

원중거는 핏줄이 터지는 줄 알았다. 다른 역관들이 한 떼거리로 사죄하고 용서를 빌었으나 참을 수가 없었다. 성대중은 그저 참으시라는 말만 했다. 소란을 보고 달려온 남옥도 역관과 갈등해서 좋을 일이 없다고 싹 잊으라고만 했다.

"자네들은 모멸스럽지 아니한가? 자네는 나와 함께 당했잖은가? 어째서 화를 안 내는 게야. 어째서 역관놈을 죄 주자고 나서지 않는 게야? 왜 나만 분한 건가?"

다른 종놈들과 낚시질하다가 달려온 흥복(興福, 20세)이 펄펄 뛰며 삿대질했다. "소인이 죽여번지겠습니다. 어떤 중로뱁니까? 누구야? 어떤 썩을 중로배야?"

역관에게도 각각 딸린 종놈이 있었다. 그쪽 종놈들이 제 주인들 앞을 막아섰다.

역관의 종놈 삽사리가 흥복의 멱살을 잡았다. "어디서 짓까부니? 종놈 목숨 끝장내려고 독버섯을 처먹었나."

"개좆보다 못한 노비 새끼들!" 남옥·성대중의 노자도 합세했다.

종놈 패싸움 일보 직전이었다. 사방에서 싸움 구경하려고 몰려왔다. 군관 민혜수(40세)가 닥치는 대로 대갈통을 두들기고 등허리를 걷어차서 해산시켰다. 구경꾼이 아쉬워했다. 좋은 구경 물 건너갔네.

원중거는 부사와 종사관에게 역관 이명화의 무례함을 고자질했으나, 둘 다 '점잖은 사람이 참으라'고만 했다. 원중거는 '점잖은 사람' 소리 들으면서 무시당한 세월을 되새김질했다. 실생활과 밀접한 관청을 좌지우지하는 것들은 언제나 중인짜리들이었다. 서얼 양반짜리로 태어나 급제를 꿈꾸었던 원중거는 먹고살기 위해서 농사도 짓고 장사도 했었다. 송사에 휘말려 관아 아전 나부랭이들한테 괄시당한 게 헤아릴 수 없다. 뒤늦게 얻은 벼슬자리 장흥고 봉사로 일할 때도 휘하 중인들이 말을 들어먹지 않아 고생이 이만저만이 아니었다.

원중거는 귀가 밝았다. 잠깐이었지만 역관들이 수작하는 바를 조금 들었다. 그 내용이 수상했다. 이날 일 말고도 역관의 수상한 행동을 한두 가지 본 게 아니었다. 그것을 꼬박꼬박 적었고, 언제라도 또 적을 준비로, 항상 차기(箚記, 책을 읽으면서 느낀 감상이나 기억할 만한 구절 따위를 그때그때 적어놓음. 또는 그런 책)를 가지고 다녔다. 차기를 소매 속에 꺼내 새로 들은 바를 기록하였다. 남옥과 성대중에게 보여주었다. 둘은 몹시 놀랐다.

"안 되네. 이게 사실이라면 통신사는 싹 바뀌어야 하네. 모두가 위험해져."

"사실이 아니면 더욱 큰일 아닙니까. 제발 고정하옵서."

두 벗이 차기를 세상에 밝히겠다는 원중거를 겨우 말렸다.

객사로 돌아와서, 삼문사는 정사를 찾아갔다. 성대중이 있었던 일을 고했다. 남옥이 마무리했다. "근본을 바로잡지 못하고 그것이 점점 자라나는 것을 방치한다면 더 큰 재앙을 부를 것입니다. 모진 치욕을 받아서, 꿋꿋하게 스스로 지켜온 것을 잃을 수는 없습니다."

원중거는 아무 말 하지 않았다. 일단 말을 시작하면 통제가 안 되는 제 주둥이를 두려워한 까닭이었다. 정사는 알아들었으니 참고 기다리라고 했다. 원중거의 분은 밤이 깊도록 가라앉지 않았다. 암만 반추해도 참을 수가 없어 차기를 무기처럼 꺼내 들고 다시 찾아갔다.

조엄은 차기를 펴지 않았다. "말하자면 이것은 고변과 같아. 고변이 나면 어떠한가? 고변한 자, 고변당한 자, 연루된 자, 처자와 형제와 벗…… 무수한 이가 고생을 하네. 제술관으로부터 얼추 어떤 내용이 적혀 있는지 전해 들었어. 말로 전해 듣는 것과 글로 적힌 것은 달라. 내가 차기를 본다면, 여기에 이름이 적힌 자, 관계된 자, 그들의 입과 문서에서 거론된 자…… 무수한 이를 취조해야 하네. 동래부사나 경상관찰사로 있을 때의 나라면 당장 수사에 들어갔을 것이야. 지금은 왜국에 가야 하네. 그대가 참아줄 수 없겠나?" 하고도 위로하는 말을 한참이나 했다.

조엄은 원중거와 동갑내기였으나 딴세상을 살아왔다. 조엄은 혁혁한 집안의 정실 사내로 당당히 문과 급제하였고 실력과 성품까지 인정받으며 알짜배기 벼슬을 차례대로 밟아 정3품에 이르렀다.

10여 살이나 아래 역관의 반말에 그토록 격분했던 원중거는, 정사 조엄의 따뜻한 말에 싹 녹아버렸다.

원중거는 진심으로 뉘우쳤다. "아무것도 아닌 일을 갖고 난리를 피웠습니다. 열패감으로 가득했던 과거의 회한이 저를 한낱 짐승으로 만들 때가 있습니다. 오늘도 그랬나 봅니다. 못나고 한심한 제가 참 싫습니다."

"나도 그럴 때가 한두 번이 아니야. 힘을 내세!" 전혀 그럴 때가 있을 것 같지 않은 조엄은 원중거의 두 손을 꽉 잡아주었다. 원중거는 기어이 눈물방울을 떨어뜨리고 말았다.

9월 11일

격군은 1인당 구운 양고기 한 꼬치, 삶은 돼지고기 한 주발, 시루떡 한 접시, 홍시 한 그릇을 받았다. 귀 안주 눈 안주가 없으니, 자기들끼리 아무렇게나 지껄이는 말이 곧 안주가 되었다.

"웬일이랴. 괴기에 떡에 이제야 보람이 느껴지는걸. 저번에 받은 쌀이 나라에서 나온 쌀이 아니라 정사 사또가 내린 거라며? 그분이 인심 좋은 부자로군."

"장교짜리들 쑥덕거리는 걸 들으니, 그 쌀이 동래부사 때 모은 쌀이라더군. 새끼 쳐서 막 불어났다는 게야. 청백리라더니, 역시 썩었어. 고을 수령짜리 중에 썩지 않은 이는 없다고!"

"내가 듣기로는 좀 다른데, 동래·부산 장사치들이 뇌물로 바친 거라네. 돌려주기도 애매하고 받기도 애매하고 우리 불쌍한 것들한테 나눠준 거지."

"초량왜관 오랑캐가 바친 쌀이라는 말도 있어."

"관찰사가 준 거 아녔어?"

"나라에서는 우리에게 뭘 주는 건가? 주는 게 있기는 한가? 하루하루 얻어먹고 가끔 잔칫상 차려주면 고기 구경하고 이게 다냐고? 종놈들 말 들으니까 저 뜰에서 좋은 구경하는 분들은 받는 게 어마어마하다던데. 은도 받고 무명도 받고 쌀도 받고. 우린 뭐지?"

"환곡 받았잖아, 환곡! 아무것도 안 받은 것처럼 말해."

"그건 땡겨 받은 거잖아. 내 피 같은 급료에서 떼인 거라고."

"그게 시방 뭔 소리여? 환곡이 뭐여?"

"나는 작년에 뽑히자마자 환곡 얻었는데, 이런 제기랄 떠나지를 않네. 어떻게 해? 은자 열 냥 치를 다 빌려 먹었지. 그니께 나는 지금 아무런 희망도 없이 가게 된 거라고. 나처럼 미리 환곡 다 얻어 처먹고, 땡전 한 푼 안 나오는 배 타기는 싫고, 식구들 먹고살 걱정에 시달리느라 야반도주한 놈들이 쨌어. 그래서 자네들이 추가로 뽑힌 거야. 도망간 놈들한테 고마운 줄 알라고."

"왜 나만 몰랐지! 나, 환곡 빌리고 올게. 우리 아그들이 지금 굶어 뒈질 판이여."

"양반짜리들은 대체 얼마나 많이 받는 거야?"

"급료 말고 노자(路資)도 받아. 유식한 말로 반전(盤纏)이라고 하는데 미리 빌릴 수 있지. 은이나 무명이나 쌀로. 일본에 무사히 다녀오면 수고비 같은 것을 받거든. 받은 거로 갚아야 하지. 남기야 남겠지, 뭐. 밑지는 장사는 하면 안 되지."

"뭘 좀 아는 것같이 말하시네?"

"내가 좀 알지. 나는 15년 전에도 갔었거든. 그때 소동으로 갔었지. 세상 사람들은 소동을 다 춤추는 무희로만 아는데, 그건 일본 가서 행렬할 때 그런 거구, 평상시에는 다 소임이 있다고. 상관 어르신들 사환 하는 소동도 있고, 소통사와 마찬가지로 왜말 배우는 학생 소동도 있고, 통인으로 부리는 소동도 있고, 나는 바로 그 통인소동이었지."

"정말 뭘 좀 아시나보네."

"물어봐. 내가 다 알려줌세."

진도 사람 김국창(金國昌, 32세)이 자신만만히 좌중을 둘러보았다.

"그 반전인가 노자인가 하는 거 말이우. 우리 격군은 왜 없는 거야? 빌릴 수도 없는 거요?"

"빌릴 수 있으면 이미 빌리라고 했겠지. 원역에게만 해당 사항이 있어. 상놈한테 빌려줄 리가 없잖아!"

"종놈도 은을 들고 다닌다는데?"

"종놈한테 빌려준 게 아니라, 그 종놈의 주인에게 빌려주는 거야. 세 사신은 두 놈씩, 나머지 원역은 한 놈씩 종을 데려갈 수 있는데 그 종놈 노자까지 준다는 거야."

"밀매 가능하오?"

"가능하니까 맡기겠다는 거지. 장사치들이 아무 꼼수 없이 자네 같은 격군 찾아와서 아쉬운 말 해가며 달콤한 말 쏘삭대겠나."

"걸리면 목을 벤다지 않수."

"15년 전엔 그런 일 없었어. 불타 죽은 사람은 있었어도."

장사치와 꿍꿍이속셈을 맺은 이들이 음흉한 미소를 띠었다.

몇몇은 무슨 말인지 못 알아듣고 벙벙했다.

"여기서는 그럭저럭 먹고 있소만, 떠나서는 어떻게 되는 거요? 우리한테 제일 중요한 건 밥 아니겠수?"

"지금 여러 고을 관아에서 돌아가면서 우리들 밥을 대지 않는가. 그것을 지공이라 하는데, 부산 떠나면 일본애들이 지공하는 것이지."

"왜놈들이 지공을 잘 하우?"

"지공에는 두 가지가 있는데, 오일 치를 주는 게 하정(下程), 하루 치를 주는 게 일공(日供)이지."

"많이 주는구려? 먹는 것은 걱정이 없겠군."

"내가 소동으로 다녀왔다고 했지. 소동은 걱정이 없었어. 상관, 중관까지는 별로 걱정이 없어. 맛없다고 못 먹는 이는 있어도 없어서 못 먹는 경우는 드물었지."

"상관, 중관은 또 뭐요?"

"일본애들이 사행단을 나누는 방식이야. 간단히 생각하라고. 높은 분들이 상관, 어중간한 치들이 중관……."

"그럼 우리는 뭐요?"

"뭐긴 뭐야. 하관이지."

"상중하로 나눠놓고 밥을 달리 준단 말이요?"

"매우 달리 주지. 정사 나리는 하관의 백배를 받아."

"그래, 우리 하관짜리들은 어떻게 먹소?"

"그걸 내가 어떻게 아나. 나는 소동이었다니까, 라고 하면 섭섭하겠지. 내가 그때 심심해서 별의별 걸 다 적고 그랬어. 일기 비슷한 것도 끼적거리고. 글공부 연습 삼아서." 김국창이 자기 짐꾸러미에서 책을 꺼내왔다. "가만있자, 하관 일공을 어디쯤 적어놨더라……."

"하관은 뭐고 일공은 뭐요?"

"남 열심히 얘기할 때 두고 온 마누라 속곳 벗긴 사람은 다른 사람한테 물어보고, 여기 있군. 아, 맞아, 맞아. 모든 고장이 똑같은 게 아냐. 가는 고장마다 일공이 달랐어. 많이 주는 데도 있고 조금 주는 데도 있고. 어느 거로 들어보고 싶은가? 제일 많이 준 데? 제일 조금

준 데?"

"보통 주는 데……." 한 사람이 말하고 좌중을 둘러보았다. 다들 동의한다는 듯 끄덕였다.

김국창이 책을 넘겨 찾았다. "보통 주는 데라, 여기가 좋겠군. 잘 들 들어보시게…… 흰쌀 1수두 반, 술 반수두, 감장 3홉, 간장 1홉, 식초 5석, 소금 1홉, 후추 4푼, 침청 1개, 남초 1냥 5전, 날도미 1미, 오징어 3미, 계란 4개, 청근 5개, 토란 5석, 청채 1속, 숙복 2개, 말린 생선 작은 것 1미, 고래고기 반근, 과일 1개, 땔나무와 석탄."

몇몇은 군침을 흘리면서 들었다.

누군가 아쉽다는 듯 물었다. "끝이오?"

"끝이네."

"우와, 굉장히 많이 주네."

"많아? 빙신아, 한 끼니 치가 아니고 하루 치라잖아."

많다, 어중간하다, 적다 세 패거리로 갈려 따따부따했다.

김국창이 한심하게 바라보다가 갈무리했다. "많다고 생각하는 놈에겐 많고, 적다고 생각하는 놈에겐 적은 거 아니겠는가. 다툴 걸 가지고 다퉈야지. 애들도 아니고."

"아무튼 따박따박 잘 나온단 말이죠?"

"상관, 중관한테는 그랬던 것 같아. 하관들은 잘 모르겠어. 내가 읽어준 건 어떻게 일공을 했다 하고 누가 적어놓은 걸 베낀 거거든. 그대로 나왔을까? 머리가 있으면 돌려보게. 부산 바닥 어딘가에 어떻게 지공하라고 적힌 게 있을 거야. 상관, 중관 분들한테는 적힌 대로 하겠지. 아니 더 하겠지. 근데 대충 해도 상관없는 하관짜리들한테까지 적힌 대로 할까? 똑같아요, 똑같아. 왜국 사람들도 통신사 일행이 지나가면 그 고장 살림이 박살이 나. 아마 잘 안 챙겨줄걸. 배불리 먹을 꿈은 접어두는 게 좋을걸. 충고를 하자면 먹을 게 생기면 아껴 먹으라고. 한 번에 다 먹지 말고." 김국창은 약이라도 올리는 듯했다.

"술을 준단 말요? 아까 분명히 술도 있었지?" 술 좋아하게 생긴 이가 좌중을 둘러보았다. 술만 마실 수 있다면 밥 같은 건 안 먹어도 좋다는 낯꼴이었다.

김국창이 도리질했다. "그건 자네가 아는 그 술이 아닐 거야. 제사상에 술을 올리지만 맹물과 같아서 단술이라고 그러잖나. 그 단술 같은 거지 싶은데……."

"그건 잘 모르는구려?"

"나는 소동이었다니까…… 설령 자네가 아는 그 술을 준다 한들 뭐하나. 우리 정사 나리께서 '임금의 금주령이 엄하거늘! 술은 안 줘도 된다! 주지 말라!' 하면 그만인 거지."

"술 얘기 좀 그만해! 술 없이 괴기 먹는 게 생고문이네. 자꾸 술 생각난다고!"

김국창은 끝없는 질문 공세에 시달렸다. 모르는 사람들 일깨워주는 맛도 한두 시간이지, 진력이 나서 뒷간으로 달아나고 말았다.

9월 12일

비가 종일 주룩주룩 내렸다. 삼문사가 모였는데, 역관 이명화가 빌러 왔다. 이명화는 처마 아래 질척한 땅바닥에 무릎을 꿇었다. "소인이 잘못하였습니다."

잘못을 누가 했든 고생한 것은 이명화였다. 당상역관들한테 장시간 꾸중 받고 종아리에 회초리까지 맞았다. 정사·부사에게 석고대죄하다시피 했다.

원중거가 물었다. "진심이냐?"

"진심입니다." 진심이 아니었다.

"네 잘못이 뭐냐?"

이명화는 자기가 뭘 잘못했는지 알 수 없었다. "제가 버릇없이 무례하였습니다."

"네 잘못이 뭔지 모르는구나?"

"깨우쳐주십시오."

"네 잘못도 모르는데 무슨 사죄란 말이냐? 나는 이런 사죄 받고 싶지 않다."

"모든 것을 잘못했습니다. 딱히 어느 하나 잘못한 것 없이 다 잘못하였으니 문사께서 책잡는 그 잘못을 말하지 못하는 것입니다."

남옥과 성대중이 그만 용서해주라 권하고, 원중거도 더 말 나누기 싫어서, 대충 얼버무리는 말을 하고 그만 가보라고 했다. 이명화는 자괴감으로 부들부들 떨었다.

9월 14일

소동 열여섯 자리는 경쟁이 치열했다. 춤 독선생까지 붙여 선발을 준비했다. 부모의 도움 없이 뽑힌 이는 임취빈이 유일했다.

소동 16인은 스무 날 동안 한 숙소를 쓰며 갖가지 춤과 기예를 연습했다. 군무에서부터 4인무, 대무(2인무), 무동춤, 독춤까지 단련했다. 일본 본토에서 시연할 것이었다. 워낙 소질 있고 잘하는 이들만 뽑아 모았으니 일사천리였다.

소동의 행수는 김한중(金漢中, 22세)이었다. "빠짐없이 모였니? 동에 번쩍 서에 번쩍 임취빈!"

임취빈이 팔을 번쩍 들었다. "예, 있어요."

"너만 있으면 다 있는 거야."

사내들의 웃음소리 같지 않게 나긋나긋했다.

"우리는 헤어져야 해. 각기 가야 할 곳으로 가서 맡은 소임에 충실하자. 너희가 뫼시는 분들의 말씀에 복종해라. 우리 소동이 다 모일 일이 있으면 내가 연통을 넣을 거야. 어허, 애들은 어쩔 수가 없구나? 왜 벌써 훌쩍거려? 오다가다 만날 마주칠 텐데. 인사 안 하기만 해봐. 혼내줄 거야."

훌쩍거리던 몇이 뚝 그치고 헤 웃었다.

"먼저 수심을 풀어드릴 잠소동……이 아니고 시중들 시중소동, 일방 수역 어르신 방에 최치대(崔致大), 이방 수역 어르신 방에 손금도(孫金道), 삼방 수역 어르신 방에는 나 김한중이다."

원역이 일본에 데려갈 수 있는 노자는 한명씩이었지만, 삼사는 우두머리답게 두 명씩이었다. 청직(廳直, 청지기)이니 흡창이니 방자니 하는 심부름꾼도 삼사가 우선으로 부릴 수 있는 이들이었다. 그래서인지 삼사에는 시중소동이 따로 배정되지 않았다. 삼사보다 하는 일이 훨씬 넘치는 세 당상역관과 제술관에게만 소동 한 명씩 배려되었다.

열여섯 살 김용택(金龍澤)이 대질렀다. "누구 마음대로 뽑았나요?"

"내 마음대로……."

"그런 게 어딨어요?"

"……뽑은 게 아니고, 그분들이 딱 찍었다."

"언제요?"

"우리가 춤 단련할 때 훔쳐보고 점찍었다는구나. 나는 싫다. 싫은데 찍혀서 가게 된 거야. 최치대, 손금도 너희는 좋으니 싫으니?"

최치대와 손금도는 열세 살이었다. 일행 중 가장 어렸다. 둘은 멍한 낯꼴로 대답을 못 했다.

"이런 게 어딨어요? 저는 꼭 높은 분을 모셔야 된다고요." 김용택이 새되게 소리쳤다.

"정말 좋구나. 마침 한 자리가 남았거든. 제술관 남옥이라는 분이신데……."

"제가 하겠어요." 김용택이 서슬 푸르게 나섰다. 나머지는 관심이 없는지 잠잠했다.

나머지 열두 명은 통인소동·학생소동으로 나누어졌다. 시중소동은 각기 모셔야 할 분이 묵는 숙소로, 학생소동은 소통사들이 묵고 있는 초량왜관으로, 통인소동은 군관들의 임시 비장청이 있는 관아로 옮겼다.

9월 18일

상통사 현태심의 종놈 삽사리가 썼다.

주인님을 따라 초량왜관에 갔다. 거기 머무는 소통사와 학생소동을 데려오기 위해서다. 왜관을 구경하고 싶다며 따라나선 사람이 쉰 명은 되었다. 촌사람은 거의 다 갔다.

"거기는 없는 게 없다며?"

"다 있는데, 아주 중요한 게 하나 없어."

"거기 있는 산이 용두산(龍頭山)이라든가? 용두산에 이상한 절이 쫙 깔렸대."

"밀무역하는 놈들 모가지 베는 영선고개는 왜관 밖이여, 안이여?"

왁자지껄 왜관 수문(守門)에 이르렀다. 대여섯 장졸이 검색 중이었다. 잘 보이는 곳에 돌비석이 있었다. 한자와 언문과 일본 가나로 몇 줄이 새겨져 있었다.

하나, 경계구역 밖으로 나가지 말라. 어기면 사형.

둘, 피집은(被執銀, 선불로 받는 밀무역자금)을 주고받아도 쌍방 사형.

셋, 사무역 때 은밀히 밀무역을 일삼는 자들 쌍방 사형.

넷, 일본인은 조선의 하급 관리를 구타하지 말 것. 어기면 사형.

어마, 무서워라.

사람이 워낙 많아서인지 장졸은 대충대충 하고 들여보냈다.

소동 임취빈이랑 나란히 걷게 되었다. 이 행복한 기분 뭐지?

취빈의 목소리는 맑고 쩌렁댔다. "언니, 땡잡았네. 오늘이 바로 장날이거든. 평소에도 사람이 많지만 구경은 오일장날이 최고지."

"너는 자주 와봤니?"

"살다시피 했지. 작고하신 할아버지가 여기서 목수로 일했거든."

서쪽으로 갔다. 용두산 아래, 큰 집채가 셋 있었다. 왜국 사신을 접대한다는 객관(客館)이란다.

용두산 자락을 타고 동쪽으로 갔다. 이러저러한 관아 건물과 크고 작은 창고 오십여 채가 군데군데 자리잡았다.

바다와 인접한 남쪽으로 갔다. 다다미가게, 두부가게, 곤약점, 잡화점, 바느질집, 염색집, 어물전…… 별의별 점포가 다 있었다. 시장바닥에 사고파는 조선인 · 왜인이 마구 뒤섞여 과연 장날다웠다. 한양 종로 시전거리에서 놀던 나로서는 놀랄 게 없었으나, 촌사람들은 별천지라도 온 양 요란스러웠다. 홍정을 구경하는 것만으로도 재미가 넘치는 모양이다.

한자 · 언문 · 가나로 적힌 방문이 있었다.

술 작작 마셔라!

도박하지 마라!

훈도시 차림으로 돌아다니지 마라!

싸우다가 죽이지 마라!

"하여간 오랑캐 종자들 알아줘야 해. 안 봐도 훤하다."

"우리 조선 사람이랑 같이 그러는 거요. 술 마시고 싶은 조선인은 여기로 다 기어들어와서 퍼마셔요. 여기는 왜국땅이나 마찬가지라오. 밀주 마시기가 쉬워요."

"진짜? 아, 술 마시고 싶다. 믿지 않겠지만 나는 아직 한 번도 못 마셔봤다. 우리 주인나리가 법을 칼같이 지키시는 분이라."

다 듣고 있는지 주인나리가 흠흠, 헛기침했다.

"술도 못 마셔본 사내랑 얘기하고 있었네. 내가 참 한심하오."

"얼마나 심하게 싸우면, 죽여?"

"장사하다 보면 얼마나 시비가 잦소. 조선 사람은 말로 갈구는 걸 잘하고, 왜인은 주먹이 앞서는 성질이라오. 술 처마시고 시비하다 보면 그예 사달 나지."

"훈도시는 뭐냐?"

"왜인이 보시다시피 화려한 비단옷을 입고 있잖소? 장사 때나 그렇고, 자기들끼리 있는 밤만 되면 다 벗고 고추 위에다가 천쪼가리 하나만 두르고 돌아다닌다오. 그게 훈도시지."

"천한 것들!"

뭔가 좀 이상했다. 없는 게 있다! 관리, 역관, 학생, 의원, 상인, 점원, 짐꾼, 뱃사람, 청소부, 목수…… 다 보이는데, 뭔가가 안 보여. 꼭 보여야 할 사람인데, 안 보여? 대체 어떤 사람이 안 보이는 거지?

"취빈아, 너는 아니? 뭐가 안 보이는지?"

"난 알지요."

"미치겠다. 대체 뭐냐?"

"나랑 비슷한 거."

바로 알겠다. 여자가 보이지 않았다.

나는 비명을 질렀다. "계집이 한 명도 없네! 할망구도 없고 아줌마도 없고!"

"여자만 없느냐, 아이도 없수."

"애도 없다고? 어디? 진짜로 없네. 애 없는 시장도 있었구나."

"우리나라에서 대마인이 여자와 아이를 데리고 왜관에 거주하는 것을 절대로 용납하지 않거든."

"왜?"

"낸들 아오. 여기 왜인 남자들은 조선여자와 접촉하는 것도 절대 엄금이라오. 왜인이 조선 여자랑 거시기하는 것도 사형! 왜 사신단이 왔을 때 가무하는 기생 누이들도 객관 담장 밖 정자까지만 가오. 왜관은 금녀의 땅!"

"이런, 우리랑 똑같네. 우리 통신사가 움직이는 금녀왜관인 셈이야. 여자 구경도 못 하는 데서 어떻게 사냐?"

주인나리가 허허 웃었다.

"여자 구경은 할 수 있소. 아까 수문 돌비석 앞에서 아침 시장이 열리거든. 웃기는 것이 왜인이 여자한테만 물건을 사오."

"이왕이면 다홍치마, 나라도 여자한테 사겠다."

"그러니까 집집마다 여자만 내보내. 여자만 내보내니까 풍속 문란이 심해."

"오죽하겠냐."

"그래서 때때로 아침시장이 폐쇄된다우. 며칠 못 가지만. 아침시장이 안 열리면, 왜인들이 난리가 나거든. 채소를 못 먹으니까. 시장이 다시 열리면 처음엔 남자들이 팔러 나와. 며칠 지나면 다시 여자 천지가 되지만."

"정말 이해가 안 된다. 어떻게 여자 없이 살 수가 있단 말이냐. 정말 아무 일도 없는 것이냐?"

"고금을 막론하고 법을 우습게 아는 이들이 꼭 있기 마련이오. 한번 해보겠다고 담장을 넘어가는 자도 있겠고, 담장 안으로 몰래 여자를 끌어들이는 자도 있겠고."

"그렇지? 1년에 몇 놈이나 사형당하냐?"

"거의 안 죽소."

"흠, 알쪼다. 여기라고 별 다르겠느냐. 온갖 비리와 뇌물이……."

"감찰은 훌륭하오. 왜관에서 문제가 터지면, 동래부사를 비롯 근처 수군진 첨사 · 만호 나리들이 모가지가 달랑달랑한단 말이오."

"네가 어려서 세상을 잘 모르는 거다. 짬짜미가 엄청날 테다."

주인나리가 성내었다. "종놈 주둥이 찬란하도다. 내 귀가 더러워질까봐 더는 못 들어주겠구나."

주인님이 멀어져간 뒤에, 취빈이 앎을 뽐냈다. "초량왜관의 대마인 우두머리들이 백년 가까이 죽 이어서 써온 방대한 일기가 있소. 거기에 목숨 건 사랑의 대가를 혹독히 치른 자들 이야기는 손에 꼽을 정도라오."

"나도 글 좀 쓰는 사람이라 하는 얘기인데, 일기야말로 믿을 수 없는 것이야. 무조건 자기가 옳다고 쓰는 게 일기잖아. 자기가 보고 듣고 생각한 게 무조건 장땡이다 우기는 게 일기라고. 난 안 믿어. 사실대로 적는 게 일기라고? 나는 일기의 절반은 뻥이라고 생각한다. 그래서 나는 일기를 쓰지 않아. 이야기를 쓸 뿐."

"진실로 접촉이 없었거나 거의 들키지 않았거나?"

"우리도 그렇게 되겠구나. 우리 금녀 통신사가 왜나라 땅을 다니면서, 진실로 법에 저촉되는 짓을 하지 않거나, 거의 들키지 않거나."

암튼 나는 확신한다. 모든 교간(交奸) 사건에 여자는 죄가 없다. 강제로 했든 꾀어서 했든 돈 주고 했든 사랑해서 했든 모두 사내놈의 죄다. 매매춘에 관련된 사내놈은 싹 죽여야 한다. 여자는 무조건 살려주는 게 맞다! 심한가? 최소 거시기는 잘라야 한다! 여자가 당한 것도 서러운데, 똑같이 벌을 받아야 한다니, 말이 되는가.

여기저기 구경한 뒤에 취빈이 핀잔했다.

"언니는 종놈 주제에 주인님 보필에 너무 등한한 거 아니오? 다른 종놈 언니들은 거의 사타구니에 매달린 불알처럼 바쁘던데, 언니는 완전 베짱이네."

"우리 주인님은 시키는 걸 안 좋아하시고 고독하신 걸 좋아한다. 바로 저기 생각하는 장승처럼 계시잖느냐."

"가서 허락받고 와요. 내가 꼭 보여주고픈 게 있소. 왜관서 그것만 보면 다 본 거요."

주인 현태심도 같이 가겠다고 따라왔다. "좋은 게 있으면 같이 봐야지, 느놈들만 보겠다고?"

"나리는 보셨을 겝니다."

"한번 더 보고 싶다. 내가 여기서 근무하던 게 벌써 십년 전이다. 옛 생각이 많이 난다."

우리는 용두산 중턱으로 올라갔다. 이름난 구경거리인지 수백 명이 모여 있었다. 말로만 듣던 일본 절인지 절 비슷한 것인지 하는 '신사(神社)' 중의 하나였다.

변재천당(弁財天堂)이란다. 천축국(天竺國, 인디아) 여신 제사 지내는 곳이라고. 청동으로 만든 상이 있었다. 풍성한 아줌마가 비파를 타는 모양새였다.

"내 눈에는 별로 아름다워 보이지 않는데, 천축국에서는 저 정도면 여신급인가보네. 취빈이 네가 훨씬 이쁘다. 웃기는 것들이네. 왜 천축국 여자를 데려다 놓았대?"

"재복의 신으로 추앙받는다오. 옛날 천축국 황후가 막대한 황금을 싣고 와서 왜인에게 베풀었다는 전설 덕분에. 우리 영남에도 그쪽에서 왔다는 황후들 전설이 숱하오. 박혁거세인가 김알지인가 김수로인가 하는 분들의 부인이 천축국에서 왔다고."

"여자만 왔겠냐. 처용인가 하는 남자도 거기 사람이었을 테다."

"좀만 이상하게 생기면 다 거기서 왔다고 하겠소."

"나는 저 아줌마의 진짜 쓰임새를 알겠다. 저 아줌마가 비록 청동상이기는 하나, 여자는 여자 아니냐. 초량왜관의 유일무이한 여자 아니냐. 그럼 용도가 무엇이겠느냐. 오랑캐들이 날마다 찾아와서……."

주인나리가 불쑥 질렀다. "저 추잡한 주둥이를 힘껏 때려라."

"예, 시행합나이다." 임취빈의 다리 한짝이 일자로 올라가더니 방향을 꺾어 내 주둥이를 찍었다. 별을 보았다.

소통사 녀석들은 재수없었다. 나이도 어린것들이 벌써 건방을 떨었다. 나 같은 종놈은 사람 취급도 안 하는 느낌. 하기는 늬들이 중인이기는 하다. 어쨌거나 역관이 될 것이고. 그래, 좋겠다. 반쪽발이들아.

하고 보니 취빈이가 유별난 녀석이다. 아무튼 상것이니 나랑 맞먹어도 뭐랄 사람 없는데, 네 살 위라고 장유유서 언니 대접을 해주니 말이다. 낙이 하나 생겼다.

9월 20일~23일

복물(卜物)을 여섯 척 배에 싣는 날이었다. 개인 물품은 주로 세 기선에 싣고, 공용 물품은 주로 세 복선에 실었다. 부산진 관아에서 봉인을 찍은 뒤에, 영가대 선착장에 정박한 여섯 척 배 창고로 옮겼다.

종사관 김상익은 군관·도훈도·나장·장교·나졸을 몇 동아리로 나누어 엄히 감찰하고 샅샅이 뒤졌다. 곡식 담긴 섬에서부터 마소 등 덮어주는 덕석에 이르기까지 거적이 쓰이지 않은 물건이 없다시피 했다. 그 거적이 밀수의 온상이었다. 짚 틈에 귀금속을 박아 넣을 수도 있고, 인삼을 꼬아 넣을 수도 있었다.

"이거야말로 모래밭에서 바늘 찾기지. 눈에 뵈냐고? 인삼 빛깔이나 짚 빛깔이나 거기서 거기 아닌가. 금이든 은이든 아주 잘게 조각내서 박아놓으면 어찌 찾을 수 있어." 장졸은 장님 문고리잡기처럼 애쓰며 투덜댔다.

나무통도 몹시 의심받았다. 일단 나무통에 밀수품을 넣어서 배에 탈 수만 있다면, 그다음부터는 쉽다. 검사 때마다, 얼른 긴 줄을 매달아 바다에 던져놓는 것이다. 나무통 비슷한 것은 다 뚜껑이 열리고 속을 드러냈다.

상롱, 그릇, 궤짝, 도구함, 대바구니, 나뭇짐, 이부자리, 옷 속, 변기통…… 무엇을 은닉할 가능성이 있는 물품은 다 훑었다.

배도 이 잡듯이 살폈다. 밥 짓는 화덕 속, 갑판 대들보 밑, 판자 사이사이, 망루와 난간, 탑재한 사후선(伺候船, 소형 보조 군선)…… 무엇이라도 들어갈 수 있는 구멍이나 틈은 다 살폈다.

진실로 간사한 짓과 숨겨진 일이 없었는지는 모르겠으나 별 소동 없이 반나절이 흘러갔다.

부서기 원중거는 짐을 부리러 왔다가 제반사를 종놈 홍복에게 맡겼다. 부산첨사가 그간 뒤치다꺼리해주느라고 수고가 이만저만 아니었다. 감사치레라도 해야겠다고 첨사의 집무청으로 향했다. 마루에 웬 놈이 방자히 앉아 있었다. 낯이 익었다. 선장 중의 하나가 틀림없었다. 잦은 잔치자리에 선장 여섯은 꼬박꼬박 나타나서 안면이 있었다. 원중거는 그가 먼저 하정배(下庭拜)까지는 아니더라도 군례라도 갖추기를 기다렸다. 그는 인사는커녕 더욱 방만한 자세로 바꾸며 기분 나쁘게 째려봤다.

"허어, 나는 부사또를 뫼시는 서기 원중거일세."

그는 코웃음을 쳤다. 그래서 뭐?

원중거는 분이 치솟았다. 역관 이명화 일로 생긴 상처가 조금도 아물지 않은 차에 일개 선장 따위가 사람을 똥강아지 보듯 해?

참기로 했다. "첨사 계신가?" 그놈한테 묻고 싶지도 않았지만 다른 사람이 보이지 않으니 물은 것이었다.

그는 대꾸가 없었다.

"이놈아, 첨사 계시냐고 물었다!"

"뭐 하는 놈팽이가 초면에 놈이래냐? 내 참, 양반 비슷하게 생겨먹은 것들은 지 주제를 몰라."

"무례하다! 내 네놈을 수차례 보았거늘……."

"난 못 봤는데…… 너 같은 허릅숭이를 내가 언제 봤겠어."

"이놈이……."

"웬 개똥참외가 자꾸 놈질이냐. 한주먹거리가……."

원중거는 당장 그자의 뺨따귀를 갈기고 싶었으나, 아무도 없는 자리, 저놈한테 오히려 해코지 당하리라 저어되었다. 첨사 만날 생각은 달아나버리고 숙소로 돌아왔다. 생각할수록 울화통이 터졌다. 씩씩대고 욕하고 허공에 발길질해도 분이 가라앉지 않았다. 분은 눈사람이 커지듯 불어났다. 숙소 통인과 차모들을 불러놓고 무시무시한 뒷말을 날리면서 알아보니 김귀영(金貴營)이라는 놈이란다.

종놈들이 돌아왔다.

"안색이 왜 그러십니까? 무슨 일이 있으셨습니까?"

원중거는 아무 설명 없이 대뜸 소리쳤다. "가서 김귀영이란 불상놈을 잡아와라."

홍복은 통인들에게 대략 듣고 김귀영을 찾아갔다.

“선장님, 우리 나리 굉장히 화나셨소. 가서 사죄드리시오.”

“웬 종놈이 또 육갑이야.”

“들은즉슨 선장님이 무례하셨더만.”

“마빡에 피도 안 마른 종놈이…….”

김귀영이 냅다 휘두른 담뱃대에 홍복은 이마가 깨질 뻔했다.

원중거는 꼭 잡아오라 하고, 김귀영은 들은 체도 안 하고, 홍복은 하릴없이 네 번 더 왔다갔다했다.

재미난 구경거리 생겼다고 따라다니던 종놈 삽사리가 짓궂게 물었다. “주인 잘못 만나서 고생이 많네. 근데 너 착해졌다. 저번에 우리 역관 나리들한테는 다 덤벼 담차게 맨망떨더니, 일개 선장한테는 깨갱이네.”

“생긴 걸 봐. 그게 일개 선장이야? 깡패지. 세상에 젤 무서운 게 깡패야. 아무 생각 없이 주먹부터 나오는 놈들.”

홍복은 여섯 번째로 찾아가서 애걸복걸했다. “선장님이 한 번만 봐주쇼. 그냥 가서 지가 잘못했습다, 기분좋게 딱 한마디만 해주쇼. 허리 조금 꺾기도 힘드시면 고개만이라도 까딱해주쇼. 그러면 우리 나리 기분이 풀릴 거요. 우리 나리가 무시당했다 싶으면 욱하는 성질이 있어갖고…….”

“네 정성이 갸륵타. 가자!”

김귀영이 돌연 일어섰다. 홍복은 찜찜했지만 앞장섰다.

홍복이 아뢰었다. “선장놈이 사죄하러 왔습니다.”

마당에서 초조히 서성거리던 원중거는 얼른 방으로 들어가 앉았다. 김귀영이 뚜벅뚜벅 걸어 들어왔다. 마당에서부터 무릎 꿇는 것까지는 안 바랐어도 토방에 서서 허리는 꺾을 줄 알았다. 김귀영은 작대기처럼 똑바로 서서 오더니 신발을 아무렇게나 집어던졌다. 마루를 지나 방까지 불쑥 들어와 양반다리로 마주 앉았다.

원중거의 온몸 솜털이 발딱 섰다. 숫제 비명을 질렀다. "가라!"

김귀영이 눈을 치켜떴다. "오래서 왔더니 가라네. 뭐하자는 거야? 똥개 단련시켜?"

"이놈 가라, 가!"

"젠장칠, 왜 자꾸 불러대는지 궁금해서 왔다니까. 왜 불렀어?"

"네놈이 감히 사람이냐?"

"육갑하네. 그럼 너는 개냐?"

"뭣들 하는 게야. 이 죽일 놈을 끌어내라."

"아전만도 못한 서얼짜리가 꼴에 양반 종자라고 때깔 잡는 거야? 조심해. 염전에다 확 처박아버릴라."

"홍복아!"

아무리 왈짜가 무섭다지만 종놈은 종놈이다. 홍복은 움켜쥐고 있던 장작개비를 휘두르며 방으로 뛰어들었다. 다른 종놈들도 우우 몰려갔다. 김귀영이 하나씩 잡아 던졌다. 종놈들은 마당 곳곳에 부지깽이처럼 처박혀 진저리쳤다.

김귀영이 원중거도 한 대 팰 듯이 바짝 으르렁댔다. "이보셔, 사람 봐가면서 시건방 떨어. 나는 김귀영이야, 김귀영!"

부산 토박이 통인 하나가 일러주었다. "정사 나리가 동래부사로 계실 때 사환으로 부리던 자예요. 총애를 받았죠. 원래 소악패(小惡牌) 두목이었는데, 장교 돼서는 거리에서 왕 노릇 했어요. 게다가 정사 나리가 내려와 계시니까…… 선장까지 됐으니 눈에 뵈는 게 있을 리 없죠."

도무지 진정이 안 되고, 추스를 수도 없고, 갈팡질팡하던 원중거는, 정사가 아끼던 놈이라는 말에 한층 부아가 났다. 정사에게 곧장 달려갔다.

"제가 참으로 못나기는 못났나 봅니다. 저번에는 역관에게 능멸을 당하더니 이번에는 일개 선장 따위에게 능욕을 당했습니다. 이러쿵저러쿵……."

조엄은 시퉁했다. 정말 못난 자로군. 어찌 처신을 하기에 툭하면 능욕당하는가. 그거 하나를 제 손으로 처분 못 하여, 공사다망한 사람한테 쪼르르 달려와서 고자질이나 하고.

조엄이 부르니, 김귀영이 득달같이 달려와서 무릎 꿇었다.

"이놈, 어찌 무례하였느냐? 왕명으로 왜국에 문장을 전하러 가시는 분이시다." 조엄이 원중거 듣기 좋으라고 치켜세웠다.

김귀영이 무릎 꿇은 채 머리를 원중거 쪽으로 옮기고는 한참을 나불댔다. "아이고, 나리 몰라봬서 죄송합니다. 제가 워낙 배운 게 짧아가지고 양반을 봬도 알아볼 줄을 몰라서요. 어쩌고저쩌고……." 원중거가 듣기에는 비아냥대는 소리 같았지만 조엄이 듣기에는 절절히 사죄하는 소리였다.

조엄이 딴은 김귀영을 야단치는데 원중거가 듣기에는 덕담이었다.

조엄이 권했다. "원 서기, 너그러이 용서해주시는 게 어떠한가. 진심으로 뉘우치고 있는 듯하이."

어쩌겠는가. 원중거는 풀리지 않는 분을 삼켜냈다. "앞으로는 조심하게."

정사의 숙소에서 멀어졌다.

풀 죽은 개꼴이던 김귀영이 돌연 미친 스라소니 꼴이 되었다. "앞으로 조심할 작자는 너다. 내 기어코 네 목구멍을 바닷물에 절일 게다. 계집 속곳 같은 반쪽짜리, 다시는 고자질 못 하게 주둥이를 팍팍 절여서 상어한테 밥으로 줄 테다!" 이보다 더 험한 말을 연발하며 때릴 듯 말 듯 손짓 발짓을 해가며 패악을 부렸다.

홍복은 다시 한번 김귀영에 달려들었다. 김귀영은 잘되었다 싶었는지 홍복을 원중거라고 여기며 마구 패대었다. 군관 서유대·유달원이 나타나지 않았으면 홍복이는 맞아 죽었을 테다. 김귀영은 서유대·유달원에게는 순한 양처럼 굴었다.

이 소란이 정사에게 알려져, 원중거는 또다시 정사 앞에서 '못난 자'가 되어야 했다. 김귀영은 원중거가 먼저 종놈을 시켜 자기를 때리게 했다고 억지를 부렸다. 정당방위라나.

홍복이 소리질렀다. "어이구, 우리 둘을 보십시오. 저자는 승냥이 같고 소인은 토끼 같은데 누가 누굴 때려요?"

원중거는 입을 꾹 다물어버렸다. 어서 이 자리를 뜨고 싶었다.

조엄의 명으로, 김귀영과 홍복은 곤장을 다섯 대씩 맞았다.

두 놈 다 억울해서 미치려고 했다.

홍복이 눈물이 그렁그렁해서 돌아와 보니, 원중거가 세마(貰馬)에 올라 있었다.

"어디 가십니까?"

"홍복아, 네가 못난 주인을 만나서 고생이 자심하다."

"알아주시니 감사합니다만, 어디 가십니까요?"

"집으로 돌아간다. 너는 짐을 되찾아 천천히 오너라."

홍복이 발버둥을 치며 말렸으나, 주인의 똥고집을 꺾지 못했다.

홍복은 제술관 남옥에게 달려갔다. 마침 성대중도 소문 듣고 무슨 난리인가 싶어 달려왔다.

남옥과 성대중은 당장 말을 타고 원중거를 뒤쫓았다.

원중거가 가고 있기는 하나 마음이 천근만근 무거워 더디었다. 누가 붙잡으러 와주지 않나 자꾸 뒤를 돌아보았다. 경마잡이도 이 양반짜리가 정말로 가겠다는 건지 괜히 심통을 부려보는 것인지 헛갈려서 세월아 네월아 말을 이끌었다.

두 벗에게 금방 따라잡혔다.

"자네, 왜 그러나. 왕명을 받잡고 가는 길일세. 겁을 상실했나? 어서, 말 머리를 돌리게."

"사형, 고정하십시오. 회정하여 차분히 일을 되돌리셔야 합니다."

두 벗이 말릴수록, 원중거는 용기가 샘솟았다.

"이래 죽으나 저래 죽으나 매한가지. 나는 그런 놈하고는 한배에 탈 수 없네. 차라리 고향땅에서 전하의 은혜로운 칼을 받고 죽을라네."

두 벗이 말리러 오지 않았다면, 원중거는 제풀에 돌아갔을지도 모른다. 고집을 세우다 보니, 돌아간다면 체면이 없어도 너무 없게 되었다. 될 대로 되라지. 원중거는 죽어도 돌아갈 수 없다고 버텼다. 두 벗이 이별을 받아들였다. 세 사람이 별리의 언어를 토하는데, 경마잡이는 흉보았다. 꼴값들 하셔요.

성대중이 상세히 알아보고 보고했다. 정사 조엄은 비로소 한가한 일이 아니라고 생각했다. 정사 휘하의 군관들이 다 모였다. 자제군관이며 통신사의 예방(禮房)인 이매(李梅, 60세)가 소리 높였다. "아무리 분이 낫다손, 참으로 방자한 작자올시다. 감히 서기 나부랭이가! 군령으로 잡아다가 치도곤(治盜棍)을 먹여야 합네다."

명무군관 유달원(柳達源, 32세)이 침착히 내비쳤다. "서기이기 전에 선비입니다. 함부로 잡아오기는 쉽지 않을 터입니다."

"어허, 그깟 종8품 봉사 따위가 무슨 선비란 말인가." 이매가 비아냥댔다.

"노인장, 말씀이 지나치십니다. 왕명으로 뽑은 문사를 두고 선비가 아니라니요?" 유달원이 발끈했다.

"왕명 받은 신분으로서 저 외람된 행동을 하는 작자가 정녕 선비랄 수 있는가? 정사께서 당장 목을 쳐버려도 될 일이야. 확……" 목을 쳐버리시지요, 라는 말을 꾹 눌렀다.

다른 군관은 침묵하고 있으나, 젊은 군관들의 행수 노릇 하는 유달원과 생각이 같을 게 뻔했다.

조엄은 편지 한 통을 썼다.

서유대가 받아들고 나가서 통인·사환을 모았다. "누가 말을 잘 타느냐? 여기 지리도 잘 알아야 하고, 원중거 서기의 얼굴을 아는 자라야 한다."

소동 임취빈이 번쩍 손을 들었다.

원중거는 부산에서 겨우 10리쯤 멀어졌다. 대로변 주막집에 여장을 풀었다. 하룻밤 묵기로 했다. 흥복을 찾아 짐을 싣고 내일 함께 오라며 경마잡이를 보냈다. 경마잡이가 '분노한 자'의 위치를 널리 소문내주었으면 하는 속셈이었다. 원중거는 툇마루에 앉아 부산진 쪽만 바라보았다. 임취빈이 원중거를 쉬이 찾아내고 서신을 올렸다.

원중거는 급히 읽어보았다. 만족스럽지 못했다. 그저 돌아와서 얘기하자니.

"편지를 전했으면 가야 할 일이지? 왜 안 가느냐?"

"답장을 안 주십니까?"

"내가 지금 뭘 끼적거릴 기분이 아니다…… 너는 참 곱구나."

"소동 임취빈이라 하옵고, 일방 비장청 소속 통인예요."

"너, 여기 사람이냐?"

"그게 생각나시는 겁니까?"

"여기는 없다 하는구나."

임취빈이 주모랑 노래하듯 옥신각신하더니 병 하나를 들고왔다. 취빈이 따라주니 원중거는 받아서 시원하게 마셨다.

"이게 무슨 꼴인가! 성은에 보답해야 하는데…… 조선의 문장을 오랑캐들에게 베풀어야 하는데…… 아하, 부산 떠나기도 전에……" 하고는 울적한 시 한 수를 읊었다.

임취빈이 한잔, 한잔 따라주었다. 더 나오지 않을 때까지 원중거의 강주정을 들어주었다.

원중거가 문득 물었다. "너 소면(所眄)이라는 말을 아느냐? 이순신 장군의 『난중일기』에도 곧잘 나오는 표현이란다."

"알고 있어요. 자별히 좋아하는 기생을 일컬어 소면이라 하더이다."

"꼭 기생뿐이겠느냐. 좋아하는 사람은 다 소면이지." 원중거는 자기가 왜 그런 말을 하는지 몰랐다.

원중거를 방에 옮겨 뉘이고, 임취빈은 부산으로 말을 달렸다.

조반 자리에서 조엄은 숟가락을 내리쳤다. "이 자가…… 네가 다녀와라. 이번에도 오지 않는다면……."

명을 받은 자제군관 조철(趙瞮, 39세)은 정5품 벼슬이 가능한 통덕랑(通德郞)이었고, 통신사에서는 따로 맡은 직책이 없었으나 정사의 사촌아우였다. 조철은 임취빈을 앞세우고 주막으로 내달렸다.

조철은 잔뜩 겁을 주었다. "원 서기는 참 편안히 주무신 모양이외다. 사또께서는 한숨도 못 주무시고 그대를 걱정했는데……."

"그러셨을라고."

"어허, 당신 참 너무하오. 사또가 당장 목을 베어오라고 해도 할 말 없을 상황이란 말야, 지금. 좋게 말할 때 그만 갑시다. 선비 대접이 정도면 충분하지 않나."

"내 처지가 묘하게 됐잖소. 내처 가기도 뭣하고 돌아가기도 뭣하고."

길잡이로 따라온 임취빈이 버릇없이 곁들었다. "잡혀가면 되지요."

조철이 생각해보고 손뼉을 쳤다. "그거, 묘책이다."

조철은 원중거를 체포하여 돌아왔다. 조엄이 손수 결박을 풀어주었다. 김귀영이 끌려 들어왔다. 조엄은 곤장 석 대를 때리라고 했다. 또 겨우 석 대? 정말 아끼는 놈인가보군. 원중거는 속이 부글부글 끓었다. 맞는 김귀영도 분하기는 마찬가지였다. 또 맞어? 쫌생이 서얼 놈 하나 때문에 내 볼기짝 두부 되네. 조엄은 어제와 마찬가지로 김귀영에게 사죄하도록 했고 김귀영은 진심에서 우러나오는 것처럼 원중거에 사죄했으나 누가 보더라도 꼭두각시놀음 같았다.

원중거가 혼자 마음고생을 하게 놓아둔 것이 마음에 걸렸을까. 남옥이 돌연 거세게 주장했다. 문사로서 이런 대우를 받을 바에야 다 함께 돌아가자고. 겨우 곤장 석 대 치는 걸 보고 또다시 분노한 원중거가 찬동했다. 성대중은 홀로 반대할 수가 없었다.

삼문사는 종사관 김상익을 찾았다. 김상익이 말리는 척했고 삼문사는 막무가내인 척했다. 부사 이인배에게도 찾아갔다. 부사도 말리는 척했다. 부사는 속웃음을 쳤다. 당사자인 조엄을 찾아가야지 별로 상관없는 자기에게 찾아와서 떠드는 삼문사가 가소로웠고, 삼문사가 그러고 다니는 걸 뻔히 알면서 그들을 불러 얘기하지 않는 조엄이 갑갑했다. 삼문사는 이틀 동안 정사를 문안하지 않았다. 삼문사가 정사에게 시위한다는 것을 일개 소동까지 다 알게 되었다.

진짜로 앓아누워 있던 종서기 김인겸은 가까스로 몸을 추슬러 삼문사를 찾았다. 김인겸이 건성으로 위로하더니 작정하고 나무랐다.

"자네는 세 가지 잘못을 했어. 선장놈이 무례할 때 못 본 체하지 않은 것이 첫 번째 잘못이야. 똥이 무서워서 피하나? 무례한 놈을 잡아오랄 때는 욕볼 각오를 하고 단단히 준비해야 했는데 너무 쉽게 여긴 것이 두 번째 잘못. 세 번째는 돌아온 것이네. 떠났으면 아주 가지 뭐하러 돌아왔단 말인가?"

성대중이 변명해주었다. "돌아온 게 아니라 붙잡혀온 겁니다."

원중거는 고개를 푹 숙였다. "노형 말씀이 절절이 옳습니다."

김인겸이 또 나무라듯 했다. "자네들 다 잘못이 있네. 모든 것을 걸지 않는 궐기는 아무것도 안 한 것과 같네. 떠나기로 했다면 떠나면 그뿐이지 떠난다는 말은 왜 한단 말인가. 나는 시방 하직하고 아주 돌아가려 하네. 사또께서 시정을 하신다면 떠나지 않고, 시정을 못 하시겠다면 즉시 떠나겠네."

남옥은 노인네가 성가셨다. "저희 일입니다. 노형께서는 무관한 일인데 어째서……."

"어째서 자네들의 일인가? 이것은 우리 네 사람의 일이네. 자네들 셋이 나를 외톨이로 만들어놓고 즐기는 것은 아무 상관이 없어. 허나 이것은 네 문사로서의 일이네."

삼문사가 말렸으나, 김인겸은 기어이 조엄을 찾아갔다.

조엄은 고뿔 기운으로 이불을 휘감고 누워 있었다. 삼문사가 찾아오는 걸 피하기 위한 꾀병일 수도 있었다. 조엄이 김인겸을 무시하기는 힘들었다. 들어오게 하였다.

김인겸은 꿇어앉아 정색했다. "이번엔 천리 길을 모시고 내려와서 이미 정이 깊습니다. 불평할 만한 일이 전혀 없지 아니하되, 부질없이 작은 일을 크게 키우지 않으려고 조용히 지냈답니다. 지금은 박부득이 죄를 지으러 왔나이다."

"무슨 일로 그러한고?"

"다른 일이 아니오라 원 서기 일입니다."

"그자가 욕본 일을 김 진사가 가로맡아 부질없이 키워보겠다?"

"그렇지 아니하오. 사람은 다르오나 서기는 한 가지외다. 머리를 삶사오면 귀는 아니 익습니까?"

"일심동체다?"

"서기 한 명이 욕을 보았습니다. 제대로 처치하지 않는다면 네 서기 모두가 함께 욕을 본 것이 됩니다."

"견강부회로다."

"성질이 모질고 극악한 선장놈에게 겨우 곤장 몇 대라니요?"

"내 약조하였는데. 쫓아내겠다고."

"아직 나가지 않았다면서요. 금명간(今明間) 순풍을 얻게 되면 급히 배를 띄우겠지요. 그놈은 계속 선장을 하게 되겠지요. 그놈이 배에 타면, 우리 사문사는 배에 타지 않을 것입니다."

"왕명으로 가는 길에, 참 해괴한 소리다."

"토박이 장교를 사랑하고 선비를 천대하시니, 소문이 어떻게 나겠습니까?"

"내가 언제 토교를 사랑했다는 건가. 그저 그놈 말도 들어보니 나름대로 일리가 있어……."

"다른 장교라면 용서할 수도 있겠습니다. 허나 그 선장놈은, 사또께서 동래부사로 와 계실 때 친근히 사환으로 부리던 놈이었습니다. 그놈이 그를 믿고 방약무인하여 양반 욕보인 죄는 참으로 용서하기 어려운 일입니다. 겨우 볼기 몇 대 친 후 전과 같이 후대하면 어찌되겠습니까."

"전과 같이 후대할 일 없다니까."

"맞습니다. 서기 노릇 하는 우리들이 비천한 서얼입니다. 허나 왕명으로 뽑힌 몸들입니다. 우리가 가고자 해서 가는 것이 아니라 능력 있다고 뽑혔단 말입니다. 독서하는 선비로서 욕을 본 땅에 앉았다가 배 탄 후 또 욕을 보면 어찌해야 합니까?"

"누가 그대들을 욕보인단 말인가. 내 칼에 죽을지어다."

"일개 선장 따위가 그리 선비 욕을 뵈고도 무사한 걸 봤는데, 누군들 우리 서기를 가벼이 여기지 않겠습니까? 욕을 당하면, 하늘로 올라갈 수도 없고, 바다에 뛰어들어야겠지요. 그러기 싫어 미리 하직인사 올리는 것입니다."

"김진사, 이런 말은 진실로 의외로다. 전하께서 그대들을 친히 불러 특명하고 글을 짓게 하였다. 천은에 감격하여 임무를 마치고 돌아옴이 마땅하거늘 별반 시비를 끌어내어 아니 가겠다니? 서기들이 못 간다면 사행은 어찌 갈까? 나랏일 그릇되면 김진사 탓 아닌가?"

"다른 서기 일이라고 함께 행동하지 않는 용렬한 선비를 무엇에 쓰오리까."

그러고도 이러저러하게 한참 말이 오갔는데, 김인겸이 아침까지 기다려보겠다며 물러났다.

조엄은 끙끙 골머리를 앓았다. 젊은 삼문사를 억누르고 다독거려야 할 늙은이가, 삼문사를 더욱 충동하고 앞장을 서다니. 못난 것 하나 때문에 대사를 그르칠 수는 없다. 도훈도 최천종(崔天宗, 38세)을 불러 김귀영을 잡아오게 했다. 곤장 열다섯 대를 때리고 부산진 지성 옥에 가두었다. 선장 지위도 박탈했다.

9월 26일

대마도 배행(陪行, 윗사람을 모시고 따라감) 관료들은 며칠 전에 상륙하여, 초량왜관에 머물고 있었다.

초경(初更, 저녁 7~9시) 무렵, 대마봉행(奉行)이 조엄을 찾아왔다. 수역 최학령을 통해 청했다. 〈밤중에 바람이 좋을 듯합니다. 달뜨기를 기다렸다가 닻을 올리소서.〉

일기선 도사공(都沙工) 이항원(李項元, 43세)이 손사래를 쳤다.

"안 됩니다. 날마다 서남풍이 연달아 불어 일기가 찌는 듯합니다. 설사 동북풍이 있게 되더라도 반드시 오래 불지 않을 것입니다. 불가합니다!".

이기선 도사공 김치영(金致永, 45세)도 반대했다. "어렵습니다." 김치영은 15년 전 무진년 사행 때 사공으로 갔었다.

십분 신중해야 할 테다. 어찌 왜인들 말을 중히 여기랴. 조엄은 조선 도사공들 말을 믿고 출항을 거부했다.

대마봉행이 하도 졸라 '선발대'는 먼저 가라고 명했다.

선발대는 해동청(海東青, 송골매) 20여 마리와 국마 30여 마리와 그 한반도 특산 동물을 돌보는 소임 가진 자들을 말한다. 특별 관리가 필요했다. 조선배를 따로 내지 않고 왜선을 이용하는 것이 관례였다. 이마 장세문 무리는, 며칠 먼저 대마도로 가는 것이 며칠 먼저 저승으로 가는 기분인지 눈물바람으로 부산 앞바다를 술렁이게 한 뒤에 대마도 배에 올랐다.

조선 도사공들의 말이 맞았다. 동북풍이 불었으나 금방 그치고 역풍이 불었다. 매와 말을 싣고 먼저 떠난 배들이 바다 가운데서 맴돌다가 절영도(絶影島)로 피신했다.

부사 이인배의 자제군관 이덕리(李德履, 35세)는 미남자였다. 한양 기생들이 한번만 만나보고 싶다고 이구동성이고 한번 만나면 평생을 함께하고 싶다고 징징대는 얼굴이었다. 부산에 머무는 동안에도 이덕리는 기생들의 인기를 독차지했다. 기생들은 제가 수청 드는 원역과 비교하기를 일삼으며 저이랑 하룻밤만 같이했으면 원이 없겠다고 나불대었다.

이덕리는 부산에서 내내 어두웠다. 조엄처럼 독수공방하는 것은 아니었으나, 기생과 놀아도 놀지 않은 이처럼, 자고도 목석과 잔 이처럼 데데한 낯꼴이었다. 하면서 자꾸 경주 쪽만 쳐다보는 것이었다.

문짝이 부서지는 소리가 나면서 거지꼴 여인네 하나가 쓰러져 들어왔다. "나리, 종애(鍾愛)가 왔습니다."

이덕리가 바둑돌을 집어던지고 뛰쳐나갔다. 이덕리는 종애를 끌어안고 부비고 어루만지고 정신을 못 차렸다. "네가 왔구나, 네가 왔어. 얼마나 기다렸는데 이제 온단 말이냐. 왜 이 모양이냐. 사경을 헤매고 왔느냐."

종애는 눈물을 줄줄 흘렸다. "소녀, 이제 왔습니다. 경주사또가 저를 잡아 가뒀습니다. 목매달아 죽으려고 했어요. 나리 얼굴 한 번만 보고 죽자! 그 간절함으로 버텼습니다. 이제야 몸을 빼내어 왔습니다. 제 딸년이 역질로 죽어간다고 거짓으로 꾸미고 빠져나왔습니다. 2백 리 길을 달려왔습니다. 호랑이 나온다는 산을 넘었어요. 이제 죽어도 소원이 없습니다. 나리를 뵈었으니 다 되었어요."

"너를 못 보고 가는 줄 알았다. 반년 후에나 널 볼 텐데, 어찌 견디겠느냐. 내 가슴은 이미 갈가리 찢어졌다."

48일 전, 사행단이 경주고을에서 묵었을 때, 이덕리를 수청 든 것이 기생 종애였다. 종애는 다섯 살짜리 애가 딸린 스무 살 기생이었다. 그날 밤 이덕리는 태어나서 처음으로 심신을 취하게 만드는 여인을 만났다고 여겼고, 종애는 태어나서 처음으로 흡족한 사내를 만났다고 여겼다.

둘의 재회가 하도 요란한지라 여기저기서 구경 나왔다. 구경거리를 한껏 장하게 하려는지, 경주관아 장교와 군졸 여섯이 나타났다. 뒤늦게 종애의 탈출을 안 경주사또가 보낸 추쇄꾼이었다. 우직한 경주장교가 종애를 떼어가려 했다.

군관 민혜수가 장교를 발로 차고 팔꿈치로 찍어서 넘어뜨렸다.

"지금 뭐 하는 겁니까?"

"자네들 눈은 돌멩이인가? 춘향이와 이몽룡 재회했을 때보다 더 눈물나는 재회를 망치려는가?"

"우리 관아 기생년이라고요. 사또 몸시중 드는 천한 년이에요."

종애가 외쳤다. "그저 보내시려거든 차라리 여기서 죽여주세요."

이덕리가 종애를 꼭 끌어안고 소리쳤다. "못 보낸다. 못 보내. 너랑 함께 죽겠다."

경주장교는 칼을 빼 들었다. "아주 가관이시네. 이덕리 나리라고 하셨나요? 전도양양한 분께서 한번 불장난이 지나치십니다. 그만하시고 비켜나세요. 이년이 정 못 가겠다고 버티면, 우리 사또가 목이라도 베어오라고 했습니다. 우리 사또 정말 화가 났다니까. 춘향이한테 열받은 변사또보다 백배는 화가 났다고."

"방자한 놈. 여기가 어디라고 감히 칼을 빼 드느냐?" 젊은 군관 임춘홍이 현란한 발차기로 장교를 쓰러뜨리고 마구 때렸다. 나장들이 우 달려들어 군졸들을 제압하여 꿇어앉혔다.

경주장교가 앙앙댔다. "나랏밥 드시면서 사신 가는 분들이 이게 무슨 짓이랍니까. 대체 왜들 이러냐고!"

민혜수가 을렀다. "이놈아, 또 말해주랴? 지금 두 정인의 해후가 모두의 가슴을 쥐어짜고 있다. 근데 또 헤어지게 하겠다고? 네놈이 사람이냐."

"아씨, 드러워서. 그럼 내 목숨은 사람 목숨이 아닌가? 우리 사또가 저년을 못 잡아오면 내 목을 딴다고 했수. 나한테도 마누라가 있고 자식이 셋이나 있다고."

이인배가 조엄을 찾아가서 이 일을 전했다. "이런 일은 처음 보는지라…… 기생은 당장 쳐 죽이고, 덕리 이놈은 곤장 때리고 사행단에서 퇴출시켜야 마땅할 것인데……."

"이덕리가 조카 되지요?"

"예, 못난 것이 구경 욕심이 많은지라 데려가는 것인데 이런 사달을 낼 줄 몰랐소."

"아무튼 아름다운 일이지요."

"송구스럽습니다."

부사는 청탁을 하기는 해야겠는데 체면상 입이 떨어지지 않았다.

조엄이 속 풀어주듯 장담했다. "종사관이 경주부윤과 동문수학한 지극한 벗이라 하더이다. 내가 편지하는 것보다 종사관이 편지하는 것이 낫겠지요. 내가 종사관한테 잘 얘기하겠소."

"이거, 참 송구합니다. 그 못난 것들은 어찌할까요?"

"만고에 드문 정인 아닙니까. 하룻밤이라도 회로애락 해야지요."

민혜수와 임춘흥은 경주장교와 나졸들을 좋은 기생집에 데려가 뒷걱정 집어던지고 실컷 놀게 해주었다.

종사관 김상익은 쾌히 편지를 써서, 소동 중에 가장 빠르기로 자타가 인정한 임취빈에게 맡겼다. 임취빈은 이인배가 친히 골라준 준마를 타고 경주로 내달렸다.

이딕리와 종애가 48일 굶주린 정을 나누는 소리가 자못 우람하여 여러 사람이 듣고 덩달아 흥겨워했다.

10월 1일

또 떠나지 못했다. 조엄은 조일전쟁 이후 열 차례의 통신사 행차 때의 금제(禁制) 조항을 다시금 살펴보았다. 번거로운 점은 삭제하고 미비한 점은 보충하여 '원역을 효유한 글', '금제조(禁制條)', '약속조(約束條)' 등을 지었다. 원역들에게 돌려보게 하여 명심할 것이며 아랫것들을 잘 타이르라고 당부했다. 배마다 언문 방을 붙여 뱃사람들에게도 분명히 고지했다.

양반을 사고파는 세상, 종놈도 부자가 되면 종놈을 두고 사는 세상, 주인 잘 만난 종놈이 허릅숭이 양반짜리와 맞먹는 세상, 신분보다 권세와 재물이 떵떵대는 세상이 된 지 오래였다. 상놈·종놈 사이에는 장유유서로 말하는 것이 피차 편하였다.

종놈 순산(順山, 23세)과 소동 손금도가 여러 날 상종했으나 단둘이 있을 때가 드물었다. 손금도를 끼고 자던 당상역관 이명윤이 홀로 잔다 하고, 순산이 다른 종놈들과 놀고먹는 일이 지겨워 일찌거니 방구들을 지고 있다 보니, 모처럼 둘이 멀뚱멀뚱하게 되었다.

방구석에 통나무 장기판이 있고 벽에 장기알 주머니가 걸려 있었다.

순산이 물었다. "장기 둘 줄 아냐?"

손금도가 장기 두다가 싸우는 어른들은 물리도록 봤다.

"둘 줄은 몰라요."

"나이를 똥구멍으로 먹었냐? 장기도 못 두게."

순산은 알을 판에 땅땅 두드리면서 '차포상마'가 어쩌고저쩌고, 이순신 장군이 학 날개 펴서 적을 감싸 죽이는 학익진이라는 포진을 썼듯이 장기에도 포진이라는 게 있는데 귀마·원앙마·양귀마·양귀상·면상이 이러쿵저러쿵 훈장질했다.

손금도는 무슨 소리인지 알아먹기 힘들었다.

"다 가르쳐주었다. 이젠 둬보자. 실전이 최고야."

"뭘 가르쳐줬어요? 아무것도 안 가르쳐줬잖아요?"

"얘 좀 봐. 실컷 가르쳐놨더니 보람도 없이 배운 것 없다네. 참 훈장 노릇 힘들어."

손금도는 다섯 판을 내리 졌다.

손금도가 여섯 판째부터는 뭐가 뭔지 터득했다.

순산은 자기 알이 죽을 때마다 중얼댔다.

"어라, 실수했네!"

"야, 좋겠다. 너 황소 뒷걸음질치다 쥐 잡았어."

"얼라리우, 내가 오늘 실수하고 거시기를 허나."

여섯 판째는 비겼지만, 일곱 판째에 손금도가 이기자 순산은 어이없어했다.

"야, 어린애라고 봐주면 안 되겠다. 좀 열심히 둬야지."

세 판을 연이어, 손금도가 완벽하게 이겼다. 순산은 수치심과 분노로 얼굴이 뜨거워졌다. 새로 한 판을 두는데, 순산은 한 수를 둘 때마다 낡은 장기판을 박살낼 듯이 꽝꽝 찧었다. 손금도가 일부러 실수를 세 번이나 했다. 순산이 외통수를 부르고는 통쾌해서 어쩔 줄 몰라했다. 손금도는 두 판을 더 져주었다. 순산이 손금도의 머리를 쓰다듬었다.

"울보딱지가 빨리 배우네. 하지만 스승을 넘지는 못하겠지? 내가 장기를 10년 뒀어. 니가 나를 어떻게 이기겠냐."

손금도는 정말 고마웠다. "언니, 이렇게 재미난 장기를 가르쳐줘서 백골난망이에요. 딱 한 판만 더 가르쳐주시면 안 될까요?"

"얘 봐라, 스승의 등골을 아예 뽑아먹으려고 하네."

10월 3일

김윤하(金潤河, 69세)는 부산의 부자였다. 사행단에 숙소 몇 채를 내놓았고 끼니 공궤(供饋)에 지성이었다.

부산에 연고 있는 원역은 대개 그를 알았다. 정사 조엄부터가 한눈에 기억하고 "아직도 정정하구나!" 반가워했다.

군관 유달원은 "제가 다대포 영장(營將, 진의 수령)으로 있을 때 그 늙은이한테 신세를 여러 번 졌답니다. 이거참, 신세 진 거 무섭다니까" 불편한 낯꼴이었다.

김윤하는 안면 있고 없고 가릴 것 없이 자기 집에 묵든 다른 집에 묵든 원역을 두루 찾아다니며 말을 붙여보려고 안달했다.

초면인 원역은 붙임성 좋은 늙은이 김윤하가 제 입으로 풀어놓는 내력을 한바탕 들어야 했다.

"이 늙은이가 소싯적에는 총총한 젊은이였답니다. 기해사행(1719) 때 부산첨사였던 사귀정(射歸亭) 영감의 집사 노릇을 했죠. 부산 손바닥이 제 손안에 있었답니다. 소인도 그때 일본에 갈 수 있었습니다. 허나 영감께서 네가 가면 누가 나를 돕느냐며 한사코 말리셨죠. 지금도 그렇습니다만 부산첨사 자리는 워낙 중대한 소임이라 함부로 바꾸지 않고 사신단에도 넣지 않잖습니까. 대신 제 아버지가 갔습니다. 일기선 선장이었습니다. 제가 힘을 써서 그랬다기보다는 제 아버지가 능력 있는 뱃사람이었죠. 그때 일이 선합죠……."

이 정도가 운을 띄운 것이었고, 44년 전의 일을 자못 상세히 한참을 떠들어댔다. 그럭저럭 얘기를 들을 만하게 한다는 평판이었지만 남의 얘기 잘 못 듣는 사람은 곤혹스러웠다.

"제 손자 하나도 소동으로 일본에 갔었지요. 15년 전 무진사행 때 제술관 나리를 모셨죠. 그때도 참 대단했었죠. 그때 일이야 선한 정도가 아니라 어제 일어난 일인 듯 생생합죠……" 하고 또 한참을 떠들어댔다.

김윤하가 진짜로 하고 싶은 얘기는 이거였다.

"그러니까 제 아버지도 다녀오고 제 손자도 다녀왔단 말입죠. 제 아들은 저보다 먼저 저승 가는 바람에 보내준다고 해도 갈 수 없는 신세가 되었습니다만, 저라도 꼭 가고 싶습죠. 어떻게 방법이 없을까요. 재물로 될 수 있다면 전 재산을 내놓겠습니다. 손자놈도 지가 알아서 잘 먹고 잘산답니다. 물려줄 놈이 없어요."

어떤 이가 듣고 경악하지 않을 수 있겠나. "미쳤는가. 칠순 노인네가 어디를 가?"

"원역 중에 연로하신 분들도 계시던데요?"

"그들이 예순둘이야! 고려장 메고 가는 기분이라고. 언제 어떻게 될 줄 알아? 배도 안 탔는데 그들이 얼마나 자주 아픈지 아는가?"

"저는 혹시 모를 경사에 대비해 섭생을 잘 해왔습니다. 보십쇼, 제가 예순아홉으로 뵙니까? 남들이 다 쉰 살로 봅니다."

"그 눈병신들한테 가서 얘기하게."

작년 사행단 자리가 처음 정해질 때부터 김윤하는 노력했다. 부산첨사, 경상좌수사, 동래부사에게까지 끈을 대어 격군도 좋고 종놈으로도 좋으니 끼워만 달라고 청원했다. 나이 빼고는 뭐든지 빼어난 사람이었지만, 이끗도 먹히지 않았다. 지난 취재에도 응시했었다. 달리기에서 탈락했고 후유증으로 보름이나 자리보전했다. 최후 수단으로 서울서 내려온 원역에게 직통 청원을 해보는 것인데, 역시 될 일이 아닌 듯싶었지만 늙은이는 포기하지 않았다.

제일 시달림 받는 이가 유달원이었다. 원역들에게 인사를 충분히 했다고 판단한 김윤하는 유달원 한 사람을 집요하게 붙잡고 늘어졌다. 강아지처럼 졸졸 따라다니며 틈만 나면 징징댔다. "늙은이 소원 한 번 들어줘요."

"영감, 대체 웬 망령이야. 이해가 안 되잖아. 이해가."

"다른 까닭은 없다우. 그저 왜국 구경해보는 게 소원이라우."

"그 돈 갖다 뭐해. 밀항하면 될 게 아닌가."

"허어, 장교도 한 20년씩이나 해먹은 제가 국법을 어길 수는 없고요. 통신사, 그게 꼭 되고 싶다고요."

"영감, 나 좀 살려줘. 영감이 내 생명의 은인이기는 한데 이건 너무하잖아."

여드레 전(9월 24일), 유달원이 장교짜리 하나가 빈 걸 알고, 삼사와 부산첨사가 동석한 자리에서 기회를 엿보아 청했다.

"첨지(僉知) 김윤하의 정성이 갸륵합니다. 궐석된 자리가 도해선(渡海船, 부산과 대마도를 왕래하는 배)이라고 들었습니다. 도해선 타고 대마도라도 두어 차례 왔다갔다하면 소원이 좀 풀리지 않을는지요."

김윤하와 인연 적은 부사와 종사관도 그간 이러저러하게 김윤하에게 대접받은 것이 마음에 걸리던 차였다. 통신사에 넣자는 것도 아닌데 굳이 반대할 까닭이 없었다. 김윤하는 만족할 수 없었다. 동네 앞섬 같은 대마도에 가려고 그 정성을 들인 게 아니었다.

부사 이인배가 급히 비선을 찾아 마침 대기하던 김윤하가 태우고 모시게 되었다. 이인배는 별생각 없이 김윤하와 수작했는데 흡족했다. 이후 이인배는 배 탈 일이 있으면 항상 김윤하를 찾았다.

통신사 배가 오늘 떠난다 내일 떠난다 하는 판이었다. 김윤하는 몸이 달았다. 부사를 찾아가 애걸복걸했다. "부사또, 저 좀 데려가주세요. 이번이 아니면 또 언제 기회가 있겠습니까. 종놈으로 데려가주세요."

부사는 솔직했다. "영감을 데려가고 싶네. 자네 같은 말벗이 있으면 좋지. 허나 없는 자리를 만들어낼 만큼은 아냐."

"하오면 약속해주십시오. 아무 자리라도 생기면 꼭 저를 넣어주시겠다고요."

"당장 떠날 수도 있는데 그 정도 약속을 못 해주겠나. 그러세."

사흘 전(9월 30일), 옥에 갇혀 있던 김귀영이 아예 부산 밖으로 쫓겨났다. 조엄은 슬며시 용서하고 선장에 복귀시킬 염이었으나 김인겸의 쇠고집을 꺾을 수가 없었다. 더는 선장 자리를 비워둘 수가 없었다. 사공 하나를 선장으로 진급시키고, 격군 하나를 사공으로 올리니, 격군 한 자리가 비게 되었다.

부사 이인배가 그 자리에 김윤하를 넣자고 했다. 며칠 사이에 부사와 늙은이 간에 우정 같은 게 생긴 걸 모르는 조엄과 종사관은 괴상히 여겼다.

"늙은이가 객사라도 하시면 어쩌려고요?"

"잘 묻어줘야죠. 갸륵해서 그럽니다. 다 죽을 나이에 희한한 정성이지 않습니까?"

조엄은 단 한 사람도 안 죽고 무사히 다녀오는 것을 목표로 삼고 있었기에 매우 찜찜했다. 직분은 아래지만 연배는 위인 부사가 먼저 주장한 일이 처음인데 안 된다 할 수도 없었다. 마지못해 그러자고 했다. 김윤하의 집은 울음바다가 되었다. 일가붙이와 종놈들은 초상 치르겠다고 우는 것이었고, 당사자는 기뻐서 우는 것이었다.

당일 김윤하가 짐꾸러미를 한 지게 지고 승선했다.

타루가 3층, 갑판의 좌우 열두어 개 방이 2층이었다. 갑판 아래 1층엔 선창 여남은 칸과 노 열 개가 있었다. 노 하나를 네 명의 격군이 책임진다. 격군의 방은 따로 없었다. 일하는 자리가 먹고 자고 쉬는 자리이기도 했다.

곧 죽어도 당연히 여길 만한 늙은이 하나가 내려왔다. "반가우이,

동무들. 함께 가보세! 나 김윤하라고 합세."

뚱하게 쳐다보다가 한마디씩 했다.

"뭐여, 저 송장 치는. 여기가 무덤인 줄 알고 왔나."

"2층에 늙은탱이들 많던데 그중에 하나가 벌써 미쳤는갑네."

"힘은 장산데. 지게 짐 좀 보라고. 관까지 짊어지고 왔나?"

늙은이가 짐보따리를 내려놓았다. "떡 좀 가져왔네. 고기도 있어. 물인 줄 알고 마시다 보면 자네들 좋아하는 그것일 수도 있고."

뒤질세라 달려들어 허발했다. 먹어놓고도 동무로 인정 안 한다면 그게 사람인가. 어쩔 수 없이 고려장 늙은이를 동료로 받아들일 수밖에 없다고 격군들이 씁쓰레하고 있는데, 다른 배에서 또 무슨 소동이 났다.

일복선에 불이 났던 흔적이 밝혀졌다. 선장 어치해(漁致海, 45세)는 숨겼었다. 자기가 아무렇게나 놓아둔 담뱃대에서 시작된 불이었다. 조엄이 그런 일에는 용서가 없는 사람이었다. 15년 전 무진사행 때도 부기선에 불이 나서 세 사람이나 죽었잖은가. 화재처럼 무서운 것이 없었다. "저놈을 태웠다간 또 무슨 사고가 일어날지 모른다!" 곤장 스무 대를 안긴 뒤에 인정사정없이 쫓아냈다.

선장 한 명이 새로 필요했다.

부사 이인배가 건의했다. "격군 김윤하를 선장으로 올리는 게 어떻습니까? 겪어보니 배에 관해서는 도사이더이다."

부산첨사 이응혁이 눈치를 보다가 보탰다. "부산 바닥에서 그 늙은이만큼 배를 잘 부리는 이는 드물지요."

종사관이 진짜 몰라서 물었다. "격군을 곧바로 선장으로 올리는 전례가 있는가?"

"배에서는 흔히 있는 일입니다."

조엄이 말끝을 흐렸다. "능력이야 있지. 허나 나이가……."

이인배가 힘주었다. "이왕 데리고 가야 할 바에야, 격군보다는 선장이 목숨 간수하기가 더 쉬울 듯합니다."

"알겠습니다. 그러면 부사께서 책임지시죠."

아까 노 젓겠다고 왔던 늙은이가 금방 선장으로 승급해 갑판으로 올라가버리자, 격군들은 낮도깨비를 만났었던 듯 황당했다.

누가 정리했다. "살다 살다 별 해괴한 인생역전을 다 보네."

이때 조선에 『삼국지연의』 모르는 사내가 드물었다. 입 달린 사내들은 김윤하를 두고 하나같이 "『삼국지연의』에 나오는 다 늙어서 출세한 황충(黃忠) 같다"고 시끄러웠다.

시기 질투하는 이는 드물고, 기이한 일이라고 놀라는 이는 무수했는데 하나같이 그의 고령을 걱정했다. 혹시 누가 죽는다면 김윤하가 일등일 것임을 누구도 믿어 의심치 않았다.

좌수포(佐須浦, 사스우라)—10월 6일~10일

10월 6일

한밤중 영가대는 횃불, 등불로 휘황했다. 난리법석 승선이 끝났다. 가벼이 출렁이는 바닷물을 사이에 두고 이별 치레를 그치지 못했다. 기다리던 동북풍이 불어왔다. 조엄이 출항 명령을 내렸다. 여섯 척의 판옥선—정사 무리 일방은 일기선(상사선)과 일복선, 부사 무리 이방은 이기선(부기선)과 이복선, 종사관 무리 삼방은 삼기선과 삼복선—은 일제히 화포를 쏘았다. 닻을 올렸다. 한 쌍의 돛을 높이 세웠다. 오래도록 묶였던 배들은 굶주린 말 같았다. 포구에, 배에 울부짖음이 창궐했다. 부기선의 종놈들이 다투어 지껄였다.

"죽으러 가나? 왜들 난리여? 살아서 돌아오라고 춤을 춰도 시원찮을 판에."

"양반 나리들은 좋겠다. 울어줄 사람이 많아서. 아주 눈물바다구먼. 기생 구경하는 재미로 살았는디 무슨 재미로 산댜. 왜년들은 죄다 도깨비처럼 생겨서 볼 맛도 없을 거 아닌가베."

"기생 구경이 문제냐. 술 한 잔을 못 마시게 생겼는데."

"내가 부산포 땅을 다시 밟을 수 있을라나. 재수없이 딱 찍혀갖구이 무슨 개고생이람. 하고 많은 종놈 중에 하필이면 딱 나냐구."

"부처님, 공자님, 천지신명님, 제발 제가 무사히 다녀올 수 있도록 보살피소서."

"지는 좋기만 허유. 을매나 좋아유. 이런 귀경을 언제 다시 해보겄슈. 지는 바다도 처음 봤다는 거 아뉴. 왜나라 귀경한 거 평생 자랑질 해먹을 규."

선박들이 앞서기도 하고 뒤서기도 하며, 잠깐 사이에 큰 바다로 나갔다. 동틀 때는 어느새 1백여 리를 지나왔다. 동쪽과 서쪽은 아득하여 끝이 없고, 남쪽으로 대마도가 완연했다. 고국이 점차 멀어졌다. 배웅 나왔던 병선 세 척이 회항했다.

바람이 시나브로 심해졌다. 배가 기우뚱기우뚱 삐걱삐걱 울었다. 촛불이 사납게 흔들렸다. 작고 가벼운 것들이 굴러다녔다. 윗사람 아랫사람 할 것 없이 혼절 지경이었다. 심한 사람은 얼굴이 푸르죽죽해지고 누런 물을 게워냈다.

도사공 김치영이 껄껄 웃었다. "이기는 풍랑도 아니라카이."

사공들이 따라 웃었다. 육지 사람들이 괴로워하는 꼬락서니가 다시 못 볼 구경거리였다.

엄청난 소리가 들렸다. 원중거는 배가 박살나는 소린 줄 알았다. 이렇게 죽는 것인가? 허무했다. 억울했다. 고작 물고기밥이 되려고 비굴한 처신을 이어왔던가. 원중거는 기어이 이루지 못한 문장이 한스러웠다. 한때 조선 최고의 문장을 이룰 수 있으리라 자신했다. 포부는 미약해져, 다만 선비들의 마음에 남는 진정한 문장 몇 편만 남기자고 자신을 다그쳐왔다. 이번 통신사행에 빠질 수도 있었다. 서기 물망에 오른 서얼 문장가들은 일본행을 두려워했고 무슨 수를 내서라도 낙점받지 않으려고 애썼다. 원중거는 잘나가는 벗들의 만류에도 불구하고 자원하다시피 했다. 경험하고 싶었다. 기념비적인 문장을 남기고 싶었다. 다 그만두고 연암 박지원이라는 그 재수없는 방세(芳歲)를 뛰어넘는 문장을 남기고 싶었다.

홍복이 죽다 살아난 낯빛으로 외쳤다. "치목(키)이 부러진 소리랍다. 아이구, 십년감수했슴다. 아닌가, 치목이 부러져도 죽는 건가? 나리, 치목이 없으면 어떻게 된답니까?"

"안심해라. 예비 치목도 없이 떠났겠느냐?"

사공들이 치목을 갈아끼웠다. 도사공의 지휘 아래, 요수 배시돌

(裵時乭, 37세), 정수 황일해(黃日海, 39세), 무상 이무응토리(李無應土里, 28세) 등은 파도타기를 하는 듯했다. 뱃놀이라도 하는 것처럼 자연스러웠다. 오히려 바라보는 이들이 노심초사하며 야단법석이었다. 왜인도 쭈뼛쭈뼛 도왔다. 배마다 금도(禁徒) 1인, 통사(通詞) 1인, 사공 2인, 심부름꾼 두엇 해서 대여섯 명의 왜인이 타고 있었다.

바다는 진정되지 않았다. 한껏 기승을 부렸다. 원중거가 다른 배들을 바라다보니, 높이 올라가는 것은 하늘로 치솟고 낮게 내려가는 것은 천 길 구덩이로 떨어지는 듯했다.

선장 김윤하가 뒤대었다. “이제 좀 풍랑 같구먼.”

처음 배를 타보는 자들은 저승 문턱에서 좌충우돌하는 듯했다.

홍복이 넙죽 엎드렸다. “나리, 뒈지기 전에 청할 말씀이 있슴다. 연이(連伊)를 제게 주십쇼. 연이랑 혼인하고 싶슴다. 혹시 살게 되면 연이를 저랑 맺어준다고 약조해주십쇼.”

“몹쓸 놈이로구나. 죽을 마당에 마땅히 낳아준 어미를 그리워해야 하지 않느냐?”

“살 수도 있잖아요. 늘 연이를 달라고 청할 작정이었슴다. 죽을지도 모르니까 이판사판 용기가 생겼슴다. 제발, 저에게 주셔요. 나리가 연이를 아끼시는 거 잘 압니다. 허나 곧 싫증 나실 거잖아요. 양반들은 다 그렇잖아요! 아무한테나 줘버리지 말고 꼭 저한테 달라는 말씀임다.”

“고이헌 놈. 내가 양반이냐.”

“또 서얼 타령하시려고요? 지들한테는 서얼도 양반 나리십니다. 아, 요새 저 같은 종놈 부리면 개나 소나 다 양반이지…….”

"죽을 때가 됐다고 막말이구나!"

"제발, 저에게 연이를 주셔요. 제발, 제발 연이를……."

원중거는 흔쾌히 승낙했다. "그래, 너에게 주마."

"어이구, 나리, 감사함다. 나리 광대한 마음에 우리는 무사하고 말 거구만요."

홍복은 몇 번이나 큰절했다. 이리지리 뒹굴며 한사코 절을 올렸다.

저것이 무엇인가? 원중거는 눈이 휘둥그레졌다. 바다가 산처럼 일어났다. 파도의 대왕 같았다. 비명 지를 힘은 남아 있었는지 여기저기서 시끄러웠다.

도사공이 다들 들으라는 듯이 소리쳤다. "물마루외다. 저께것 정도는 까딱없다카이."

배가 물마루와 부딪혔다. 바닷물이 우박처럼 쏟아졌다. 또다시 배가 박살나는 소리가 들렸다.

도사공이 짜증냈다. "또 치목이 부러졌으? 배가 문제나 치목이 문제나. 이따위로 만들어버리면 으째."

다행히 세 번째 치목이 있었다. 사공들이 뱃노래 부르며 유유히 갈아끼웠다.

다른 배들이 보이지 않은 지 오래되었다. 다들 무사한가? 우리는 무사할 수 있을 것인가? 왜나라 본토는 고사하고 대마도 땅도 밟아보지 못하고 죽는 건가?

홍계희(洪啓禧)가 사행록을 널리 수집하여 『해행총재海行摠載』로 묶은 것을, 원중거도 두루 읽어보았다. 흥미로운 바가 많았지만 큰 감흥은 없었다. '표해록' 몇 종도 보았다. 그것은 큰 울림을 주었다.

바다에서 죽을 뻔했다가 살아난 이들이 쓴 기록이라 그런지 생생했다. 원중거는 자신 또한 '바다에서 죽을 뻔'으로 끝나기를 하늘께 빌었다. 표해록의 주인공들처럼 표류해도 괜찮을 것이다. 죽지만 않는다면. 물고기밥만 되지 않는다면.

홍복은 살아야만 하는 까닭이 또 하나 생겼다. 살아서 돌아가기만 한다면 연이와 부부가 될 수 있다. 신기하게 어지럼증이 걷혔다. 머릿속이 맑아지자 뱃속도 편해졌다.

동쪽 바다 끝이 활활 타올랐다. 불덩이가 치솟아 올랐다. 바다가 진정했다. 모두가 환생한 듯한 표정이었다.

좌수포 예인선 10여 척이 나타났다. 왜놈들이 이렇게 반가울 줄이야. 예선(曳船, 예인선의 준말)들이 던진 동아줄을 부기선의 격군들이 받아서 난간 쇠고리에 걸었다. 험한 바다를 처음 겪은 조선 판옥선을, 작고 날렵한 왜 예선들이 노를 저어 끌고 갔다.

10월 7일

조엄은 첫 장계의 초안을 잡았다. 치목이 당초 정미하게 만들지 않아 부러지고 상하게 되었다, 주관한 통제사가 책임이 없을 수 없다, 논죄(論罪)해야 한다…….

부사 이인배가 검토하고 청했다. "사또, 눈감아줍시다."

"죽을 뻔하시고도 너그러운 바가 있으십니다?"

"고생했는데 상을 못 줄지언정……."

"배 만드는 것이 통제사의 소임 아닙니까? 이런 일을 눈감아준다면 이후에도 배를 졸속으로 만들 것 아닙니까?"

"허어, 소생이 깐깐하다는 소리를 듣는 사람이오만, 정사의 깐깐함에 댈 바가 아니구려."

장계는 초안대로 보낼 것이 결정되었다.

대마주의 관료들이 찾아와 삼중찬합(杉重饌盒)과 술병을 바쳤다. 삼나무로 만든 3층 찬합에다가 갓가지 과일과 떡과 반찬을 담은 것이 먹음직스러웠다.

주로 조엄이 말하고 대마봉행이 대답했다. 수역 최학령이 부지런히 말을 옮겼다.

〈잘 먹겠다. 허나 술은 받을 수가 없다.〉

〈술이 마음에 안 차십니까? 저희 대마도에서 가장 진귀한 술이옵니다. 드셔보시면…….〉

〈그게 아니다. 우리 임금께서 금령(禁令)을 내린 지 오래다.〉

〈하오나 고생을 하시는데 한두 잔 반주가…….〉

〈과거 여기 온 이들은 그랬는지도 모르겠다. 그러나 우리는 임금의 지엄한 명령을 준수할 작정이다. 그러니 앞으로는 절대로 술을 지공하는 일이 없도록 하라.〉

대마관료들은 믿을 수 없다는 눈치였다.

〈다시 한번 말해두겠다. 이제부터 일공으로 바치는 술도 일절 받지 않겠다. 그대들은 우리가 지나치게 될 모든 고장의 태수들에게 미리 알려두도록 하라.〉

이복선 선장 유진복(兪進復, 46세)이 문득 일어났다. "아따, 깊은 밤에 참 재미없구만. 놀아들 봅시다. 노래도 하고 춤도 추고."

동조가 희박했다.

유진복이 어깨를 흔들흔들하며 읊었다. "이래 가지구 하 먼 길을 어찌 갈까. 놀자, 놀자, 놀아보자. 놀면서 가야지 그냥은 못 간다네." 그의 몸짓이 격렬해졌다. 그는 타고난 춤꾼이었다. 사공·격군이 선장을 둥그렇게 둘러쌌다. 몇몇이 함께 추었다. 제법 놀이판 분위기가 났다.

포구에 갈매기떼처럼 널렸던 왜 거룻배(돛이 없는 작은 배)들이 다 가왔다. 거룻배들은 크기를 불문하고 이물이 칼처럼 뾰족했다. 게다가 언월도의 칼등처럼 뵈는 바지랑대를 위쪽으로 붙여놓았다. 그 작은 배로 고기도 잡고 짐도 나른다고. 대여섯씩 타고 있었는데 여자가 부리는 배도 수두룩했다.

유진복이 뚝 그치더니 한탄했다. "힘 빠져서 더 못 추겠네. 목을 축이려 해도 이놈의 배에는 뭐가 있어야 말이지. 이보셔, 왜구님들아. 없나? 없어? 있으면 줘봐. 그럼 힘내서 더 춰볼 테니까."

소통사 김성득(金聖得, 19세)이 목청껏 통역했다. 누군가가 호리병을 던졌다. 유진복이 받아 쥐고 콸콸 마셨다. 얼굴이 환해졌다. 누가 봐도 뭘 마시는지 알 만했다. 사공들이 "저도 좀 주십쇼!" 손을 뻗었다. 염치없는 장졸·격군도 달려들었다.

유진복이 호리병을 밤하늘에 흔들며 소리질렀다. "너희도 재주를 보여라."

장구소리가 휘몰아쳤다. 고수(鼓手) 김시돌(金時乭, 36세)이 장구를 메고 두들겨댔다. 김시돌을 향해 호리병 두어 개가 날아들었다. 장졸·격군이 호리병을 취하려고 격한 몸싸움을 벌였다.

이기선에서 이복선에서 벌어지는 일을 지켜보던 이방 도훈도 문두흥(文斗興, 31세)이 육모방망이를 뽑아들었다. "저것들!……"

병방 직책의 군관 유진항(柳鎭恒, 43세)이 가만히 제지했다. "놔두시게!"

"저거 분명히 그거입니다."

"그걸 누가 모르나. 그렇다고 꼭 저들의 흥을 깨야 하겠나?"

이복선에서 벌어진 놀이판은 달이 중천에 머물 때까지 그칠 줄을 몰랐다.

10월 8일

관소(館所)의 왜 시중꾼들이 뭔가를 맛나게 먹고 있었다. 제술관 남옥은 심통이 났다. 차상통사 이명화(李命和, 35세)를 불러 이렇게 말하라고 시켰다. 우리한테는 먹을 수 없는 음식을 올리고 너희는 맛있는 것을 먹는구나. 왜인이 변명을 늘어놓았다.

이명화가 웃으며 통역했다. "천부당만부당하답니다. 지들 딴은 이 고장에서 가장 좋은 음식을 대접하고 있다는 것이죠. 오해하지 마시랍니다…… 그렇게 맛이 없으셨습니까?"

"뭐, 입맛이 안 맞아서 그랬겠지. 한데 뭐를 먹고 있는 건가?"

이명화가 왜인들과 수작했다. 왜인이 묘하게 생긴 것을 두 손 모아 내밀었다.

"고귀마(古貴麻)랍니다."

무뿌리와 비슷한데 그보다는 짧았다. 토란에 비해서는 길었다. 남옥은 한입 베어 먹었는데 맛이 괜찮았다. 단맛이 났다.

이명화가 또 하나를 받아 주었다. "이것은 구운 거랍니다."

찐 밤 먹는 것 같았다. 낯두꺼이 세 알을 더 얻어먹었는데 자꾸 먹으니 술맛이 났다. 취하는 듯했다.

남옥이 꾸짖었다. "이렇게 먹을 만한 것을 두고 왜 그처럼 맛없는 음식만 바쳤느냐?"

왜인이 변명했다. 고귀마는 이 섬에서 천한 음식이라고.

남옥은 이명화와 더불어 고귀마를 자세히 알아보았다. 우리 조선에도 굶주리는 백성이 얼마나 많은가. 남옥은 조엄을 찾아가 고귀마를 알렸다.

조엄이 껄껄댔다. "다들 감저(甘藷)를 얘기하는군. 원중거는 재배법과 저장법까지 알아왔어. 제술관마저 얘기하니 의심할 수 없이 우리 백성에게도 꼭 필요한 것이겠네. 종자를 구하도록 해보세. 한데 나한테는 먹어보라고 가져와보는 자가 하나도 없군."

"워낙 천한 음식이라고 해서 감히 사또께는…… 숙수(熟手, 요리사)에게 올리라고 당부하겠습니다."

"종자 두어 말을 부산진 이응혁에게 보내야겠어. 봄에 심는 것이라니, 문제로군. 지금 종자가 봄까지 견디겠는가 말이야."

"종자를 보존하는 방법도 있을 겝니다."

"우리가 돌아올 때가 봄 아닌가? 그때 또 가지고 들어가면 되겠군."

"좋은 생각이십니다. 만약에 고귀마가 조선땅에도 잘 맞아 백성이 굶주림을 해결할 수 있다면, 사또는 고려조 문익점(文益漸)이나 다름없습니다."

"나만 문익점이 돼서 쓰나. 농사에 관심 많은 자들에게도 종자를 구해서 귀국하라 해야겠어. 우리가 가져간 고귀마가 다 살아서 우리 나라에 널리 퍼뜨려진다면 문익점이 목화를 퍼뜨린 것만큼 우리 백성에게 큰 도움이 되겠지."

10월 10일

조엄은 삼기선 선장 변박을 따로 불렀다.

"다 들어 있는가?"

변박은 포구를 새삼스레 빙 둘러보았다. 동래나 부산에서 유난히 맑은 날, 대마도는 활처럼 보인다. 가장 가까이 뵈던 곳이 사방 절벽에 둘러싸인 여기 좌수포였을 텐데, 천혜의 포구라 할 만했다. 태풍에도 삼천의 배를 안온시킬 만했다. 옛적 왜구들이 웅거하던 곳이었다.

이미 변박의 머릿속에는 좌수포의 모든 것이 세세히 담겼다. 그의 뛰어난 관찰력은 동래와 부산에서 모르는 이가 없었다.

"여부가 있겠습니까."

조엄이 또 물었다. "길은 알아보았는가?"

변박은 대마도말을 할 줄 알았다. 그는 입이 무거워 뵈는 왜인들과 마주치면 은근히 묻곤 했다. 〈여기서 바다로 가지 않고, 좌수포에서 부중(府中) 앞바다까지 가는 육로가 있다는데 혹시 아는가?〉 아는 이나 모르는 이나 대답하기 저어했다. 인삼 잔뿌리 한두 낱씩 찔러주면 아는 대로 모르는 대로 떠들어댔다. 어지러운 말들을 듣고도 대강의 지도를 그렸다.

"물론입니다."

조엄의 숙소로 옮겼다.

탁자 위에 대마도 지도와 인쇄된 일본 지도가 펼쳐 있었다.

"왜인들에게 잠깐 보겠다고 얻은 것이다."

변박은 무슨 말인지 알아들었다. 준비된 지필묵을 펼치고 즉시 모사에 들어갔다.

"벌써 다 그렸는가…… 감쪽같구나. 훌륭하다."

조엄은 두 지도를 보고 감탄했다.

"자네에게 선장 소임을 맡겼으나, 그보다 더 중한 소임을 잊어서는 안 되네. 왜의 모든 것을 그려야 하네."

"제 재주를 귀하게 쓸 수 있어 한없이 기쁩니다."

대포(大浦, 오우라)—10월 11일~18일

10월 11일

바람이 수그러들고 해가 보였다.

대마도 배행선 10여 척과 배를 끄는 예인선 백여 척이 나타났다. 배행선에는 쉰 명 넘게, 예인선에는 대여섯씩 탔다. 배행선은 조선배 앞뒤로 나누어 섰고, 예인선은 조선배와 동아줄로 연결했다. 기선엔 10척씩, 복선엔 6척씩 붙었다.

두 나라 격군·노졸이 힘차게 노를 저었다. 좌수포의 남녀노소 왜인이 괴성을 지르며 손을 흔들었다.

상놈·종놈이 마주 손을 흔들었다. 외치는 놈도 있었다. "잘 있어!

잘 살아!"

홍복이 소리질렀다. "야, 이놈들아! 더 세게 저어라. 너무 느리다." 실은 말을 정반대로 했다. 배행선이나 예인선이나 각 사람이 노 한 개씩 잡고 수그렸다 일으켰다 하는 움직임이 딱딱 맞았다. 저렇게 동작이 잘 맞는데 안 빠를 수가 없지.

원중거가 지그시 물었다. "좋으냐?"

홍복이 울먹였다. "좋구 말굽쇼. 이래 갖구 대체 왜나라에 언제 간단 말임까? 집 떠난 지 석 달인데 아직 대마도 부중에도 못 갔다니. 부산까지 한 달, 부산에서 묵새기느라 한 달 보름, 떠나기만 하면 막 가는 줄 알았는데 쬐그만 섬에서 닷새나 죽치고, 이건 뭐 세월아 네월아 아님까. 아이구, 연이야. 너를 보려면 얼마나 많은 날을 견뎌야 하냐."

소통사 박상점(朴尙点, 20세)이 이것저것 아는 티를 냈다.

홍복이 빈정댔다. "누가 물어봤냐구. 쪽 팔리게 왜구말 배워서 왜구 뒤치다꺼리해서 먹고살라는 것들이 부끄러운 줄도 모르고 나대지. 나는 말여, 왜놈들뿐만 아니라, 왜놈말 왈라왈라 하는 것들만 봐도 임진년의 치욕이 생각나는 사람여." 말하는 본새가 임진년의 의병 같았다.

"뭐, 이런 거지발싸개가 다 있냐. 나이도 어린 게 입이 똥구멍이네."

"나 스물이다. 넌 몇 살인데? 나보다 어리기만 해봐. 대갈통을 날려줄 테다."

"이놈, 무엄하다. 존대해라!"

"뭐야? 꼴에 중인이시다? 중인 나부랭이가 신분 유세를 하네. 경상도 촌놈이 서울 종놈한테 까불어?"

박상점이 참지 못하고 주먹을 날렸다. 홍복이 저만치 나가떨어진 것은 세게 맞기도 했지만 배가 기우뚱했기 때문이다. 바다는 성격 꾀까다로운 여인의 얼굴 같다더니, 잔잔했던 물결이 요동쳤다. 거센 역풍이 불어왔다. 홍복은 작은 물건들과 함께 데굴데굴 굴렀다.

어디선가 포 소리가 들렸다.

홍복은 눈앞이 훤해졌다. 여자가 있었다. 연이보다 예뻤다. 이 배에 여자가 있을 리가 없고, 그럼 나는 죽었나. 여기는 극락?

여자가 속삭였다. "좀 놓지."

홍복은 여자를 꽉 끌어안고 있었던 거다. 깜짝 놀라 두 팔을 벌렸다. 뒤통수를 뭔가에 꽝 찧었다. "낭자는 뉘시오?"

"정신 좀 차려라!" 여자가 고운 손으로 홍복의 빰을 세게 때렸다. 아프기는커녕 달콤했다.

"낭자, 더 세게 때려주쇼."

"꼴값하셔요."

"낭자, 하늘에서 무슨 죄를 짓고 내려온 선녀시오?"

"나 사내거든. 무슨 눈깔을 달고 있기에 헛소리야."

찬찬히 뜯어보니 사내차림이기는 했다. 아무리 봐도 계집의 낯꼴이다. 내 빰을 때린 너의 손길, 그건 분명 여인의 것이었다.

임취빈이 쑤석였다. "안 되겠어. 정신 차리게 도와주자구."

소동 김대진(金大振, 18세) · 조명삼(趙命三, 15세) · 김영대(金榮大, 15세)가 홍복을 밟아댔다.

임취빈이 야단했다. "우리가 괜히 소동이 아니고 계집처럼 고와서 소동이다. 그렇다고 너 같은 종놈짜리한테까지 욕을 당해야겠니? 내 고추를 보여주랴? 그래야 내가 사내라는 것을 믿겠어?"

배는 예정하지 않은 포구로 들어가고 있었다.

홍복이 초주검 꼴로 돌아왔다. "나리, 선녀처럼 아름다운 소동을 봤습네다. 아, 첫눈에 반했어요. 그 애가 제 가슴에 박혔어요. 저, 벌써 상사병 걸렸나봐요."

"연이는 어쩌고?"

"연이요? 그렇죠, 연이가 있었죠. 그 애가 연이보다 천곱절은 예뻐요. 연이야, 미안해. 아냐, 좋은 수가 있다. 너도 좋아하고, 그 애도 좋아할 거야. 양반님네도 다 그러잖아. 나라고 한 명만 좋아하란 법 있어. 나리, 그 애랑 자고 말 거예요!"

"비역질을 하겠다고?"

"양반님네들도 많이 하시잖아요. 아닌 말로 저 소동들 중에 몇몇은 높으신 분들이 거시기 하려고 데려온 거 아닌가요? 지들은 그렇게 알구 있는데."

왜선과 조선배들이 뒤엉켜 예고 없이 들이치자 대비 없던 포구는 침략군을 맞은 듯했다.

일복선에 걸렸던 예선 동아줄 하나가 끊어졌다. 그 동아줄이 가라앉지 못하고 유영하다가 이복선의 옆구리를 강타했다. 이복선 선장 유진복이 피해 상황을 살피던 중, 갑판 통로 입구께로 뚝 떨어졌다. 가슴과 겨드랑이에 큰 상처를 입었다.

10월 13일

일공은 참소(站所, 머물기로 예정된 고장) 수령이, 오일공은 관할 주 다이묘(大名)가 마련했다. 조선배가 엉뚱한 포구에 정박하면서 엉망이 되었다. 일공도 오일공도 오지 않았다. 어찌되었든 배파(陪把, 식사 소임을 맡은 자)는 차려내야만 했다.

원역과 중관은 늘 넘치게 받으니 하루이틀 먹거리 공급이 끊겨도 여퉈둔 것으로 그럭저럭 밥상을 차려낼 수 있었다. 하관은 경우가 달랐다. 일공이든, 오일공이든 받는 게 적었다. 그날 받아서 그날 배 불리 먹기도 힘들었다. 아예 오지 않으니 굶주릴 수밖에 없었다.

상관들이 예비 양식을 풀었다. 종일 굶주린 이들이 화덕 앞에 진을 쳤다. 밥솥으로 뛰어들 기세였다.

격군은 주 임무인 노 젓기와 짐 나르기 말고도 곁가지 소임이 있었다. 선장과 사공들 사이를 오가며 말을 전하는, 무상 휘하에서 닻물레 돌리는, 요수 휘하에서 돛을 세우고 내리는, 정수 휘하에서 닻을 던지고 올리는, 창고를 지키는, 청소하는, 불을 관리하는…… 가장 중요한 소임인 밥하기를 책임진 이가 배파였다.

일기선 격군 배파 동령(冬令, 45세)이 한탄했다. "요깃거리가 있으면 뭐하냔 말이다. 땔감이 없는걸. 먹을 것만 오지 않은 게 아니라 섶도 나무도 안 왔다는 얘기다. 이 걸신들아."

격군 하나가 언덕을 가리켰다. "저거라도 가져올까?"

보리밭 자락에 나무들이 아무렇게나 뒤얽혀 있었다.

"좋은 땔감이다만 어째 좀 수상쩍은걸."

배파 동령이 고개를 갸웃했다. 격군 수십이 배에서 내려갔다. 나무들을 싹 걷어왔다. 왜인 사공이 펄쩍펄쩍 뛰었다. 보리 심은 곳이 실은 낭떠러지나 다름없다. 흙이 무너질 것을 대비해 박아놓은 나무다. 당장 갖다놓아라. 보리밭이 무너지기라도 하면 농사꾼이 다 굶어 죽는다. 왜사공이 말려봤자 배고픈 이들에게 소용없는 짓이었다.

퍼더앉아서 통곡하는 왜사공에게 소통사 박상점이 훈계했다. 〈네 나라에서 마른 땔감을 바치지 않아서 일어난 일이다. 화가 나? 그러면 너희 도주에 가서 말해. 일공·오일공 따박따박 바치라고.〉

왜사공은 하소연했다. 〈여기 대포는 머물기로 한 곳이 아니다. 일공은 머물기로 되어 있는 곳에서 준비하는 거라니까. 여기 사람들은 아무 죄가 없어.〉

〈네 고향이 여기냐? 끔찍이도 위하는구나.〉

〈모두 다 불쌍하다. 나는 그래도 조선배에 타서 잘 얻어먹는다. 한데 저 동무들, 예선 끄는 사람들 말이다, 재들은 매일매일 달랑 익힌 고귀마 뿌리 두 개 먹는다. 니들 때문에 고생하고 식량 뺏기고. 말이 일공이지 일공 마련하기가 얼마나 힘들겠냐. 조선 사람 오백 명 하루 먹이는데 그 고장 사람들 한 달 치 식량이 들어간다.〉

〈니네 도주한테 가서 따지라고. 우리 통신사는 가고 싶어서 가냐? 우리 조선 사람 중에 좋아서 가는 사람 한 명만 찾아와봐라. 내가 인삼 한 뿌리 준다.〉

왜사공은 결기가 있었다. 일공 담당 군관 민혜수를 데리고 왔다.

민혜수는 어떤 상황인지 금방 이해했다. 얼마 안 되는 밥 다 먹고 걸통을 닥닥 긁고 있던 격군들에게 호통쳤다. "이놈들, 한 끼 먹자고 남의 나라 백성들 1년 농사를 망쳐놨느냐?"

격군 장얼인노미(張乻仁老味, 45세)가 앙버텼다. "몰랐소. 젠장할, 죽을지도 모르는 나그넷길인데 목구멍은 채워야 할 것 아닙니까?"

"몇 끼 굶는다고 죽느냐?"

"나리는 몇 끼까지 굶어보셨어?"

"이놈이!…… 네놈이 주동자냐?"

"내가 주동했다고 칩시다. 어쩌실라우?"

배파 동령도 나섰다. "지가 가져오라 했소. 이 사람들 어제 아침부터 굶었소이다. 눈에 뵈는 게 없다구요. 더 큰 일 치르기 전에 우선 먹이고 봐야죠."

민혜수가 곤장을 쳐들었다. "두 놈, 엎드려라!"

장얼인노미와 동령이 엉덩이를 보였다. 민혜수가 힘껏 볼기를 석 대씩 때렸다. 장얼인노미는 툭툭 털고 일어나더니 동료들을 선동했다. "가자구, 여기 사람들 1년 농사가 달렸대잖아."

격군은 때다 남은 나무들을 짊어지고 낭떠러지로 갔다.

장얼인노미가 운을 띄웠다. "이왕이면 밥값을 하고 가는 게 어떻겠는가."

반대하는 이가 없었다. 격군은 큰 돌을 옮겨 쌓았고 허술한 곳은 흙을 퍼다 다졌다.

다른 배에서도 격군이 쏟아져나왔다. 머릿수로만 따진다면야 격군이 으뜸이었다. 여섯 척 배에 30여 명씩 도합 180여 명인데, 절반 이상이 나왔다. 오래간만에 힘쓴다고 희희낙락했다.

격군을 신명나게 한 것은 구경꾼이었다. 이 고장 여인네는 다 몰려온 듯했다. 여인의 냄새만 맡았는데도 오장육부에 기운이 찼다.

제술관 남옥 시중드는 김용택은 배가 답답했다. 일꾼 무리에 끼었다. 용택이 큰돌을 쉽게 나르는 것을 보고, 장얼인노미가 추었다.
“곱상하게 생겨갖고 힘을 좀 쓰는구나.”

왜 여인 하나가 두 팔 벌려 김용택을 껴안으려고 했다. 용택이 놀라서 물러났다. 여인이 안타깝게 쳐다보더니 별안간 윗옷을 벗었다. 젖가슴이 보였다. 격군과 왜인은 실컷 웃는데, 용택은 어찔 줄 모르다가 황망히 달아났다.

왜인들도 가만있기가 무안했는지 울력에 참여했다. 조선인과 왜인이 사이좋게 노동하는 모습이 장관을 이루었다. 은근슬쩍 왜녀를 추행하는 격군도 있었다. 왜녀는 그 정도는 각오했다는 듯 실실 웃어넘겼다.

도훈도·나장들이 병방군관 유진항의 눈치를 살폈다. “저 상것들이 겁대가리 없이⋯⋯ 그냥 보고만 있으실 겁니까?”

통신사 하속배와 왜인의 접촉은 엄금되어 있었지만, 저런 접촉은 예외가 인정되리라고 유진항은 확신했다. “놔두라! 저토록 아름다운 광경을 어찌 벌할 수 있겠느냐? 그렇게 멀뚱히 서 있지 말고, 너희도 가서 돕는 게 어떠하냐?”

서박포(西泊浦, 니시도마리우라)—10월 19일~25일

10월 19일

조엄은 초조했다. 아직 대마도 부중에도 못 가다니.

왜사공은 말렸고, 조선사공은 가능하다고 했다. 조엄은 출항을 명했다. 포구를 빠져나왔다.

조엄이 우려했다. "바위 맥(脈)이 별안간 노출되기도 하고 안 보이게 깔려 있기도 하다지. 게다가 아무 때고 거센 파도가 솟구친다니 부딪친다면 남아날 것이 없겠구나."

조철이 위안했다. "별일 없을 것입니다. 우리 사공을 믿으소서."

"역관 한천석(韓天錫) 일행이 빠져 죽은 곳이 여기다. 그때 한 배를 탔던 백여 명이 한꺼번에 목숨을 잃었다. 불과 60년 전 일이다."

"그런 일은 수백 년에 한 번뿐입니다."

내내 순조롭다면, 곧장 대마도 부중으로 갈 예정이었다.

기상 악화로 급히 서박포로 들어갔다. 서박포는 포구의 깊이와 너비가 좌수포·대포만 못하였으나 정박하기엔 무리가 없었다.

10월 20일~21일

일기선 격군 중에 강돌박(姜突朴, 35세)이란 자는 소문이 나기를 주막집에서 컸다는 것이었다.

별명이 술고래인 안골포 사람 유팔동(劉八同, 37세)이 물었다. "혹시…… 담글 줄 아나?"

강돌박이 어이없어했다. "미쳤구만. 금령이 엄한 나라에서……."

"금령은 얼어뒈질. 육지에서는 어떻게든 마셨잖아."

"그러고 살았어? 목숨이 여러 개인 모양이네."

"목숨 한 개지만 마시고 싶다고."

"다른 데 가서 알아보셔."

"내가 들은 얘기가 있는데, 대마도주가 상사또께 전복 한 통을 바쳤다는 거야. 상사또는 술찌꺼기에 절인 전복이니 술이나 다름없다고 물리쳤다는 거야."

"그래서, 뭐?"

"전복주라는 거잖아?"

"뭐는 술로 못 담글까. 『수호전』에도 있지. 사람 죽여서 고기는 만두 빚어 팔고 피는 술 담가서 파는. 전복은 있어?"

"지천이야. 바닷속에 쫙 깔린 게 나한텐 보여. 가져오면 담가줄 수 있나?"

"담그는 거야 어렵지 않지."

유팔동이 나장 김태백(金太白, 26세)에게 말하고, 나장 김태백은 군관 서유대에게 말하고, 군관 서유대는 자제군관 조철에게 말하고, 자제군관 조철은 정사 조엄에게 말하여, 전복을 딸 수 있으면 따보라는 허락을 받았다. 수소문하니, 유팔동 말고도 여섯 명이 자원했다. 다 격군이었다. 그들은 탑재한 사후선을 내려 타고 절벽 가까이 갔다. 격군 일곱은 홀딱 벗었다.

군관 서유대는 걱정스러웠다. "니들이 원한 일이다. 죽어도 모른다."

유팔동이 다짐 두었다. "그것만 약조하십쇼. 절반은 저희 겁니다."

"전복 못 먹어 환장했나. 목숨과 바꾸려 들다니."

"우리는 잠수부라고요. 때때로 하던 일입죠."

그들은 쇠꼬챙이와 망태기 하나씩 지니고 바닷물로 퐁당퐁당 들어갔다.

유팔동은 제 몫으로 받은 전복을 소중히 깠다. 염치없는 자들이 빼앗아 먹으려고 난리를 쳤다.

유팔동은 격분했다. "참 뻔뻔한 놈들이다. 이 전복 하나하나가 내 목숨이나 다름없어. 니들은 내 목숨을 달라고 하는 거야. 니들도 먹고 싶으면 바다 들어가서 따 먹으란 말야."

유팔동은 강돌박을 찾았다. "전복을 가져왔네. 자네가 반을 먹어도 좋아. 남은 거로 담가주기만 해."

강돌박이 껄껄댔다. "재료만 있으면 뭐해. 누룩이 있어야지."

유팔동은 혼자 가기는 겁이 났다. 술에 환장해서 목숨 걸 놈을 몇 모았다. 나장과 기수 셋이 한배의 번을 섰는데, 셋이서 그 많은 사람의 일거수일투족을 살핀다는 건 말도 안 되는 일이었다. 선착장에 군관 휘하 여남은이 지키고 있고 그 바깥에 왜졸들도 파수를 보고 있었지만 대놓고 거기로 갈 멍청이는 없었다.

유팔동 무리는 바로 뛰어들었다. 오래 헤엄쳐 감시의 눈이 닿지 않는 절벽으로 들어갔다. 한참 헤맨 끝에 마을의 불빛을 보았다.

휘황한 집이 하나 있기에 가봤더니 딱 술집이었다. 왜인 예닐곱이 있었는데 도깨비라도 본 듯 놀라워했다. 왜말을 좀 할 줄 아는 김기리금(金己里金, 28세)이 손짓 발짓을 더해 떠들었다. 마시고 싶다고.

강시태(姜是太, 32세)가 인삼 한 뿌리를 품에서 꺼냈다. 이거, 살 사람 있느냐는 시늉을 했다. 왜인이 다투어 나갔다. 영문을 모르고 도망친 줄 알았다. 곧 수십 명의 왜인으로 불어나서 돌아왔다. 여자도 여럿이었다. 왜인은 서로 사겠다고 야단 떨었다. 왜인에게 둘러싸여 강시태는 도살당할 개꼴로 어쩔 줄을 몰랐다. 유팔동이 주방으로 달려가서 칼을 빼앗아왔다. 유팔동이 큰 소리를 지르며 칼로 위협하자 왜인들이 조금 물러났다. 유팔동은 인삼을 난자했다. 인삼 한 뿌리가 쉰 개의 도막으로 나뉘었다. 왜인이 돈 같은 걸 내밀며 서로 달라고 했다.

유팔동은 술병과 여자를 가리키며 외쳤다. "술병 하나에 한 도막, 여자도 한 번에 한 도막."

조선말을 아무도 몰랐지만, 그 말을 다 알아들은 모양이었다. 술병이 쌓이고 인삼 조각이 없어져갔다.

한 여자가 술병 없이 몸을 내밀었다.

유팔동이 권했다. "강시태, 너부터 해라."

"괜찮을까?"

"이미 마신 술만으로도 우리는 뒈진 목숨이야. 이 판에 뭘 따져."

유팔동은 인삼 한 도막을 여자에게 쥐여주었다. 강시태는 여자를 덥석 안고 구석을 찾았다. 세 여자는 원래 생업이 그러했는지 다들 돌아간 뒤에도 남았다.

왜인의 신고를 받은, 군관 서유대와 나장들이 술집에 도착해보니 격군 여섯은 실신 지경으로 취해 있었다.

서유대가 혀를 찼다. "이 악종들 보게."

나장들이 격군들을 끌고 갈 생각은 않고 멀뚱히 서서 침을 흘렸다. 그들의 눈초리는 술병과 알몸뚱이 여인들에게 박혔다.

서유대는 탁자에 남아 있는 인삼 도막을 일부러 첩보해준 왜인에게 주었다. 왜인이 두 손 모아 받더니 네 번이나 큰절했다. 서유대가 노려보자 왜인은 도망치듯 나갔다.

서유대가 나장들을 떠보았다. "너희들이 원하는 대로 해주겠다."

김태백이 대표로 대답했다. "저희도 사람인데요."

"술집 문을 닫아걸어라."

한 나장이 얼른 닫고 왔다.

"담배 한 대 참 주겠다."

서유대는 술만 마셨다. 다섯 병을 쉬지도 않고 들이켰다. 나장들은 술도 마시고 그 짓도 했다. 안 하고 싶은 나장도 있었지만 안 하면 안 될 것 같은 분위기였다. 술집 문이 다시 열렸다. 수레를 빌렸다. 살짝 취한 나장들이 되게 취한 격군들을 보릿자루처럼 실었다.

날이 밝고 이 일이 조엄에게 알려졌다. 서유대는 완전히 축소 보고했다. 술 같은 것은 입에도 대지 않았고 왜녀를 본 일도 없으며 밤 수영하다가 길을 잃고 헤매다가 왜 마을에 기어들어 간 격군 몇이 있어 데리고 왔을 뿐이라고.

통신사에서는 조엄이 우두머리고 서유대는 휘하 비장이었을 뿐이지만, 서울에서는 조엄과 서유대가 맞먹는 벼슬이었다. 서유대는 임금의 총애까지 받았다. 조엄은 '서유대는 나를 비밀 감찰하기 위해서 임금이 친히 무리에 끼워넣은 자'라고 경계해왔다. 서유대가 둘러대는 것을, 빤히 알겠으나 추궁하기가 모호했다.

일기선 격군들의 무용담을 듣고, 용기백배하여 이날 밤에 또 한 편의 무용담을 쓰러 나간 이들이 있었다. 그들이 마을 초입에 들어서려는데 어디선가 "이놈들!" 올가미가 날아왔다.

장사군관 조신이 조엄의 특명을 받아 나장과 장교 여남은 명을 데리고 매복 중이었다. 격군들은 어제 그들처럼 헤엄치다가 길을 잃었다고 발명했지만, 곤장 열 대씩을 면치 못했다.

10월 22일

열흘 전 대포에 입항할 때 이복선장 유진복이 다쳤다. 다들 경미한 사고인 줄 알았고, 본인도 가벼운 타박상으로 여겼다. 각진 난간에 되게 부딪혔던 가슴이 찌릿찌릿 아프기 시작했다. 이방 주치의 남두민(南斗旻, 38세)이 대수롭지 않게 여기며 약을 지어주었다. 차도가 없었다. 심혈을 기울여 새로 약을 지었다. 좀 나아지는 듯했으나 찬바람을 쐬더니 악화되었다. 기동도 못 하는 지경에 이르렀다. 남두민은 다른 세 의원을 불러 환자를 보였다. 세 의원은 환자를 진맥하고 남두민의 처방전도 살펴보았다.

양의(良醫) 이좌국(李佐國, 29세)은 무과 급제자였다. "약을 잘못 썼다고 할 수는 없소. 나 또한 똑같이 처방했을 것이오."

유성필(劉聖弼, 30세)은 청직(廳直)이었지만 역시 의원 노릇을 했다. "이 배에 약재가 많기를 하나요. 있는 약재로 이보다 좋은 약은 지을 수 없습니다."

침술로 명성 높은 성호(42세)가 푸념했다. "맞네. 처방이 문제가 아니네. 산삼을 달여 먹어도 지금은 구제가 불가능할 듯해…… 이런 병에 산삼보다 나은 약이 있기는 하지. 배불리 먹으면서 편히 쉬는 거. 제대로 못 먹고 쉼 없이 흔들리는 뱃바닥에 누워 있으니 산삼을 먹는다 한들 나을 게 뭐람. 어쩌다 먹는 음식이 입에 맞기를 하나, 물은 또 어떻고."

남두민은 죽 한 번이라도 더 먹이고, 있는 약재 되는 대로 다 써보고, 혜민서(惠民署, 가난한 백성을 무료로 치료해주던 관아)에서 하던 대로 병구완에 전력했으나 호전되지 않았다.

10월 24일

"배 띄우자, 이런 좋은 바람을 언제 얻겠나."

이복선 선장 박중삼(朴重三, 38세)이 사공들에게 말하고, 일기선을 향해 소리쳤다. "갑시다, 날 좋아요."

일기선 선장 김용화(金龍和, 40세)가 도사공 이항원을 바라보았다. 이항원이 양쪽 엄지를 치켜들었다. 두 왜사공이 안 된다고 손사래를 쳤다.

"겁쟁이들아. 바람이 이렇게 좋은데 왜 안 된다는 거야. 엊그제 우리가 못 가겠다고 한 걸 원수 갚는 거냐?"

〈위험하다, 위험해. 우리 바다는 우리가 잘 안다!〉

배마다 이런 다툼이 있었다. 조선사공은 배 띄울 준비를 하고, 왜사공은 훼방하며 말렸다.

조엄이 확언했다. "두 나라 사공 말이 일치해야만 배를 띄우겠다."

끝내 두 나라 사공의 말이 일치되지 않았다.

굶주린 격군 분위기가 살벌했다. 조선사공이 부득불 빨리 대마도로 가려고 하는 것은 배고픔 때문이었다. 정해진 참에 가야 먹을 게 정해진 바대로 나오니까. 일공이랍시고 실은 배가 왔다. 도미 한 마리, 두부 반 모, 무 세 뿌리, 파 다섯 줄기였다. 상 · 중관은 안 받은 셈 치고 말았지만, 격군은 꼭뒤에 불이 났다.

"우리가 토깽이냐, 염생이냐? 이따위 걸 먹으라는 거냐? 쌀은, 쌀은 어딨어?"

급히 곡식을 내어 격군을 먹였다.

도사공 김치영과 격군 김국창은 15년 전에도 왜국에 다녀왔다는 자부심이 컸다. 김치영은 옛날 얘기를 거의 하지 않았다. 끈덕지게 굴면 겨우 성의 없이 몇 마디 대꾸를 했다.

"알아서 뭐 하려고? 사는 건 다 똑같아."

"기억 안 나. 내 대가리가 무슨 책인 줄 알아?"

"겪어보라고. 겪어보면 알 거야."

"그때는 술을 마셨지. 술이 있었어, 술이. 그때 김국창이는 열일곱 철부지였어. 철딱서니 없던 게 많이 컸어."

김국창은 옛날 얘기를 즐겼다. 기억력도 좋았고, 그때 일을 적바림해둔 책까지 있었다.

간만에 허기 때워 심사가 넉넉해진 이들이 김국창을 에워쌌다. 배고프면 짐승이나 다름없다. 오로지 먹을 것만 갈구한다. 뱃구레가 차면 심심하다, 재미있어지고 싶다, 옛날 이야기 좀 해봐라, 졸랐다.

김국창이 흔쾌히 떠들었다.

"오늘은 천하장사 얘기를 해주지. 15년 전, 김세발(金世發)이라는 삼천포 장교가 있었어. 변탁 장교처럼 배 만드는 일을 감독했던 사람인데, 도훈도 소임으로 탔지. 부기선 닻줄이 끊어진 거야. 김세발이 바다로 뛰어들어서는 그 큰 밧줄을 입에 물더라고. 입에 밧줄을 문 채 헤엄쳐 나왔어. 해변에서 혼자 밧줄을 잡아당기는데 배가 막

끌려와서 언덕까지 오더라고. 참으로 기이한 힘이지 않은가."

"그게 말이 돼? 김세발인지 김네발인지가 천하장사 임꺽정이라도 된다는 거야?"

믿을 수 없다고 시끄러웠다.

"이번엔 배 불탄 얘기를 해주지. 그때는 부산에서 넉 달이나 묵새겼어. 요번에 44일 묵새긴 걸 갖고 징징대는 놈들이 있는데, 15년 전에 비하면 엄청 빨리 출발한 거야. 넉 달이나 머무르는 바람에 영남이 쑥대밭 되었지. 넉 달이나 지공을 해보라고. 그때는 사또가 흐물흐물하고 원역들 성격이 다 개같아서 아주 난리가 났었어. 되놈 사신들 납신 줄 알았다니까. 그 부기선이 참 문제가 많았어요. 부산 떠나서 닻줄 끊어진 게 세 번인가 그래. 지금처럼 대마도도 못 갔을 때야. 좌수포도 아니고 서박포도 아니고 악포(鰐浦, 와니우라)라는 데였어. 악포라는 데로 가서 며칠 묵새겼다니까.

암튼 한밤중이었어. 우리 소동끼리 모여서 이빨 까고 있었지. 갑자기 선착장이 시뻘게지는 거야. 불이야, 불! 사방이 벌집 터진 것 같았지. 나가봤더니, 골칫덩이 부기선이 활활 타고 있더라고. 악포가 정해진 참이 아니어서 숙소가 형편없었거든. 배에서 머무르던 사람들이 많았어. 바다로 몸 던지고 곁 배로 뛰어내리고 밧줄 타고 내려오고. 헤엄도 못 치면서 바다로 뛰어든 이들은 살려달라고 허우적대고. 하나둘씩 해변으로 기어나오는데 위아래가 다 벌거숭이야. 몹시 덴 사람도 많았어. 다 죽었다가 살아난 딱 그 얼굴빛이야. 통곡들 해대는데 참혹한 지경이었지."

"불을 꺼야지!"

"어떻게 꺼. 불꽃이 얼마나 맹렬했는데! 왜놈들이 물 한 동이씩 들고 왔지만, 가까이 가지도 못 하더라고. 그래도 종사관 조명채(曺命采)가 괜찮은 양반이더구만. 그분이 신칙하고 지휘해서 다른 배들을 빠르게 옮겼거든. 바람이 없어서 망정이었지, 바람만 좀 세게 불었으면 다른 배도 다 탔다고. 부기선은 결국 싹 타서 숯검정 되고, 두 사람이 배 안에서 그대로 타죽었어. 한 사람은 거의 죽은 거나 다름없었는데 역시나 며칠 못 가 죽었지. 정말 끔찍했다고."

"대관절 불은 왜 난 거야?"

"그건, 아무도 모르지."

"조사했을 거 아냐?"

"끝내 밝혀내지 못했어."

"불낸 놈이 불냈다고 했겠어?"

"뭐, 셋 중에 하나겠지. 밥 짓는 아궁이 잔불이 옮겨붙었거나, 어떤 얼간이 담뱃대에서 시작됐거나, 촛불에서 붙었거나."

"방화일 수도 있잖나."

김국창이 힘주었다. "그러니까, 자나 깨나 불조심하잔 말일세. 불조심, 또 불조심!"

금포(琴浦, 긴우라) — 10월 26일

대마도 부중까지 내처 가기에는 무리라고 판단했다. 금포로 들어가 정박했다. 닻줄을 해변의 울퉁불퉁한 바위 모서리에 매고 버텼다. 편편하고 넓은 바위가 호렸다. 이방 소속 군관들과 원중거는 하선하여 바위에 올라앉았다.

“이거, 음률만 있으면 신선놀음 아닌가.”

장사군관 임춘흥이 악공 둘과 격군 하나를 끌고 왔다.

악공 이분삼(李分三, 40세)과 유원봉(劉元奉, 39세)이 대금(大笒)과 혜금(嵇琴)을 연주했다. 격군 조창적(趙昌籍, 45세)은 노래를 했다. 조창적은 서울에 이름난 가자(歌者, 가인, 가수)였다. 조창적의 노래를 못 들어봤다면 서울에서는 풍류를 아는 체할 수 없었다. 부사 이인배가 시는 안 좋아하지만 노래 듣기는 좋아하여 부산까지 데리고 왔다. 부산에서 머무는 동안 격군의 결원이 날 때마다 이렇게 저렇게 알음알음으로 보충했는데, 조창적이 간청을 했다. 일본 노래를 공부하고 싶다고. 부사가 마다할 이유가 없어 격군에 넣은 것이었다. 원역을 따라왔다가 격군이 된 한양 출신들은 대개 조창적처럼 스스로 가기를 원한 자였다. 원역의 심금을 사로잡은 기예의 소유자였다. 조창적의 노래가 명징하게 울려 퍼졌다. 조선인이고 왜인이고 수백 명의 눈과 귀와 가슴이 한 사람의 노랫소리에 집중되었다. 이날 노래가 무엇인지 새삼스레 깨달은 이가 무수했다.

부산발 비선이 왔다. 비선에 집안 편지가 가득했다. 부산 떠난 지 20여 일밖에 되지 않았으나, 20년 만에 가족 소식을 듣는 이들처럼 기뻐했다. 비선이 12일에 출발했다고 하니, 통신사가 떠나고 엿새 만에 뒤따른 배다. 그새 나라와 집안에 별일이 있기는 어려웠지만, 다들 고국이 평안하고 제집과 제 가족이 무탈하다는 편지를 보고 홍겨워했다.

통신사가 떠나온 서박포로 가는 왜선이 있었다. 쇼군이 아들을 낳았으므로 그 경사를 고하러 부산으로 가는 차왜(差倭, 왜국의 특별 외교사절단)였다.

자제군관 이매가 헤아려 짐작했다. "지금 태어났다는 아들이 또 관백의 지위를 이어받으면 또 통신사가 가겠구만. 지금 관백이 한창 젊다니, 이삼십 년 후에나 되겠지. 뭐, 오래 산다면 말이지."

도요토미 히데요시(豊臣秀吉) 부자 이후로 왜국에 '관백'이라는 지위는 없는 것이나 마찬가지였다. 하지만 조선인은 왜국의 쇼군(정이대장군, 征夷大將軍)을 항시 '관백'이라 칭했다.

대마도 부중(對馬島 府中, 쓰시마 후추, 현재의 이즈하라)—10월 27일~11월 12일

10월 27일

포구에 배가 가득하였다. 대마주(22세)와 이정암(以酊菴)승(僧)이 각기 채선(彩船, 궁중 연희에 쓰이는 배)을 타고 마중나왔다. 대마도 두 최고 권력자는 각자의 배에서 두 번 읍했다. 세 사신도 두 번 읍했다.

대마주가 숙부에게 태수 자리를 물려받은 게 작년이었다. 숙부가 형의 아들이 장성할 때까지 태수직을 가지고 있다가 조용히 넘겨주었다는 것이다.

이정암승(43세)은 이정암이라는 절의 주지승으로 쇼군이 대마주에 파견한 감찰 같은 자였다.

이마 장세문과 소통사 박재회(朴再會, 20세)가 비선에서 일기선으로 올라탔다.

장세문은 조엄 앞에 넙죽 엎드렸다. "아이구, 사또 이제 오셨습니까. 외로워 죽는 줄 알았습니다."

"언제 도착하였느냐? 올 때 별일은 없었고. 부산서 떠나던 날 네가 표류한다는 얘기를 듣고 놀랐다."

"아이구, 말도 마십시오. 왜놈들이 어찌나 서두르는지 툭하면 태풍을 만났습니다. 우리 송골매와 말 지키느라고 제가 바다 밖으로 날아갈 뻔한 게 세 번이나 됩니다. 저는 죽어도 우리 예단(禮單, 왜관료들에게 줄 선물) 동물님들은 지키겠다는 일념으로……."

죽을 뻔했다가 살아난 게 새삼 감격스러운지 헤어졌던 일행과 조우하게 된 것이 기뻐서인지 장세문은 정신 못 차렸다. 장세문과 동행했던 소통사 박재회도 뒤에서 눈물을 쏟아냈다.

"자네 숙부도 이마였지 않은가? 무진년(1748, 영조 24)에 표박(漂迫, 표해·표류)하다가 겨우 살아 돌아왔다던?"

15년 전, 장세문의 숙부 장차성(張次成) 역시, 부산에서 먼저 떠났다가 바다 한가운데에서 태풍에 휘말려 사흘 밤낮을 물결에 뒤흔들렸다. 꼭 배 안에서 죽을 줄만 알았다. 왜인도 몸을 창목(槍木)에 매고서 죽기만 기다렸다. 기적으로 어느 섬에 닿아 살았는데 사람도 안 다치고 예단 동물도 전혀 상함이 없었다.

"왜 아니겠습니까. 저의 집안이 대대로 이마 집안이었고 제 숙부가 그때 죽다 살아난 그분 맞습니다."

"숙부가 누누이 일렀을 텐데도, 똑같은 일을 겪었구나. 경계해야지."

"아이구, 그게 참 쉽지가 않습니다. 송골매님하고 말님들은 바다 배서 오래 머물 수가 없어가지고 어떻게 하든 육지로 가려고 하다 보니까 참 무리하게 떠날 때가 많아서…… 아이구, 경계하겠습니다, 경계하겠습니다."

"매와 말이 중요하다고 하나 사람 목숨만큼이겠나. 항상 자네 목숨을 우선하게."

"아이구, 황송하옵니다."

선착장에 닿았다. 크고 작은 배가 5천여 척은 될 듯했다. 수역 최학령이 관례에 따라 먼저 가서 관소인 서산사(西山寺)를 살폈다. 서산사는 수백 칸이나 되었다. 이상 없음이 고해졌다. 비로소 대마주가 휘하 봉행을 시켜 삼사의 상륙을 청했다. 뱃사람은 배에 머무르고, 나머지는 하륙했다. 통신사는 위의(威儀, 위엄이 있고 엄숙한 태도나 차림새)를 갖추고 행렬했다. 길 좌우에서 구경하는 대마인이 만 명은 되었다.

의원 남두민은 부사 이인배에게 청하였다. "선장 유진복이 심상치 않습니다. 가슴뼈에 골병이 들고 뼈 주위에 어혈이 뭉친 것입니다. 흔들리는 배가 악화시킨 게 틀림없습니다. 육지로 옮긴다면……."

이인배가 허락했다. "바삐 옮기게. 방 하나를 치워놓으라 이르겠네. 반드시 살아나야 할 터인데……."

10월 28일

삼사가 대청에 모여 음악을 펼쳤다.

서울서 내려온 전악 김태성(金泰成, 43세)이 지휘하는 일방패 악공은 김해 사람 넷에 창원·동래 사람 하나씩이었다. 봉화 사람 전악 정덕귀(鄭德龜, 44세)가 지휘하는 삼방패 악공은 진주 사람 다섯에 창원 사람 하나였다. 이방패 악공은 전악이 따로 없었고 동래사람 악공 둘에, 악공 명색이기는 하나 실은 악기재인(才人)인 경주 사람 넷이었다.

마루에서는 김해 음률 대 진주 음률이 대결하는 양상이었다. 뜰에서는 경주 악기재인들이 격렬히 뽐냈다.

얼마 후 이방 상관들이 따로 모였는데, 군관 민혜수가 입맛 다셨다.

"아까 연주를 들을 때 하나가 아쉽더만."

"노래 말이구려?"

"그렇지, 우리 조선의 전악 두 사람의 연주에 조창적이 노래를 하면 와, 이건 정말 죽이지 않겠나? 금포 때 두 악공 솜씨가 노래를 따르지 못했어. 전악이라면 가능하겠지."

군관 민혜수가 전악 둘을 불러오고 조창적을 데려왔다.

"아, 이런 일대의 공연을 우리끼리만 볼 수 있겠는가?"

민혜수가 또 나가서 삼사를 모셔왔다. 전악 두 사람이 거문고를 뜯고, 조창적이 노래하였다. 과연 연주가 더 좋아서인지 엊그제보다 몇 배는 호탕하고 상쾌한 소리가 메아리쳤다.

10월 30일

내내 인사불성이던 선장 유진복이 얼핏 정신을 차렸다. "여기가 어딘가?"

의원 남두민이 대답했다. "대마도 부중, 서산사라는 절이네."

"배로 가고 싶소."

"줄곧 배에 있었어."

"배에서 죽고 싶소."

"살 수 있네. 살리겠네. 자네도 살겠다는 마음을 가져야만 해. 살겠다고, 살겠다고 마음으로 경을 외게."

"아들놈에게 말을 전하고 싶소……."

세상일에 궁금증 많은 임취빈이 그 방에 함께 있었다. 취빈은 항상 휴대하는 필낭에서 지필묵을 꺼냈다. "제가 전해줄게요. 뭐든지 말씀해보세요."

"아들아. 아비가 비로소 큰 기회를 만났더니…… 네 소견에 하찮은 자리일지 모르나 대조선국 통신사 배의 선장님이니라. 출세했지…… 이리 허무하게 될 줄은 몰랐느니라. 노력하여라. 언제 어떻게 될지 모르는 게 목숨이니라. 미안하다. 미안해…… 왜에 가면 인삼을 팔아서…… 네 어미가 불쌍타. 잘 모셔라……." 유진복은 끊어질 듯 말 듯 졸가리 없는 말들을 이어나갔다.

임취빈은 한 글자도 빼놓지 않고 언문으로 받아 적었다.

부산진 장교로 오래 봉직했으며 배를 잘 알기로 저명하여 통신사 이복선 선장으로 차역(差役, 수고로운 일을 시킴)되었던 유진복은 대마도에서 넋이 되었다.

삼사가 조금씩 돈을 내놓았다. 정사는 무명저고리·무명바지·솜도 내놓았다. 망자를 깨끗한 옷으로 갈아입혔다. 혜민서에서 연고 없는 주검을 많이 다뤄본 의원 남두민이 염습을 도맡았다.

남두민은 자신에게 분노했다. 타박상 환자 하나 못 살리는 게 무슨 의원이란 말인가! 두려웠다. 부산 뜬 지 한 달도 못 돼 한 목숨이 졌다. 앞으로 얼마나 많은 목숨이 위태로울 것인가? 더는 죽는 사람을 보고 싶지 않았다.

선장이 끝내 저세상으로 갔다는 소식이 이복선에 전해졌다.

같은 부산진 장교로서 유진복과 호형호제했던 이복선 병선색(兵船色, 배 사무관리) 안백령(安白齡, 43세)은 통곡했다. "이럴라구 왔단 말여? 등신같이 왜 죽어?"

도선장(都船匠) 김진재(金進才, 38세)는 격군 둘을 데리고 산을 뒤졌다. 정확히 오동나무인지는 알 수 없지만 그 비슷한 나무를 찾았다. "관을 짜게 될 줄이야. 이번이 처음이자 마지막이어야 할 텐데. 나는 관 따위를 짜러 온 게 아니라구." 김진재는 널을 켜며 넋두리했다.

유진복의 주검을 관에 넣었다. 윗사람 아랫사람 가릴 것 없이 안타까이 바라보았다. 소동 몇이 참지 못하고 울음을 터뜨렸다. 몇몇 왜인들도 처연한 눈물을 보탰다. 관이 이복선으로 왔다. 선장이 죽어서 돌아왔다. 사공·격군은 울부짖었다. 눈물 없는 것도 자랑이랍시고 뽐내던 이들도 따라 울었다.

소동 임취빈은 망자의 지인들을 찾아다녔다. 행적을 물었다.

병선색 안백령이 치켜떴다. "뭐 할라꼬?"

"행장(行狀, 죽은 사람이 평생 살아온 일을 적은 글)이라도 지어드리려고요."

"양반님네나 하는 짓 아닌가?"

"돌아가신 이가 아드님께 편지를 부탁했어요. 편지만 달랑 보내기는 그렇잖아요. 어떻게 사셨다, 대강이라도……."

"괜찮은 분이셨지. 의리의 사나이였다카이. 좋아, 내가 다 말해줄게. 내가 성님하고 삼십 년을 의형제로 살았다카이."

다른 배의 상사람들이 문상을 왔다. 안백령이 상주 노릇을 했다. 임취빈이 정갈한 언문으로 집필한 행장을 안백령이 읽어보았다. "훌륭하다, 훌륭해. 형님이 이렇게 멋진 분이셨지."

"우리도 한번 들어봅시다." 격군들이 간청했다.

안백령이 헛기침을 하고 큰 소리로 읽었다. 나름대로 파란만장했던 한 뱃사람의 인생역정이 유장하게 흘렀다. 행장을 망자의 관에 넣어주었다.

11월 1일

부사 이인배가 제술관 남옥에게 넌지시 청했다. "제사를 지내줘야 하지 않겠소. 넋을 달래는 글을 지어주실 수 있겠는지?"

다음날 이국의 바닷가 한구석에서 조촐한 제사를 지냈다. 윗사람 아랫사람 할 것 없이 대개 모였다. 왜인도 무슨 구경거리라도 된다는 듯 몰려들었다. 남옥이 제문을 읽었다. 어제 되우 울었던 이들이 또 되우 울었다. 임취빈이 쓴 행장이 훨씬 낫다고 느낀 격군이 거지반이었다. 도선장 김진재가 급조한 상엿집에 관을 안치했다.

이인배가 조엄에게 물었다. "새 선장을 누구로 해야 할지…… 혹시 잘 아는 자가 있습니까?"

"이복선은 부사의 배인데, 내가 사사로이 말해도 되겠소?"

"믿을 만한 사람이어야 하는데, 상사또만큼 영남 군속을 잘 아는 분이 또 어디 있겠습니까. 소생은 아는 것도 없고, 칠순 늙은이를 이미 이기선장에 올려버린 전과가 있으니……."

"별말씀을 다 하오. 거참, 칠순 늙은이도 멀쩡한데 유진복이 이자는 어쩌다가……."

"인명은 재천인 것을 어쩌겠습니까."

"지금 이복선 격군 중에 변탁이라는 자가 있소."

"사공이 아니고 격군입니까?"

"그자가 재미있는 자요. 재간둥이라오. 글도 잘 쓰고 시도 좀 쓰고 그림도 좀 그리오. 시와 그림은 조카인 변박에게 상대가 안 되오만 나머지는 그가 윗길이오. 배에도 정통하오. 사실은 우리 사행선 건조를 지켜본 이가 변탁이오. 처음부터 끝까지 그가 다 지켜보았소."

사행선 여섯 척의 건조가 시작한 것은 작년 정월부터였고 7개월 만에 완성되었다. 변탁은 감독관의 수발 장교였다. 변탁은 보고서를 쓰듯 보고 들은 바를 적어놓았다.

"그렇습니까? 그런 자가 왜 격군으로?"

"스스로 격군 취재를 보겠다고 우겼다오."

"엉뚱한 구석이 있군요."

격군이던 동래장교 변탁이 새 이복선장이 되었다.

잠깐이지만 부사의 명으로 임시선장을 맡았던 가수 조창적이 반색했다.

"어서 오세요, 선장님. 제가 아주 죽는 줄 알았습니다. 뱃사람들 참말로 무섭습니다. 제가 무슨 말 한마디 하면 닭 잡아먹을라고 지켜보는 승냥이처럼…… 제가 선장 하루만 더 했다면 제 명에 못 죽었을 겝니다."

"수고하셨수다. 오해는 마셔. 무식해도 다 선량한 사람들이야. 믿고 따르던 형님이 느닷없이 작고해서 마음들이 어수선했을 거요."

격군은 당연하고, 사공도 새 선장에게 불만이 없었다. 오히려 형님으로 모시던 장교가 같은 격군이라고 함께 뒹굴어서 그게 피곤했던 이들이라 대환영이었다. 허나 아무도 기뻐하는 티를 내지 않았고 축하한다는 말 한마디가 없었다. 아직 망자의 혼이 애달피 머물러 있잖은가.

새 이복선장 변탁이 뱃사람을 모아놓고 타령했다.

"부족한 사람이 대임을 맡게 되었다. 더는 아무도 다치지 말자. 더는 아무도 아프지 말자. 무사히 다녀오자. 그게 우리 돌아가신 선장 형님의 넋을 달래는 길일 테다."

훗날 변탁은 사행선 건조과정 감독일지에 사행 동안 꼼꼼히 기록한 바를 더해 『계미수사록』을 남기게 된다.

11월 2일

저녁에 대마주와 이정암승이 예방(禮訪)했다. 대마주가 동무(東武, 에도의 쇼군 집무청)의 서신 한 통을 전해주었다. 대략, 조심하고 살펴서 무사히 오라는 내용이었다.

11월 4일

서기니 군관이니 반인이니 하는 양반짜리들은 삼사를 차례로 찾아 문안한 뒤 일과를 시작했다. 이날도 정사 방에서부터 다 모였는데, 객담이 길어지게 되었다.

자제군관 이매가 들레었다. "대마주 접견하던 때 왜놈들이 김상옥(金相玉, 36세)의 신수가 장대함을 보고 놀라 그의 성명과 용력(勇力)을 물었답니다. 역관이 떠벌려 자랑하였더니, 저들이 '김장군(金將軍)'이라 불렀다지요…… 장군 되신 기분이 어떠한가?"

김상옥이 짐짓 군대를 호령하는 듯한 자세를 취했다. "전군, 진군하라! 전군, 돌격하라!"

한바탕 웃고, 종사 자제군관 이징보(51세)가 보탰다. "소생도 들은 얘기가 있소이다. 왜놈들끼리 이해문을 보고 장비다, 장비랑 똑같다! 하는 것입니다."

"『삼국지연의』의 장비를 말하는 겁니까?"

"말해 뭣하겠소."

다들 새삼스레 군관 이해문을 바라보았다. 과연 장대한 몸집이 장비를 연상케 했다. 동행자 한 사람이 소설 속 누군가를 닮았다는 것이 뭐 우스운 얘기일까만 아무리 시시한 것이라도 부풀려 즐길 만큼 무료한 여행자들이라 기다렸다는 듯이 또 한 번 박장대소했다.

조엄이 신나는 놀이라도 발견했다는 듯 꺼냈다. "우리에게 장군도 있고 장비도 있네, 두 사람 덕에 왜국에 업신여김을 면하게 되었어. 가만, 이럴 게 아니라 우리도 한번 해볼까. '후촉장사록(後蜀壯士錄)'을 만들어보는 게야."

무슨 말씀인가 했는데, 조엄이 혼자서 이러저러했다. 한 사람씩 유비가 세운 촉나라의 재상과 장군에 빗댄 것이었다.

어떤 이는 그 용력을 취하여 빗대고, 어떤 이는 그 성명이나 자(字)·호(號)를 취하여 빗대었다. 인기 좋은 이름을 얻은 자들은 무척 기뻐했으나, 간혹 인기 나쁜 이름을 얻은 자가 있어 싫어하였다.

『삼국지연의』에서 으뜸 욕먹는 인물이 제갈공명 덕분에 반역자의 표상으로 자리매김한 위연이다. 위연에 빗대어진 명무군관 조학신은 기분 나쁘다 못해 넋 나간 표정이었다.

『삼국지연의』를 모르는 이도 있는 법이고, 『삼국지연의』를 안다 해도 삼국 중에서 제일 자잘했던 나라 촉의 보잘것없는 관리와 장군의 이름까지 듣고 척 아는 이가 얼마나 될까. 싹 빼고, 들으면 대개 알만한 이름으로만 추리자면 이러했다.

군관 민혜수는 관우, 김상옥은 장비, 서유대는 조자룡, 이해문은 마초, 이매는 황충. 이상하게 유비와 제갈공명이 빠졌는데 유비는 황제고 제갈공명은 워낙 대단한 인물이라 그런지 감히 빗댈 자가 없었던 모양이다.

암튼 최고 높으신 분이 하는 심심풀이니 별 장난이라도 되는 듯 만끽했다. 윗사람들이 그러했다는 소문이 퍼졌다. 삼기선 격군이 수

다떨었다.

“우리도 한번 해볼까.”

“그따위가 무슨 재미라고.”

“만날 쌍륙(주사위 던지기)에 장기에 투전에 지겹지도 않나. 계집도 술도 없는 노름에 진력도 안 나?”

“입 뒀다가 뭐해. 해보세.”

“쪼잔하게 촉나라가 뭔가. 위나라도 하고 오나라도 하고 황건적도 하지.”

“양반짜리들이 촉나라만 하는 이유가 있어. 촉한정통론이라고 못 들어봤어? 걔들 눈엔 걔들만 뵈는 거지.”

“상것한테는 『삼국지연의』보다 『수호전』이지. 할 거면 『수호전』으로 해.”

“뭘 그렇게 복잡해. 둘 다 해.”

격군들은 호니 자니 하는 것도 없고, 하나 있는 이름도 다 거기서 거기로 시원치 않으니, 외모와 성격으로만 빗대었다. 윗사람처럼 조엄 한 사람이 일방적으로 정한 것이 아니라, 의도한 바는 아니지만 난상토론을 불사한 공의(公議) 결정이 되었다.

윗사람에게서 나온 촉나라의 용맹한 장수들은 여기서도 다 나왔고, 여기서는 동탁에 여포에 원소에 원술에 손견에 손책에 손권에 공손찬에 제갈공명에 유비까지 나왔다. 『수호전』 인물들로서는 무송, 노지심, 양지, 이규 등이 나왔다.

천한 것들이 한때나마 역사소설의 왕후장상급이 돼보았다. 한순간이나마 중국의 임꺽정이나 장길산이라 할 흉악한 대도적놈이 돼

보았다.

11월 5일

대마주가 '사신의 몇 줄 문자'를 청했다. 사신단이 술을 받지 않는다는 것은 믿기 어려운 바다. 앞으로 지공하게 될 왜국 고장 태수들이 믿겠는가. 정말로 술을 받지 않을 각오라면, 문서를 써달라. 문서를 보여줘야 왜 태수들이 믿을 것이다.

"만약 술이 왕래한다면 우리들이 아무리 돌려보낼지라도 중간에서 잘못될 수 있소. 무식한 하천배들 역시 견물생심이라 먹을 마음이 생길 터이니, 애당초 술 주(酒) 자 한 자는 서로 모르도록 합시다."

조엄이 말하고, 부사와 종사관이 동의했다. 조엄은 절대로 술을 주지 말아달라는 강경한 뜻을 담은 몇 줄을 써서 전하게 했다.

11월 6일

통신사는 위의를 갖추고 동래와 부산에서처럼 행렬했다. 자의 반, 타의 반 구경 나온 대마인이 큰길 좌우로 3~4리나 뻗쳤다. 대마인은 조선인을 구경하고, 조선인은 대마인이 사는 곳을 구경했다. 서로가 낯설고 신기했다.

"관아 같은 집이 되게 많다? 무슨 관아가 저리 많아? 우리나라 재상집보다 나은걸."

"벼슬자리들 집이랍니다. 봉행이니 재판이니 간사관이니 우리랑 같이 다니는 높은 왜인들 집이라네요."

"봉행이니 재판이니는 얼마나 높은 벼슬인 거지? 우리로 치면 몇 품인가?"

"과거로 뽑는 자리가 아니라서 정 몇 품, 종 몇 품 그런 거 없답니다. 세습이랍니다, 세습."

"저 봉행의 증조부도 봉행, 조부도 봉행, 아비도 봉행이었다는 얘기? 그럼 아들도 봉행 되는 거네? 저 집안에 태어난 것들은 전생에 팔대공덕을 쌓았을 거야."

"우리나라는 뭐 다른가. 자네가 왜 중인인가? 까마득한 조상 때부터 중인이니까 자네도 중인인 거지. 양반도 그래. 삼사들은 좋은 집에서 태어나 진골양반이지만, 네 문사들을 보라고. 같은 양반이라도 서자 조상 집에서 태어나 찬밥양반이잖아."

"우리 중인 것들보다야 훨씬 낫지."

"상놈 태생도 있습니다. 거, 부러운 소리들 적당히 하셔요."

상놈으로 원역의 대열에 끼인 전악 김태성이 쏘아붙였다.

대마주가 왕처럼 산다는 성이 나타났다.

첫 번째 대문에서 말 탔던 이들이 내렸다. 두 번째 대문에서 남여를 탔던 이들이 내렸다. 세 번째 대문에서 교자(轎子, 종1품 이상의 고관대작이 타는 포장이나 덮개가 없는 가마)를 탔던 삼사가 내렸다. 삼사는 품계가 낮아 조선에서는 교자를 탈 수 없는 신세였지만, 사신 간 왜국에서는 나라 위신상 허용되었다.

백여 정의 조총과 십여 문의 자포(子砲)가 번쩍거렸다. 자제군관 이매가 큰소리쳤다. "은근히 겁주겠다고? 우리가 겁먹을 사람들인가."

꼬불꼬불 돌아 넓은 마당의 대청 가에 이르렀다. 대마주와 이정암승이 마중나왔다. 윗사람들끼리 전해져 내려온 법식대로, 아랫사람에겐 무척 지루한 인사치레를 꽤 오래도록 했다.

사연례(私宴禮)가 시작되었다. 몇 다리 거쳐 소통하던 사신과 대마도주가 직접 대면했다고 해서 달라질 것은 없었다. 수역과 봉행만 바쁘게 말하고 사신과 대마주는 어쩌다 한마디씩 했다.

대마주는 스물두 살이라는데 뚱뚱했고 눈썹이 짙었다. 눈빛은 만만치 않았다. 시종일관 접대 태도에 흐트러짐이 없었다.

조엄이 동래부사로 있을 적에 기특하게 본 왜인이 하나 있었다. 초량왜관의 책임자 관수를 보좌했던 이였다. 안 보이기에 안부를 물었는데, 통역을 거쳐 이런 대답을 들었다.

〈대마주도 아끼는 인재였습니다. 이번 사행에도 배행·호행관으로 내정되었지요. 사행준비 관계로 지난겨울에 강호(에도)에 갔다가 도중에서 죽었습니다. 젖먹이 아들을 남겼지요.〉

누가 죽었다는 얘기는 언제 어느 때 들어도 숙연하기 마련이다. 조엄이 조의를 표하고 대마주가 감사의 뜻을 밝히니 두 우두머리의 거리는 약간 좁혀진 듯도 했다.

잔칫상 술잔(약속에 따라 빈) 드는 법부터 시작해서 사사건건 따지고 신경쓸 격식이 끝없는 자리에 무슨 재미가 있을 것인가. 있는 재미도 바삐 달아날 테다. 원역들이 노는 뒷마당 대청으로 가보자. 왜인이 섞여 있다고는 하나 있어도 없는 셈 치고 조선인끼리 떠드는 자리니 화기애애했다.

"그 해괴하게 생긴 중놈 비슷한 놈은 뭔가? 이정암승이라고? 그 놈은 뭔데, 대마주랑 동급으로다 때깔 잡고 있는 거야?"

"이정암이란 절의 주지승이야. 이정암은 뭐냐고? 임진란 끝나고 우리나라가 사명당 대사 왜국에 파견해서 새 관백 덕천가강(도쿠가와 이에야스)이랑 교섭할 때, 고생 많이 한 왜국 중놈이 있었어. 그 중놈이 대마도에 절을 지었는데 우리 조정에 절 이름을 지어달라고 청했지. 우리 조정이 내려준 절 이름이 이정암이야. 대마주는 대마도를 제 왕국처럼 생각하는 자니까 대마도의 이익만 생각하겠지. 하여 우리 조정과 왜국 관백 집안은 대마주보다 이정암승을 더 신뢰하였어. 통신사 때도 대마주랑 이정암승이 동급으로 주관하는 거지. 그렇게 백사십 년을 이어져 왔다네."

"대마도엔 우두머리가 둘이란 얘기일세."

"그보다는 관백이 대마도에 상주시키는 감독관이 이정암승이라고 보는 게 더 좋을 듯하이."

"이정암승 자리도 설마 세습은 아니겠지? 왜국 중놈들은 처자를 아무렇게나 가진다잖아. 신라 때 원효대사처럼."

"그런 중도 있는지 모르겠으나 이정암승은 관백이 임명한다더군. 왜국에 다섯 개의 큰 절이 있는데 거기 중을 교대로 파견한다는 거야."

"대마주와 이정암승 사이가 좋나?"

"좋을 때도 있고 나쁠 때도 있었겠지. 지금은 꽤 좋다는군. 대마주는 아직 어리고 이정암승은 늙었으니."

"재판이니 간사관이니 하는 놈들은 또 뭔가? 봉행하고 맞먹는 거 같던데."

"우리로 치면 봉행은 이방, 재판은 병방이나 형방, 간사관은 예방쯤 되지 않겠나."

잔치를 파하기 직전이었다. 조그만 접시에 조금씩 담아서 자주 내왔는데, 새로 내온 음식이 제법 남았다. 담장 밖에서 거지꼴 왜인이 떼로 넘어왔다. 잔칫상을 휩쓸었다. 심한 쟁탈전을 벌였다. 오래도록 기다렸나보다. 왜 시중인도 자기 먹을 것을 챙기느라 바빴다. 배부른 조선인은 좋은 구경하는 셈 치고 즐겼다.

담장 밖에는 음식 기다린 왜인 말고 기예를 기다린 왜인이 수천이었다. 기예는 다른 날 예정이었다. 잘못 알고 온 줄 모른 채, 왜 처먹기만 하고 아무것도 안 보여주느냐! 극성을 피웠다.

11월 7일

상통사 오대령은 뒷간에서 족히 1시진을 고생했다. 낮부터 초췌하여 이불 뒤집어쓰고 있는데, 압물통사 이언진이 문안 왔다.

"역시 자네밖에 없구만. 늙은이 죽었나 살았나 살펴주는 이는."

"또 괴로우셨다고요."

"몹시 처먹었나봐. 늙어갖고 식탐이 많아서…… 실은 내가 쓸데없이 관심이 많지. 젊은 날에 연경에 갔을 때도 남들은 엄두도 안 내는 중국 음식을 다 맛보았어. 어제도 그랬지. 다시는 못 볼 대마도 음식이 아닌가. 주섬주섬 이것저것 한 점씩 다 잡숴봤지. 덕택에 항문이 욕본 게야."

무료하다가 오대령이 방목(榜目) 본 일을 얘기했다. "자네도 혹시 보았는가? 무려 40년 전에 쓰인 방 말일세."

"예, 저도 보았습니다. 처음 방이 내내 붙어 있었다고 보기는 힘들겠고, 때때로 베껴서 덧붙인 것 같습니다."

두 역관은 한학통사답게 한자 실용문에 민감했다. 길거리를 지날 때 문장가 양반들은 잡문이라 하여 눈길도 주지 않은 것을 세세히 읽어본 것이다.

"서역(西域) 사람 야소동문(也蘇東門)이란 자는 이마두(利瑪竇, 마테오 리치, 1552~1610)의 무리다, 그가 이마두의 학문을 펴려고 했다, 탄망(誕妄)하고 쫓아냈다, 이마두의 무리와 접촉할 시 목을 베겠다, 이런 내용이었잖은가?"

"왜국에서는 벽지나 마찬가지인 대마도에까지 걸렸으니 본토는 말할 것도 없겠지요."

"내가 일찍이 연경에 갔을 때, 이마두의 무리를 보았네. 직접 대화는 못 해봤지만 여러 얘기를 귀동냥했지. 저 멀리 서역에는 순전히 이마두의 무리만 판치고 있다던데."

"저는 연경 갔을 때 더러 접촉해봤습니다."

"그래? 필담이라도 나눈 건가?"

"예…… 그러나 그들이 진서를 잘 몰라 깊은 얘기는 불가능했습니다. 중국통사들이 그들 말을 한자로 적어주었는데 해독하기가 난해하였습니다."

"혹시 이마두가 썼다는 책도 보았는가? 천하에 두루 펴져 있고, 조선 사대부도 읽어볼 사람은 읽어봤다는 게야. 나는 그 책을 구할 수조차 없더만."

"두루 읽어보기는 했습니다만, 저 같은 자가 함부로 얘기하기는……."

"겸양하지 말고, 늙은이한테 공부시켜주는 셈 치고 간략해보게."

이언진은 복습하는 차원으로 한참을 강설하고 덧붙였다. "제가 잘못 읽은 것일 수도 있으니, 그저 농담으로 치십시오."

"아니야, 아니야, 나름대로 흥미롭군. 그러니까 이마두 무리는 사서삼경에 나오는 천지신명을 천주로 생각한다는 거군. 천지신명들의 왕이 천주다 이거지? 불교랑 비슷하네. 모든 보살의 왕이 부처라는 거 아닌가."

"그게 아닌 것 같습니다. 신은 천주 딱 하나라는 겁니다. 그래서 천주를 다른 말로 하나밖에 없는 님, 하나님이라고 한다는 거지요."

"말이 되나? 어떻게 신이 하나밖에 없을 수 있나?"

"제가 그 밖에 여러 이마두 관련 책을 보았는데, 서역 종교는 우리와는 되우 다른 것 같습니다. 가장 큰 차이는, 우리 동양은 신이 지천입니다만, 그들은 오로지 하나밖에 없다는 것입니다. 우리가 다신교라면 저들은 유일신교인 거지요."

"아니, 어떻게 신이 하나밖에 없다고 생각할 수 있나?"

"원래는 서역에도 신이 흔했답니다. 유대라는 작은 나라에서 처음 신이 하나밖에 없다는 사상이 생겨났답니다. 유대의 유일신은 유대민족만 구원하신다, 그랬다더군요. 후에 예수라는 사람이 등장했답니다. 예수는 그 하나밖에 없는 신은 유대 족속뿐만 아니라 모든 나라 족속을 구원하기 위해 계시다고 했답니다."

"그래, 신이 있다면 그게 신이지. 특정한 민족만 봐주는 신이 어디 있겠어? 그 예수라는 사람이 부처 같은 사람이었나보군."

"그게 또 문제였나 봅니다. 예수를 신봉하는 이들이 지금의 천주교, 즉 이마두의 무리인데, 그들은 예수도 유일신이라고 봅니다."

"신은 하나밖에 없다고 한다면서?"

"하나밖에 없는 신이 곧 예수랍니다."

"당최 뭔 말인지."

"삼위일체라고 한답니다. 하나님은 성스러운 아버지이고, 예수는 성스러운 아들이고, 성령은 성스러운 영혼이랍니다. 성부와 성자와 성령이 동일한 본질을 공유하고 유일한 실체를 갖는다는 겁니다."

"아무튼 신이 세 개잖아? 잘 모르겠는 성령 빼면 두 개고."

"그들은 그 세 개를 하나로 본답니다."

"어지럽네."

"저도 어지럽습니다. 다만 그들이 그렇게 본다는 것이지요."

"삼위일체라는 거 난 도무지 말이 안 되는 것 같아."

"삼위일체가 도무지 말이 안 된다고 생각하는 무리가 또 새 종교를 만들었답니다. 회회교(回回敎)라고 들어보셨습니까?"

"들어봤지. 연경 갔을 때 회회교의 무리도 보았네. 회회교 무리와 이마두의 무리가 개 고양이 사이로 으르렁거린다는 인상을 받았었어."

"맞습니다. 회회교 무리와 이마두 무리가 천년 전쟁까지 벌였답니다. 지금도 어디에서든 만나기만 하면 싸운다고 합니다."

"뭣 때문에?"

"그 하나님 때문이지요."

"회교도가 하나님을 안 믿어서?"

"아닙니다, 회교도도 하나님을 믿습니다."

"그런데 왜 싸워?"

"회교도는 예수님을 하나님으로 인정하지 않는답니다. 삼위일체를 부정하는 거죠. 회교에서는 하나님을 '알라'라고 부른답니다."

"알을 나?"

"'알, 라'입니다. 알라만이 유일한 신이며 불교의 석가모니, 천주교의 예수, 유대교의 모세 이런 사람들은 그저 선지자일 뿐이라는 겁니다."

"어렵네, 어려워."

"야훼, 여호와, 천주, 예수, 그리스도, 알라…… 제가 보기엔 다 똑같은 하나님인데 저들은 자기들의 하나님만이 옳다 하여, 사생결단으로 싸워왔고 지금도 싸우고 있답니다. 앞으로 영원히 싸울지도 모릅니다."

"기이하네, 기이해." 오대령이 화제를 돌렸다. "이마두 무리는 중국에서 배를 타고 온 것이겠지? 유구를 거쳐서……."

"말씀하신 대로 중국 남경에서 배를 타고 오는 무리도 있는데, 저어기 먼 서역에서 직통으로 오는 무리도 있답니다. 왜국에 화란(和蘭, 네덜란드) 사람들만 모여 사는 항구도 있답니다. 우리나라의 초량왜관처럼 말입니다. 임진왜란 때 우리 조선을 힘들게 했던 조총이라는 것도 서역에서 들여온 무기잖습니까."

"그렇지, 조총!"

"무기 말고도 왜국은 서역 문화가 많이 전해졌답니다. 그림, 의약, 서책, 음식…… 모든 분야에."

"자네는 기대가 크겠군."

"조선은 오로지 성리학밖에 없잖습니까."

"대마도는 어떻게 보이는가?"

"왜국의 변방이지만 제 눈에는 보였습니다. 의복에 음식에 두루 섞여 있는 게요. 대마도 것에, 본토 것에, 우리 조선에서 전해진 것에, 중국 것에, 그리고 아마도 서역의 영향을 받은 것도."

"조심하게. 다른 이들은 자네처럼 생각하지 않아. 조선은 주자의 나라일세."

"조선 역시 유일신의 나라가 아닐는지요. 그들이 유일신이라고 내세우는 하나님이나, 양반 사대부들이 오로지하는 성리학이나 뭐가 다릅니까."

"나한테만 속말을 하는 게야, 알겠지?"

오대령이 따스한 눈으로 이언진을 바라보았다.

이언진이 진심으로 고개 숙였다. "유념하겠습니다."

11월 8일

대마도 부중에 오면 실컷 먹을 줄 알았다. 상·중관은 모르겠으되 격군 180여 명은 늘 모자랐다.

격군의 오일공이 터무니없었다. 한 사람당 백미 5수두·감장 약간·소금 조금·녹각 2홉·고사리 7홉·방어 7석·감곽 5석·녹미 7홉·건어 1마리였다. 더욱 화나는 것은 어찌된 겐지, 일공이 상·중관에게만 나왔다.

아껴 먹은 이도 이틀을 못 갔다. 굶주리게 된 격군의 배고픈 눈빛이 서산사를 불태울 듯했다.

괜히 윗사람 하는 게 아니다. 부사 이인배가 역관 이명윤을 불렀다. "다 같이 없다면 모를까 격군만 일공이 없다니, 이럴 수도 있는가? 다 같이 없으면 차라리 불만이 없지. 누군 있고 누군 없다니?"

"송구하옵니다. 저들이 그렇게 정해놓은 일이라……."

"가서 분명히 전하게. 앞으로는 하관에게도 일공을 주든지 상·중관한테도 주지 말든지 하라고."

부사는 떡국을 끓여 격군을 푸짐하게 먹였다. 격군은 떡국을 허발하고는 금세 분노를 잊었다.

11월 10일

문안 인사차 다 모였는데, 조엄은 엿새 전 희롱이 떠올랐다.

쌀 두 섬을 동여 마당에 내놓게 했다. "아무나 들라! 드는 자에게 상으로 주겠다."

상머슴도 쌀 한 섬이 고작이다. 문약에 빠진 문사나 역관 중에 기대되는 장사가 있을 리 없다. 다들 군관들을 쳐다보았다. '장비'에 빗대어졌던 두 사람에게 기대가 집중되었다.

이해문이 먼저 나섰다. 끙끙댔지만 두 섬짜리는 꿈쩍도 하지 않았다. 이해문이 너털대었다. "내 나이가 쉰하나요. 힘 못 쓸 나이가 되었지. 내가 소싯적에는 다섯 섬까지 들었는데, 나이는 못 속여!"

김상옥이 나섰다. 두 섬짜리가 꿈틀대기는 했으나 뜨지는 않았다.

"서른여섯 살도 적은 나이는 아니지요. 저도 소싯적에는 다섯 섬이 우스웠습니다."

"어허, 입심들만 세군. 내가 노익장이라는 게 뭔지 보여줌세." 조엄이 황충에 빗대었던 이매가 나섰다. 환갑 늙은이였는데 젊었을 때는 장비 두 사람을 합쳐놓은 것만큼 장대했을 몸집이다. 혹시나 했는데 역시 나이를 속이지는 못했다. 용쓰다가 "나 죽네, 나 죽어!" 주저앉았다.

은근히 촉망받던 서유대도 실패했다. 아쉬워들 했다.

"우리 중에 장사 하나가 없구만."

"하천(下賤) 중에는 들 놈이 있을 걸."

"힘쓰는 놈들로만 뽑았는데 하나도 없을라구."

"야, 저걸 누가 들어. 임꺽정이나 장길산이 나타나면 몰라두."

조엄에게 반역자의 표상 위연에게 빗대어져 며칠째 우거지상이었던 조학신이 나섰다. 아랫것들이 "위연이다, 저기 위연이 온다" 지껄이는 소리를 들었는데 영 불쾌했다. 쌀을 들게 되면 별칭을 바꿔달라고 청할 셈이었다. 조학신은 기세 좋게 으르렁댔으나 터무니없었다.

이매가 썰렁한 소리를 했다. "강유한테 덤비다가 고 제갈공명에게 죽은 위연 꼴이구만."

조학신과 성명 비슷하여 사람들이 헛갈리는 장사군관 조신이 나섰다. 조엄이 잊어버리고 빗댄 이가 없을 만큼 평범한 외모였다.

조신이 '번쩍'까지는 아니더라도 허리께까지 들고 두 발짝 걸었다. 모두 박수하며 기뻐했다. 구경하던 왜인도 경탄하며 손뼉 쳤다.

이해문이 추켜올렸다. "허어, 진짜 장비는 말없이 숨어 있었네."

조신이 겸양했다. "제가 아직 젊을 뿐입니다."

조신은 상으로 받은 쌀 두 섬을 격군에게 풀었다. 조신은 격군들로부터 '착한 장비'라는 별호를 얻었다.

삽사리는 짬만 나면 지필묵을 팔소매에 숨긴 채 다른 종놈을 찾아다녔다.

“아무 얘기나 해보셔요.”

“뭘?”

“아무거나. 성님이 살아온 얘기도 좋고, 성님만 아는 재미난 얘기도 좋고, 두고 온 계집한테 그리움을 전해도 좋고, 왜국 와서 보고 느낀 것을 말해도 좋고…….”

“왜?”

“그냥 재미있잖아요. 내가 다 써준다니까요.”

“괘꽝스러운 놈!” 하는 종놈도 있었지만, 심심한데 뭐는 못할까 이 얘기 저 얘기 주워섬기는 종놈도 있었다.

11월 11일

도선장 팽성조(彭聖祚, 43세)·김진재의 지휘로 각 배마다 백여 개의 쇠못을 박았다. 치목을 새로 하나씩 만들었고, 부서진 치목을 수리했다. 치목을 타루로 끌어올리는데 칠팔십 명이 힘을 합쳐서 옮겼다.

구경하던 원중거가 팽성조에게 물었다. “이해가 안 되는 게 있네. 저번에 치목이 부러졌을 때 말이야, 나머지는 다 정신을 못 차리고, 자네들 10여 인이 치목을 빨리 바꿈이 마치 날아다니는 것 같았네. 나는 그걸 보고 치목이 가벼운 줄 알았어. 지금 보니 칠팔십 명의 힘이 들지 않는가?”

“우리를 위험에 빠뜨린 바람의 힘이 거들어준 것이기도 하고, 뭐, 목숨이 경각에 달하면 기이한 힘이 나옵니다. 하늘이 도와주는 거죠." 팽성조가 시원히 대답했다.

하관에게는 나오지도 않는 일공이었으나, 상·중관에게 나오는 일공도 보잘것없어 불만이 컸다. 모처럼 일공이 푸짐하게 나왔다. 무려 사슴다리가 있었다. 줄줄이 앉아 구워 먹었다. 원중거는 입이 윤택해지고 위가 열렸다.

부사 이인배는 걱정스러웠다. 세 방의 일공 담당 군관—유달원·민혜수·오재희—을 불러모았다. "이보게들, 나는 이 굽는 냄새가 배까지 날아갈 것으로 보네."

세 군관이 중관들에게 사슴다리를 빼앗다시피 해서 격군이 최소한 점씩은 뜯어먹을 만한 양을 마련했다. 부사는 거기에다 제 몫을 더했다. 이러니 이방 상관들도 가만있을 수 없어 보탰다. 일·삼방 상관도 눈치가 보여 보탰다. 정사와 종사관도 보태지 않을 수 없었다.

군관들이 쌀과 사슴다리를 격군에게 가져다주면서, 이것이 어떻게 마련된 음식인지 생색냈다. 윗사람들의 배려와 베풂에 감격하는 이가 다수였다. 추상우처럼 결코 감격하지 않는 소수도 있었다.

"애초에 하관한테도 나오도록 했어야지! 동냥받고 싶지 않다. 우리는 받을 것을 받고 싶을 뿐이다."

조엄은 보중익기탕(補中益氣湯)을 마시고, 윗배에 뜸질을 받았다.

"떠나온 뒤로 먹은 탕제(湯劑)가 1백 첩에 가깝고 뜸질 또한 수백 장이 넘거늘…… 정녕 병의 뿌리는 제거할 수 없는 것인가?"

'청직'이란 직책으로 왔으나 정사의 전담의 노릇을 하는 유성필이 조아렸다. "송구합니다. 소생이 칠칠하지 못하여……."

조엄이 손을 내저었다. "아니야, 그나마 크게 더치지 않은 것은 약효에 힘입은 것이지. 다 자네 덕이라고. 자네를 안 데려왔으면 어쩔 뻔했나."

"다른 훌륭한 의원이 계시는데 어찌……."

"그들은 나라 의원인 셈인데 사적으로 불러 쓸 수 있나…… 오늘은 좀 기운이 나는데 도와줄 수 있겠나?"

유성필은 지필묵을 펼치고 받아 적을 준비를 했다.

유성필은 안동 토박이로 의술이 정통하고 사람이 착실한 것으로 소문이 났다. 이심원(李深遠)의 연경 행차에 따라가서 정식 의원들보다 더 뛰어난 의술로 여러 사람을 구원했다. 의원은 많을수록 좋을 터, 전임 삼사가 가외 의원으로 쓰려고 청직 자리에 발탁한 자였다. 바꿀 이유가 없어 그대로 데리고 왔다.

조엄은 톡톡히 덕을 보았다. 약 제조에 뜸질뿐만 아니라 대필까지 해주니 말이다.

조엄은 날짜를 헤아리고 그날 있었던 일을 기억하며 이러저러했다. 유성필은 되짚어 묻는 법 없이 잘 받아 적었다.

유성필이 적어준 것을 읽어보고 조엄이 웃었다. "이런, 너무 잘 적었군. 내가 이렇게 말을 잘한단 말인가? 참 유려하군."

"사또께서 말한 바를 적었을 뿐입니다."

"말과 글은 정말 다른 것이네. 아니 그런가? 내가 말하면서도 내 말이 영 자연스럽지 못하다고 느끼는데, 자네가 글로 적으니 일목요연하고 정갈하네."

"말은 우리말로 하되 글은 한자로 적으니 그럴 수도 있을 것입니다."

"그렇군. 말과 글은 다를 수밖에 없는 것이군. 종서기 김인겸은 언문으로 일기를 쓴다는데, 그 경우엔 말과 글이 일치할까?"

유성필은 전혀 따져본 적이 없는 바였다.

대답을 바란 것은 아니었는지 조엄이 다른 말을 꺼냈다. "기억이란 것도 우습네. 내가 날짜를 말하고 그날의 일을 더듬었으나 의심스러워. 불과 수삼일 전도 분명치 않아. 보름 전 일을 내가 옳게 기억하는 것이겠는가?"

"사또의 기억력이 올바른 것이야 세상이 다 알지 않습니까."

"그렇게들 믿어주는 것이지. 후세에 어떤 사람이 말이야, 우리가 쓴 일기를 가지고 고증(考證)을 한다고 해보세. 내 일기를 보면 퍽 어지럽지 않겠나?"

"고증을 위해 일기를 남기시려는 겁니까?"

"아니야, 아니야. 그저 의무감이야. 기록을 남겨놔야만 할 것 같아."

"어쭙잖은 소견으로는, 어떤 기록도 의미가 있습니다. 하물며 사신이 남긴 기록은 각별한 가치로 후세에 전해질 것입니다."

"자네가 듣기 좋은 말도 참 잘한다니까. 나를 이나마 건강하게 해준 건 뜸이나 약재가 아니라 자네가 읽기 좋게 잘 써준 일기와 듣기 좋게 해준 말인지도 모르겠어."

약 냄새가 물씬했다.

11월 12일

고하를 막론하고 앓는 이들이 한둘이 아니었다. 유진복이 죽는

걸 보고 악화한 이들도 있었다. 어차피 목숨 걸고 떠났던 길, 중병임에도 계속 가겠다는 의지를 보이는 이가 있는가 하면, 별것 아닌 고뿔인데도 죽어도 더는 못 가겠다고 이미 죽은 사람처럼 나약해진 이도 있었다.

인정사정 봐주면서 가는 길이 아니었다.

원하든 원하지 않든 돌아갈 것이 정해진 이는 넷이었다. 악공 장복삼(張卜三, 43세), 악공 유원봉, 격군 유돌바위(劉乭巖回, 38세), 격군 송귀돌이(宋貴乭伊, 39세). 둘은 부스럼이 극심하며 전염 위험까지 있었고, 둘은 고국 땅에서 죽기를 원했다. 넷은 망자의 관과 함께 비선에 실려 회정할 것이었다.

그들이 소동 임취빈과 격군 김국창을 불러달라고 성화했다.

두 악공이 신신부탁했다.

"네가 선장의 행장을 써주었다지? 그 행장을 읽고 들은 이들이 다 감탄하더구나. 내 행장도 써줄 수 있겠나. 언제 죽을지 모르잖나. 자네 같은 글쟁이를 다시 만날 수는 없으니."

"평생 대금을 연주해왔네. 나만의 독창적인 연주법을 꼭 기록으로 남기고 싶네."

두 격군이 사정사정했다.

"자식놈에게 꼭 남겨야 할 말이 있네. 내가 살아서 부산에 닿을 수는 없으리……."

"내가 무식해가지고 전 재산을 숨겨놓고 왔어. 나 없는 새에 처자식 놈이 말아먹을까봐 어디에다 묻어놓고 왔어. 그걸 가르쳐줘야 해. 살아서 부산에 닿더라도 말할 기력이 남아 있을는지……."

임취빈은 악공 장복삼의 행장을 지었고, 악공 유원봉의 연주법을 정리했다. 김국창은 격군 유돌바위의 애절한 편지를 썼고, 격군 송귀돌이의 숨긴 재산 찾는 방법을 적었다.

일기도 풍본포(壹岐島 風本浦, 이키노시마 가자모토우라)—11월 13일~12월 2일

11월 13일

조엄은 두통이 심해 선실에서 쉬고 있었다.

바다 일기가 급변했다. 진눈깨비가 휘몰아쳤다. 파도가 산처럼 높아졌다. 배가 가오리연처럼 흔들렸다.

통인소동 옥진해(玉振海, 18세)가 벌컥 뛰어들어와 외쳤다. "치목이 부러졌습니다."

조엄은 타루로 올라가려 했는데, 배가 곧추서는 바람에 나락으로 떨어지는 듯했다.

거센 바람과 높고 거친 파도에 치목 잃은 배는 통제할 수 없는 말 같았다. 뱃머리가 깊이 처박혔다가 퍼뜩 솟아올랐다. 왼편으로 나자빠졌다가 오른편으로 퍼더버렸다. 흰 물결이 용솟음쳐서 산더미가 되더니 쏟아져내렸다. 모두가 물항아리에 빠진 생쥐꼴이었다.

포를 쏘고 기를 흔들어 사방에 신호를 보냈다. 도와주러 오는 배는 없었다. 부기선이 30보 사이를 두고 스쳐지나갔을 뿐이다. 그 배도 위태로웠다. 좌수포 앞에서 겪은 것에 비해 열 배는 더 위험했다.

크고 작은 모든 배들이 아비규환이었다.

통인소동 백태륭(白兌隆, 17세)이 조엄의 다리를 붙잡고는 소리쳤다. "사또의 적삼을 물에 던집쇼. 액이 물러나도록 비옵서."

조엄이 일갈했다. "죽고 사는 것이 그런 미신에 달렸겠느냐!"

사방에서 울었다.

"울지 말거라. 운다고 살아날 수 있겠는가?"

일기선에는 열네 개의 방이 있었는데, 첫째 방에 국서를 모셨다. 조엄은 가까스로 국서방까지 기어갔다. 국서에 우리 임금님의 성휘(姓諱, 성과 이름)가 적혀 있다! 죽을지라도 국서는 내 몸에서 떠날 수 없다. 조엄은 국서를 속옷 안에 모셔 넣고 제 몸을 붉은 띠로 꽉 매었다. 이제 죽기를 기다리자! 하늘이 죽어라 하니 죽어야지. 아니다, 죽을 때까지는 살려고 노력해야 한다. 그것이 사람의 도리다.

거대한 물기둥이 배를 휩쓸고 갔다.

조엄이 죽음을 맞이하는 모양새로 나자빠진 이들을 보고 꾸중했다. "왜 살려고 하지 않느냐? 사공들아, 어째서 배를 구하려고 최선을 다하지 않느냐? 그러고도 너희가 사공이냐."

선장 김용화는 가소로움을 꾹 참았다. "즈이 바다 것들은 진작부터 애쓰고 있습니다요. 맥 놓고 죽어버리는 사공이 어디 있답니까."

사공들이 물레를 돌려 돛을 내렸다.

"왜 다 내리지 않느냐?"

"바람을 아주 못 타도 엎어진당께요."

"살 수 있겠느냐?"

"치목을 바꿔 끼면 살 수가 있당께요." 김용화가 타루를 가리켰다.

고래 같은 파도가 잇달았다.

예비 치목이 하필이면 타루의 난간에 기이한 자태로 쑤셔박혔다. 바다로 날아가버리지 않은 것이 천우신조라 할 만했다. 사공, 밑에서 간신히 기어나온 격군, 군관 서유대와 유달원, 기수와 취수, 왜인 등등 한 서른 명이 용을 쓰고 있었으나 빼내기가 여의치 않았다. 타루까지 올라가다가, 치목판을 잡고 용쓰다가, 퍽퍽 나가떨어졌다.

격군 추상우가 소리쳤다. "밧줄에 끼였고만!"

닻줄이 또 어떻게 거기까지 날아올랐는지 타루 아래 치목허리를 옭아매었다.

서유대가 칼을 뽑아 들고 난간을 기어올랐다. 물보라가 서유대를 할퀴었다. 서유대는 아슬아슬 버티고 서서 칼질을 했다.

추상우가 소리쳤다. "잘라버리면 안 되오. 치목이 그냥 날아간다구. 살살 빼내야 된다고."

"이걸로 때리면 될 듯한데." 도선장이 떡메를 들고 휘청거리는 서유대를 올려다보았다.

"주시오." 추상우가 떡메를 낚아채 난간을 기어올랐다. 배는 좌충우돌 제멋대로였다. 기다리는 서유대나 전해주려는 추상우나 공중곡예하는 듯했다. 서유대가 간신히 받아들고 떡메질을 했다.

추상우가 악썼다. "저기, 나무를 깨시오." 닻줄과 치목 사이에 통나무 하나가 박혀 있었다.

서유대가 아래로 몸을 던지듯 위치를 옮겼다. 떡메질에 통나무가 으깨졌다.

아래서는 여럿이 치목판에 매달렸다. 닻줄이 느슨해지면서 치목이 빠졌다.

치목을 고물로 옮기는 데도 여럿이 욕을 봤다. 뒤죽박죽된 뱃바닥이라 험난했다. 누가 나가떨어지면 다른 이가 얼른 붙었다.

치목머리가 굵은 것도 같았고, 타구가 비좁은 것도 같았다. 물결에 휩쓸리며 애를 써보았지만 쉬이 박지 못했다. 박는 데 자신 있다는 이들이 다퉈가며 나섰지만 모조리 실패했다. 이것만 박으면 살 수가 있다는데, 이걸 박지 못해 죽는단 말인가.

모두가 지치고 낙심하여 넋 놓았는데, 또 한 번 세찬 파도가 몰아쳤다. 파도와 함께 치솟아올랐던 치목머리가 떨어질 때 곧장 타구에 꽂혔다. 다들 어안이 벙벙했다.

조엄이 해설했다. "실로 천신(天神)이 굽어살피고 멀리 미친 왕령(王靈)에 힘입은 것이다."

추상우가 아랫사람들 사이에서 빈정댔다. "왕령은 무슨. 용왕님이 살려준 것이지."

두 돛을 높이 세웠다. 치목으로 조종할 수 있으니 바람을 타고 견딜 만했다.

진눈깨비가 멎고, 바다가 잔잔해졌다.

무지개 두 줄기가 홀연히 일어나 배의 전후를 둘렀다.

"다시는 못 볼 뻔하였소이다!"

살아온 걸 축하하는 원역들에게, 조엄이 되풀이한 말이었다.

일기선 승선자는 다른 배 사람에게 무용담을 펼쳤다. 배를 구하는 데 아무 힘도 보태지 않고 떨기만 했던 이들은 구사일생을 강조했고, 조금이라도 보탬이 되었다고 자부하는 이들은 나라를 구하기라도 한 것처럼 과장했다. 눈에 띄게 힘쓴 이들은 상을 받았다. 윗사람들은 이날 으뜸 활약한 서유대와 유달원을 칭송했다. 서유대는 목숨을 걸고 떡메질을 했고, 유달원은 밑에서 훌륭히 통솔했다. 조엄은 어찌나 감동했던지 두 사람과 그날 밤을 함께 잤다.

아랫사람들은 또 한 사람의 활약을 덧붙여 기억하고 오래도록 얘기했으니, 격군 추상우였다.

11월 16일

일기선과 일복선 선신소(船神所)에서 각각 보사제(報謝祭, 감사하는 제사)를 지냈다.

양쪽 배에서 사공·격군이 제사 끝나고 음복하며 떠드는 소리가 얼기설기했다.

"제문 쌈빡하게 지었더군. 선장이 직접 지었나?"

"떨빵한 놈, 정사 서기 양반이 써줬대. 제술관이 해신도 아니고 배신 제문을 어떻게 쓰냐고 뻗댔다더군. 선장 주제에 진서를 읽는 것만도 대단하긴 해."

"이상한데! 제술관 양반이 자기가 썼다고 하던데. 너무 어렵게 썼냐고 선장한테 묻는 소리를 내가 두 귀로 똑똑히 들었다고!"

"누가 썼겠지."

"두 선장이 청하러 가니 사또께서 먼저 해신제 같은 거 안 지내냐고 했다더만. 어르신도 되우 놀란 게지."

"근데 왜 대감이라고 안 부르고 만날 사또래? 양반짜리들도 사또라고만 부르던데?"

"무식하도다. 대감은 정2품 이상이어야 한다고."

"사또는 정2품이 못 되는 겨?"

"그려, 정3품이랴."

"오랑캐한테 사신 보내는데 정3품이면 충분하지, 쪽팔리게 대감이 가겠나?"

"제사지낼 때 꼭 '건륭 몇몇 년 세차'로 시작하잖아. 건륭 그게 뭔 소리랴? 다른 소리는 대강 알아듣겠는데 그 말은 참말 모르겠어."

"청나라 황제 연호야."

"왜 청나라 황제 연호를 써?"

"안 쓰면 병자호란 같은 거 또 당하니까."

"신령이 있기는 있어. 치목대가리 그거 구멍에 확 박힌 거 말야, 그게 신령님 힘 아니면 될 일이야?"

"신령의 힘이 아니오. 하나님의 뜻이오."

"그럼 치목 부러뜨린 건 용왕이냐? 신령이 있으면 애초부터 치목이 부러지지 않았지."

"모두가 하나님의 뜻이오."

"다른 배는 안 지낸다고 하던데? 우리 배만 신령 있나?"

"문제없었던 배는 안 지내는 거라네. 문제 있었던 부기선에선 해신제를 지낼 거래."

"하나님 한 분뿐이오."

"왜 우리 하관짜리들만 지내는 겨? 지들은 배 안 타나."

"배 모르는 것들은 지내봐야 신령님이 안 좋아하실걸. 부정 타!"

"사람 차별 너무 심해. 우리는 만날 뱃구석에 처박혀 있구, 저것들은 만날 잔치 벌이고."

"높은 분들 있는 데 섞여봐야, 우리만 재미없어. 우리끼리 노는 게 좋아."

"양반짜리들 양기는 어찌들 다스린댜. 부산 때까지만 해도 기생이란 기생은 다 취하고 오두발광을 해댔는데 어찌 참을까? 소동이나 종놈 껴안고 계간하나? 자기 거 자기가 붙잡고 수음하나?"

"양반들은 사람 아닌가. 우리가 하는 거, 지들도 하겠지. 말 나온 김에 말하자. 비역질하는 놈들 적당히 붙고 딸딸이 치는 놈들 적당히 싸 발라라. 시끄럽고 냄새나서 못 살겠다."

"부처님 나셨네."

"하나님 한 분뿐이오. 선신도 해신도 부처도 다 하나님의 종이오."

"저 광치는 아까부터 자꾸 뭐래? 하느님? 하늘에 계신?"

"하늘님도 하나님의 종이오. 하나님은 하나밖에 없는 분이오."

"뭐여, 너 혹시 야소교(耶蘇敎)여?"

"야소교는 또 뭐야? 새로 난 무당?"

"천벌 받으오."

하나님을 연발하다가 천벌을 입에 올린 이는 격군 박두엄(朴斗奄, 33세)이었다.

와중에 낮잠에 취했던 격군 김두우(金斗佑, 35세)가 벌떡 일어나 "여아이주!" 소리쳤다. 김두우는 여럿을 둘러보며 거듭 소리쳤다. "관대(冠帶) 차림의 노인을 보았소. 노인이 내게 네 글자를 주었소. 여아이주! 노인은 여아이주를 세상에 널리 알리라 하였소. 여아이주! 여아이주!"

박두엄이 물었다. “여호아를 잘못 들은 것 아니오?”

“여아이주!”

“야소나 이마주나 여호주를 잘못 들은 거요. 하나님의 별칭이오. 그러나 별칭은 안 되오. 이제부터 오로지 하나님이라고 부릅시다. 형제여.”

“아니, 네 글자를 주셨어. 여아이주! 하나님은 너나 믿어. 우리는 여아이주를 믿어야 해.”

“이놈, 불귀지옥에 빠질지어다.”

박두엄이 김두우의 면상에 주먹질했다. 김두우가 이마로 박두엄의 가슴을 박치기했다. 둘이 싸우는 것을, 격군은 신이 나서 아무나 이기라고 응원했다.

도훈도 최천종이 하나님 외치는 박두엄과 여아이주 외치는 김두우를 떼어놓고 꿇어앉혔다. 둘이 말싸움을 해대는데 다른 이들은 도무지 못 알아먹을 소리였다.

선장 김용화가 김두우에게 물었다. “네가 진서를 알아?”

“진서가 뭔데요? 한자요? 당연히 못 쓰죠.”

“여아이주 써봐. 노인네가 내려줬다는 네 글자.”

“그걸 제가 어떻게?”

“개꿈이네.”

“아니, 써볼게요.”

최천종이 소매에서 휴대용 지필묵을 꺼내주었다. 김두우가 썼다.

汝我以周

김용화가 야단쳤다. "쓸 줄 알잖아. 쓸 줄 알면서 못 쓴다고 사기를 쳐."

"진짜로 쓸 줄 몰랐다니까요. 그냥 써진 거야. 난 내가 쓴 게 뭔지도 몰라요."

"거짓말 신령 나셨네."

박두엄이 불현듯 소리쳤다. "하나님의 역사요. 하나님께서 저리 만든 것이오. 한자를 모르는 자가 한자를 쓰는 일, 이것이 바로 하나님이 행하시는 일이오. 나는 방언을 하오."

겨우 유팔동이 이기죽댔다. "사투리 못 쓰는 놈도 있어? 나는 팔도 방언을 할 줄 안다."

"그 방언이 아니고! 내가 생전 들어보지 못한 말, 오랑캐 말을 줄줄이 왼 적이 있소."

"해봐."

"아무 때나 되는 게 아니오. 기도를 많이 해야 하오. 성신이 임하야……."

최천종이 외쳤다. "아, 어지럽다. 작작 해두란 말이다!"

박두엄이나 김두우나 일기선이 위태로울 때 죽을 뻔했다. 그런 위기를 겪고 정상적이지 않은 이가 둘밖에 안 나온 것이 차라리 이상한 일 아니냐며, 대개 둘을 불쌍히 보았다. 이후 박두엄이 하나님 외치고 김두우가 여아이주 외치는 꼴을 일상으로 보게 되는데, 다들 개가 짖는 소리로 여겼다.

김두우가 쓴 네 글자 '汝我以周'는 문자 좀 안다는 원역들에게 소일거리가 되었다. 여럿이 수수께끼를 풀듯 끙끙댔다. '너와 나는 두루 사이좋게 지내야 한다'는 의미 아니겠느냐고 의견이 모였다.

11월 18일

동짓날 전야에 어버이 꿈을 꾼 자가 숱했다. 인지상정이 자아낸 조화이겠다. 정사로부터 일개 격군까지 동지 팥죽을 먹었다.

부사 이인배가 휘둘러보았다. "왜 이리 음울한가. 기분을 내야지."

전악 김태성과 정덕귀의 지휘로, 악공은 불고 켜고 뜯고 쳤다. 알아서 춤춰야 할 소동이 한 명도 뵈지 않았다. 소동은 악기재인과 더불어 재인희(才人戲) 단련 중이었다. 대마주의 요청으로 공연 예정이었다.

자제군관 이매가 손가락질했다. "네놈들이라도 춰보아라."

종놈들은 화들짝 놀랐다.

이매의 노자 임금(任金, 31세)이 마당 한가운데로 잽싸게 나갔다. 쭈뼛대는 동류들에게 속삭였다. "얼른 안 나오니? 우리 나리한테 맞아 뒈지고 싶어?"

그동안 이매한테 밉보여 얻어터진 종놈이 한둘이 아니었다. 이매는 못마땅하면 자기 종 남의 종 가리지 않고 패대고 보는 이였다. 하나둘씩 나오더니 열댓 명이 벌려 섰다. 첨엔 마지못해 추었으나 추다 보니 흥이 붙어 지들끼리 놀 때처럼 신나게들 몸짓했다.

기생춤과 소동춤에 익은 고급 눈엔 영 아니었다.

이매가 짐짓 사과의 몸짓을 했다. "눈 버리겠는걸. 미안들 허이."

뒤늦게 춤판에 뛰어든 무응이(無應伊, 26세)는 종이를 쓱싹하더니 머리에 썼다. 고깔 쓴 중이 술에 취해 헤매는 모습을 잘도 흉내 냈다. 물구나무도 섰고 재주곰뱅이도 휙휙 넘었다. 소동 못지않게 현란했고 소동에게선 볼 수 없는 절도가 있는 춤이었다. 으뜸 광대와 어울릴 만한 기예였다. 열광했다.

군관 김상옥이 무응이가 자기 종놈임을 은근히 내세웠다. "저놈이 본래 나청(儺廳) 종놈이었소. 저 경망스러운 춤이 밉보여 팔려 나왔지."

"나청이라면 궁궐 귀신 쫓는 제사 지내는 데 아닌가? 그런 데서 저런 색다른 춤을 어찌 배웠나?"

"지 말로는 스스로 터득했다네. 나름대로 귀신 쫓는 춤이라나."

여남은 명씩 탄 비선 아홉 척이 고래를 빙 둘러싸고 작살을 던져댔다. 잘 피하던 고래가 잠수했다. 고래가 도로 솟구치자 왜선들에서 밧줄 매단 작살이 화살처럼 날아갔다. 서너 방을 동시에 맞은 고래가 날뛰었다. 고래가 작살 던진 비선들을 이끌고 멀어져갔다.

흩어졌던 이들이 끼니 한번 더 챙기고 담배 석 대는 피웠을 시간이 지났을 때, 고래가 다시 나타났다. 뒤에서 작살 던진 비선들이 몰아대고 고래는 떠밀리듯 포구에 가까워졌다. 거룻배들이 잔뜩 기다렸다. 어느 지점에 고래가 이르자, 왜인 백여 명이 각종 칼 하나씩 들고 달라붙었다. 찌르고 썰고 벗기고 저미고 떼어냈다. 이따금 고래가 성질을 부려보았지만 죽어가는 목숨일 뿐이었다.

격군이 떠들었다.

"꼭 개미떼가 아기돼지 파먹는 거 같구만."

"잡는 거보다 발라내는 게 더 구경거리네."

"누구 고래고기 먹어봤나?"

"별맛 없어. 맛있다는 사람은 맛있어 죽겠다고 하는데 맛없다는 사람은 학을 떼더라고. 찍어 먹는 장을 잘 만들어야 해. 그 장 없으면 못 먹지."

"고래는 버릴 게 하나도 없어. 피는 순대 만들고, 뼈는 기둥으로 쓰고, 기름덩어리도 나오고, 소 백 마리 고기가 나온다니까. 한 마리 잡으면 온 섬의 배가 가득찬다카이."

"이봐, 오랑캐. 가서 고기 좀 얻어와. 윗사람들은 더러 먹어본다는데 우린 아직 못 먹어봤다고."

격군들은 손짓 발짓 곁들여 왜사공을 닦달했다. 왜사공은 지나가는 거룻배 한 척을 붙잡아 세우고 왈라왈라했다. 서너 식경 후 그 배가 고깃덩이를 싣고 왔다. 불 때고 기다리던 배파가 삶아냈다. 한 점씩 잘라서 먹어보고 맛타령을 해대었다. "무슨 풀 씹는 거 같다!" "감칠맛이 있는걸!" 자기가 느끼는 맛이 바르다고 싸우기도 했다.

어쨌거나 금세 먹어치우고 왜사공을 또 괴롭혔다. 지나다니는 거룻배를 불러 교환할 물품을 흔들어 보이며, 고래고기 가져오라고 소리를 쳐댔다.

11월 21일

날씨가 개고 따스하기가 봄철 같았다. 장막 세 개를 펼치고, 원역 64명이 한 자리에 모였다. 밥과 반찬을 모두 일방의 부엌에서 마련했다. 한 사람마다 상 하나씩을 받았다. 그 상에 밥, 국, 채소, 젓갈,

미음, 구이의 순서로 놓였다.

성균관(成均館) 식당(食堂)에서처럼 먹었다. 무슨 소리냐면, 동시에 수저를 들고 내리는 게 핵심이었다. 성균관 유생 대표는 벼슬을 한 적이 없는 진사 아니면 생원이어야 했다. 일행 중에 진짜로 성균관 유생이 될 자격 가진 이는 딱 한 명 종서기 김인겸이었다. 모두가 김인겸을 떠밀었다.

김인겸이 젓가락을 들고 외쳤다. "들어라!"

일제히 젓가락을 들고 먹고픈 음식을 노렸다.

김인겸이 장난스럽게 금방 "내려라!" 했다.

"어구, 집지도 못했는데."

"동작이 빨라야지, 동작이."

국물 마시는 것도 함께 했다. "마셔라!" 하며 일시에 마셨고, "놓아라!" 하면 다 마셨든 못 마셨든 내려놓았다. 대체로 재미있어했다. 떼로 한 동작으로 밥 먹어보기는 처음이라고 희희낙락했다.

음식 그릇 날라댄 종놈 삽사리는 이렇게 적었다.

뭐, 안 하던 짓 하면 다 재미있는 거다.

먹고 놀자판이 이어졌다. 사슴고기를 구웠다. 화로에 그릇을 달구고 거기에 고기를 굽는 방식이 이때의 유행이었다. 악공은 얼마 먹지도 못하고 연주했다. 모래 벌에 장대와 줄을 설치했다. 소동과 재인악공이 광대놀음을 펼쳤다. 격군은 노는 데 끼지 못하고 일기도 왜인과 더불어 배를 수선했다.

11월 22일

대마간사관 아사오카 이치가쿠(朝岡一學)가 문사들과 만나기를 청하였다. 사문사는 문사의 할 일이라는 창수(唱酬) · 필담을 아직 제대로 해본 적이 없어, 괴상히 여겼다. 문예교류 담당자가 간사관 이치가쿠였다. 김인겸(56세)보다 열두어 살은 많아 보였다.

〈대마주의 호행(護行, 보호하며 따라가는 무리)이 대단히 많은데, 글로 이름난 자는 얼마나 되오?〉

〈우리나라의 문풍이 공들과 겨루지 못함은 익히 들어서 아실 줄로 압니다. 하물며 대마도는 일개 작은 섬이니 어찌 글로 이름난 자가 있겠습니까?〉

〈그대는 공무가 많고 바빠서 시 지을 겨를이 없는 것이오? 좋은 말과 아름다운 시는 어찌 보여주지 않는 것이오?〉

〈만 리 길을 함께 가니, 혹 쓰는 것이 있으면 변변치 않은 것이라도 꼭 바치겠습니다.〉

11월 23일

다이묘가 꼬치에 꿴 마른 전복 세 궤짝을 보내왔다. 원역들은 별로 좋아하지 않았다. 즐길 만한 맛이 없다고. 부사 이인배는 전복을 대마관료들에게 나누어주도록 했다. 다른 관료는 받았는데, 대마봉행은 사양을 하고 받지 않았다. 전복 주러 갔던 차상통사 최수인이 고했다. "전복을 절대로 먹을 수 없는 이유가 있답니다. 전혀 다른 뜻은 없다고 양찰해달랍니다."

선심 쓰려다가 무안해진 이인배는 알고 싶었다. "이유는 듣고 왔겠지? 이유가 합당하면 양찰해주지."

최수인이 하는 얘기를 현태심의 종놈 삽사리도 엿들었다. 삽사리는 이렇게 기록했다.

> 그의 할애비의 할애비의 할애비가 항해 중에 뾰족한 돌부리와 박치기했다. 배에 주먹만 한 구멍이 뚫렸다. 침몰하려고 했다. 갑자기 구멍이 저절로 막혔다. 배를 물가에 대고 살펴보니, 뚫린 구멍에 큰 전복이 달라붙어 있었다. 할애비는 유언했다. "고마운 전복을 먹지 말거라!" 집안 대대로 그 유언을 지켰다. 대판봉행 또한 선조 할애비의 유언을 지키고자 했던 것이다.
>
> 뭐, 포구에 사는 왜 족속들은 대개 전복을 먹지 않는다고 한다. 왜 그런지는 모르겠지만. 아무튼 생거짓말이라고 본다. 먹기 싫으면 받아놓고 안 먹으면 될 일 아닌가. 내 짐작으로는 겨우 남에게서 받은 전복을 주냐고 기분 나쁜 표시로 돌려보낸 게 아닌가 싶다. 그것도 모르고 부사또는 뭐 재미난 얘기라고 되게 웃었다.

11월 24일

일기도에서부터는 오일공이 없는 대신 일공이 또박또박 나왔다. 대마인이 지공을 담당할 때는 개판이었는데, 타고장에서는 준비가 철저했다. 각 고장은 울며 겨자 먹기로 조선사신단과 대마호행단 양쪽에 지극정성 접대를 해야만 했다.

상·중관은 남아돌 만큼 넘치는 일공을 받았다. 남은 것을 해결하는 방법이 네 가지 있었다. 첫째, 가지고 간다. 둘째, 늘 없어서 못 먹는 격군에게 베푼다. 셋째, 버린다. 마지막으로 판다. 고국에서도 하던 짓이었다. 어느 고을에서 일공을 받았다. 남는 것을 어떻게 했는가. 그 고을 시장에다 내다팔았다. 고을 백성 처지에서는 자기네가 바친 것을 다시 사는 꼴이다. 이 방법은 왜국에서도 통용되었다.

큰 이익을 얻지는 못했다. 2천여 명이나 되는 대마인이 겹겹이 에워싸고 거간꾼을 자처했다. 간신히 시장에 진출해도 대마인과 짬짜미가 된 상인에게 헐값에 뜯기기 일쑤였다. 어차피 우리 게 아니었다고 잊으면 그만이지만 그게 쉬운가, 엄청난 손해를 본 듯했고, 결국 대마인을 미워하는 마음만 쌓였다.

대마인은 정말 날강도 같은 놈들 아닌가, 자기네 물건을 고장에 팔아서 돈 벌지, 고장에서 지공을 하니 머무는 비용은 아예 없지, 조선인이 남긴 일공 거간 노릇을 해서 또 돈 벌지, 이야말로 벼멸구떼가 아닌가.

일공을 누가 처음 정했는가. 조선의 호조관료와 대마관료들이다. 조선관료가 뭘 알겠는가? 대마관료 말대로 정해졌을 테다. 대마인이 애초에 터무니없이 막대한 일공을 설정해놓았고, 필시 남아서 시장에 나올 수밖에 없을 것을 노려 이익을 가로챌 준비까지 해놓았을 테다.

부서기 원중거는 일공을 대마인에게 팔고 새털 같고 까끄라기 같은 작은 이익에 즐거워하는 종놈들이 한심했다. 일공을 팔아먹자, 은쪼가리 손에 쥐자, 우리 주인님이 이까짓 것까지 신경쓰겠냐, 물어보면 버렸다고 하자, 돈은 내 거다, 이렇게 좋아하는 꼬락서니가 기가 막힌 것이었다.

원중거는 이 문제를 시정해야 된다고, 남은 일공을 확실하게 처분하는 정당한 방법이 있어야 한다고, 고장 인민에게 되돌려줘야 한다고, 대마놈들이 가로채게 해서는 안 된다고, 당상역관들에게 시비했다. 군관들에게 의견을 모으고자 했다. 별걸 가지고 다 귀찮게 설치네 하는 눈치였다. 왜 남의 나라 인민 걱정을 하냐는 것이다. 조선인에겐 아무 손해가 없는 일인데.

원중거는 혼자서라도 세 사신에게 말해볼까 했지만, 다들 아무렇지도 않다는데 '서얼짜리'가 나댈 용기가 나지 않았다.

홍복과 배파격군 주치우(朱致右, 20세)가 한 지게 팔러 갔다가 은쪼가리 네 조각만 받아왔다.

원중거가 나무랐다. "한심한 놈들……."

씹할 도치기야, 네가 팔아봐! 주치우의 속맘이었다.

원중거가 탄식했다. "하기는 너희가 무슨 잘못일까. 우리가 가고 있는 자체가 문제다."

주치우가 홍복에게 물었다. "우리가 왜 가고 있다고 생각해?"

"나는 나리가 가니까 나도 가는 것뿐이지. 너는?"

"나는 사람들 구경하는 재미로."

분심이 켜켜이 쌓인 원중거가 울부짖듯 했다. "철없는 소리다. 우리는 단지 대마도놈들 장사 도와주러 가는 거다. 우리는 대마놈들 돈 벌어주는 사당패나 진배없다!"

11월 25일

이복선 격군 왕초 노릇을 하는 오연걸(吳連傑, 35세)이 뺏성을 냈다.

"대체 우리 배에는 놀던 놈 하나가 없냐? 재담꾼도 없고 가수도 없고 심심한 놈만 모였어. 다른 배에는 신명난 놈들이 쌔고 쌨다는데."

여러 날 동안 강제로 아무거나 해보라고 닦달을 해댔는데 누구 하나 두각을 나타내는 놈이 없었다.

오연걸의 눈에 언제나처럼 구석에 처박힌 이광하(李光夏, 36세)가 잡혔다.

"야, 이광하, 너 오늘은 꼭 해라. 안 하면 죽인다."

이광하가 꿈쩍도 하지 않았다.

오연걸은 후회스러웠으나 말 꺼낸 체면이 있었다.

"얘기를 풀든 노래를 하든 춤을 추든 해보라고. 너 혼자 살아? 다 같이 사는 데잖아?"

"책이 있으면 책을 읽어보지." 이광하가 난데없이 책을 찾았다.

"빌어먹을, 책이 어디 있어?"

"이기선 어떤 늙은이가 가지고 있다던데."

"여기는 사람이 몇인데 책 가진 놈 하나가 없냐?"

"소동 임취빈 개가 책도 많다잖아. 별 이야기책을 다 가졌대."

"야, 이장선, 박평우! 너희들 임취빈이 알어? 개가 문사 양반짜리랑 친하다며?"

이장선(李長善, 23세)은 제술관 남옥의 배파였고, 박평우(朴平右, 19세)는 정서기 성대중의 배파였다. 둘이 안다고 하자, 당장 가서 책을 빌려오라고 했다.

임취빈이 직접 왔다. 격군들이 죄 일어나 환호했다. 딴짓하던 놈들도 다 모였다.

"와, 취빈이 왔다!"

"언니들이 책을 다 찾고 별일이에요. 제가 읽어드릴까요?"

"그래, 그래, 제발 읽어줘!"

임취빈이 언문소설 『흥부놀부뎐』을 읽었다. 임취빈이 대개 잘하지만 읽는 것은 좀 못하는 편이었다. 허나 그 정도 솜씨에도 다들 좋아서 죽으려고 했다. 책 읽는 실력과 상관없이 미모에 취한 것이다.

잊고 있었던 이광하가 불쑥 더러운 상투머리를 내밀었다. "내가 좀 읽어보자."

"오라질, 꺼져!"

이구동성인데, 취빈은 이광하의 눈빛에 졸아 얼른 비켜났다. 이광하가 좌중을 둘러보자 다 얼어붙었다.

오연걸이 중얼거렸다. "증말 눈빛 더럽네."

이광하는 임취빈이 가지고 온 책 중에서 『심청뎐』을 꺼내 들었다. 책 읽은 지 담배 한 대 참 만에 이복선 격군은 죄 글썽거렸다. 『임경업뎐』을 읽자 다들 임경업장군이 된 것처럼 격정에 휩싸였다. 『전우치뎐』을 읽자 다들 배꼽을 잡고 날아다니는 듯했다. 『콩쥐팥쥐뎐』을 읽자 또 한바탕 울음바다가 되었다. 1시진 동안 격군들의 마음을 갖고 놀았던 이광하가 책 읽기를 뚝 그치더니, 다시 구석 벽을 보고 누웠다. 여우에게 홀렸던 이들처럼 이광하의 메마른 등을 바라보았다. 이광하의 등이 떨었다. 사시나무 떨 듯.

취빈이 속삭였다. "전기수 형님이 울고 있어요."

오연걸이 대꾸했다. "그럼 저도 울어야지. 우리를 이렇게 울려놓고서…… 근데 저 사람이 전기수야? 너 아는 사람야?"

"몰라요, 하지만 조선 최고의 전기수일 거예요. 제가 정말 여러 전기수를 만나봤는데, 최고예요, 최고!"

이광하가 달려와 취빈의 멱살을 움켜잡았다. "니가 뭘 안다고!"

임취빈이 남다른 무예가 있었지만 잘못한 것도 같아서 가만히 당해주기로 했는데, 오연걸이 이광하의 볼따구니에 주먹을 꽂았다. "싹퉁벵아, 취빈이를 건드려? 네 눈빛이 아무리 더러워도 나한테 죽었다!" 오연걸은 이광하를 미친듯이 짓밟았다. 이광하가 짓밟히면서 웃었다.

취빈이 말리다가 오연걸의 팔꿈치에 맞아 저만치 나가떨어지고서야 매타작이 끝났다. 오연걸은 "취빈아, 미안해, 미안해!" 청승맞은 소리를 질러대고, 이광하는 괴이한 웃음을 그치지 않았다.

11월 28일

대마주가 배를 띄울 만하다고 전갈을 보내왔다. 왜사공은 대마주와 일치했다. 조선 뱃사람들은 중구난방이었다. 저마다 자기가 제일 잘 안다는 듯이 피력했다.

"자기네 바다는 자기네가 제일 잘 알겠지요. 위험한데 가자고 하겠어요? 그냥 따르시지요."

"등하불명(燈下不明)이란 말도 몰라. 제 얼굴에 난 사마귀를 모르는 게 사람이라고. 난 재들 말 못 믿어. 먹구름 봐봐. 모였다 흩어졌다 일정하지가 않아. 큰 눈 아니면 큰비 옵니다."

"바람이 심상치 않습니다. 엄청 사나울 거예요."

"제가 바람을 점칠 줄 압니다. 열흘 뒤에야 좋은 바람을 얻을 겁니다."

"너만 치니? 저도 칩니다. 자, 보십쇼. 제가 지금 바람 점을 쳐보겠습니다. 어렵네요, 어려워!"

"띄우기만 하면 금방이라는데 뭘 겁먹어. 또 열흘씩이나 묵새기자고? 글케 한가해? 배를 띄우시지요. 무슨 별일이 있겠습니까."

"이제 건널 바다가 항해 거리는 비록 짧아졌다 하나, 위험도는 더 높다고 정평이 나 있어."

"왜 남도(藍島)인데? 물빛이 검푸르러서 남도야. 바닷속에 무시무시한 바위가 어지럽게 묻혀 있다고. 바람이 좋아도 좌초하는 배가 무수해. 사또, 오늘은 안 됩니다."

"좋은 바람일세. 이 정도 바람 만나기 쉽지 않아. 발선하셔도 됩니다."

조엄은 괴로웠다. 다 맞는 말 같고 다 틀린 말 같다. 가기는 가야겠는데 갈 것을 딱 잘라 결정하기가 쉽지 않았다. 좌수포 올 때 된통 당해 더욱 겁이 나는 건지도 몰랐다. 그때도 다 안전하다고 하였으나 그 사달이 났었다. 그예 발선을 명하지 못했다.

이날 날씨가 종일 좋았다. 일행 상하가 선장·사공을 비웃었다.

"뱃놈들이 바람 점도 못 친단 말이냐? 그러고도 평생 배 탄 놈들이라고 유세 떠는 거냐. 못난 놈들!" 호통치는 자까지 있었다.

발선을 주장했던 사공은 그나마 고개를 세우고 다녔지만, 발선이 불가하다고 소리 높였던 사공은 쥐구멍을 찾아다녔다. 조엄이 있는 자리에서도 사공을 조롱했다.

조엄은 참지 못하고 일갈했다. "그만 해두지 못할까? 자네들이 지금 사공을 과녁 삼지만 기실 나를 욕하는 것이잖나?"

"그럴 리가 있겠습니까."

"발선을 결정하는 것은 나다. 내가 띄우라면 띄우고 머무르면 머무는 게야. 사공이 무슨 책임이 있는가?"

다투어 사죄했다. 진정한 조엄이 이러쿵저러쿵했다.

"먹구름이 흩어지지 않아서 행선할 수 없다고 한 것은 살피고 삼가는 도리요, 날씨가 갰으니 발선하지 못한 것을 한스럽게 여기는 것은 사람의 성정이다. 그러나 발선하지 못한 것 때문에 사공을 지나치게 꾸짖는다면 앞으로는 어찌되겠는가. 사공이 소신이 없게 될 것이다. 소신대로 의견을 내지 못하고, 우리 눈치를 봐서 말할 것이다. 더 큰 위험을 불러오지 않겠는가?"

조엄은 사공을 따로 불러 다독였다.

"너희는 이번 일에 개의치 말고 소신껏 말하라! 모든 책임은 내게 있다."

격군 추상우가 수적 주제에 가끔 시 짓고 읊던 태를 드러냈다.

"이처럼 고운 바다에 실 같은 바람이 부는 데도 닻줄을 묶어놓고 떠나지 않는다니, 사람으로 하여금 분해서 밥을 먹을 수 없도록 하는구나."

격군 종도리가 밥그릇을 닥닥 긁으며 궁떴다.

"밥을 먹을 수 있으면 되지. 오늘 가나 내일 가나 뭔 상관이래요?"

11월 29일

오늘도 해변에 왜녀들이 가득했다. 생계 방편이 짐작되는 여인네들이었다. 엉덩이를 흔들며 유혹했다. 자기 젖통이나 아랫도리를 홀쩍 보이며 오라고 손짓해댔다.

"가고 싶어도 갈 수가 없잖아. 제발 꺼지라고!"

격군은 혹독한 고문을 당하는 듯했다.

해변의 왜녀가 어떻게 조선말을 배웠는지 불러댔다.

"조선 오라버니, 조선 오라버니!……"

격군 장얼인노미가 응했다. "불러 뭣하려는가?"

"오늘밤 집에 와서 나랑 같이 자소."

"싫다, 내 좆이 너한테 너무 크다."

왜녀가 웃으면서 소리질렀다. "못생겼다, 못생겼다! 짐승 같다, 짐승 같다!"

격군이 일시에 박장대소했다. 이날로부터 장얼인노미는 '짐승'으로 불렸다.

원중거와 홍복이 남긴 일공미가 쌀 서 말이나 되었다. 홍복과 배파주치우가 왜말이 점점 늘어가는 소동 임취빈을 데리고 팔러 나갔다.

〈15두네. 은 8전.〉 왜 상인이 퉁겼다.

"뭐야, 이매 나리 종 임금이는 그 곱절을 받았다는데."

"언니, 이 상인 하는 말을 들어보니까…… 서기 나리가 대마관료 아무한테나 아쉬운 말이라도 해야 하겠는데, 뒷돈을 찔러주면 더 좋고, 나리가 그런 거 싫어하지?"

"당연히 안 하시지. 그냥 가자. 우리가 다 먹지 뭐."

못 팔고 돌아왔다. 원중거가 절대 손해 보고 팔지 말라고 엄명했기 때문이다.

임취빈이 애교스럽게 청했다. "나리, 이왕 남는 쌀인네 격군한테 선심이나 쓰옵서."

"차라리 그게 속 시원하겠구나." 원중거가 마지못해 수락했다.

주치우가 떡을 만들어 이기선 격군들에게 돌렸다. 이날 원중거가 격군에게 점수를 좀 땄다. 자린고비라는 별명이 떨어져나갔다.

일공으로 나온 땔나무와 석탄이 되우 남아 언덕에 쌓아두었다. 팔긴 팔아야 하는데 아직 못 팔았다. 대마인의 조종을 받는 상인들은 반값을 얘기했다. 못 팔겠다고 하니, 〈우리도 안 산다! 버리고 가든 지고 가든 잘해보셔!〉 배짱을 부렸다.

한밤중이었다.

격군 추상우가 도훈도 최천종에게 귀띔했다. "저기 보세요, 저기 저 쪼그만 배 있죠, 무척 수상합니다."

"뭐가 수상하다는 거야, 늘 보던 배들이잖아."

"준비하는 게 좋을 거요. 내가 많이 해봐서 잘 알…… 그게 아니고, 아무 일 없으면 내 손에 장을 지질라오."

그간 추상우의 활약이 만만치 않았다. 도훈도가 나장들을 모았다.

거룻배의 왜인이 순식간에 언덕의 땔감과 나무를 옮겨 실었다.

"보라고!" 추상우가 제 가슴을 '탁' 쳤다.

"게 섰거라!"

최천종과 나장들이 탄 사후선이 맹렬한 추격 끝에 왜선을 붙잡았다. 왜선에 익숙한 얼굴 하나가 보였다. 대마도 젊은 통사 중의 하나인 스즈키 덴조(鈴木傳藏)였다. 덴조가 어설픈 조선말로 발명했다.
"이미 값을 정했스무니다. 지금 땔감을 가져가고 낼 아침에 돈을 줄 것이므니다."

"누구한테?"

"수역, 수역한테."

"수역이 뭔 상관이야. 이 땔감은 격군들 거라고."

덴조 무리는 바다로 뛰어들어 도망쳐버렸다.

"악충들, 대마도까지 가져가려고 그랬나."

"어떻게 할까요? 수역 놈한테 찾아가볼까요?"

"되었다. 찾았으면 됐지. 들쑤셔봐야……."

최천종이 나장들을 진정시켰다.

12월 1일

역관 이언진은 『수호전』을 들춰보다가 집어던졌다. 버릇처럼 일기 십여 자를 썼다. 별안간 시상이 솟구쳤다. 제목 '해람(海覽)'을 쓰고 일필휘지했다. 5언 16구. 찬찬히 읽어보았다. 잘 썼지 않은가! 자탄했다. 우스웠다. 자기가 써놓고 자기가 감탄하다니. 대관절 시란 무엇인가? 일기는 혼자 쓰고 혼자 보든지 말든지 하는 글이라고 하자. 시는? 시도 혼자 쓰고 혼자 보든지 말든지 하는 것인가?

노미가 불쑥 들어왔다. "어라리우, 나리 시 쓰셨소? 죽어도 다시는 안 쓴다메요?"

"내가 언제 그랬냐?"

"몰라요. 내는 분명히 들은 바가 있소."

"시 아니다."

"딱 보니 시구만. 여행이 좋기는 좋소. 나리, 시 다시 쓰게 해주고. 암튼요, 나리는 시 쓰고 있을 때가 가장 멋져요."

"네가 시를 아느냐?"

"그딴 걸 내가 어찌 알아요? 그냥 그렇단 얘기지요. 나리, 한번 봐 달라고 하셔요. 봐줄 사람, 잔뜩 있잖아요."

"누굴 말하는 거냐?"

"몰라서 물으세요. 문사 나리들 말이지요."

"그자들이 알기는 뭘 알아."

"나리는 참 오만하시다니까."

"누가 보면 네가 종놈이 아니라 내 동무인 줄 알겠다."

"시키실 일 없으면 지는 또 나가 놀랍니다."

이언진은 자기가 쓴 시를 몇 번이고 읽었다. 아무리 봐도 잘 썼다. 혼자 보기는 아까웠다.

문장이란 무엇인가. 누군가에게 보여주고자 하는 것이다. 감동을 시키든 재미를 주든 깨달음을 나누든 암튼 누군가에 어떤 작용이 되고자 하는 것이 글 아니더냐. 혼자 쓰고 혼자 끌어안고 혼자 느끼는 글이 무슨 가치가 있단 말인가.

노미 말이 맞다. 그들은 내 글을 알아줄지도. 박지원 그 애송이를 내가 지나치게 우려렀다. 패관이나 끼적거리는 놈이 시를 알게 뭐냐?

이언진은 「해람편」 말고도 두 편의 시를 더 챙겼다. 『수호전』 책 갈피에 두 편의 '호동거실'이 끼어 있었다.

이날도 세 문사는 실없이 노닥거리고 있었다.

원중거의 종놈 흥복이가 아뢰었다. "역관짜리가 와서 시를 보여 주고 싶다는데요."

"역관짜리라니?"

"거, 왜 역관 중에 왜놈 말 한마디도 못 하는 젊은 역관 있잖아요."

성대중이 빈정댔다. "참 별 역관이 다 있습니다. 주제에 시라니."

원중거가 성난 체했다. "난 역관이란 말만 들어도 억눌렀던 화가 치솟네. 부산서 역관놈한테 능욕당한 게 자꾸 떠올라."

남옥이 웃었다. "아직도 원한을 못 풀었단 말인가. 역관 이명화와 마주치면 인사도 잘하고 말도 잘 나누던데."

"그렇군. 내가 그렇다니까. 꽁하는 듯 꽁하지 않고 꽁하지 않는 듯 꽁하다니까. 하고 인사를 나눈다고 서로 간에 묵은 감정이 사라지나? 안 볼 수 없으니 보는 것일 뿐. 시를 봐줍세…… 들이거라!" 흥복이에게 이르고, 원중거는 말을 잇대었다. "역관들 중에 더러 문장가가 있었지. 사행록 중에 세밀하고 볼만한 것을 쓴 역관 홍우재·김지남도 있었고. 중국에 이름을 날린 역관 시인도 있었고."

왜소한 체구이나 눈매가 예사롭지 않은 젊은 역관이 절했다. "소인 역관 주제에 취미 삼아 시를 짓고는 했습니다. 삼가 가르침을 청하옵니다."

세 문사는 이언진의 시 세 편을 돌려 읽었다.

원중거는 놀라움을 감추었다. "바다를 구경하다? 제목은 소박한데 내용은 거창하군."

성대중이 꼬집었다. "일본을 다 간 것처럼 썼군. 아직 본토에도 못 갔네."

이언진이 얼른 대꾸했다. "지금까지 본 것만 쓴다고 썼는데 귀로 듣고 눈으로 읽은 바가 섞인 모양입니다. 앞으로 계속 이어 써볼 작정입니다."

"장시(長詩)가 되겠네, 그려." 성대중은 탐탁스럽지 않은 투였다.

남옥은 '호동거실' 두 편에 대해서 질문했다. "6언이 아닌가? 5언, 7언 말고 6언으로도 쓰는 법이 있었던가?"

이언진은 머뭇거림이 없었다. "왜 꼭 5언이나 7언으로만 써야 하는지 모르겠습니다."

성대중이 따졌다. "5언이나 7언으로 쓰는 이들은 법식에 얽매여 있다는 얘기인가? 새로움이 이목을 사로잡는다지만 지킬 것은 지켜야 하지 않는가?"

"대체 무엇을 지켜야 한다는 얘기인지 모르겠습니다."

"방자한지고!" 성대중은 휙 나가버렸다. 성대중도 이언진의 시구에 잘 되었다고 붉은 점을 여러 개 찍었다. 역관 따위가 잘 쓴 시를 보아서, 자신에게 화가 났다. 자신에게 화를 낼 줄 몰랐기에 역관한테 화를 내다가 그게 부끄러워져 견딜 수가 없었다.

원중거와 남옥은 이것저것 물어보았고, 이언진의 방자한 답변에도 성내지 않았다.

원중거와 남옥이 면전에서 대놓고 칭찬하는 데 익숙하지 못한 사람들이라 듣기 좋은 말을 별로 해주지 못했다. 이언진이 돌아간 뒤에 더 칭찬해줄 걸 하고 안타까워했다.

이언진은 기대 이상의 평가를 받아 흡족했다.

노미가 이언진의 밝은 얼굴을 보고 공치사를 했다. "칭찬받았죠? 내 말 듣기 잘했죠? 나 같은 종놈이 어딨어요. 시도 모르면서 시인 주인을 이렇게 잘 모시는 종놈 나와보라구 그래."

남도(藍島, 아이노시마) — 12월 3일~25일

12월 3일

부기선이 포구에 들어섰는데 예선이 나타나지 않았다. 먼저 입항한 왜선 백여 척도 우왕좌왕 중이었다. 부기선은 돛을 내리지도 못하고 배를 제어하지도 못하고 갈팡질팡하다가 바닷속 언덕배기에 걸렸다. 근처 해안까지 배다리를 내릴 수 있을 듯했다.

"안 돼! 비스듬히!" 부기선장 김윤하가 내질렀을 때는 늦었다. 배다리는 두 바위 사이에 처박히고 말았다. 빼낼 방도가 없었다.

대책 없이 시간이 흐르던 중, 배 오른쪽 허리 부분의 나무판자가 떼어져 튀어 올랐다. 물길이 기둥처럼 솟아올랐다. 배가 절반 이상 가라앉았다. 헤엄칠 줄 아는 이들은 일단 뛰어내리고 보았다. 높은 자들이 사후선을 내려 탔다. 군관들이 칼을 휘두르고 발길질하여 미천한 주제에 사후선에 타려는 자들을 매몰차게 내쳤다. 천한 것들이 살려달라고 난리 치는 것을 보고서야 왜인 거룻배들이 구원하러 몰려왔다.

남도는 본래 거주민이 천 명도 되지 않는 작고 빈한한 섬이었다. 수십 년에 한 번꼴로 통신사가 올 때나 본토에서 몰려온 관리·시중꾼·장사꾼으로 한바탕 북새통이 되었다.

사람이 다 육지를 밟고 한숨을 돌렸다. 배가 더는 가라앉지 않을 듯했다.

부사 이인배가 명했다. "인명을 보존할 수 있다면, 복물을 구해야지 않겠는가."

거룻배들의 도움을 받아 공적인 짐 사적인 짐 할 것 없이 얼추 빼내왔다. 황망 중에 바다에 떨어지거나 젖어 못 쓰게 된 물건 때문에 안타깝고 속상해 구슬피 우는 이들도 숱했다. 꼭꼭 숨겨온 밀매품을 잃은 이도 부지기수였다.

치목 부러진 삼기선이 들어왔다. 배웅 나왔던 일기도 예선들이 선착장에 정박까지 시켜주고 급히 돌아갔다.

일기선이 남도 포구에 접어들었다. 마중나와서 끌어주어야 할 예선이 하나도 보이지 않았다. 선착장이 가까운데 강력한 역풍에 휩싸였다. 쇠닻을 내리고 격군이 노를 저어 버텼다. 역풍이 닻을 끌고 가는 바람에 배가 5리는 물러났다. 포를 쏘고 불화살을 쏘고 등불을 연달아 휘둘러도 예선은 나타나지 않았다. 복선 두 척도 닿았는데 역시 선착장에 대지 못하여 헤맸다.

지켜보던 종사관이 군관 임흘과 통사 이명화를 보냈다. "이것들이 왜 안 나온단 말이냐. 당장 가서 끌어와라."

예선 백여 척과 웅성거리는 왜졸 수백 명을 발견했다. 이명화가

좀 높아 뵈는 자들에게 다그쳤다. 〈배가 이렇게 많은데 뭐하는 게야!〉

왜금도가 칼을 반이나 뽑으며 소리쳤다. 〈우리는 명을 받지 못했다. 우리는 명령 없으면 안 움직여.〉

임흘이 채찍을 꺼내 왜금도를 후려갈겼다. 두 놈이 더 달려드니 역시 때려눕혔다.

“이놈아, 사신이 위험에 빠졌는데 뭘 따져? 사신이 잘못되면 늬들은 무조건 죽는 거 몰라!”

임흘과 이명화가 강압한 보람이 있어, 삼십여 척과 부기선 짐 날라주던 거룻배들이 합세하여 조선 판옥선을 끌었다. 가까스로 정박을 마쳤다.

조엄이 분노하고 있는데, 대마봉행과 축전주(筑前州) 봉행이 왔다. 수역 최학령이 가운데서 말을 전했다.

〈뭐 하자는 건가?〉

〈우리들이 이미 호행관(護行官)이 되었으니, 감히 힘을 다하지 않겠습니까. 우리가 예선을 내어 보낼 것을 발을 구르며 꾸짖고 연달아 독촉하였으나, 축전주에선 끝내 움직일 뜻이 없었습니다.〉

축전봉행에게 힐문했다. 〈왜 그런 건가?〉

〈준비해 기다린 예선이 수백 척입니다. 하온데 사행이 이미 순풍에 돛을 달았으므로 작은 배가 앞을 막으면 내리 덮칠 염려가 있을 듯하여 내보내지 못하였습니다. 또 화포를 연달아 쏘므로 두려워서 보내지 못했습니다. 저희는 포 소리를 매우 싫어합니다. 아이들이

포 소리를 듣기만 하면 횟배를 앓습니다. 화약을 조금만 넣어서 쏘시면 좋을 텐데…… 또…….〉

〈지금 농을 하는 겐가? 그래 또 뭐냐?〉

〈돛을 내리지 않으면 으레 배를 끌어당기지 않습니다.〉

〈돛을 내렸건 올렸건 캄캄한 밤중이었다. 미리 알아서 마중나왔어야 마땅하다. 방포는 사행 때 으레 사용하였다. 두려워서 나오지 않았다는 것은 근거가 없다.〉

〈그게 아니라…….〉

축전봉행은 하고 싶어도 못 하는 말이 있는 듯했다.

조엄이 꼬집었다. 〈그 사이에 무슨 곡절이 있었는가? 너희의 법에는 아무리 당연한 일일지라도 두령의 명이 없으면 끝내 거행하지 않는다는데 그런 것인가? 아니면 그대가 술에 몹시 취해 꼬꾸라져서 미처 감독하지 못한 것인가?〉

〈그럴 리가 있겠습니까.〉

더 말해봐야 무슨 소용이 있을 것인가. 터진 사달이었다.

12월 4일

흐렸다가 갰다가 비가 오기도 하고 눈도 뿌렸다. 부기선에서 모자라게 된 것은 일기선의 나머지로 메우기로 했다. 부기선의 승선자들은 집 잃은 신세가 되었다. 윗사람들은 일방과 삼방으로 나누어 먹였다. 아랫사람들은 이복선에 부쳤다. 삼사는 이실직고하는 장계를 썼다.

부기선 좌초로 마음고생이 으뜸 혹독한 이는 칠순 늙은이 김윤하였다. 부사 이인배가 부기선장 김윤하를 불렀다.

"황감합니다, 나리. 감사히 죽겠습니다." 김윤하는 죽여달라고 떼를 써왔다.

"죽기는 누가 죽어."

"그러면…… 아, 황감하옵니다. 누가 해도 저보다는 선장 소임을 잘할 것이옵니다. 저는 죽어 마땅합니다만, 혹 죽이지 않으시겠다면 일개 격군으로 백의종군하겠나이다. 제일 더럽고 힘든 일을 도맡아 죄를 씻도록 하겠나이다."

"자네를 선장 자리에서 자르려고 부른 게 아니야. 배를 꺼내야 할 것 아닌가. 저대로 물속에 놔둘 건가."

"꺼내기는 어렵지 않을 겝니다. 썰물 때 울력하면…… 다만 사람 숫자가 모자라지요. 천 명만 있으면 너끈할 겝니다. 우리 뱃사람은 다 합쳐봐야 2백인데, 다 저 때문입니다. 제가 잘못 지휘하여……."

"또 그 소리…… 어찌 그것이 영감 잘못인가? 여기 것들이 안 나와서 그런 게야."

"핑계일 뿐입니다. 다른 배들은 다 무사했잖습니까. 치목 없이 바다 건너온 삼기선도 멀쩡했고요. 제가 먹은 뱃밥이 50년인데 배 하나를 못 대다니요. 배다리라도 제대로 걸었으면 그 지경까지 가지는 않았을 텐데…… 아, 죽이신대도 할 말 없는 죄입니다. 아, 죽여주십시오. 죽고 싶습니다. 사공들 보기 창피해서 살 수가 없어요. 예, 죽어보려고도 했습니다. 근데 나이드니 죽는 게 정말 무섭습니다. 스스로 죽는 게 참 어려운 지라…… 죽여주시면 죽겠는데 제가 자결은 못 하겠습니다. 제발 죽여주세요."

"배를 꺼내! 그러면 죽여줄 테니까."

부기선장 김윤하가 총지휘를 맡았다.

총동원령을 받고 "아니, 왜 지들 배 꺼내는데 우리까지 나서야 해?" 했다가, "야, 이기적인 놈아. 네 배 내 배가 어딨냐?" 동무들에게 혼꾸멍난 격군도 있었다.

격군 무리 다음으로 머릿수가 많은 것이 의장군악대를 이루는 기수·취수 80여 명이다. 대개 현직 장교·나졸로서 격군과는 격이 다르다고 자부했다. 선뜻 움직일 염이 없다가, 군관들한테 된통 욕먹고 쏟아져나왔다.

"아니, 왜 우리 종놈까지 나오라는 겨?" 했다가, 주인나리한테 "도와주면 어디가 덧난다냐?" 퉁바리 먹은 종놈도 있었다.

종놈만 보내고 구경한 주인나리들이 대부분이었지만 '착한 장비' 조신 같은 젊은 군관은 울력에 참여했다.

축전봉행에게 힘센 자 5백 명만 지원하라고 했더니, 힘없는 자까지 싹 긁어모아 천 명 넘게 와서 바글댔다.

우선 잘못 걸린 배다리를 빼내야 했다. 격군 중에 잠수꾼들이 물속을 들락날락했다.

"전복 딸 때는 잘도 따더니 그거 하나를 못 뽑아내냐!" 응원과 격려를 해도 꼭 듣기 나쁘게 하는 놈이 있었다.

배다리를 뽑아내고, 썰물 때를 맞았다. 푹 잠겼던 선체가 반쯤 드러났다.

사후선, 비선, 예선, 거룻배…… 배란 배는 다 떴다. 동아줄과 밧줄과 새끼줄을 부기선에 연결하고 작은 배에 탈 수 있는 대로 다 탔다. 헤엄 자신 있는 이들은 벌거벗고 뛰어들어 배 밑에 달라붙었다.

부기선 등불 밝힌 타루에 칠순 늙은이 부기선장 김윤하가 날아갈 듯했다.

배가 물속 언덕배기에 얹혀 있으니 어느 쪽으로든 끌어내려야 했다.

김윤하가 붉은 깃발을 오른쪽으로 내뻗었다. "우편, 힘을 쓰거라!"

오른쪽 조선인·왜인 모두가 "어기영차!" 내지르며 힘을 썼다.

큰 배가 꿈틀댔다. 사방에서 환하게 등불·횃불 밝히고 구경하던 이들이 환호했다.

"밥 먹고 그 힘을 어디다 썼나. 좌편, 힘을 쓰거라!" 늙은이가 악썼다.

"어기영차!" 왼쪽 울력꾼의 이구동성이 천지를 뒤흔들었다.

"모자란다, 더욱 쓰거라! 우편!"

"어기영차!"

"합심하니 얼마나 좋으냐, 힘을 쓰거라! 좌편!"

"어기영차!"

멀리서 보면 개미떼가 거북이를 흔드는 듯했다. 움찔하는 것에도 부산떨던 구경꾼이 시큰둥해졌다. 전후좌우 종잡을 수 없던 바람이 한쪽으로 맹렬히 불었다. 밀물로 바뀌었다. 배들이 모두 오른편으로 옮겨 잡아당기고, 물속에 든 이들은 모두 왼편으로 옮겨 밀었다. 포기하고 건성으로 힘쓰던 이들도 사력을 다했다.

김윤하가 피를 토하듯 "끌어라! 밀어라! 끌어라! 밀어라!" 구령

넣었다.

뱃머리가 돌았다. 잡아끌던 배 수십 척이 뒤집혔다. 부기선이 물 속 언덕배기를 벗어나 떠올랐다. 바다에서 육지에서 만세를 부르며 기꺼워했다.

부기선 격군이 잃어버렸던 집을 다시 찾은 이들처럼 날뛰며 배에 올랐다. 안에서는 격군이 노를 젓고, 밖에서는 이물 쪽에 동아줄과 밧줄을 촘촘히 연결하고 잡아끌었다.

개미떼가 거북이를 옮기는 듯했다. 선착장 근처 기슭에 안돈했다.

횃불 속에 드러난 배는 만신창이였다. 옆구리 판자때기가 거지반 사라져서 속이 훤히 보였다. 치목이 뽑혀나간 자리가 부서져 큰 구멍이 되어 있었다. 거기로 밀물이 들락날락했다. 수위가 차오르니 배 밑바닥이 물에 푹 잠겼다. 애처로운 낯꼴로 배를 바라보았다. 아이 잃은 부모처럼 땅을 퍽퍽 치며 통곡하기도 했다.

12월 5일

대마봉행과 축전주관료들이 대죄했다. 어제도 왔었다. 삼사는 내다보지도 않았다. 수역 최학령을 시켜 엄중히 꾸짖고 용서하지 않았다. 날이 밝자마자 또 온 것이었다.

"용서해주실 때까지 안가겠답니다."

"그저 용서해달라는 건가?"

"예선을 담당한 자는 반드시 사죄(死罪)를 받아야 하지만, 자기들은 맡은 바가 각기 다르다는 겁니다."

"한 사람에게 모든 책임을 씌우겠다는 건가?"

"축전주가 지금 강호에 있습니다. 영접관이 예선을 잘못 등대한 일을 자기네 태수에게 알렸고, 대마주도 예선을 잘못 등대한 일 때문에 복선을 빌려 주자는 뜻으로 동무에 보고했습니다. 예선을 담당한 자는 중죄를 입을 것입니다."

"대체 정확한 까닭이 무엇인가. 예선이 왜 아니 나온 것인가?"

"대마주와 축전주 간에 알력과 갈등이 사사건건 많은데, 그로 인해 빚어진 혼선 같습니다. 어떻게 된 것이냐면……."

수역 최학령이 나름대로 알아보고 추리한 것을 세세히 설명했으나 삼사는 잘 알아듣지 못했다.

"예선 담당자는 참수 되는가?"

"아마 뇌물을 써서라도 자결하려고 할 겁니다."

"그건 또 무슨 소리인가?"

"왜인의 법은 죽을죄를 범한 자라도 자결하면 그 직을 세습(世襲)할 수 있습니다. 자결하지 않고 형벌을 받으면 그 자손까지 영영 폐출됩니다. 자결로 죽을 수 있다면 명예와 가업과 가족을 지키는 것이지요. 형벌을 받게 되면 모든 것이 끝장나버리게 됩니다. 아마 자기들끼리는 얘기가 다 되었을 겁니다. 혼자 책임을 지고 죽되 모두 합심하여 자결할 수 있도록 돕기로 말입니다. 뇌물도 오갔겠지요."

이인배: "해괴하고만."

죽을죄를 지으면 구족까지 몰살 시키는 나라의 법이 더 해괴하지 않은가. 최학령의 안셈이었다.

"쉬이 용서해줄 일이 아니잖은가."

종사관: "대마주와 축전주가 빌러 올 때까지 기다리시지요."

이인배: “자결 예정자도 와 있나? 얼굴 한 번 보고 싶고만.”

12월 8일

사문사는 남도에서 만난 유생 중에 가메이 난메이(龜井南溟, 21세)를 주목했다. 군계일학의 젊은이였다. 칭찬과 격려를 아끼지 않았다. 이언진 또한 필담하는 자리에 끼어 있다가, 가메이를 보고 한눈에 매혹되었다. 이언진은 대마간사관에게 부탁하여 난메이가 제 방에 찾아오게 했다. 찾아와준 게 고마워서일까, 잔뜩 치켜세우는 글을 써보였다. 젊은 동지애 같은 것을 느꼈는지도 모른다. 난메이는 자기보다 두 살 많은 중국말 조선역관을 가만히 쳐다보다가 썼다. 지나친 칭찬은 부담스럽지만, 좋은 얘기를 많이 나눠보자는 내용이었다. 둘은 필담을 오래 나누었다. 둘은 주로 문장을 이야기했다.

조선이나 왜국이나 좋은 문장의 전범을 중국에서 찾는다. 주자님을 거부하는 자들은 주자 이전의 문장으로 아예 공자님 이전의 문장으로, 그러니까 옛날의 문장으로 돌아가야 한다고 해서 고문파(古文派)라고 불렀다. 중국 고문파의 쌍벽이 이반룡(李攀龍, 1514~1570)·왕세정(王世貞, 1526~1590)이었다. 이반룡은 옛날의 문장에서 자구를 발췌하여 재구성하는 방식을 즐겼다. 박람강기 저술 혹은 짜깁기의 달인이었다. 이반룡을 추종하는 자들을 박람강기파라고 한다면 왕세정은 말 그대로 자유분방파였다. 조선 성리학 문장가들은 이반룡이니 왕세정이니 이름도 못 들어보고 평생을 살게 되고 혹시 그들 무리의 글을 보게 되면 ‘이 사문난적들!’ 하기 마련이다. 역관이라는 신분 때문일까? 성리학적 풍토에서 자유로웠던 이언진은 조선의 몇 안 되는 고문파 중의 한 사람이었고 그중에서도 자유분방파였다. 반면에 왜국은 고문파에 열광하되 박람강기파가 대세였다.

박지원 같은 이는 고문파마저 깔보았다. 꽉 막힌 성리학적 글쓰기에서 자유롭다고는 하나 그래 봐야 고문에 지극히 의지하는 것 아닌가. 박지원은, 순정문체파(성리학적 문장파)든 고문박람강기파든 고문자유분방파든, 중국 문인의 구절을 조금이라도 빌려온 것은 모두 한심하게 봤다. 박지원이 이언진의 시에 '자질구레하고 자질구레하다'고 한 까닭이다.

이언진은 문장의 자유분방을 주장했다. 난메이는 지나친 자유분방을 경계했다. 양국의 두 귀재는 생각의 차이를 확인했다. 생각이 달라서 그런 것은 아니겠지만, 그 후 난메이는 이언진을 찾지 않았다.

사문사는 정통 성리학자인 양 사유하고 글을 썼지만, 생각과 몸이 달랐다. 어느 정도는 자유분방했고, 박지원만큼 확고하지는 않았으나 줏대 있는 조선문장에 집착하고 있었다. 훗날 북학파에 포함되지는 않지만 북학파의 건실한 선배들로 거론될 만큼 실학파적인 기질도 있었다.

난메이는 아비뻘 연배의 조선 선비들에게 뭔가를 하나라도 더 배우고 싶어했다. 자기 또래 귀재와의 치기 어린 토론에는 관심이 없었다. 난메이는 날마다 사문사를 찾아 그들의 충성스럽고도 사랑스러운 제자 노릇을 했다.

12월 9일

비가 쏟아졌다. 남도에서 배 한 척을 내주었다. 남도에서 가장 크고 좋은 배라고 하는데, 좋고 나쁜 것은 타봐야 알겠고, 조선배 중에 제일 작은 삼복선보다도 작았다. 이복선이 이기선으로 승격했다. 남도 왜선이 이복선이 되었다.

일·이방에서 곁방살이하던 원역이 새 이기선에 짐을 옮기고 방을 정돈했다. 대개 육지 숙소를 쓰고 있었지만 배에 제 방이 있고 없고의 차이는 컸다. 본래 이복선에 방이 있던 급수 낮은 원역은 왜선으로 이사했다.

사공·격군은 바꾸지 않았다. 원래 이복선의 뱃사람들이 그대로 새 이기선을 책임지게 되었다. 혹시 왜선으로 옮기라고 할까봐 걱정하던 이들이 흐뭇해했다.

"역시 순리대로구만. 우리가 이 배를 가장 잘 알지 않는가? 우리가 계속 몰아야지."

"나는 좀 떨었어. 우리를 왜선으로 내칠 줄 알았지."

"만약 그렇게 하면 나는 궐기하려고 그랬어. 우리 배를 뺏길 수는 없잖아."

"걱정도 팔자다. 높은 분들이 괜히 사신이냐? 머리가 있으니까 사신도 하는 분들이다카이. 사리분별은 할 줄 아는 양반들이라고."

폐선 된 이기선 뱃사람들은 왜선으로 옮겼다. 패잔병 같았다.

"할 말 없지. 우리는 배를 날려먹은 등신들이잖아."

"제길, 파선한 게 뭐 대수라고. 우리가 잘못한 것도 없는데."

"왜놈 배는 왜 이냥 작냐. 이따위 것을 배라고 내놓은 거야?"

"집 잃은 개가 따로 없다카이."

"이복선 놈들 벌써부터 으스대는 것봐. 더러워서, 에잇 퉤!"

"정신 차려, 인제 우리가 이복선 놈여."

기선 탔다고 복선 탄 이들을 상대로 잘난 체하고 멸시하고 같지 않은 유세깨나 부렸던 이들은 앙갚음이 두려운가보았다.

정사 조엄이 근심했다. "선장은 어찌해야 할까요? 변탁이 선장 된 지 얼마 안 됐는데, 통솔이 쉬울는지. 김윤하 늙은이를 어찌해야 할지도 갑갑하오. 선장의 책임을 묻기도 그렇고 전혀 안 묻기도 그렇고. 부사 소속이니 부사께서 결정하시지요."

"지켜보니 변탁이 과연 인재입니다. 앞으로도 잘 이끌 것입니다. 변탁을 새 이기선 선장으로 하겠습니다."

조엄과 종사관이 동의했다.

이인배가 한탄했다. "부서진 배는 끝내 고칠 수 없을 듯합니다. 밑바닥 물을 퍼내자마자 곧 새어드는 형세니……."

종사관이 위로했다. "어쩔 수 없는 일입니다. 인제 그만 배를 잊으시고 나아갈 길을 염려하시지요."

"우리나라 기물인데, 마치 오래 타고 다니던 병든 말을 다른 나라에 버리고 가는 것과 같아 참으로 안타깝습니다. 저들이 실력이 있을까 저어되기도 합니다. 여기서 우리가 직접 개조하면 어떻겠습니까. 통사 한 명만 붙여, 선장 김윤하와 사공·격군 20명만 남겨둔다면 충분하지 않을까요. 도선장 말을 들어보니 왜인이 인력과 재목만 도와준다면 능히 가능하답니다. 사행단이 돌아올 때 다시 탈 수 있을 거라고 자신하더군요. 앞으로는 바다가 안전하다니 사공들이 덜 가도 될 테고요."

조엄이 반색했다. "고견이오. 그렇게 할 수만 있다면야 더 무얼 바랄까요."

수역 최학령이 왜인에게 달려갔다.

〈그렇게 하실 필요 없습니다. 우리가 개조해서 바칠 테니, 한 사람도 남김없이 다녀오소서.〉 수역이 이런 대답을 듣고 왔다고 해서 삼사가 쉬이 믿지 못했다.

곧 말이 확 바뀐 전갈이 왔다.

〈배가 후일 조선에서 어떤 용도로 쓰일지 모르니 만들어 바치기 어렵습니다. 복선을 이미 빌려다 바쳤으니, 또 새로 만들 필요가 있는지 의문입니다.〉

"별 웃기는 작자들 아닌가. 우리가 만들어 바치라고 했는가? 저희가 만들어 바친다고 했지. 우리는 그저 도와달라고 했을 뿐이다. 도와는 주겠다는 건가 말겠다는 건가?"

수역 최학령이 다시 왜인들을 만나고 왔다.

"배의 보수는 할 수 있으나 개조는 결코 담당할 수 없답니다. 그리고 한 사람도 남기면 결단코 안 된답니다."

삼사는 수역 이명윤과 현태익 등을 또 보내어 왜관료들을 데려오게 했다.

〈개조해달라는 것도 아니고 우리나라 사람들이 개조하겠다는 건데 왜 안 된다는 거냐?〉

삼사가 번갈아 꾸짖어보았으나, 왜관료는 저희 다이묘에게 무슨 엄명을 받았는지, 송구하다는 말만 되풀이했다. 확실한 보수를 다짐받는 것으로 그칠 수밖에 없었다.

부사 이인배가 쓴 미소를 지었다. "어쩔 수가 없군요. 김윤하 늙은이를 그대로 쓰겠습니다."

김윤하는 이복선장으로 낮아졌다.

배를 꺼낸 뒤에도 죽여달라고 시끄러운 늙은이였다. "아이구, 아니 될 말입니다. 배를 망친 놈이 또다시 선장이라니요. 누가 제 말을 듣겠습니까. 차라리 죽는 게 낫다니까요."

부사 이인배가 버럭 성을 냈다. "그만하게! 자네 말대로 백의종군하란 말이야. 내가 알기로 뱃사람들은 의리를 소중히 한다며? 왜선으로 쫓겨난 사공·격군을 누가 책임질 수 있단 말인가? 다른 배에서 선장을 뽑아 보내면 그들이 환영하겠는가? 쫓겨난 이들 중에서 뽑아 세우면 통솔되겠는가? 내가 알아. 다들 영감을 친부처럼 믿고 따른다는 걸. 영감이 아니면 안 되는 상황이야. 다시 한번 내 앞에서 죽겠다고 뻗대면, 조선으로 돌려보내겠네!"

새 이복선장 김윤하는 새 이복선 뱃사람들을 모았다. "면목 없게 되었네. 이왕 이렇게 되었으니 더는 내 죄를 빌지 않겠네. 뻔뻔하게 자네들을 닦달하겠네. 앞으로는 아무 일 없도록 잘해보세. 우리가 원래 타고 왔던 배가 두 번째로 크고 좋은 배였으나, 이제 우리가 탄 배는 여섯 척 중에 으뜸 작고 나쁜 배네. 우리가 이 배를 무사히 이끈다면 조금이라도 깎인 체면을 만회할 수 있잖겠나. 부탁하네."

김윤하는 모두를 향해 큰절까지 올렸다.

대개 투덜대었다.

"뭐 그렇게까지 푼수를 떨까이? 혼자 멋있는 척한다카이."

"감동 먹겠다. 저 똥감태기, 지나쳐! 지나침이 심해."

"아니, 뭐 고래 잡으러 가는 것도 아니고 세곡 운반하는 것도 아니고 위험한 데는 다 건너왔다며? 앞으로는 있을 일도 없다는 건데 뭘 잘해보자는 겨."

"체면 같은 거 없어요."

12월 12일

남도에서는 격군에게까지 숙소를 제공했다.

"이게 금침 맞지? 내 죽을 때까지 비단요 깔고 비단이불 덮고 자볼 일이 있을 거라곤 꿈도 못 꾸었는데, 횡재구만, 횡재여."

"잠이 솔솔 와."

"이불이 그래서 그런가? 만날 거시기하는 꿈만 꾸네. 아이구, 마누라야, 네 맛이 참 그립다."

격군은 배 나뭇바닥에서 거적때기나 삿자리 깔고 잤었다. 덮을 것은 없을 때가 다반사였고 때 전 무명천이라도 주면 호강으로 쳤었다. 여기서는 땅 숙소라 그런지 맨 아랫사람들에게까지 비단요와 비단이불이 지급된 것이다.

격군 추상우는 원래 일기선을 탔었는데, 부산으로 돌아가게 된 사람 대신 삼기선으로 옮겨졌다. 추상우는 남다른 생각을 했다.

"이보게들, 이부자리를 가져가고 싶지 않나?"

"어디로?"

"우리 고향으로."

"조선에?"

거지반 어이없어했다. 놓아둘 것은 놓아두고 받은 것은 돌려줘야 한다는 것쯤은 다 알고 일었다. 죽 그렇게 해왔다.

"미쳤는갑네. 삿자리도 아니고 비단을 어떻게 가져간대?"

"우리한테 줬잖아."

"준 건가? 손님 접대한 거지. 우리가 손님 왔을 때 이부자리 깔아주면 그 이부자리를 준 건가? 말도 안 되는 소리. 도둑놈 심보고만."

"이미 우리가 이부자리를 껴안고 잔 것이 열흘이네. 내 불알이 이부자리가 제집인 줄 알아. 거의 우리 몸뚱이나 마찬가지일세. 그리고 이 이부자리를 대체 어디다 쓴단 말인가? 빨아서 다시 쓴다고? 우리 냄새와 때와 침과 좆물이 잔뜩 배었어. 빤다고 빨아지겠나. 숯검댕이나 마찬가지라고. 왜놈들은 이걸 태우거나 버릴걸. 그럴 바에야 우리한테 달라는 거지. 앞으로 갈 왜놈 고장마다 이토록 쌈박한 이부자리를 준다는 보장이 어디 있나? 또 맨바닥에서 삿자리나 깔고 잘는지. 그에 대비해서라도 가져가면 좀 좋나."

미친놈이 미친 소리 하네! 쳐다보다가, 시나브로 솔깃해졌다.

"달라면 주나?"

"달라고 해봐야지."

"누구한테? 왜놈들한테? 전례가 있나?"

"해서 내가 김국창이를 오라고 했지."

김국창에게 시선이 쏠렸다. 15년 전에 소동으로 갔었고 이번에는 격군으로 가는 김국창이 추상우를 째렸다. "난 또 뭐 먹다 남은 고귀마라도 주겠다고 부르는 줄 알았네."

"말만 잘하면 이걸 주지." 추상우가 이불 속에서 꺼낸 것은 호리병이었다. 어떻게 구했는지 모르지만 그것이 틀림없었다.

김국창이 침을 꿀꺽 삼켰다. "내가 왜국 다녀온 것을 밝힌 이후로, 입 달린 것들이 죄 별 되지도 않는 것까지 물어봐서 정성껏 대답해주느라고 아주 고생했지. 대마도에서 묵새길 때부터는 묻는 놈이 없더군. 지들도 이제 다 알겠다는 거지."

"전례가 있냐니까!"

"하도 간만에 질문받아서 당황스럽단 얘기야. 그러니까…… 무슨 전례? 뭘 묻는 건지 모르겠는데?"

"왜놈이 준 걸 가져간 게 있느냐고! 부산땅에 도착했을 때 왜놈이 준 게 짐짝 속에 들어 있었냐고!"

"있었지. 난 소동이었다니까. 소동이 여기서는 심부름꾼 아이에 지나지 않지만, 본토에 가보라고. 행렬할 때 소동이 제일 인기야. 사방에서 선물이 들어오지. 선물을 가져오지, 놓아두고 오나? 그때 받은 선물 생각하니 눈물이 나려고 하네. 먹고사느라 다 팔아먹었거든."

"이부자리는? 이부자리도 가져왔나?"

"문사, 화원, 사자관 어르신들이 선물 참 많이 받았지. 그분들 글, 그림, 글씨 받으려고 안 보이는 데까지 줄을 섰거든. 거, 최북(崔北)이라는 화원 있잖아. 최칠칠이라고 한다는 술고래 화원. 그 그림쟁이 혼자 받은 선물이 다섯 궤짝이었다니까. 그걸로 지금까지 술 처먹고 있다잖아."

"이부자리 말이야, 이부자리!"

"모자란 놈아. 이부자리가 선물이냐?"

"선물이면 가져가도 된다는 거지?"

"무식한 것들!" 하고 김국창은 가버렸다.

추상우는 기연가미연가한 이들을 끈덕지게 설득했다. 모든 일은 자기가 알아서 할 테니 뜻만 모아달라고 했다. 추상우는 다른 배 격군들도 찾아다니며 감언이설로 꾀었다.

12월 15일

흐리고 차가웠다.

새벽에 망궐례를 행했다. 뜰이 넓어 원역이 다 참여했다. 면탕(麪湯, 뜨거운 밀국수) 한 그릇씩 먹었다.

왜선이 치목 3부를 실어왔다. 부산에서 보낸 것이다. 종놈들이 바삐 뛰었다. 함께 온 공·사적 편지를 찾기 위해서.

왜인이 통사를 통해 전했다. 〈편지 없어. 편지 실은 배는 대마도에서 어제 아침에 떠났소. 그 전 서봉(書封)은 먼저 비선 편에 이미 부쳤고.〉

"다 깜깜무소식이야. 아무 배도 안 왔다고!"

〈적간관(赤間關)에 바로 갔거나, 표류하다가 다른 포구에 정박했을 거요. 큰 배도 위험한데 비선은 얼마나 위험하겠어. 조선에 별일 없고 높으신 분들 댁네에 별일 있다는 전언도 듣지 못했으니, 별걱정들 하지 말라고 전하세요.〉

종놈이 고하자, 주인나리들은 낙심천만한 낯빛으로 어두워졌다.

조엄이 당상역관 최학령에게 물었다.

"돌려보낸 다섯 사람의 양료(糧料)를 감(減)해야 하지 않겠나?"

"그런 데까지 마음을 쓰십니까?"

"찜찜하네."

"원래 격군 수가 부족했습니다. 이번에 다섯의 양료를 감한다면, 교활한 저들은 다음 사신행 때 반드시 준례로 삼아 격군 5명을 영영 감할 것입니다. 후일에 관계되니 감하기 어렵습니다."

"계속 없는 이들 것까지 받자는 건가?"

"저들이 사신을 보내올 적에도 그렇게 합니다. 동래에서 저들에게 일공을 먹이는 데도 정해진 바가 있잖습니까. 왜의 격군 수가 모자라도 먼저 돌아간 자가 있어도 하나같이 원래 수대로 양료를 주었습니다. 사또께서도 동래부사로 계실 때 그리하셨잖습니까? 양국의 사례(事例)가 다를 수 없습니다."

"그런가……."

조엄이 마땅치 않은 기색인데, 부사 이인배와 종사관 김상익이 들어왔다. 함께 의논하니 두 사람도 당상역관과 같은 의견이었다.

부사가 허허 웃었다. "사또께서는 왜인을 배려하심이 지나치십니다그려!"

"내가 동래부사로 있을 적에 보니, 고장 인민에게 지공이 참 괴로운 것이더이다. 왜국이나 조선이나 인민이 지공하는 괴로움은 똑같을 것이니…… 더 받는 다섯 명의 일공은 어찌 쓰고 있소?"

종사관: "일단 모아두고 있습니다. 그렇지 않아도 두 분께 의논드리고자 했지요."

최학령: "전례가 있습니다. 도훈도·복선장은 맡은 바가 긴요한데 중관의 열에 들었고, 급창(及唱)은 밤낮 노고가 큰데 하관의 줄에 있지요. 하여 그들에 별도의 양료를 주었다는 것입니다."

이인배: "그렇군. 그들이 일이 많은 게 사실이지…… 그들에게 더 준다고 해도 시비하는 이는 없을 것입니다."

조엄이 좀 생각하더니 새 의견을 내놓았다. "이건 어떻겠소? 하는 일은 많은데 양료를 조금 받는 우리 사람들은 여비 중에서 더 주고, 부산에 돌아가서 후한 상을 더해줍시다. 우리 일방 여비에서 내겠소."

종사관: "허면?"

"우리 배들에 타고 있는 왜인이 많소. 통사·금도·사공 등 6선(船)에 늘 있는 자가 30인에 가까워요. 저들의 양료가 따로 안 나올 때가 잦아 우리가 먹이는 형편이오. 부기선에 실린 양미 30여 석이 다 침수되어버렸으니 우리도 양식을 저축해야 하오. 내보낸 격군의 양료를 왜인의 양식으로 돌리면 양쪽이 편리하지 않을까요?"

부사 이인배가 껄껄댔다. "졌습니다, 졌어. 그 자애로움에 할 말이 없습니다. 그렇게 하시지요. 당상, 그리 조처할 수 있겠소?

종사관: "여부가 있겠습니까. 관례는 지켜내면서 편치 않은 마음을 저들에게 베푸는 형국입니다."

격군 150여 명이 마당에 앉아 있었다. 각 배별로 무리 지었는데 두려운 낯빛이었다. 관아 장교·나졸 것들과 아옹다옹해본 전력 가진 이가 서른은 되었고, 농기구 들고 관아까지 쳐들어갔던 민란 경험자도 대여섯은 되었지만, 나머지는 평생 공권력에 벌벌 떨기만 해왔다. 대수롭지 않게 여기고 모였는데, 군관·도훈도·나장·나졸이 육모방망이 곧추들고 빙 둘러싸서 욕지거리해대자 얼어붙은 고드름 똥이 되었다.

추상우 혼자 용감무쌍했다. "왜들 이러시오. 우리는 그저 연좌로 아뢸 말씀이 있어서 그러오."

"발칙한 놈아, 할 말이 있으면 도훈도나 선장에게 말해야지."

"말했소. 그들이 귓등으로 들으니까 할 수 없이 이러는 거요. 이렇게 떼거지로 나서야 우리 말을 들어주실 것 같아서."

선장·도훈도가 붉으락푸르락했다. "말 같은 말을 해야 윗전에 전하지!"

일방 병방군관 김상옥이 꾹 짚었다. "네놈이 주모자냐?"

"그렇소."

"그래, 한번 들어나보자."

"사또께 직접 아뢰고 싶소."

"간 큰 놈일세."

"비장께서 진실로 전해주실지 믿을 수 없으니 그러오."

김상옥이 언덕을 고갯짓했다. "벌써 보고 계시다."

"그러면 말하리다. 이불과 요를 가져가고 싶소."

"무슨 소리냐?"

"왜인이 우리에게 준 비단이부자리 말이요. 전례에 선물로 준 것은 고국에 가져갔다는 말을 들었소. 우리는 그 이부자리를 선물 받은 거로 여기오."

"기생집 가봤나?"

"기생집도 못 가본 팔푼이로 보이오?"

"기생하고 뒹군 이부자리도 선물로 달랄 놈이구나."

"주면 좋지요."

"주더냐?"

"어떤 미친 기생이 이부자리를 주겠소."

"네가 하는 소리가 그런 미친 소리 아니냐."

누가 맨 처음 웃었는지 모르겠으나, 삽시간에 다 웃었다. 심지어 뜻을 모았다고 함께 나앉았던 격군도 거의 웃었다. 포위하고 있던 이들도 웃었다. 추상우도 피식 웃었다.

뜻이 강력하지 않으면 모았더라도 쉬이 흩어지기 마련이다. 애초에 합하기 어려운 뜻으로 모았던 연좌다. 하나둘씩 자리를 이탈하다가 우르르 빠져나가 구경하는 무리에 끼었다.

추상우와 종도리 둘만 남았다.

종도리가 주먹을 꽉 쥐었다. "성님, 나는 의리를 지킬 것이우."

추상우가 종도리를 떠다밀었다. "가, 인마!"

김상옥이 어찌해야 할까 갈등하는데, 이매가 뛰어왔다. "잡아오라시네."

추상우는 삼사 앞에 꿇렸다.

구경나온 원역이 다 웃었다.

"소인 정말이지 이해할 수가 없습니다. 우리가 열흘씩이나 덮고 잔 이부자리를 가져가겠다는 것이 왜 웃긴 겁니까?"

조엄: "네가 제정신 가진 놈이냐?"

"소인 나름대로 똑똑한 놈이라고 자부합니다."

"그러냐, 그럼 부산에서 내가 내건 약속조를 욀 수 있겠느냐?"

"당연하오." 추상우는 헛기침하고 7항목을 좔좔 외웠다.

"그중에 어느 항목을 네놈이 위반했느냐?"

"잘 모르겠소. 배 움직일 때 소인은 늘 엄숙하였소. 소인은 상·중관을 업신여긴 적이 없소. 소인은 노장(老長)을 무시한 적이 없소. 소인은 동무들과 괴로움을 같이했소. 서로 아끼고 감쌌소. 동무를 아끼고 감싸는 마음이 커서 이렇게 나선 것이오. 동무들이 이부자리 한 채씩 가져가면 얼마나 좋겠습니까. 다투거나 속인 적도 없소. 왜인을 헐뜯고 비웃은 적도 없소. 왜인이 보기에 해괴한 짓도 하지 않았소."

"그거다. 네놈은 지금 해괴하다. 해괴하기 이를 데 없다."

"이해할 수 없소!"

"원역을 효유한 글도 있었느니라!" 조엄은 이게 다 원역들이 아랫것들을 제대로 단속하지 못해 생긴 일이거니 싶었다. 다들 들으라고 외웠다. "각 관소(館所)의 병석(屛席)·기명(器皿)·유장(帷帳)·집물(什物)은 일절 더럽히거나 부수지 말고, 혹시라도 몰래 가져가는 자가 있으면 각별히 중곤(重棍)할 것!"

원역들은 상기하고 반성하는 낯빛이었으나, 추상우는 고개를 빳빳이 쳐들었다.

"그런 얘기는 처음 듣소. 내가 원역이 아니어서 못 들었나보우."

이매가 버럭 소리를 질렀다. "뭐, 저런 말종이 다 탔누."

부사 이인배가 웃었다. "용서하지요. 정상이 아닌 놈 같습니다. 그래도 저놈이 먼젓번 일기선이 위기였을 때 용감했던 놈이랍니다."

조엄도 어렴풋이 기억나는 듯했다. "……물러가라. 가서 의원에게 진맥이나 받아봐라."

"이부자리를 주십쇼!"

"물러가라니까."

"이부자리를 주십쇼!"

"저 소리를 그만둘 때까지 곤장을 쳐라!"

추상우는 '이부자리를 주십쇼!'를 열다섯 번 더 외쳤다. 곤장 열다섯 대째를 맞고 입을 다물었다.

몸소 곤장 때리던 서유대가 씩씩거렸다. "왜 더 해보지?"

추상우가 울먹였다. "너무 아프오……."

종도리는 추상우를 벗겨놓고 피떡이 된 엉덩짝을 닦아주었다.

"성님, 증말 미쳤수?"

"참새들이 대붕의 뜻을 어찌 알겠느냐!"

"대붕은 또 뭐하는 붕유?"

"무식한 놈, 내가 참말로 이부자리가 탐나서 그랬다고 생각하느냐? 내가 변산에서 비단침구를 열 채씩 깔고 덮고 했던 사람이다. 나는 이부자리 핑계로 시험을 해본 것이다. 격군 것들이 뜻을 모을 수 있는지, 우리가 개기면 양반짜리들이 어찌 나오는지, 떠본 거다."

"어련하시겠수."

"또 빌미가 생기면 제대로 시위를 해봐야지."

"또 개기겠다는 거유? 이 엉덩이가 과연 무사할라나."

"근데 이부자리는 정말 안 주는 건가. 못 가져가는 건가? 내 꼭 가져가볼 테다!"

추상우는 비단이불 자락을 움켜쥐고 악을 써댔다.

12월 16일

세 당상역관이 세 사또를 뵈러 왔다.

최학령: "말씀드리기가 송구하오나, 저희가 왜국 말에 달통하지 못합니다."

조엄: "양국의 말이 서로 통하는 것은 오로지 그대들 역관에게 의지하는 바다. 그대들 입만 보고 가는 길인데, 그런 허무한 말을 하는 연유가 뭔가?"

최학령: "저희가 최선을 다하고 있습니다. 나랏일에 어찌 게으름을 피우리까. 허나 말이라는 것은 한 나라 안에서도 고장마다 다르고 시시각각으로 변화하는 것입니다. 하물며 멀리 바다 건너 떨어진 나라 말이야 오죽하겠습니까."

현태익: "저희가 대마도와는 교류가 잦으니 그곳 말의 변화는 따라잡고 있습니다. 한데 일기도와 남도에서부터 확연히 말의 차이를 느낍니다. 한양 사람들이 제주도 말을 거의 알아듣지 못하는 것과 같습니다. 이제 본토에 상륙하면 소통이 더욱 어려워질 듯합니다. 미리 사죄드리옵니다."

이인배: "어이없는 사람들이군."

이명윤: "저희가 본토 왜인의 말을 대략은 알아들을 것이나, 세세한 것은 대마도 왜통사가 거들어줘야 원활하게 될 것입니다."

조엄: "한심한지고."

이명윤: "변명을 하옵자면, 왜학(倭學)의 생활이 요즘 와서 더욱 쓸쓸하고, 조정의 권징(勸懲)도 근래에 허술하기 때문입니다."

조엄: "그대들이 좋은 대책을 강구한다면 조정에서 몰라라 하겠

는가?"

현태익: "하여 아뢰러 온 것입니다. 사후약방문격이나 대비하고자 합니다.

이인배: "아무려나, 자네들이 그저 왔겠나. 어서 말해보게."

최학령: "물명(物名)을 왜어(倭語)로 적은 책은 역원(譯院)에도 있으나, 그것을 차례차례 번역해 베끼기 때문에 오류가 많고, 또 저들의 방언이 혹 고쳐진 것도 있어 옛날 책을 다 신빙할 수 없습니다. 이번에 왜인을 대할 때 그 오류를 바로잡아 완전한 책을 만들어내어 익히면 방언과 물명을 환히 알 수 있습니다."

현태익: "물명을 왜어로 적은 『통문관지通文館志』가 벌써 40여 년이 되었고, 『첩해신어捷解新語』는 백수십 년 전 책입니다."

종사관: "새 교과서를 만들겠다는 것인가?"

이명윤: "그렇습니다. 저희 역관 젊은이 중에 인재 두엇이 있습니다."

최학령: "하오나 남의 나라말을 책으로 엮는 일은 중대한 외교문제를 초래할 수도 있어 저희 마음대로 할 수 있는 일이 아닌지라……."

조엄: "당연히 해야 할 일 아닌가!"

세 당상역관이 감독하고, 압물통사 현계근(玄啓根)·유도홍(劉道弘)이 교정관이 되어 책을 만들기로 결정이 되었다.

27년 후(1790, 정조 14)에, 최고의 일본말학습서 『인어대방隣語大方』이 간행된다. 편찬자는 왜학 당상역관 최기령(崔麒齡)이다. 최기령의 큰형이 바로 지금의 수역 최학령이다. 이번 통신사의 교정 노력이 수십 년 뒤에야 빛을 보게 되는 것이다.

12월 17일

바다를 건너온 후 으뜸 살벌한 추위였다. 처음으로 동이의 물이 얼었다.

군관 김상옥이 격군을 한자리에 모았다. 각자의 짐바구니를 가지고 집합하라는 것이었다.

"이런 제밀할! 이부자리 달라고 연좌한 까닭이군. 한 놈 팬 거로 끝난 게 아닌가? 양반짜리들 뒤끝 무섭네."

추상우가 주창할 때 적극적으로 나섰던 이들은 유독 겁을 먹었다.

"밀무역이 걱정돼서 그럴걸."

수상한 물건을 가진 이들은 숨기느라고 법석을 떨었다. 군관 임흘이 도훈도 최천종·문두흥·정윤복(鄭潤復, 35세)과 짐바구니를 일일이 검사했다. 의심 가는 물건이 있으면 꼬치꼬치 캐물었다.

열두 명이 뽑혔다. 두 사람만 자기가 뽑힌 까닭을 넘겨짚었다. 추상우는 그제 때린 거로 모자라서 또 때리려나보다 했다. 종도리는 추상우를 끝까지 편들고 간호한 까닭으로 짐작했다. 죄인지는 모르겠으나 추상우랑 함께 당하는 일이라면 아무래도 상관없다고 편히 마음먹었다. 열 명은 도무지 자기들이 왜 뽑혔는지 몰랐다.

"소인은 아무 죄도 안 지었소."

"그러잖아도 춰 죽겠는데 생누명을 쓰니 백곱절 춥네."

"이것 보셔. 내 짐바구니에는 먼지밖에 없소. 내가 뭘 훔쳤다는 게야."

김상옥이 시끄러운 열둘을 끌고 간 데는 도척들이 묵는 숙소였다.

예방 노릇하는 자제군관 이매가 으르렁댔다. "이놈들, 솔직히 고하지 못할까. 어째서 네놈들은 발가숭이나 다름없는 것이냐?"

열둘에게는 공통점이 있었다. 여름도 아닌데 얇디얇은 삼베옷 차림이었다. 그나마 찢어지고 구멍 난 데가 숱해 넝마나 다름없었다. 시커먼 속살이 훤히 보였다. 열둘은 거울을 바라보듯 서로 쳐다보면서 쉬이 말을 못 했다.

이매가 다그쳤다. "괴이한 놈들 아니냐. 나라에서 너희들에게 옷을 주었잖느냐?"

은으로 노자를 빌려주지는 않았지만, 부산에서 옷 서너 벌을 지을 수 있는 무명과 버선·짚신·식기 등을 지급했다.

김태년(金太年, 40세)이 마지못해 대답했다. "식구에게 싹 주고 왔소."

"경칠 놈아, 나라에서 준 걸 왜 식구에게 준단 말이냐?"

"식구들이 굶어죽을까 봐 걱정됐소. 부산에 머물 때도 미리 받은 환곡으로 겨우 먹였소. 그거라도 팔아서 입에 풀칠하라고……."

김태년은 상인들에게 밀매 약조격으로 받은 돈과 양식과 의류마저도 식구에게 싹 주고 왔다. 오로지 밀매품만 지니고 배를 탄 것이다.

"머저리 놈아, 받은 걸 다 주면 너는 어찌 왜국까지 간단 말이냐? 얼어죽을 테냐? 발은 어쩔 테냐?"

"왜국은 별로 안 춥다고 해서…… 뭐, 고국에서 되게 추울 때도 안 죽고 살았는데…… 짚신도 필요 없소. 내 발이 짚신이나 마찬가지오."

김태년이 발을 들어보였는데, 시커먼 돌멩이 같았다.

다른 몇몇도 식구에게 주고 왔다고 발명했다.

박지부동(朴之夫同, 28세)은 좀 달랐다. "빚쟁이가 대기하고 있다가 싹 뺏어가던뎁쇼."

박지부동은 장사치에게 받은 것까지 송두리째 강탈당했다.

"나라에서 내린 것을 빼앗아? 그 무엄한 놈이 누구냐?"

"빚쟁이 무서운 줄 전혀 모르시네요. 걔들은 야차(夜叉)예요."

도박하다가 옷가지를 다 잃은 이귀봉(李貴奉, 33세)은 솔직히 말하면 재미없을 것 같아 입을 떼지 않았다. 몹시 추위를 타는 동무에게 자기 것을 다 준 추상우와 종도리도 아무 말 하지 않았다.

"지질한 놈들 사연을 알아 무엇할까!"

이매가 문답놀이를 그쳤다.

도척들이 열두 격군의 치수를 재었다. 도척들은 요리사였지만 침선(針線, 바느질로 옷 따위를 짓거나 꿰매는 일)을 겸했다.

"대체 왜 그러는 거요?"

"늬놈들 땡잡았어."

윗사람들이 십시일반 했다. 마전한(생피륙을 삶거나 빨아 볕에 바랜) 무명 24척과 솜 1근씩으로 열두 벌의 옷을 짓기로 했다. 몇몇 원역이 허드레옷을 내놓아서, 당장 입을 옷가지도 쌓여 있었다. 열두 격군은 한 벌씩 골라 입었다. 추위가 싹 가셨다. 싱글벙글했다. 버선도 없고 짚신도 없는 김태년과, 짚신만 신은 안한돌(安汗突, 32세)은 버선도 한 켤레씩 받았다. 이매가 종놈 임금에게 시켜 헌 짚신 세 켤레를 가져오게 해서는 김태년에게 던져주었다.

살피러 왔던 조엄이 추상우를 발견했다.

"너는 안 끼는 데가 없구나?"

"그러게 말입니다."

"네가 재수가 좋구나. 왜금침은 얻지 못했으나, 우리나라 무명옷을 얻었으니."

"하온데 정말 왜금침은 가져갈 수 없는 것입니까?"

"네가 정녕 온전치 못한 놈이구나."

상하가 어우러진 웃음판이 추위를 다소나마 녹였다. 이 소식이 전해지자 격군은 태반이 놀라고 기뻐했다.

"해가 서쪽에서 떴나? 살다보니 양반짜리들이 상것 생각해주는 꼴을 다 보네."

"걔들이 참 거지같기는 했어. 불쌍한 꼬락서니 더 안 보게 돼서 다행이구만."

성질난 격군도 있었다.

"네기, 누구는 주고 누구는 안 주나? 내가 김태년이보다 낫게 입은 게 뭐야? 그놈이나 나나…… 여보게들, 우리도 달라고 궐기하세."

윗사람의 은혜에 감격한 자가 펄펄 뛰었다. "늬덜이 사람이냐? 늬덜이 나섰다가 우리가 얻은 것까지 도로 빼앗기면 나한테 죽는다!"

"추상우 엉덩짝 결딴난 것 못 봤나?"

"남이 뭐 생기면 배 아픈 법이라지만, 요런 것까지 배 아파하면 좀 거시기하지 않어?"

동조가 미약하여 흐지부지되었다.

추상우는 잠시 물렁물렁해진 마음을 다잡았다. "감격해서는 안 된다. 놈들이 베푼 것은 자기들이 많이 가진 것의 아주 조금이다. 떡 고물 한 점에 혹하여, 분노를 잊어서는 안 된다."

종도리가 픽했다. "거, 그냥 감사 좀 하면 안 되우? 고마운 건 고마운 거잖수?"

"맹추야, 이래서 우리가 평생 양반짜리들 개로 사는 것이다. 울분을 모아 싸워야 하는데, 어쩌다 던져주는 뼈다귀 한 개면 다시 금방 꼬리치는 강아지로 돌아가니, 한심하다. 한심해."

"그냥 좀 고마우면 고마워하슈."

"우리가 몇 번이나 일어서려고 했냐. 며칠 일공이 안 나와서 다들 배고플 때 몇 마디 하니까 다 벌떼같이 일어서려고 윙윙댔지. 양반짜리들이 그때마다 먹을 걸 던져주네. 지들 양식에서 여퉈낸 거라고 국 한 사발, 떡 한 보시기, 고기 한 점…… 그거 처먹고 일어설 생각이 다 사라져. 조변석개, 원숭이가 따로 없다!"

"고맙잖아요."

"미련퉁아, 애초에 우리한테 먹을 걸 넉넉히 줬어야 할 것 아냐. 왜 지들은 일공이 안 나와도 먹을 양식이 있고, 우리는 없는 건데? 그거에 대해 의심해봤어?"

"아뇨! 대가리 아프게 뭘 그딴 의심을 해? 주면 먹고 안 주면 굶는 거지."

추상우가 종도리에게만 그러는 것이 아니었다. 생각 좀 하고 살 것 같은 녀석으로 뵈면 넉살 좋게 달라붙어 떠들어댔다. 추상우의 속뜻을 건성으로라도 짐작해주는 이는 거의 없었다.

추상우는 혼자 답답해 환장했다.

12월 19일

격군 송차우(宋次右, 30세)는 닷새 전, 왜녀를 처음 보았다.

물 길으러 가는데, 스무 살쯤 돼 보이는 왜녀가 생글거리며 오라는 듯 손짓을 하는 게 아닌가. 추운 날 허연 허벅지를 내비치며. 가고 싶은 마음이 굴뚝같았다. 머릿속에 금제조 항목이 생생했다. 귀신 본 이처럼 달아났다. 다들 그런 왜녀를 본 적이 없다고 했다. 대낮에 정녕 귀신이라도 본 것인가? 자꾸만 왜녀가 그리웠다.

물당번을 도맡았다. 마침내 그녀를 다시 보았다. 길에 지키는 장교들이 없었다. 송차우는 지남철에 끌리듯이 왜녀에게로 갔다. 왜녀가 뒷걸음질쳐 대문 안으로 들어갔다. 송차우는 머릿속이 하얘지며 빨리듯 따라 들어갔다. 왜녀가 뭐라고 했다. 당신은 누구며 왜 왔느냐고 묻는 듯했다.

"조선 사람이야. 낭자가 오라고 했잖아."

왜녀가 손짓을 해가며 왈라왈라했다. 물 길으러 왔냐? 그렇다면 빨리 길어갖고 나가달라, 그러는 듯했다. 송차우는 두 물동이를 채웠다. 송차우는 왜녀의 손목을 덥석 잡았다. 왜녀는 비명을 지르지 않았지만 놀란 듯했다.

"낭자가 불러서 왔단 말야. 요새, 낭자만 그리워했어. 한번 보고 상사병에 걸렸다고. 어떻게 책임질 건데?"

왜녀가 빤히 쳐다보았다.

송차우는 소매 속에서 인삼 뿌리 한 오라기를 꺼내 왜녀의 입에 넣어주었다. 이게 뭐야! 놀랬던 왜녀의 얼굴이 환해졌다. 송차우는 왜녀의 방으로 들어가 회포를 풀었다.

송차우는 그 집을 나오다가 청도수 조순백(趙順白, 37세)에게 딱 걸렸다. "오사리잡놈 너 뭐냐? 죽고잡냐!"

"나리 살려줍셔. 물 뜨러 왔어요. 물 뜨러!"

송차우는 넘어지다가 물동이를 뒤집어썼다.

송차우는 짐작도 못 했던 일인데, 그 집에는 왜녀 말고 두 사람이나 더 있었다. 왜녀의 부모가, 조선 격군이 정말 물만 뜨러 왔다, 추위에 떨면서 힘든 일 하는 게 불쌍하여 물을 긷게 해주었다, 참말로 딴 일은 없었다고 변호해주었다. 꼭대기까지 보고되었고, 곤장 10도의 형벌이 내려졌다.

소동 임취빈은 송차우를 어떻게 구슬렸는지 상열지사까지 시시콜콜 들었다. 여기서는 음전한 심성들이 까무러칠까봐 공개할 수 없지만, 무슨 야담처럼 적어놓았다.

임취빈이 스승처럼 여기는 '광광 작가', 이기선장 변탁에게 물었다.

"수십 년 전에는 네 곱절의 이문을 남겼대요. 지금은 열 곱절 이문을 얻을 수 있다는 게 동래 장사꾼들이 모두 하는 얘기예요……금제조에 따르면 '인삼을 몰래 장사한 자'는 목을 베서 걸고, '무늬 놓은 비단을 몰래 장사한 자' '여인을 몰래 간통하여 무례한 짓을 한 자' '우리나라의 숨겨야 할 사정을 누설하는 자' '저 사람들한테 본토에서 나지 않는 물건 및 보물을 몰래 장사한 자' '갖가지 서책·병서 및 숨겨야 할 문자 따위 물건을 몰래 누설하여 사사로이 통한 자' '군기(軍器)를 몰래 팔고 산 자' '진주(眞珠)를 무역한 자' 등도 중한 처벌을 받게 되어 있지요…… 실제로 그런 자가 한 명밖에 없었을까요?"

"큰일날 소리를 하네."

"원역들이야말로 그런 일 하기가 쉽지 않나요? 왜인이랑 접촉하는 것도 거의 자유롭고……."

"이야기의 기본은 말이다, 두루뭉술함이야. 더러 있었으나 밝혀지지 않았는지, 밝혀졌으나 합심하여 덮었는지, 독자의 상상에 맡기는 것이지. 뭐든지 상고하여 쓸 필요가 없어. 쓸데없이 자세하면, 주제의식이나 깊이 혹은 문학적 울림이 아쉽다는 소리나 듣지."

"뜬금없이 주제의식은 뭐고 문학적 울림은 또 뭐래요?"

"내가 쌓인 게 많아서."

"암튼 금제조라는 게 있는 것도 따지고 보면 그런 일이 있으니까 있는 거 아닐까요?"

"나는 좀 알고 있는데, 요놈, 너도 좀 알고 있지?"

임취빈이 은근히 꾀었다. "하나를 알려주시면 저도 하나를 알려드리죠."

일기선 격군들이 도훈도 최천종에게 항의했다.

"왜 우리는 조금 주는 거요? 다른 뱃사람들에게 물어보니 좁쌀을 석 줌 받았다는데 우리는 두 줌 반밖에 안 되는 거냐고요."

"좁쌀만 이상한 게 아냐. 뭐든지 늘 모자랍니다."

최천종이 조사해보니 사실이었다. 일공 고지기 김두우를 심문했다.

다섯 대 맞고 김두우가 이실직고했다. "십일조를 바쳤소."

"십일조라니?"

"우리가 받은 것의 십분지 일을 여아이주께 공양하는 것이오."

최천종이 무슨 소리인지 못 알아듣고 멍했다.

박두엄이 분노하여 소리쳤다. "이놈, 하나님이 받아야 할 십일조를 가로채다니. 사이비답다!"

"여아이주 것이다!"

"하나님 것이다!"

"조용히 못 하겠나!…… 여아이주, 십분지 일을 바친다고? 그게 대체 무슨 소리냐?"

"일공으로 쌀 열 순갈을 받았으면 그중에 한 순갈을 여아이주께 드리는 것이오."

"하나님께!"

"왜 바치는데?"

"여아이주의 은덕에 감사하는 것이오."

"하나님, 저 사이비에게 천벌을 내리소서."

"저놈 아가리 좀 막아라."

격군 두엇이 달려들어 박두엄을 결박하고 입구멍에 걸레를 쑤셔 넣었다.

최천종이 김두우에게 다시 물었다. "십일조로 바친 것은 어디 있느냐? 여아이주인지 하나님인지가 처먹었느냐?"

"따로 모아두었소."

"그거 다행이군. 어디 있느냐?"

김두우가 말한 데서 찾아왔는데 여러 날 여러 사람 것을 여퉈 그런지 제법 양이 되었다.

"이걸 어째 쓰려고 그랬느냐? 너 혼자 다 처먹으려고 그랬어?"

"여아이주께서 일러주실 것이오. 어디에다 쓰라고 하명하실 거요. 기다릴 뿐이오."

"하명 안 하시면 네가 갖는 거냐?"

"하명하실 거요."

위에 보고 되었고, 김두우는 곤장 5도를 맞았다. 정신이 온전치 못한 게 확실하다 하여 덜 맞은 것이었다. 김두우는 고지기 자리에서 잘렸다.

일기선 격군들이 이구동성했다.

"하나님, 여아이주, 두 놈이 한배에서 개처럼 싸우는 꼴을 더는 못 보겠습니다."

"두 놈 때문에 제정신으로 살 수가 없어요."

최천종은 군관들을 찾아다니며 심각한 상황을 고했다. 둘을 내쫓아도 좋다는 허락을 받았다. 여아이주 김두우는 일복선으로, 하나님 박두엄은 이복선으로 옮기게 했다.

김두우가 일복선에서 들어오자마자 외쳤다. "동무들이여, 여아이주를 믿어 천국 갑시다!"

일복선의 주먹대장 오연걸이 김두우의 배때기를 뻥 찼다. "한 번만 더 여의준지 하나준지 떠들면, 죽는다!"

삼사는 저녁에 군관들의 방을 구경했다. 방과 벽이 겹치고 겹쳐 문으로 나오는 길을 분별할 수 없음이 마치 벌집 구멍과도 같았다.

자제군관 이매가 첩자지(帖子紙)를 바쳤다. "사또께서 비장청(裨將廳)에 나오시면 으레 옛날 풍습이 있습니다."

조엄은 첩자지에 먹을거리 품목 십여 종과 수량을 써주었다. 부사와 종사관도 마찬가지로 첩자지에 써주었다. 여러 군관이 배불리 먹었다.

이 소식을 빌미로, 격군 추상우는 동무들을 선동했다.

"들었나? 똑같이 개고생하는데 저것들은 수시로 건수를 만들어 처먹고 즐긴다. 우리한테는 어쩌다가 식은 밥덩이나 던져주고. 언제까지 참고만 있을 건가."

종도리가 초를 쳤다. "성님, 그만 좀 합시다. 다들 뭐라는 줄 아슈."

"뭐라는데?"

"하나님 외치는 박두엄하고, 여아이주 외치는 김두우라고 알죠?"

"그 지랄병들, 알지. 내가 보기엔 둘이 똑같은 놈을 다르게 부르는 것 같아."

"성님은 그 둘만 지랄병으로 알죠? 다들 지랄병으로 치는 놈이 하나 더 있어요."

"설마 나냐?"

"딱 맞췄수. 성님이요."

"병신들. 나는 오로지 제 놈들의 권익을 위해서 부르대는 것이거늘!"

"그러니까 작작 해두라고요. 아무도 성님 말을 듣지 않아요."

"대붕이 언제 참새 짹짹거리는 소리에 신경쓴다더냐. 나는 내 길을 갈 뿐이다."

남박(南泊, 미나미도마리)—12월 26일

두 나라 사공의 말이 모처럼 일치했다. 출발할 수 있다고. 일제히 닻줄을 풀었다.

부서기 원중거가 뭘 발견하고 소리쳤다. "저거 굴 아닌가?"

왜사공 말을 듣고 온 소통사 박상점이 떠벌렸다. "나리, 눈 참 밝으시다는데요. 맞답니다, 물속의 굴인데 비선 한 척 정도는 통과할 수 있는 너비가 된답니다. 그러나 물속에 어찌 들어가요. 잠수꾼이나 들어갈까."

홍복이 상상했다. "사람이 잠수할 수 있으면 잠수할 수 있는 배도 가능하지."

원중거가 권했다. "잠수배라? 네놈이 만들어보지 그러냐."

"나리, 참 농도 지나치십니다. 종놈 주제에 그 말도 안 되는 것을 어찌 만들어요."

"세종조에 장영실도 종놈 출신이었다지. 당시는 기절초풍할 만한 것을 뚝딱 잘도 만들었다지."

박상점이 입을 삐죽 내밀었다. "나리처럼 종놈을 과대평가하는 어르신은 다시 보기 힘들 겁니다. 저따위로 생긴 놈한테 뭘 기대하시는지."

왜사공 하나가 뭐라고 떠들었다. 역관 이명화가 옮겨주었다. "저기가 종옥(鍾屋)이랍니다."

소동 임취빈이 나타나자 홍복은 얼굴이 빨개지면서 얼어붙었다.

원중거는 반가운 빛을 감추지 못했다. "왜 바다 한복판을 종옥이라 하는 건지 얘기해주랴?"

임취빈이 귀염성 있게 꾸벅했다. "뭐든지 들을 준비가 되어 있습니다."

"신유한이 일기에 이렇게 썼다. 임진왜란 때, 왜놈들이 우리나라 큰 종을 싣고 이곳을 지나다가 물에 빠트렸다. 풍신수길이 장정 만 명을 써서 건지려고 했는데 결국 못 건졌다. 종이 있는 옥이라, 지명 삼게 했다. 또 김철우(金哲佑)도 썼지. 하늘이 종을 빠뜨린 것이다. 당연히 사람이 건질 수가 없었겠지. 날이 흐리고 비가 내리면 바닷속 종이 울려 은은하고 기이한 소리가 난다."

"왜인에게 똑같이 듣고 쓴 것일 텐데, 신유한 어르신은 사실만 적었고, 김철우 어르신은 전설까지 적었네요."

홍복이 끼어들었다. "내가 보기엔 우리 바다 지키는 용왕님이 열 받아서 복수하신 거구만. 우리나라 종을 강탈해가는 놈들을 그냥 냅둬? 도로 찾을 수 없으니께 아쉬운 대로 잠수시킨 거지. 내가 잠수배를 만들면 그 종부터 건져야겠네. 그런 보물이 또 없겠죠? 풍신수길 놈이 만 명이나 데리고 건지려고 했다니 완전히 금덩어리 종이었나 보네."

"어르신은 심심하지는 않으시겠어요."

"어째서?"

"허풍쟁이 종놈을 달고 다니시니."

"이쁘다, 이쁘다 했더니 눈에 뵈는 게 없냐?"

임취빈이 혀를 쑥 내밀어보이고 가버렸다. 홍복도 아쉬웠지만 원중거도 아쉬웠다.

"불땔꾼아, 내가 취빈이 보는 낙으로 사는 걸 모르느냐?"

"소인도 마찬가지입니다."

"그런데 왜 쫓아!"

"제가 언제 쫓았어요. 지가 그냥 가버린 거지요."

"네놈이 말을 곱게 안 하니까 그렇지."

"그게 참 이상하게 취빈이를 사랑하면서도 막상 마주하면 말이 다랍게 엇나가고 저도 돌겠다고요."

"장영실이 신다버린 짚신 같은 놈을 노자랍시고 데리고 다니는 내가 참 가엾도다!"

적간관(赤間關, 아카마가세키, 하관下關, 현재의 시모노세키) — 12월 27일~1월 1일

12월 27일

안덕사(安德寺)는 옛날 안덕천황(安德天皇)을 기리는 절이란다.

삽사리가 주워듣고 적었다.

안덕천황이 나이 여덟에 즉위했다. 중국 역사도 그렇고 우리나라 역사도 그렇고 꼬맹이 왕이 등극하면 반란이 꼭 일어난

다. 왜국이라고 별다를 바 없었다. 견훤 같은 무서운 대신이 반란을 일으켰다. 안덕천황이 개발에 땀나도록 달려서 여기 적간관까지 토꼈다.

충성스러운 내시 같은 신하 하나가 여덟 살배기 천황을 업고 바다에 뛰어들었다. 천황의 할머니와 궁녀 수십 명도 덩달아 빠져 죽었다. 삼천궁녀 생각하시면 되겠다. 비교가 안 되나? 우리는 삼천인데 걔들은 겨우 수십이니까.

아무튼 후세 사람들이 꼬맹이 천황이 불쌍하다고 절 하나 짓고 소상(塑像) 모셔두고 제사지내게 된 거다. 우리나라 단종 임금이랑 비슷하다. 슬픈 얘기다. 그래서 여기 와서 시 짓고 그런 분이 많았단다. 우리나라 통신사 문사 분들도 몇 수씩들 지었다고. 삼문사 나리들께서도 오늘 밤에 슬픈 시 안 짓고는 잠 못 주무시겠지.

부산첨사 이응혁의 서찰과 봉물이 먼저 도착해 있었다. 집안 편지는 없었다.

조엄은 황당했다. "아니, 이응혁이가…… 어찌 이런 박절하고 몰인정한 일을 하는가?"

조엄에게 이응혁은 동래부사 시절 믿고 부리던 막료였을 뿐만 아니라 동문수학 붕우(朋友)의 아들이기도 했다. 아꼈던 만큼 배신당한 기분이었다.

"편지 때문에 무슨 문제라도 일어난 것은 아닐까요? 누구라도 쓸데없는 바를 써서 첨사를 곤란하게 했을 수도 있습니다." 종사관이 넘겨짚었다.

조엄이 씩씩대었다. "통신사 때 서찰을 왕복하는 것은 예로부터 있었고, 그저 집안이 평안하다, 이런 소식에 불과할 뿐인데, 대체 뭘 의심하는 건가? 일행이 집안 편지만 바라보고 있을진대. 오백 일행의 나무람이 사면에서 몰려오는 것 같군. 나도 동래의 수령일 때 변금(邊禁)의 허다한 엄함을 중히 지켰으나 서신을 막은 적은 결코 없었소."

편지 기다리던 이들이 부산첨사를 원망하는 소리가 태풍이 되어 부산으로 날아갔다.

격군 추상우가 추리했다. "일개 부산첨사 따위가 편지를 사사로이 가로막을 수 있다고 보는가? 더욱이 이웅혁이는 정사 조엄이 키워낸 사람이라면서? 왕명이 있었을 게야. 임금이 보내지 말라고 하지 않았겠어? 그러지 않고서야!"

"임금님이 왜?"

"우리 임금님이 요새 제정신인가? 아들을 뒤주에 가둬 죽이지 않나, 대감짜리를 술 처먹었다고 목 베지 않나, 무슨 명이든 못 내릴까. 임금님 의심에 집안 편지에 뭐든 못 적히겠어. 나처럼 고국의 나쁜 놈들과 내통하는 놈들도 있을 거고. 전달을 아예 안 시켜버리면 모든 게 해결되잖아."

"추상우, 네 모가지가 고국에 돌아갈 때까지 남아 있지 않는다에 내 손가락 두 개 건다."

격군들은 추상우의 말을 그럴듯하게 여겼다.

원역 중에도 추상우와 비슷한 추측을 한 이가 여럿이었다. 감히 임금님을 의심할 수 없는지라 입 밖에 꺼내지 못하고, 이웅혁에게 비난과 욕설을 집중했다.

12월 28일

삼문사가 드디어 본토 유생을 만났다. 삼문사는 그들이 가져온 시를 죽 훑어보았다.

"천박하고 졸렬하기 이를 데 없군. 하고 보면 남도 난메이가 참 훌륭하네."

"난메이가 이르기를 기중에 나은 사람이 있다고 했었는데, 농미팔이랬던가."

"이 시인 모양입니다. 과연 그나마 낫습니다."

건성으로나마 '문장이 제법 넉넉하다'고 칭찬해주었다.

다키 야하치(瀧彌八)는 흐뭇하게 웃으며 필담했다. 〈에도에 있다가 대국의 문화를 뵙기 위해 돌아왔습니다.〉

그나마 더불어 얘기할 만한 자여서, 삼문사는 야하치에게 왜국의 성리학에 관해 물었다. 야하치는 이러저러하게 답했다. 삼문사는 듣기에 조잡해서 곧 흥미를 잃었다. 야하치는 15년 전 사행 문사들과도 교류했던 모양이다. 그때 문사들이 지금 건강한지 어떤 관직에 있는지 물었다. 원중거가 아는 대로 답해주고, 지금 와 있는 사람들이 그때도 창수했던 유생들이냐고 질문했다.

〈저만 그러하고 다른 이들은 모두 늙어서 물러났지요. 오고 싶어하는 자가 있었으나 관이 허락하지 않았습니다.〉

〈여기 계신 유생들은 관에서 인정한 인재들이란 얘기군요?〉

〈부족하나 고장의 보배들입니다.〉

〈그대가 보배들의 스승이군요?〉

〈부족한 이가 가르치니 젊은이들이 별로 배운 바가 없습니다. 짧은 시간이나마 대국의 문사들께서 많이 가르쳐주십시오.〉

유생들이 즉석에서 시도 쓰고 질문도 썼다. 삼문사는 시에는 평가를 담은 화답시를, 질문에는 지식과 견해를 써주었다. 유생들은 한 글귀라도 깨우치겠다는 일념이어서 시간이 급속히 흘렀다. 삼문사는 목석과 성애하는 듯해서 시간이 지루히 흘렀다.

삼문사를 잠시나마 흥미롭게 해준 유생이 있었다. 하타 겐코(秦兼虎)라는 유생은 자기가 진시황의 후손이라고 했다. 그 옛날, 진시황이 불사의 명약을 구하라고 왜국에 보냈던 동남동녀 수천 명의 자손이라는 것이다. 아무래도 동남동녀 수천 명을 다 진시황의 친자로 아는 모양이었다. 원중거가 평했다. "저렇게 미치기도 어려운 법이야."

다키 야하치가 안덕천황의 사당에 시를 써달라고 청하였다.

남옥이 썼다. 〈보여주어야 쓸 것 아닌가요? 이전 통신사들이 쓴 것은 안 보고 쓴 건가요? 이 고장에서 안덕묘가 제일 볼거리라면서요? 들으니 안덕묘를 뭇사람들에게 개방하지 말라는 법령이 내려졌다고 하는데, 귀국 사정은 알 수 없으나, 우리 사신에게까지 그 법령을 적용하는 것인가요?〉

〈송구합니다.〉

〈우리는 보지 않고서는 쓸 수가 없습니다. 이전 사람들이 안덕묘 시를 쓴 것은 몸소 보았기 때문입니다. 보지 않은 이가 산천의 형세와 집의 구조를 어떻게 모색해서 시를 쓸 수 있겠나요?〉

보지 않고도 본 것처럼 때때로 써왔지만, 남옥은 구경 욕심이 있었다.

〈안덕묘를 지키는 승려와 상의해서 도모해보겠습니다.〉

시 주고받는 것을 창수 혹은 수창(酬唱) 혹은 창화(唱和)라고 했다. 왜인이 제가 가져온 종이에 먼저 쓰고 남은 여백에 삼문사가 쓸 때가 많았는데, 의당 소유권은 종이 주인이며 먼저 쓴 왜인에게 있을 테다. 유생들은 창수와 필담한 종이를 소중히 챙겼다. 어쩌다가 삼문사가 조선종이에 먼저 쓴 경우도 있었다. 왜인은 소유권이 삼문사에게 있는 종이도 가져가고 싶어했다. 간직하지 않으실 거면 달라는 것이었다. 삼문사는 달라는 대로 주었다. 고국에 가져갈 만한 가치를 못 느꼈다.

성대중이 물었다. 〈간직하려는 건가요? 우리에게 영광입니다만.〉

진시황의 후손이 답했다. 〈가보 이상입니다. 고장 전체의 보물입니다. 이전 통신사 때 문사들과 창수하고 필담한 이들이 그것을 모아 문집으로 엮고 책으로도 냈는데, 그것이 학문하는 자들에게는 작은 경전이나 다름없습니다. 장사치들이 천금을 준다고 하지만 거래가 드뭅니다.〉

유생들은 내일도 물리치지 말아달라고 간곡히 청했다.

성대중이 성의 있게 답해주었다. 〈우리는 그러려고 온 사람들입니다. 어려워하지 말고 오세요.〉

자제군관 조철은 종일 기분이 좋지 않았다. 날이 을씨년스러워서인지 한층 아버지 생각이 났다. 조철은 사촌형님이기도 한 조엄을 찾아갔다.

조엄은 말상대를 기다렸던 모양이다. "다들 이곳에서 설을 쇠고 싶은 눈치지? 나는 설에 관계하지 않고 내처 가고 싶었다만. 날이 험악해지는 걸 보니, 백성이 하고자 하는 것은 하늘이 반드시 좇는다는 바로 그 짝이겠구나…… 왜 그리 얼굴이 어두우냐? 집 편지를 못 받아서 아직도 섭섭한 것이냐?"

"아무래도 집에 별일이 있지 싶습니다. 아버님이 자꾸 꿈에 보입니다. 꿈속에서 차마 입으로 옮기기 힘든 일이……."

"너만 그렇겠느냐. 어버이를 집에 놓아두고 온 이들은 다 같이 어버이 꿈을 꾸고 때로는 흉몽도 꿀 것이다. 그게 다 어버이를 걱정하는 효성스러운 마음에서 기인한 것이다. 무소식이 희소식이라고 했느니라. 무탈하실 게다."

"사또는 백부께서 돌아가실 때 임종을 지키셨겠지요? 자식이 임종하지 못하는 것만큼 큰 불행은 없을 것입니다."

"지난 14일이 돌아가신 내 어머니 제사였다. 제사에 가지 못해도 괴로운 게 자식 마음이다. 하물며 임종이랴."

"어쩐지 저는……."

"망측하다. 왜 자꾸 불경스러운 생각을 하는 거냐? 숙부께서 너 떠날 때 건강하셨다고 했잖느냐? 그 사이에 무슨 별일이 있겠느냐."

"모르겠습니다. 자꾸 아버님이 생각나고, '슬프고 슬프다. 부모님, 날 낳으시느라 수고하셨네. 은덕을 갚으려니, 하늘처럼 가없네!'만 외워지는 겁니다."

"별일 없대두. 다 너처럼 집 걱정 부모 걱정을 하고 있다…… 각

댁이 다 무탈하다지 않으냐. 아무 일 없을 터이다."

조엄이 다독거렸으나, 조철의 마음은 영 가라앉지 않았다. 조철은 가까스로 잠들었다. 꿈속에서 아버지가 고뿔에 걸려 앓다가 돌아가시는 꿈을 꾸었다. 비명을 지르며 깨어났다. 온몸이 흥건히 젖었다.

"아, 아버지……" 북서쪽을 우러러 탄식했다. "아무 일 없으시죠? 그렇죠, 아버지?"

어버이와 자식은 늘 간절히 그리워하는 사이이다. 몸이 멀리 떨어져 있으면 꿈에서라도 만나는 일이 흔하기는 할 텐데, 꿈과 현실이 일치하는 경우가 없으리란 법은 없다.

이날 영남 사천(泗川, 흔히 삼천포로 알려진 바로 그 고장)에 살던, 조엄의 서숙(庶叔)이기도 한 조철의 아버지가 급작스러운 고뿔로 운명했다. 사천 고을 하늘에서 별똥별 하나가 움직이더니 적간관의 하늘로 떨어졌다.

12월 29일

타국 사람 눈에 이국의 풍광은 대개 기이한 볼거리이다. 그중에서도 기이하다고 입을 모으는 풍광이 있기 마련이다. 적간관에서는 격군 숙소가 그랬다. 굉장하다고 소문이 났다. 그곳에 묵는 당사자들 괴로움이야 어떻든 원역 눈에는 다시 보기 어려운 풍광이었는지 수시로 둘러보았다.

격군은 짜증이 났다. 높은 이들이 올 때마다 대열을 맞추어 경직된 자세로 서 있어야 했다. 또 한 무리가 왔다 가고 투덜댔다.

"천지가 다 똑같아 보이는구만. 뭐 주워먹을 게 있다고 자꾸 와."

"보고 가기만 하고 우리한테 시비 안 거니 그나마 고맙지. 아까 뚱땡이 이매 왔을 때 엄청 떨었어. 그 뚱땡이는 아무거나 책잡아서 안달발광하잖어."

"이럴 거면 지들이 여기 쓰고 우리는 볼 것 없는 데서 묵게 해주면 될 것 아녀."

"옌장, 또 온다!"

자제군관 이징보가 한 무리를 이끌고 왔다. 격군을 한자리에 모이게 했다.

"너희들 중에도 집안 편지 기다린 이가 많았을 것이다. 윗분들도 다 못 받았으니 너희만 못 받았다 애석해하지 말아라. 우리가 소식은 못 받아도, 소식을 보내야 하지 않겠나. 시간을 넉넉히 줄 터이니 소식들을 전하거라. 윗분들에게 감사해라. 종이를 내리셨다. 한 사람도 빠짐없이 평안을 알리거라. 소동이 너희를 도와줄 것이다."

유생이 사문사와 창수할 때는 중국에서 수입한 모면지를 썼다. 유생이 글자 베끼는 연습할 때나 쓰는 귀하지 않은 토산 종이가 미농지인데, 원역이 십시일반으로 미농지 3백 장을 샀다는 것이다. 언문 쓸 줄 아는 몇몇은 지필묵을 받아가서 홀로 끙끙댔다. 언문을 모르는 대다수는 여남은 소동 앞에 줄지어 섰다.

소동 임취빈이 "다음!"을 외쳤다.

"삼복선 격군 전귀재(田貴才, 38세), 서생포 살았고. 어이구, 뭐라고 말해야 하지? 방금 전까지 할 말 되게 많았는데, 막상 하라니까 입이 안 떨어지네."

"우선 인사부터 하세요."

"일내, 이내, 삼내는 잘 있느냐. 늬들 어미도 무사하냐. 바람 안 피우고 잘 있느냐. 늬들 어미 얼굴이 너무 고와서 걱정이다. 늬들이 어미를 잘 감시해야 하느니라. 아이구, 더 무슨 말을 하지?"

"아무 말이나 하세요. 제가 알아서 적어줄게요."

"그쪽 소식을 알아야 뭐라고 물어보기라도 하지."

전귀재가 머뭇대자, 뒤에서 빨리하든지 그만두든지 하라고 성화가 빗발쳤다.

"아비는 잘 먹고 잘 지낸다. 인제 겨우 일본 땅에 닿았다. 여기는 무슨 절이라는데 끝내준다. 무슨 기생집인 것 같다. 어떤 나무는 세 아름도 넘는다. 푸른 대나무는 하늘을 찌른다. 아비는 곤장 한 대 안 맞았다. 허구한 날 처맞는 놈이 있는데, 아버지는 말 잘 들어서 혼날 일이 없다. 식량은 떨어지지 않았느냐? 아껴서 먹도록 해라. 일내는 장사 소질이 있으니 장사 궁리를 해보아라. 마누라, 무지막지 보고 프다. 날마다 물레방아 꿈을 꾼다. 어쩌고저쩌고."

아주 길게 말하는 이, 아주 짧게 말하는 이, 횡설수설하는 이, 허풍 떠는 이, 소설 쓰는 이, 시 쓰듯 하는 이, 전쟁 치른 이처럼 떠벌리는 이, 더듬대는 이, 판소리하는 이, 시조하는 이, 전기수 같은 이, 별의별 이가 다 있었다. 사람마다 말투가 다르고 좋아하는 낱말이 다르고 말할 때 몸짓이 다르고 말하는 짜임새가 달랐다.

임취빈은 줄여 쓰고, 늘여 쓰고, 했던 말 또 한 것은 다시 쓰지 않고, 무슨 말인지 모르겠으면 누구나 아는 말로 고쳐 썼다. 어차피 그쪽에서 읽어주는 사람 역할이 중요하다. 읽어주는 사람이 최대한 쉽고 편안하게 읽을 수 있도록 다듬은 것이다.

임취빈은 재미있거나 혼자 듣기 아깝거나 참신한 얘기는 따로 적바림했다. 두 섬 분량의 편지를 싣고, 비선이 떠나갔다.

1764년 1월 1일

저녁에 설날 잔치가 있었다. 먹을 때고 잔치 때고 일행은 두 떼로 나뉘었다. 원역과 그 시중꾼이 한 무리고, 격군이 한 무리였다. 두 무리에 끼기가 애매한 이들이 중관이었다. 한쪽에 눌러앉거나 이쪽저쪽을 오갔다. 악공·소동은 원역 좋아하는 음률과 춤을 항시 대기하느라 대개 원역 무리에 끼었다. 선장·도훈도·향서기·사공은 대개 격군 무리에 끼었다.

어느 쪽에 끼기도 애매한 이들이 예단직(예단 관리)·반전직(노잣돈 관리)·청직·나장·포수·기수·취수였다. 그렇다고 따로 한 무리를 이루지도 못했다. 박쥐처럼 이쪽저쪽을 오갔다. 먹을 때는 당연히 원역 쪽이었지만, 잔치 때는 격군 쪽이 인기였다.

원역 무리 쪽에는 악공과 기생 뺨치는 소동이 있었다. 양반짜리들이나 음률을 알지, 악공은 대수로운 게 아니다. 예쁜 소동이 눈에 밟히는데 그래 봤자 나랑 똑같은 사내잖아. 같잖아! 재미는 역시 상놈이 최고지! 온갖 재담과 막춤과 놀이와 기예가 난무하는 격군 쪽으로 몰리는 것이었다.

안 해본 것 없다고 자신하는 놈이 태반인지라 광대하던 놈, 전기수 하던 놈, 무당질하던 놈, 사당패 따라다니던 놈, 약장수 하던 놈, 왈짜패에서 잡다한 무예 익힌 놈, 기생방에서 주야장천 놀던 놈……오소리잡놈이 다 모였다. 자기도 모르는 재주를 가지고 존재감 없이 살던 재주꾼도 그새 여럿 발굴되었다.

특별한 상이 걸린 것도 아닌데 자기 재주를 보이겠다고 다투는 형국이었다. 재주 자랑이 시들해지면, 편 갈라 씨름도 하고 축국(蹴鞠, 공을 땅에 떨어뜨리지 않고 차던 놀이)도 하고 갖가지 편싸움을 했는데 그 또한 보는 재미가 흥건했다.

즐기는 사람의 자세도 중요할 테다. 원역 무리 쪽은 손뼉이나 치는 게 다였다. 격군 무리 쪽은 어김없이 한바탕 어우러지는 마당놀이 판이 되었다. 종놈 중에도 틈만 나면 격군 노는 데로 내빼는 놈이 여남은 되었다. 군관·역관 중에도 소피 핑계 대고 격군 놀이마당을 기웃대는 이가 한둘이 아니었다.

격군 잔치판에 부족한 것이 있다면 오로지 먹을 것이었다. 원역 무리 쪽에서 빠져나온 이들이 음식까지 운반해왔다. 관소 시중드는 왜인도 태반이 격군 쪽으로 와서 구경하고 먹을 것을 주선해주었다. 설날 잔치도, 격군 쪽이 압도적으로 신명났다.

상관(上關, 가미노세키)—1월 3일~4일

상관은 왜국 수로의 요새였다. 원래 이름은 조관(竈關)이었다. 적간관을 하관, 이곳을 상관, 별칭한 지 오래되었다. 적간관·조관까지 아는 이들이 줄어들고, 하관·상관만 아는 이들이 늘어간다고 했다. 산이 포구를 사면으로 에워쌌다. 산언덕 위에 군사를 매복한다면 만 척의 배가 쳐들어온다 하여도 능히 막아낼 형세였다.

각 배의 급하지 않은 기계 및 도구, 소용치 않은 짐을 내렸다. 역관 이명화가 죽 벌여놓고 물품, 수량, 소유자 등을 적었다. 관소 왜인들에게 맡겼다가 돌아갈 때 다시 싣고 떠난다는 것이다.

"염병할, 귀찮게 왜 이러는 거야?" 이런 일이 생길 때마다 주인 대신 분주한 종놈들이 연신 불퉁댔다.

군관 이징보가 빽 소리질렀다. "관례다, 관례! 이전부터 죽 해온 구례다!"

"그놈의 관례는 언제부터 생긴 거람."

"소지품 검사 한번 더 하는 거지, 뭐."

진화(津和, 쓰와) — 1월 5일

대양을 건너올 때, 격군은 일은 적게 하고 놀기는 많이 했다. 대양에선 바람이 불든 안 불든 노 젓는 것으로 통제가 안 될 때가 잦았다. 태풍·역풍·무풍에 격군은 맥없이 손 놓고 있을 수밖에 없었다. 게다가 섬마다 머물러 묵새기니 하는 일 없이 먹기만 한다고 식충이라 조롱당하고는 했다.

일이 없어서 편안하다, 밥벌레 노릇이나 하자고 온 게 아니니 일 좀 했으면 좋겠다, 일을 안 하니 가시방석이다, 저희끼리도 분분했다. 다만 의견 일치가 한 가지 있었다. 왜국에 가서는 더욱이 할 일이 없으리라! 육지 사이 낀 바다에 왜 예선이 끌어가는데 무슨 노 저을 일이 있겠는가. 헛생각이었다.

내해에선 노 젓기로 얼마든지 통제가 되었다. 바람이 약하면 속력을 더하려고, 바람이 지나치면 감속하려고, 방향을 바꾸려고, 소용돌이에 휘말려 탄환처럼 빙빙 돌 때는 빠져나오려고, 역풍이나 무풍에는 인력으로 나아가려고, 수시로 저어야 했다.

넷이 둘씩 짝지어 노 한 개를 번갈아 저었다. 놋구멍에서 불꽃이 튀었다. 젓는 이들의 "어기 영차!" 박자 맞추는 소리를 추임새 삼아, 잠시 쉬는 이들이 와글와글했다.

"어떤 놈이 할 일 없이 만고 땡이라고 했어?"

"큰 바다 건너올 때는 아주 논 거였고만."

"큰물에서는 헤엄쳐도 작은 물에서는 걷는다더니 딱 그 짝이다카이."

"판판이 놀다가 몰아치려니 돌아번지겠네."

"앞으로 계속 이 모양으로 가는 건가? 팔 다 부러지는 거 아냐?"

"하관부터 에도까지 육지로 쭉 이어져 있다면서? 뭍으로 가지 왜 바다로 가는 거야. 일부러 우리 고생시키려고?"

"우리 접대하다가 고장이 망할까봐 그러겠지. 양반짜리들이 한양에서 부산까지 내려오는 동안 묵는 고장마다 작살이 났잖아. 남의 나라라고 봐주겠어? 그 먹고노는 한량들이."

"반치기 양반것들만 문제인가! 연경 갈 때 말이야, 우리 하천배 때문에 고장에 남아나는 것이 없다는군. 의주에서 떠날 때 나라에서 받은 거 식구한테 다 주고선 지들은 머무는 오랑캐 고을에서 막 훔쳐 먹는다는 거지. 메뚜기떼라나. 왜국 놈들도 그걸 아니까 우리를 육지로 안 보내는 거겠지."

"육지로 가면 우리네가 간첩질할 수도 있지."

"간첩질하면, 뭐, 우리 앞장세워 쳐들어가기라도 하나?"

"혹 아나, 우리 후대 임금 중에 임진년 원수 갚겠다고 쳐들어가실 분이 계실는지."

"말도 안 돼. 포구마다 철통 요새더만. 그 자체로 만리장성 아닌가."

"만리장성이 무슨 필요야. 원나라 놈들이 일본 치러 왔다가 우리가 건넜던 바다에서 싹 침몰해버렸는데."

"산봉우리마다 누각 같은 거 봤지. 왜놈들은 저런 데다 정자를 짓나? 했거든. 우리 봉수와 같은 거라네. 거기다 백 명씩만 세워두어도 들어오는 배 족족 불태워버리겠구만."

"왜놈들이 정유재란 때 남해안에 왜성을 쫙 깔았다잖아. 여기서 보니께 딱 그렇구만. 성을 쫙 깔아놓은 것 같다카이."

"이빨 깔 힘 있으면 팔뚝에 보태!"

육지에선 천 걸음도 안 될 거리를 격군이 1시진이나 용을 써서 돌파하기도 했다. 왜예선이 끌어주는데도 거북이 행보였다.

가로도(加老島, 가로시마)—1월 6일~8일

1월 6일

군관 서유대·유달원이 묵게 된 민가 주인이 뭐라뭐라했다.

왜말에 능통해진 소동 임취빈이 전했다. "자기 딸이 천하일색이래요. 그 딸을 데려오겠대요."

서유대가 농쳤다. "너보다 이쁘냐고 물어봐라."

임취빈이 주인과 수작하고 옮겼다. "소인같이 고추 달린 놈과는 비교할 수 없이 이쁘대요."

유달원이 은근히 찌푸렸다. "정녕 미색이면 어떡하지? 법이 엄한데 생심이라도 발동하면?"

옆 민가 담벼락에 섰던 군관 임흘이 외쳤다. "보기만 하는데 뭐가 문제야? 보기만 하자고."

서유대·유달원·임흘은 서른두세 살로 동년배였다.

임흘과 나란히 섰던 김인겸이 둘러댔다. "보기만 하고 참을 수 있는 사람이 전부지만, 딱 한 사람이 걱정인걸."

모두 임흘을 보고 웃었다.

임흘이 불뚝성을 내었다. "나도 목숨이 아까운 사람이우. 임취빈, 네 이놈, 언제 한번 줄 작정이냐? 기다리느라고 목 빠지겠다."

유달원이 칭찬인지 조롱인지 늘어놓았다. "우리가 자네 걱정을 참 많이 했네. 자네는 참으로 대단한 위인일세. 한양에서 동래까지 거치는 고을마다 미색을 가리지 않고 기생을 털어먹었으며 부산에서도 한 달 보름간 안 건드린 기생이 없지 않은가. 자네 같은 이가 과연 왜국에서 기생 없이 하루라도 버틸 수 있을까, 서유대와 나는 내기까지 걸었다니까. 나는 자네가 못 견뎌서 무슨 사고 치고 음경이 잘리거나 회향 조치 당하는데 백 냥을 걸었지."

서유대가 거들었다. "자네가 사고 치지 않으면 내가 백 냥을 버는 거야. 절반을 줄 테니 계속 사고 치지 말게."

"나를 갖고 노는군! 나도 취향이 있는 사람이라고. 이제껏 왜년들을 자세히 관찰해왔으나 죄 줘도 못 먹을 년들뿐이야. 차라리 취빈이 엉덩이가 탐난단 말야."

서유대: "취빈이 건드리지 말게. 취빈이 눈독 들이고 있는 이가 한둘이 아냐."

유달원: "취빈아, 네가 무서워서 안 건드리는 게 아냐. 서로 싸움 날까봐 너를 그냥 놔두는 거야. 그러니까 나한테 먼저 안 되겠니?"

임흘이 질렀다. "취빈이 건드리면 나한테 죽는 거야."

김인겸이 끌끌 찼다. "젊은 분들 참 말씀이 아름답소이다. 일개 소동 앞에서 부끄럽지도 않소이까."

임흘이 싹수머리 없이 내질렀다. "고자 영감이 뭘 알우."

이제까지 한마디도 없던 오재희가 버럭했다. "너는 귓구멍에 개좆을 박았느냐. 이딴 더러운 소리들을 듣고도 안 도망가느냐?"

임취빈이 반죽 좋게 답했다. "하도 들어 이골이 났지요."

이래저래 헛소리들 하다가 주인 딸 얼굴이나 보기로 했다.

집주인이 몹시 기뻐했다. 꽃단장이라도 시키는지 한참이나 걸려 딸을 선보였다.

"취빈이가 천 배쯤 낫네."

"천하제일 박색이로세."

"얼른 나가라고 해라. 눈 버리겠다!"

"과연 임흘이도 보는 눈이 있기는 하네. 제일 먼저 눈 돌리고 가버리는 것이."

1월 7일

소동 임취빈이 자제군관 이덕리에게 인사를 올렸다. "제가 들으니 저 산기슭 큰 집이 이 마을에서 차를 제일 잘 끓인답니다."

외딴집에 닿기도 전에 술냄새가 진동했다.

"혹시 술집으로 가는 것이냐."

"그게 아니고 이 땅에 멧돼지가 많대요. 멧돼지 잡는데 술이 즉효라 함정 파놓고 술동이를 놓아둔 거죠."

집주인이 대환영하며 찻상을 내었다. 자기도 조선 손님을 받고 싶었으나 집이 멀어 허락받지 못했다고 통분하고 있었다나. 찾아와 주시니 백골난망이라고 요란했다.

집주인이 차에 박식한 이였다. 이덕리와 얘기가 잘 통했다. 두 사람은 필담으로 고담준론했다. 임취빈은 신기했다. 차만 가지고도 저토록 깨알같은 대화가 가능하다니.

돌아오는 길에 임취빈이 물었다. "어째서 차에 그토록 관심을 가지십니까?"

"차는 국가에 보탬이 되고 민생을 넉넉하게 할 수 있어 금은주옥(金銀珠玉)보다 소중한 자원이다."

"차가요?"

"왜인만 차를 즐기는 게 아니다. 중국 사람들도 차를 물처럼 마신다. 만리장성 밖의 사람들은 더 말할 것도 없고. 그들이 주로 육식을 하잖느냐. 배열병(背熱病, 등에 몹시 열이 나는 증세)을 앓기 때문에 차를 마실 수밖에 없는 것이야. 중국 역대 왕조는 차를 미끼로 북방 민족을 제어했다. 중국과 북방은 차가 은이나 인삼만큼 귀하다는 것이다…… 사실 우리나라 사람도 신라 때 고려 때는 차를 많이 마셨다. 조선조부터 안 마시게 되었을 뿐…….”

“안 마신다고요? 인삼차는 차가 아닌가요?”

“그건 차가 아니다. 인삼물이지. 네가 말하는 약용 인삼물이 삼다(蔘茶)다. 내가 말하는 차는 차나무 잎을 곱게 빻은 청다(靑茶)다.”

“생강차, 대추차, 보리차 같은 것도 차가 아니라는 말씀예요?”

“당연하지! 하여튼 우리나라 사람들은 뭐든지 맹물에 넣고 팔팔 끓이면 다 차라고 한다. 생강 넣고 끓이면 생강차, 대추 넣고 끓이면 대추차, 보리 넣고 끓이면 보리차…… 엄밀히 말해서 생강물, 대추물, 보리물이라고 해야 한다. 차나무 잎을 정제하여 끓는 물에 우려낸 것만 차라고 말해야 한다.”

“그 차나무라는 게 대관절 어찌 생겼나요?”

“봐라, 저게 차나무다.” 이덕리가 푸른 잎이 소복소복 땅에 한 자쯤 깔려 있는 작은 나무를 가리켰다. 치자나무랑 비슷했다. “몰라서 그렇지, 저 차나무가 우리나라에도 지천이다. 울타리나 섬돌 옆에 나는 데도 아무도 거들떠보지 않을 뿐이다.”

“저거 혹시, 고약 만드는 작설(雀舌)나무 아녜요?”

“맞다, 하지만 작설나무란 말은 틀린 말이다. 작설은 차나무의 어린 새싹만을 가리키니까. 그 새싹을 끓인 물이 약용 작설차인 것이고.”

“저 나무, 저희 고장에서도 실컷 보았어요.”

“우리나라 영호남은 정말 좋은 차 산지다. 차를 만들어 중국의 은·말·비단과 교역을 하면 국용(國用)이 넉넉해지고, 민력(民力)이 펴질 것이다.”

"말씀만 들어도 좋아요!"

"꼭 무역용으로 쓰지 않더라도, 조선 사람은 차를 많이 마실 필요가 있다."

"조선 사람은 고기를 별로 못 먹는데요. 배열병을 앓을 까닭이 없잖습니까."

"내가 직접 딴 차로 시험해보니, 감기와 식체(食滯), 주육독(酒肉毒)·흉복통(胸腹痛)에 모두 효과가 있었다. 이질·설사와 학질·염병까지도 모두 효험이 있었다."

"인삼처럼 만병특효약이라는 말씀이세요?"

"과장이 아니니라. 차는 잠을 적게 하므로 숙직 서는 사람이나 혼정신성(昏定晨省)하며 어버이를 모시는 사람, 새벽부터 베틀에 앉는 여자, 과거 공부하는 선비 등에게 모두 없어서는 안 될 물건이다. 어떠냐, 고국에 들어가면 나와 함께 차를 따보지 않겠느냐?"

1월 8일

대마주가 가기를 청했다. 삼사가 사공을 불러모았다. 사공들은 풍세가 거슬리고 파도가 잔잔하지 않다고 입을 모았다. 조엄은 출항을 허락하지 않았다.

포구에서 요란한 북소리가 울렸다. 왜선 수십 척이 떠나갔다. 삼사가 역관을 찾았는데, 수역 최학령이 한참 만에 나타났다. 조엄이 버럭 성을 냈다.

"내 말이 말 같지 않은가?"

"고정하십시오. 왜선이 배를 돌려 돌아오고 있습니다."

"어째서 내 허락도 없이 갔느냔 말이다."

"저희 말을 잘못 알아듣고 그랬다 합니다. 통역 과정에서 문제가 있었습니다."

"그게 말이 되나? 이제까지 죽 해온 통역이 어째 갑자기 잘못돼?"

"저희 통사들이 시원치 않아서 그랬습니다. 몹시 꾸짖어주십시오."

"자네들이 나를 능멸하는 건가?"

"그럴 리가 있겠습니까. 그저 실수가 있었을 뿐입니다. 다시는 이런 일이 없도록 단속을 잘 하겠습니다."

"한번만 더 이랬다간 용서치 않을 것이야. 가서 똑똑히 이르고 와. 주제넘은 짓 하지 말라고!"

부사 이인배도 단단히 야단쳤다.

혼쭐이 난 최학령 등은 씩씩대며 대마봉행을 찾아갔다.

〈당신들 우리 정사 성격을 아직도 모르겠어? 당신들이 간다고 따라가실 분이 아니라고.〉

〈길이 급하오. 이렇게 하세월할 때가 아니라니까.〉

〈급하다고 일의 순서를 무시하면 되나? 당신들 감싸주는 것도 한두 번이지, 자꾸 이런 식으로 나오면 우리도 이판사판이 될 수밖에 없다고.〉

〈진정합세.〉

〈당신들은 대마주님이 나이가 어리다고 당신들 마음대로 하는 모양이지만, 우리는 달라. 층층시하(層層侍下)라고.〉

삼문사에게는 와전되었다. 왜인 쪽에서 먼저 출항하자고 한 게 아니라, 조선역관이 애초에 발선을 획책했다는 것이다. 그렇지 않아도 역관을 밉게 보는 삼문사에게 절호의 건수라 마구잡이 성토를 했다. 역관은 밤새 뒤통수가 가려웠다.

대마간사관 아사오카 이치가쿠는 삼문사에게 단단히 찍혔다. 그는 스스로 지은 호가 난암(蘭庵) · 일학(一學) · 조강(朝岡)이라고 했다. 한자 모르는 이에게는 쥐똥·개똥·소똥과 다를 게 없겠으나, 한자 아는 이에게는 제가 최고라는 뜻이니, 사문사는 어이가 없었다. 제가 얼마나 뛰어나기에 호를 그따위로 지었는지, 문장을 보고 싶은데 이 핑계 저 핑계로 보여주지 않는 것이었다.

이치가쿠가 마침내 제 시 한 편을 보내왔다. 삼문사는 보잘것없으리라는 기대 8분에 정말 좋을지도 모른다는 두려움 2분으로 읽었다.

삼문사는 속 시원히 웃었다.

"이런 쓰레기는 정말 오래간만입니다."

"난메이의 문장 발뒤꿈치보다 못 하잖은가."

"그자 언행이 그토록 졸렬했던 것은 추악한 재주를 숨겨 비웃음을 당하지 않으려는 것이었군."

모자란 놈 칭찬인 줄 알고 기뻐할 만하게 회답시를 보내주었다.

겸예(鎌刈, 가마가리) — 1월 9일

선창과 제방을 잇는 부교에는 붉은 빛깔의 양탄자가 놓이고 제방길에는 푸른 테두리를 두른 하얀 천이 깔렸다. 윗사람도 함부로 밟지 못하고 불편해했을 정도니, 아랫사람들은 황송한 나머지 어쩔 줄을 몰라했다. 화려한 길도 자기 길이라고 여겨본 적이 없는 이에게는 난감한 길이었다.

처소마다 욕실(浴室)과 벽실(湢室)이 있었다. 왜인 사이에 조선인이 안 씻는 것으로 잘못 소문이 난 것은, 욕실 건축이 발달하지 않았기 때문일 테다. 왜국엔 일인용 욕실과 다인용 벽실이 흔했다. 조선에도 욕실이라 할 만한 방은 부잣집이나 기생집에 널려 있을지도 모르겠으나, 벽실은 희귀했다. 한밤중에 떼로 목욕했다는 계곡이나 강이 그렇게 많으니 벽실 같은 게 굳이 필요하지는 않았겠다.

암튼 격군은 신났다. 생전 안 씻던 이도, 배 탄 이후로 옷을 벗어본 적도 없는 이도, 중요한 데만 가끔 닦던 이도, 바닷물에 퐁당대며 날마다 씻던 이도, 와글와글 뛰어들었다. 약속이라도 한 듯이 사타구니를 두 손바닥으로 감싸쥐었다.

"왜국에 온 보람을 처음으로 느껴."

"이게 말로만 듣는 온천이구나. 우리나라에선 온천이 손가락으로 셀 정도인데, 왜국은 천지가 다 온천이라더니 과연 우덜한테까지 온천물을 주네."

"우리나라서는 평생 못 해볼 온천욕을 오랑캐 나라서 해보네. 누구 고국에서 온천 가본 사람 있어?"

누구 안 해본 거 해봤거나, 누구 안 본 거 봤으면 자랑해야 직성 풀리는 작자들인데, 없었다. 동래에 유명한 온천이 있기는 했으나, 워낙에 왕실붙이·고관대작만 가는 곳이다 보니 얼떨결에라도 들러

본 이가 없는가보았다.

"왜국이 보면 참 사람대접을 한다카이. 저것들이 우리를 상관·중관·하관으로 차별하기는 하지만 그래도 먹는 것 빼고는 비슷하게 대접해주잖아. 비단이불도 똑같이 주고, 목욕탕도 똑같이 주고."

"여기는 양반·중인·상놈·종놈 이런 거 없는 나란가? 왜놈들 보면 아무끼리나 다 맞먹는 것 같아시 통 알 수가 없잖아."

"알몸뚱이 보면서 들어앉아 있으니께 꼭 올챙이들 같구만."

"누가 으뜸 큰가 보게 손바닥 좀 내려봐."

"아, 벌써 구정물 되었네! 야, 이놈들아 대강 씻고 들어와야지!"

"어떤 후레자식이 올챙이 잡았어?"

"어릴 때 웅덩이서 이러고들 놀았잖아."

"왜국 놈들은 여기서 가족끼리 담근다. 시아버지, 시어머니, 며느리, 아그들 한꺼번에 다 담근다는 겨."

"우와! 새 물이 나온다. 밤새도록 멱 감자."

"때는 나가서 벗겨."

"양반짜리들은 설마 떼거리로 목욕 안 하겠지?"

"신체발부수지부모(身體髮膚受之父母)!"

"뭔 개소리야."

"알몸뚱이를 절대로 남에게 보여줘선 안 된다는 거야. 양반짜리들이 목에 칼이 들어와도 지켜야 하는 거지. 삼강오륜이랑 비슷한 거야."

"무식하게 들은 풍월은 있어서 잘도 갖다붙이네. 멍청한 놈들은 믿겠다."

"안 보여줘? 기생한테는 잘만 보여주더만. 기생만 보면 이도령처럼 개 되는 거 아니냐고. 『춘향뎐』 알지? 거기 이몽룡이가 발가벗고 별걸 다 거시기했잖아. 그 얘기 듣고서야 양반짜리도 우리랑 똑같은 사람종자구나 알았다니까."

"왕후장상의 씨가 따로 있을까."

"어디서 역적 소리가 들리네."

"고려조 노비 영웅 만적님이 하신 말씀이시다. 누구 나와 함께 만적의 후예를 자처할 자 없느냐?"

"어라리우, 하나님 박두엄, 여아이주 김두우, 대붕새 추상우에 또 하나 미친 것이 나왔구만. 만적당이라 불러줄까. 야, 너는 종놈이잖아. 여기 왜 왔어?"

"격군은 무슨 이바구 하나 감찰 나왔다."

"네 주인 똥구멍이나 빨아드려라."

입 달린 것들이 탈태하며 희희낙락하는 소리를 다 적었다가는 열 권 책도 모자랄 테다. 신분·지위의 고하를 막론하고, 욕실이나 벽실에 한 번도 안 들어간 사람은 없었다.

자제·명무·장사 등의 명목으로 구분되는 군관은 모두 열여섯이었다. 유일한 육십대 이매는 너나들이할 이가 없었다. 이매는 춘부장(椿府丈, 남의 아버지를 높여 이르는 말) 대우를 받았다. 이매는 차라리 정사 조엄과 어울리는 사이였다. 이매는 판서 이집(李鏶)의 서손자였다. 서얼 이매의 출세는 하 늦었고 늙어서도 고을 원자리를 전전하는 게 고작이었다. 출세가 앙앙했던 젊은 조엄이 동래부사와 경상관찰사로 있는 동안 늙은 이매는 그 아랫자리에서 일했다. 조엄은 늙은이를 신임했다. 스승처럼 여기기도 해서 크고 작은 관사(官事)에 조언을 받았다. 시기하는 자가 많았다. 이매는 고집불통에 외곬이라 수 틀리면 가리지 않고 벋대는 이였다. 묘하게도 조엄에게는 마치 유비 아들 모시는 장비처럼 지극했다. 둘은 부자뻘 되는 나이를 신분 차이로 상쇄한 듯 지우(知友)가 되었다.

조엄은 믿고 계책을 나눌 만한 사람을 대동하고 싶었다. 고심할 것도 없이 자제군관으로 점찍은 이가 이매였다. 허나 이매는 환갑 늙은이였다. 젊은 군관들 사이에서 찬밥처럼 섞여 가는 것을 저어할 수도 있었다. 말이나 꺼내보겠다고 찾아갔다.

이매는 첫마디에 응했다. "사또가 가면 이 늙은이도 가야죠!"

"만 리 길이야! 잘 생각해서 결정을……."

"만 리 길이 아니라 지옥길이라도 제가 가야죠. 사또가 아니 데려가신다면 모를까 데려가시면 견마지로(犬馬之勞)해야죠."

서른에서 마흔셋까지인 열세 군관이 스스럼없이 한 동아리를 이루었다.

쉰한 살 동갑내기 이해문과 이징보는 자연스레 단짝이 되었다. 소속별로 움직일 때 빼고는 늘 붙어다녔다. 이해문이 기다리던 이징보가 왔다.

"어째 이리 늦었는가, 밤도 다 깊어가는데……."

"간만에 때 빼고 광냈지. 자네는 안 했나."

"했지, 왜 안 하나. 안달이 나서 오래 못 앉아있겠더군."

"오늘도 가자고?"

"오늘도 안 갈 거면 뭣 하러 왔나?"

"하루쯤 쉴 수도 있지."

"쉴 게 따로 있지. 다른 데는 쉬더라도 여기선 꼭 해야지. 여기가 어디인 줄 아는가?" 하고 이해문은 시 한 수를 읊었다. "'가마가리에서 나는 맛있는 인동주(忍冬酒), 옥잔에 따르니 호박처럼 짙구나. 입안에 넣자마자 큰길에 통하니, 어찌 많이 마셔야만 마음이 넓어지랴.' ……여기가 바로 그 가마가리야. 입안에 넣자마자 큰길에 통한다니! 우리도 통해봐야 하지 않겠나."

이징보는 의심스러워했다. "인동주라는 게, 아직 있을라고."

"명주는 오래가는 법."

"위험하지 않을까. 젊은 애들이 언제까지 봐줄는지도 모르고."

"누가 뽑았는지 잘 뽑았더군. 입 무거우면서 배려할 줄도 알아. 촐랑대는 임흘이 하나가 걱정되지."

"색골은 걱정 마. 내가 그놈이 간통하는 걸 딱 잡았지. 상부상조하기로 했네."

"색골 입만 막으면 아무도 우리를 고발하지 않을 걸세. 설령 고발한다 쳐도 설마 삼사께서 우리 모가지를 치기야 하시겠나."

"적당히 마시자고. 자네가 항상 더 마시려고 해서 큰일이야."

"댁도 만만치 않아."

"오늘도 무사히 마셔보자고."

"우리 임금님이 특히 세시지 않나. 금주령 한두 번 발동 안 한 임금이 있었는가. 허나 단속 강도로 말하면 우리 임금님이 최고시지."

"오죽하면 종2품 남병사의 목을 쳤겠는가."

"철없을 땐, 술도 안 마시고 어떻게 살란 말인가, 술도 못 마시는데 급제해서 벼슬길에 오르면 무엇한단 말인가, 걱정도 팔자였네. 알고 보니 다들 마시고 있었어. 알게 모르게. 법을 어기면서 마시는 재미가 크다는 얘기지. 금주령이 없었으면 술맛이 훨씬 덜했을 거야. 금주령이 있기 때문에 막 담은 구정물 밀주도 맛있단 말이지."

"자네는 재미있나? 나는 마실 때마다 간담이 서늘한데. 안 마시면 죽을 것 같아 마시지만 겁나는 건 겁나는 거라고. 갑자기 사또가 나타나서 네 이놈! 하고 목을 칠 것 같단 말이지. 무서워, 무섭다고!"

"무서움이 더 맛나게 해주는 거야. 무서움이 동반되지 않았다고 해봐. 맹물이나 마찬가지일걸."

"나리, 살펴보고 왔습니다." 이해문의 종놈 경성(景成, 28세)이 들어와서 속살거렸다.

삼사는 다 잠자리에 들었다, 사문사는 지들끼리 모여 속닥거리고 있다, 다른 군관은 취침에 들었거나 목욕탕에서 날 샐 모양이다.

"누가 찾거든 죽었다고 해라."

"저도 데리고 가시면 안 되옵니까?"

"빈손으로 오겠느냐?"

"미리 감사드리옵니다."

둘은 젊은 역관 유도홍을 불러냈다. 왜인과의 접촉이 가장 용이한 것이 의당 역관이다. 그중에서도 왜말학습서 교정관인 유도홍은 왜인과의 자유접촉을 허락받았다. 어디를 가든 그 땅의 말을 채집하고 대조하고 공부하기 위해서라고 하면 통행이 보장되었다.

유도홍을 앞세우고 두 군관이 다가오자, 정문 지키던 도훈도 최천종이 끌끌 찼다.

"또 가십니까?"

"또 가다니. 유 역관을 누가 보호한단 말이냐? 우리 늙은 장수들이 보호해야지."

"들어오실 때 냄새 좀 어떻게 하고 들어오십시오. 지들도 입이 있고 코가 있습니다요."

"뜯어갈 놈도 참 많다."

왜인도 모퉁이마다 지켰다. 유도홍이 뭐라뭐라하자 길을 순순히 비켜주었다.

인동주를 계승한다는 술집을 찾아냈다. 두 군관은 유녀(遊女)들과 수작하며 퍼마셨다. 유도홍은 연신 통역하며 왜말·한자·언문을 적어넣었다.

이해문과 이징보 둘이서만 인동주 맛을 보고 있었던 건 아니다. 나름의 수단으로, 숙소 밖으로 나가 마시거나 숙소로 들여와 마신 이가 스무 명은 되었다. 인동주 말고 아무 술이라도 구하여 마신 이는 2백 명에 가까웠다.

맨 윗사람이 술을 엄금했으나, 술을 마실 줄 아는 수백이 술이 넘치는 땅을 가고 있었다. 윗사람 모르게 술을 구하는 방법이, 마실 수 있는 수단이, 마시고도 안 들키는 꼼수가 갖가지로 개발되었다. 심지어 직접 담근 술까지 마셨다. 술 담그기의 달인 강돌박이 빚은 누룩이 으뜸으로 거래되었다. 쌀가루로 죽을 만들어 강돌박의 누룩과 함께 넣어두면, 일주일 이내에 탁주를 마실 수 있었다. 뱃사람들은 그 속성주를 황금빛을 띤다고 해서 황주라고 불렀다.

강돌박은 배에서는 불가능할 것 같은 소주까지 만들어냈다. 화덕 위에 도자기 몇 개를 설치하고 이러저러해서는 투명하고 맑은 증류주를 받아내는 것이었다.

강돌박이 처음에는 담가달라고 귀찮게 매달리는 사람이 많아서 어쩔 수 없이 누룩 만들고 소주도 받아내고 그랬다. 나중에는 재물 모으는 재미에 들려 선 양조 후 판매를 서슴지 않았다. 현재는 오로지 좋은 술을 빚겠다는 장인정신으로 매진했다.

부산 떠난 이후, 술을 단 한 잔도 안 마셔본 이는 서른 명이 안 될 터였다. 삼사는 음주를 인력으로는 막을 수 없다는 것을 잘 알았다. 알아도 모른 체할 수밖에 없었다.

'술 마셨다는 얘기'는 말도 안 되는 허구일 수 있다. 영조는 선대 왕들과 마찬가지로, 천재지변으로 곡식 사정이 어려울 때, 효력 미미한 금주령을 곧잘 내렸다. 널리 알려진 영조의 초강력 금주령이 공포된 것은 1755년(영조 31) 9월이었다.

> (…) 아! 성품(性品)을 해치고 몸을 상하게 하는 물건 (…) 곡식을 소모하고 싸우다 살인(殺人)을 하는 것도 모두 이 술로 말미암은 것이다. (…) 갑자기 좋은 계책이 생각났으니 (…) 세초(歲初)부터는 (…) 왕공(王公)에서부터 아래로 서민에 이르기까지 제사와 연례(宴禮)에는 예주만 쓰고 홍로(紅露)·백로(白露)와 기타 술이라 이름한 것도 모두 엄히 금하고 범한 자는 중히 다스리겠다. (…) 군문(軍門)의 호궤(犒饋)에는 단지 탁주(濁酒)만을 쓰고, 농민들의 보리술과 탁주 역시 금하지 말아야 한다. 이 윤

음(綸音)을 중외(中外)에 반포하라. (엿새 뒤) 다시 생각해보니, (…) 한결같이 해야 마땅하다. 경외의 군문(軍門)을 논하지 말고 제사(祭祀) · 연례(讌禮) · 호궤(犒饋)와 농주(農酒)는 모두 예주(醴酒)로 허락하되, 탁주와 보리술도 일체로 엄금하라.

예주는 감주(甘酒) 혹은 단술이라고도 하는데, 술이 아니다. 식혜 같은 것이다. 제사의식이 마치 금주령을 저지하기 위한 것인 듯, 제사는 금주령을 제대로 시행할 수 없게 만드는 주범이었다. 제사에 올리는 술을 식혜 같은 것으로 대치할 수 있다면 구애될 것이 없잖은가?

주기와 주등이 금지되었다. 술 마신 자에 대한 처벌 규정도 구체화했다. 상민은 관노비로 박아라. 양반은 몽둥이로 세 차례 때리고 섬으로 유배시켜라. 1년 후 처벌 규정은 더욱 세졌다. 양반관료는 10년 동안 관직을 주지 말라. 유생은 10년간 과거에 응시할 수 없다. 서민과 천민은 10년간 종이 되게 하라.

영조가 더욱 더 강력한 금주 단속에 집착한 것은 친자식을 살해한 뒤부터였다. 때때로 도성 백성들을 모아놓고 금주령을 지키라 엄히 신칙했다. 빈 술항아리를 근거로 종2품 고관의 목을 쳐버린 것은 본보기였을 테다. 벼슬을 따지지 않고 금주자를 파직하고 태형하고 유배 보냈다. 마치 '아들을 죽인 아버지'라는 뒷말을 박멸하려고 술과 싸우는 이 같았다.

그 살벌한 분위기 속에서 출발한 제11차 통신사 무리가 과연 금주령을 어길 수 있었을까? 과연 학계에 알려진 모든 계미사행록을 통틀어 술을 한 방울이라도 마신 흔적을 찾을 수 없다.

충해(忠海, 다다노우미)—1월 10일

깃발 매난 상대가 꽂혀 있었고 거룻배가 묶여 있었다. 웬 이상한 풍경인가 했는데 암초였다. 거룻배에 탄 왜인이 손을 휘저어 혹시라도 근접할 배를 경계했다. 밤에는 등불을 흔들어서 알려준다고. 꼭대기가 물 밖으로 솟지 않은 암초도 있었다. 경계표가 없으면 실로 위험할 테다.

오후부터 눈이 날리고 바람이 세게 불었다. 산은 희고 소나무는 푸르며 구릉이 평평해졌다. 인가가 늘어섰다. 어디나 그랬듯이 무수한 왜인이 배를 타고 관광 나왔다. 판잣집을 얹은 배들이 눈길을 끌었다. 조선배와 가까워지면 부녀자들은 몸을 납작 숨겼다. 볼 것은 다 보면서.

유녀만 탄 배도 보였다. 가슴살이나 허벅지까지 드러내놓고 건들대며 뭘 달라는 건지 뭘 주겠다는 건지 은밀한 손동작을 해댔다. 고국에서 기생이나 창기를 벌려놓고 하던 버릇대로 양반짜리들은 고색창연한 어휘로 품평했고, 상놈·종놈은 속되고 삿된 말로 쟀다.

상하가 '천박하고 못생겨서 족히 볼 게 없다'고 입을 모았다. 숨어서 이따금 반쯤만 화장한 얼굴을 내비치는 유녀 중에는 왕왕 예쁜 자태가 있기도 했다.

누가 일깨웠다. "침들 그만 흘려. 그래봐야, 그림의 떡이지."

관광꾼들이 종이부채를 흔들었다.

"꿩 대신 닭이라도 나서볼까!" 사자관 홍성원(洪聖源, 39세)이 가까이 오라 손짓했다. 왜선이 바짝 붙었고 부채가 건너왔다. 문장은 모르겠으나 글씨로만 친다면 일행 중 최고인 사자관이 쓱싹쓱싹 크게 여덟 글자를 써서 던져주었다. 왜인이 기꺼워하며 감사의 절을 해댔다.

다른 왜선들도 우 몰려와 부채를 던져댔다. 홍성원이 혼자 힘들어하는 걸 보고, 반인 조동관(趙東觀, 54세)이 함께 써주었다. 조동관도 글씨만 따지면 당대 으뜸 서예가 중의 하나였다.

아까 윗사람 아랫사람에게 으뜸 좋은 점수를 받았던 유녀 하나가 큰 부채를 던졌다. 조동관이 척 받았다. 조동관은 유녀를 향해 싱긋 웃고는 두보(杜甫)의 시 두 구를 썼다. 조동관이 되돌려준 부채를 가슴에 꼭 안고 유녀가 허리를 깊이 숙였다.

왜선에서 답례로 애들 장난감과 종이를 바치려고 했다. 종이는 사양했으나 장난감은 받았다.

"그건 뭐에 쓰려고?"

"애들 갖다 주면 좋아할 것입니다." 홍성원이 넉넉히 웃었다.

늘그막 나이에 무자식인 조동관이 부러운 태를 감추지 못했다.

해가 지기 전에 충해도 앞바다에 정박했다. 선창의 물이 얕아서 중류에 닻을 내렸다.

선창에서 숙소 서념사(誓念寺)까지는 3리쯤 되었다. 큰 집 수십 채와 해변이 넓고 긴 도랑으로 연결되었다.

소통사 전치백(田致白, 19세)이 통역해주었다. "집안까지 바닷물을 끌어들입니다. 집안에 못을 만들어놓고 퍼다 끓인답니다. 저기 가마들 죽 보이시죠? 저게 소금 고는 가마고요, 저 언덕에 산처럼 쌓아놓은 나무가 다 가마 아궁이에 들어갈 거랍니다."

"여기 사람들은 다 부자겠군. 소금 안 비싼 나라가 있을라고."

"그렇지가 않다네요. 엄청난 부자가 있답니다. 그 사람이 소금 장사를 오로지하고 있다는 거예요. 다른 집들은 다 그 부자의 소작이나 마찬가지랍니다. 그 부호네 선착장엔 소금 팔러 다니는 배만 오륙십 척이 항시 대기한답니다."

"논만 그런 줄 알았더니 염전도 그렇단 말인가? 결국 하나가 다 갖게 되고 나머지는 소작이 되는 거."

"부의 편중은 어느 나라나 똑같군. 중국도 다를 게 없어. 큰 부자 하나가 생기고 죄 그 부자에게 복속되는 것이야."

"중국은 염전도 댑다 크지요?"

"말하면 뭐하나. 이 동네 염전을 다 합쳐도 중국에선 소금밭 푼수일세." 한학상통사 오대령이 같잖다는 듯 단정지었다.

도포(韜浦, 도모노우라)—1월 11일

조선배가 항해할 때는 물론이고 조선인이 내리고 탈 때에도 구경꾼이 끊이질 않았다. 일찍이 승선하는데 구경꾼 중에 한 아이가 오롯했다. 탁자에 지필묵을 펼쳐놓고 글을 쓰는 것이었다.

조철이 가리켰다. "저 아이가 충해도에서 알아주는 신동이랍니다."

조엄은 터무니없었다. "왜국에도 신동이 있나?"

"다섯 살 때 천자문을 좔좔 외고 썼답니다. 아만(阿萬)이란 아인데 지금은 여덟 살이고 특히 초서를 잘 쓴답니다."

"저기서 왜 쓰고 있다는 건가?"

"저 아이 글씨를 얻으려는 사람이 많은데, 저 아이가 쓰고 싶지 않으면 안 쓴답니다. 우리를 보고 흥이 난 게지요."

"붓 놀리는 것이 무르녹아 자못 진취성이 있군. 미목(眉目)이 청수하고 몹시 귀엽구나."

"손주 생각이 나십니까?"

"해외의 기동(奇童)에게 선물이라도 줘야겠어."

조엄은 지필묵을 주려고 조철에게 데려오게 했다. 아이가 주저주저하며 오지 않았다. 겁먹은 눈치였다.

"글씨는 잘 쓸지 모르나 기백은 약한 모양이군."

막 발선하려고 했다. 조철이 황급히 배에 올랐다.

소동 임취빈이 얼른 청했다. "사또, 소인이 전해주고 와도 되겠습니까."

"가능하겠느냐?"

임취빈이 "예!" 소리를 남겨놓고 지필묵을 품에 안은 채 휙 뛰었다. 왜선을 징검다리 삼아 왜 신동에게까지 갔다. 아이가 받아들자, 머리까지 한번 쓰다듬어주고는 다시 거룻배들을 콩콩 뛰어넘어 돌아왔다. 한바탕 기예인지라 사방에서 환호성이 일었다. 장사군관 조신이 손을 뻗어 임취빈을 갑판에 끌어올렸다.

어김없이 관광 왜선이 따르며 글씨를 애걸했다. 사자관 홍성원과 정사 반인 조동관에게 청원이 집중되었다. 다른 이에게 조각 글씨를 얻은 이도 두 사람의 글씨마저 얻겠다고 몰려왔다. 멀리서 보면 고래 같은 조선배가 새우 같은 왜선을 무수히 달고 다니는 모양새였다.

타루에서 내려다보던 조엄이 쯧쯧댔다. "왜인이 깃발·병풍에 쓴 글씨나 단자(單子)에 가늘게 쓴 것이나 문사들의 시축(詩軸)에 창수한 것을 보면, 필법이 더러는 기묘하더군. 이 나라에도 서예가 있다는 말 아닌가. 초서 쓰는 팔세 신동도 있고. 한데도 남의 나라 글씨를 얻겠다고 저 법석이라니."

조철: "우리나라 사람의 필적만 얻으면, 또박또박 해서(楷書)건 흐물흐물 초서(草書)건, 잘 썼건 못 썼건, 거개가 기뻐서 날뜁니다."

착한 장비 조신: "중간에서 소개하는 대마도의 통역들이 뇌물까지 받는다고 합니다. 숙소에 묵을 때도 장난 아닙니다. 조선사람 글씨를 얻겠다고 줄이 끝없이 서 있지요."

두주불사 이해문: "조선 사람의 필적을 얻어서 간직해두면 많은 복리(福利)가 있다, 뭐 그런 믿음 같은 게 있답니다. 우리나라 부적과 같은 거겠죠. 고가에 거래도 된다고 하던데요. 저도 어제 좀 써줬는데 어찌나 좋아들 하는지. 뭐, 글씨야 거기서 거기 아니겠습니까. 제 글씨도 명색은 과거 급제한 글씨지요. 글씨 팔아서 거의 공으로 퍼마……."

조철이 이해문의 입을 틀어막았다. 조엄이 이해문을 노려보았다. 하고픈 말을 꾹 참았다. 이해문은 어물쩍대다가 도망치듯 내려갔다.

“저게 반대사(盤臺寺)겠군.”

“왜국도 기이한 지형은 죄 절이 차지하고 있고만.”

“정교합니다. 바위산 꼭대기에 저런 절을 올려놓다니.”

“놀라기도 지쳤어.”

반대사의 중들이 거룻배를 저어왔다. 배마다 다가와서 축원사(祝願辭)를 올렸다. 통신사가 이곳을 지날 때의 관례라고 했다. 양반짜리들은 떨떠름히 쳐다보고, 부처 믿는 중·하관 몇몇은 남모르게 합장하며 염불을 따라했다. 16년 전 사행 때에 의거하여, 배마다 쌀 한 포와 약과 한 사발과 종이 한 묶음으로 사례했다.

뒷말했다.

“관세음, 관세음 하던데. 관세음은 우리나라 중들하고 발음이 똑 같은걸.”

“저게 다 양식 구걸하는 짓이지.”

“우리나라 중은 아니 그런가.”

“올라가는 이를 위해서는 서풍을 빌고 내려가는 이를 위해서는 동풍을 빈다네. 순풍과 역풍을 같이 비니, 하늘이 어떻게 그 소원을 따르겠는가?”

“부처는 그리할 수 있나보지.”

“우린 뭐 다른가. 말세엔 왼쪽에도 붙고 오른쪽에도 붙잖은가.”

관소는 해안산(海岸山)의 복선사(福禪寺)였다.

국서를 안치하는 예가 끝났다. 삼사와 당상역관의 종놈은 느긋하게 움직이는데, 나머지 종놈은 소금 맞은 미꾸라지떼처럼 뛰쳐나갔다.

각 고장 영접관은 사행 직분을 근거로 숙소를 배려했다. 아주 높은 삼사나 당상역관 숙소는 가장 깨끗하고 가장 좋다고 여기는 데로 정했다. 군관·역관·문사·예인·악공·장졸 등에 대해서는 서열이 어떻게 되는지 속속들이 알지 못했고, 같은 부류에서도 누가 더 윗사람인지는 더더욱 알지 못했기에 대략 정했다. 똑같은 집 속에 똑같은 방이고 겨우 하루밖에 안 묵을 건데 아무려면 어떠냐?

종놈이 보기엔 그게 아니었다. 똑같은 집은 없고 좋은 집, 보통 집, 나쁜 집이 분명했다. 똑같은 방이 없고, 자기 좋은 방, 견딜 만한 방, 잘 수 없는 방이 뚜렷했다. 주인들 위계가 불명확하고 위계가 명확하다 해도 체면상 한번 정해진 방을 바꾸지 않는 게 관례가 되자, 처음 정해질 때가 가장 중요해졌다.

종놈은 제 주인 방을 확인하고 아니다 싶으면 다른 방을 막 돌아다녔다. 주인 마음에 찰 만한 방을 찾아내면 거기 명패와 주인 명패를 바꿔달고 들어앉았다. 동시에 좋은 방을 발견하면 주먹질로 다퉜다. 힘센 놈이 약한 놈을 을러서 밀어내는 일이 다반사였다.

이날은 좋은 방, 나쁜 방이 누가 봐도 뚜렷해서 이 집, 저 집, 이 방, 저 방에서 욕설이 날고 육박전이 벌어졌다.

"좀 봐주라. 내 주인이 누구여? 이매님이시다. 오늘도 방 나쁘면 난 맞아 죽어."

"나도 죽어. 엊그제 벌레 나와갖고 내 허벅지에는 먹구렁이 생겼다고."

"문사님 방에 지필묵이 없다는 게 말이 돼? 난 죽어도 지필묵이 있는 방이어야 해."

"이 방을 갖고 싶거든 나를 죽여라!"

"가위바위보로 정하자!"

"쌍코피 터지기 싫으면 비켜!"

화원 김유성의 종놈 엇금(旕今,18세)은 굼뜨고 달음박질이 느렸다. 어쩌다 운 좋게 먼저 도착한 날에는 욕 잘하고 주먹질 잘하는 종놈한테 강탈당했다. 별명이 순둥개일 만큼 순하게 생긴 데다 입도 걸지 못하고 싸움 실력은 젬병이다 보니 늘 그 모양이었다.

김유성은 방 따위에 연연하는 성격이 아니었으나 늘 악조건의 방을 쓰다 보니 참는 데도 한계가 있었다. 다 좋은데 명색이 화원의 방에 화구가 없다니. 왜인이 정할 때 화원은 당상역관과 동급으로 쳐서 지들 딴에는 상급 방에 화구를 갖춰놓았다. 정해진 방에 들어가 본 적이 거의 없고 화구마저 누가 훔쳐갔는지 못 볼 때가 허다했다.

경쟁력 약한 종놈 거느린 탓에 좋은 방 구경 못 해본 몇몇이 뜻을 모아 부사 이인배에게 하소연했다.

부사는 세 사신의 종놈을 집합시켰다.

정사의 종놈 장지묵(張志默, 38세)은 종들의 두목이랄 수 있었다. 종이 아니라 겸인(傔人)으로 행세했다. 누구를 오라 가라 해? 감히 튕기고, 김재복(金載福, 18세)만 보냈다. 김재복은 조엄의 5대조 때부터 이어져 내려온 집안 종이었다.

"정녕 그러하냐?"

김재복: "저는 잘 모르는뎁쇼. 우리 주인나리 챙기기도 바빠서……."

부사의 노자 진도(震道, 38세): "별 걸 다 긍휼히 여기십니다."

부사의 노자 귀금(貴金,19세): "아니 땐 굴뚝엔 연기 나겠습니까?"

광봉·광욱 형제는 다른 종놈들이 그러는 게 보기 싫었고 그러지 말라고 다른 종놈들을 야단친 게 한두 번이 아니었다.

"우리 종놈끼리 의지해도 아쉬운 판에 이 무슨 자중지란인가?"

씨도 안 먹히는 것이, "늬들은 안 당해봐서 몰라!"라는 것이었다.

광봉: "부끄럽사오나 늘 있는 일인 줄 압니다."

광욱: "주인나리가 무서워 종놈들이 악착을 부리는 모양입니다."

이인배는 종놈 거느린 원역 등을 죄 불러모았다. 들였던 짐을 다 챙겨 나오게 했다.

"내가 그대들에게 싫은 말을 한 적이 없다. 상사께서 나무라도 나는 어루만지려고 애썼다. 한데 이 일은 상사께서 알기 전에 내가 먼저 꾸짖어야겠다. 부끄럽지도 않은가? 그것이 종놈의 잘못인가? 그대들이 방관하고 옹호하고 은근히 강요했기 때문에 빚어진 일이다…… 좋은 방을 빼앗지 못했다고 종놈을 잡도리하고, 나쁜 방을 잡았다고 종놈을 닦달하는 일이 체면에 합당한가? 체모를 지키세, 체모를. 정녕 방이 마음에 안 드는 이는 나에게 오게. 내 방을 내줄 테니."

"송구합니다!" 이구동성했다.

"내 또 한 번 종놈들이 방 때문에 시비했다는 소리를 들으면, 그 종놈은 물론이고 그 주인까지 선실에서 못 나오도록 할 것이야."

"송구합니다!"

이인배는 김재복·귀금·광봉·광욱에게 왜 영접관과 더불어, 명패를 원래대로 달아놓게 했다.

"이런 조잔한 일로 다시 집합하는 일이 없도록 하게."

이인배는 흩어지는 무리들을 보고 한숨을 내쉬었다. "이런다고 고쳐지겠느냐 말이야."

복선사에는 이전 사신들이 남긴 흔적이 오롯했다.

신묘사행(1711) 때 종사관 이방언(李邦彦)이 썼다는 여섯 글자 '日東第一形勝(일본의 제일 명승지)'가 현판으로 달렸다.

무진사행(1748) 때 여러 문사들이 남긴 시가 옻칠 상자에 보관되어 있었다. '韓客筆花(한객필화)'라고 제목 적힌 비단 두루마리에 빼곡했다. 양반짜리들은 가깝게든 멀게든 아는 사람들이라 성명과 시만 보고도 반가웠다. 친한 벗의 이름을 보고 이역만리 꿈에서 만난 듯 기뻐하는 이도 있었다. 이미 저승으로 간 사람 홍경해(洪景海)가 썼다는 석 자 '大潮樓(대조루)'도 현판으로 걸려 있었다.

민혜수가 읊조렸다. "호랑이는 가죽을 남기고 사람은 이름을 남긴다더니, 홍경해는 오랑캐 나라에 글씨를 남겼구나."

종놈 삽사리가 썼다.

> 양반님네들이 간절히 먹고 싶어하는 음식이 있었으니 '얼음사탕붙이'이다. 이전에 사행일기 쓰셨던 분들치고 얼음사탕붙

이 얘기 안 한 사람이 없다는 거다. 우리 주인님만 해도 이 고장에도 얼음사탕이 없나? 묻고 다니는 게 일이다. 나리님들이 그렇게 먹고 싶어하니까, 종놈들도 무지하게 먹고팠다.

"우라질 것들이 일부러 안 주는 거 아녀?"

"대가리를 좀 돌려봐. 사방 천지가 얼음인데 무슨 얼음을 찾아? 그니께 그 얼음거시기는 여름에나 먹는 것이셨다 이 말여."

"겨울에는 더 만들기 쉬워야 하는 거 아녀? 얼음에다 사탕만 넣으면 되잖아."

"쪼다들, 얼음이 문제가 아니라 사탕이 문제라는 거잖아."

'허풍 장영실'로 통하는 홍복이 나섰다. "내가 만들어줄까?"

홍복이는 뭐든지 처음 보는 것이 있으면 자기도 만들 수 있다고 우겼다. 재료만 있으면 그게 음식이든 기계든 건축이든 자기도 만들 수 있다는 거다. 진주목걸이를 만들어줄 테니 진주를 가져오라는 놈과 뭐가 다른가. 하여튼 허풍 쩌는 놈이다.

다들 또 헛소리하네 하고 쳐다보자, 홍복이가 장담했다. "내가 얼음사탕을 만들 수 있다."

"얼른 만들어줘."

"사탕풀이 있어야 한다. 사탕풀을 가져오면 내가 만들어주마."

"미친갱이야, 사탕풀이 어딨어?"

"왜놈들이 있다고 그러더라. 얼음사탕이 별 게 아니고 사탕풀 진액을……."

홍복이는 정말 제정신이 아니다. 달 보던 때는 저 달까지 사람이 타서 날아갈 수 있는 연을 만들 수 있다고 횐소리 쳤다.

옛날 삼국시대 때 김유신 장군이 큰 연에 사람 태워서 적진을 살폈다는 얘기를 듣긴 했지만, 달나라까지 연을 날려? 달나라에 방아 찧는 토끼가 산다고 믿는 놈보다 더 미쳤다.

그래도 홍복이 때문에 재미있다. 꾸준히 헛소리라도 해주는 놈이 있으니 그나마 웃고 산다. 어물전에 꼴뚜기가 필요하듯이, 약방에 감초가 필요하듯이, 나그네 무리에는 맛 간 놈이 필요하다.

일비(日比, 히비)—1월 12일

어느 곳이나 늦저녁에 닿기 마련이다. 그곳의 자세한 구경은 이튿날 아침녘에 가능했다. 일행은 사립문을 열고 별천지 같은 호수 풍경과 조우했다.

부지런한 이들은 해벽 꼭대기의 작은 암자를 구경했다. 오륙십 보쯤 되는 터에 석탑과 돌부처 여남은이 옹기종기했다. 조그만 금부처를 앉혀놓은 사당에 성명과 기원이 적힌 표지가 빽빽했다.

정원에 홍귤나무 열매가 무성했다. 홍복이 깊수름한 체했다. "너는 홍길동 같구나. 여기 번쩍 저기 번쩍. 한 개 따주랴?"

"함부로 따도 되나?"

홍복이 번쩍 뛰어올라 손을 뻗었지만 닿지 않았다. "좀 높은 걸." 홍복은 기합을 넣고 다시 뛰었지만 또 실패했다. 세 번 더 헛손질을 했다. 성이 난 홍복은 저만치 갔다가 달려와서 뛰었다. 아슬아슬하게 닿지 못하고 엉덩방아를 찧었다.

임취빈이 호호 웃었다.

“그까짓 걸 못 따서 쩔쩔매나.” 홍복보다 머리 하나가 큰 군관 임춘홍이 펄쩍 뛰었는데 역시 실패했다. 너도나도 따보려고 하는데 성공한 이가 없었다. 다들 열 받아서 씩씩대는데 중이 장대를 들고 나타났다. 중이 여러 개 매달린 가지 하나를 꺾어 내렸다. 하나씩 받아 들고 껍질을 벗겼다.

“아우, 셔!” 대개 먹지 못했다.

임취빈이 씩 웃더니 저쪽에 가서 섰다. 큰 원을 세 바퀴 돌며 이쪽으로 오더니 휙 솟구쳤다. 귤나무 높은 곳 가지 사이에 착지했다. 왜인이 손뼉 치며 환호했다. 귤 따보겠다고 땅 짚고 헤엄쳤던 이들이 무안해서 헛기침을 해댔다.

언제나 그렇듯 글씨를 바라는 왜선이 새우떼처럼 따라다녔다.

한 척이 일기선 밑으로 쑥 빨려들었다. 충돌은 면했는데 세로로 누워버렸다. 왜선이 두 노 사이에 교묘하게 끼었다. 격군이 노를 움직여 왜선을 밀어내려고 했지만 여의치 않았다. 왜선에 탔던 이들은 거꾸로 매달려 잘도 버텼다. 한 사람이 버르적버르적 기어 올랐다. 자기네 배 난간에 발끝을 지탱하고 조선배에 손을 뻗어 놋구멍을 잡았다. 과연 저 작은 구멍으로 사람이 들어갈 수 있을까?

왜인이 불쑥 떨어지자 격군은 바다 귀신이라도 만난 듯했다.

“아이구, 깜짝이야. 십년감수했네.”

“오랑캐놈아. 부정 탄다, 부정.”

"어서 나가. 맞고 나갈래, 그냥 나갈래?"

격군이 둘러싸고 험악한 말을 해댔는데, 왜인은 손사래 치며 고개를 절레절레 흔들었다.

"이거, 정신 나갔어." 격군 넷이 달려들어 왜인 몸뚱이를 들어올려 놋구멍에 도로 집어넣으려고 했다. 왜인은 비명을 지르며 발버둥쳤다.

왜인의 안부가 궁금해 뛰어온 자제군관 조철이 호통쳤다. "뭣 하는 짓들인가? 야박하지 않은가! 살겠다고 들어온 사람을 죽으라고 내보낸단 말인가."

"그게 아니고요, 바다 것은 함부로 배에 들이지 않는 법이라고요. 하물며 오랑캐잖아요."

"이 사람이 요 쪼맨한 놋구멍으로 들어왔다고요. 요물이에요, 요물. 너 사람 아니지?"

"이놈이 나쁘잖아요. 지랑 배 탔던 이들 버리고 지만 살겠다고 기어오른 거잖아요. 가서 함께 죽든지 살든지 하라는 거죠. 이런 놈 태우면 액이 붙어요."

돛을 내렸다. 조선배 안에서 노로 밀고 밖에서는 다른 배들이 도와 왜선이 간신히 빠져나왔다. 바깥 상황을 살펴보던 왜인이 누가 말릴 틈도 없이 놋구멍으로 들어갔다. 배 밖에 달라붙은 왜인을 보고 사방에서 함성이 터졌다. 왜인은 자기 배를 바라보고 몸뚱이를 날렸다. 제 배에 우지끈 내려앉은 왜인을 향해 박수가 요란했다.

견인하고 인도하는 왜선이 교체되었다. 수백 척이 가고 수백 척이 새로 왔다.

임취빈이 새 왜선의 깃발표지를 보고 읊조렸다. "무식한 홍복아. 너 알아들을 수 있는 말로 풀어주마. '清風(청풍)'은 맑은 바람이요, '順風(순풍)'은 순한 바람이요, '大燕(대연)'은 큰 제비 혹은 큰 평안이요, '飛燕(비연)'은 나는 제비, '浪安(낭안)'은 편안한 파도, '浪無(낭무)'는 파도 없이, 되겠노라."

"바람 한 번, 파도 한 번이면 훽 날아갈 것들이 거창하네. 야, 너 요새는 말이 짧다? 언니는 어디다 팔아먹었어?"

"하는 짓이 내가 언니다. 네가 언니라고 불러."

일공으로 사슴다리가 나왔다. 격군에게도 나왔다. 구워 먹으며 입아귀를 꾸역거렸다. 서로 간에 먹는 꼴이 볼 만했다. 먹다가 웃고 웃다가 먹고 했다.

격군이 풍월을 왜자겼다.

"왜국은 일개 태수가 다 왕이랴. 유식한 말로다 국주(國主)를 칭한다는 거지."

"왜국 66주가 다 나라라는 걸. 심지어 대마도 것들도 자기네 섬을 '우리나라'라고 하고 강호(江戶)를 내국(內國)이라고 한다잖아."

"강호에 조공만 바치고 통치는 알아서 하는 거야. 우리가 청나라한테 하는 거랑 비슷한 거지."

"무지렁이야, 우리는 완전 독립국여. 조공은 그냥 무역하는 거라고."

"그럼, 여기도 66주가 다 독립국이라는 겨?"

"속국!"

"삼국말기 때랑 비슷한 겨. 각 고장 대장들이 지가 다 왕 행세했잖아."

"유식한 말로다 중앙집권이 안 되었나 하는 거다, 이 무식쟁이들아. 중앙집권이 쉬운 일인가. 땅 크기로 치자면 왜국이 우리나라보다 몇 배는 클걸."

"우리나라보다 삼십 배 큰 중국도 중앙집권이다, 하나만 아는 유식쟁이놈아. 중앙집권과 땅 크기는 별 상관이 없어."

"누가 우두머리인지도 헛갈리지. 천황이 있고, 우리 고려조 때 최우(崔瑀) 같은 무신이 관백으로 있는 막부가 있고, 그 관백을 마음대로 주무르는 집정이라나 뭐라나가 있고, 이 셋 중에 누가 더 높은 거야?"

"우리가 만나러 가는 놈이 제일 높겠지."

"그 셋을 다 본다고 하던데?"

"천황도 보나? 천황은 숨겨놓고 보여주지 않는다던데."

"장님 문고리잡기일세."

"격군 주제에 별걸 다 고민한다. 박으라면 박고 까라면 까는 거지."

"그래도 알 건 알아야지."

"하나님이 다 알려주시오."

"하나님이 높어? 천황이 높어?"

"불벼락을 맞을지어다."

"우리나라 사슴하고는 맛이 영 다르네."

"나는 아직도 고라니하고 사슴하고 분간을 못 하겠어."

"근디 쇼군은 뭐래? 왜놈들이 만날 쇼군, 쇼군 하던데……."

우창(牛窓, 우시마도) — 1월 13일

동틀 녘에 배를 탔다. 언제 어디서 보든 해돋이만큼 장엄한 것이 있을까. 자연이 뿜어내는 경이에 압도되어 말문이 막혔다. 암초가 무수했다. 나무를 세워 표를 한 것이 수십 리나 뻗쳤다. 예선과 관광선이 배로 만든 육지 같았다. 해변에도 구경꾼이 인산인해였다.

삽사리가 씼다.

> 예전에 어떤 천황이 이 바다를 지나다가 소 한 마리를 만났다. 그 소가 요상한 짓을 했다. 신하 중에 항우장사가 있었다. 항우장사가 소의 뿔을 뽑아 바다에 던져버렸다. 그 이후로 '소뿔(우창, 牛窓)'이란 지명이 생겼다. 아, 왜국이나 우리나라나 전설은 황당하기 그지없도다.

종서기 김인겸은 육지 처소가 마음에 들지 않아서 대개 배에서 잤다. 삼문사 숙소에 방이 하나 남았다. 김인겸이 그 방에 짐을 풀었다. 모처럼 사문사가 되었다. 방마다 지필묵이 가지런했다.

성대중이 엄지손가락만 한 작은 붓을 들었다. "이렇게 작은 것이 써질까요." 시험 삼아 몇 장을 써보았다. "작은 고추가 맵다더니 잘 써집니다."

왜 시중아이에게 주었다. 소문이 나서 다른 시중꾼들이 죄 몰려

와 징징댔다. 〈누구는 주고 누구는 안 줍니까, 저도 써주세요!〉

성대중이 난감해하다가 써주기 시작했고, 혼자 애쓰는 게 안쓰러워 나머지 셋도 한두 장씩 써주었다. 종이가 다 떨어졌다.

"어허, 젊은 사람이 인심 한번 잘못 쓰는 바람에 다 같이 고생했네 그려."

"끝난 게 아닌 모양인데."

종이와 부채를 든 사람들이 시야가 닿지 않는 데까지 줄지었다. 수십 장 써주다가, 이런 일이 전문인 사자관 홍성원과 조동관 등에게 쫓아 보냈다. 고장의 유력자들이 여러 경로로 크고 작은 종이 스무 권을 바쳐왔다. 시와 문장으로 도배해달라는 것이다. 거절하기 어려웠다. 저녁을 먹고는 고장 유생을 만나서 창수하고 필담해야 했다.

대마도에 머무를 때까지만 해도 으뜸 베짱이였던 사문사는 왜국 본토에 들어선 이후 으뜸 개미로 살았다. 배울 만한 이를 만나거나 수준이 맞거나 수준이 낮더라도 미래를 기대할 만한 재능을 만나면 고되어도 즐거움이 있었을지 모르겠다. 사문사는 남도의 난메이 말고는 기억나는 이가 없었다.

이 고장에 와서야 애써서 얽어놓은 것이긴 해도 문자가 넉넉하고 전고가 해박한 유생을 셋이나 만났다. 변방에서 중앙으로 가니 유생들의 수준도 높아지는 것일까.

〈동쪽으로 가면 문학과 학술을 가히 볼 만한 문사가 있소?〉

해박한 유생이 여남은 명의 이름을 적어주었다.

밤참으로 면·과일·국·채소가 나왔다.

문자가 넉넉한 유생이 썼다. 〈무진(1748) 때의 교빙은 이처럼 쓸쓸하지는 않았습니다. 여러분께서 술잔을 가까이하지 않으니 풍류를 도울 길이 없습니다.〉

남옥이 답했다. 〈술은 미치게 하는 약이오. 오늘은 찻잔으로 대신하여 맑은 흥을 돋우는 것이 좋겠소.〉

글 쓰는 게 업인 자들이라 그런지 차로도 취할 줄을 알았다.

이번 사행은 우창에서 조용히 보냈지만, 다른 사행 때는 떠들썩했던 모양이다. 신유한의 『해유록』에 따르면 기해사행(1719) 때는 우창에서 화려한 복장의 소동 대무(마주보고 추는 춤)를 베풀었다. 그 춤이 우시마도의 특산춤인 '가라코 춤'으로 계승되었다. 우시마도에서는 언젠가부터 11월에 축제를 개최해왔다. 주민들이 통신사 복장을 하고 행렬하는 행사도 있다고.

실진(室津, 무로쓰)—1월 14일~18일

1월 14일

적수(赤穗, 아코)성을 보았다.

"일개 현이라는데 저렇게 클 수가 있나요?" 임취빈이 물었다.

"저것이 다 백성을 학대하고 세금을 마구 거두어서 사치한 것일 게다." 원중거가 확언했다.

"이 나라에도 저러지 못하게 법은 있을 텐데요."

"우리나라에는 그런 법이 없어서 그런다더냐."

홍복이 둘 사이에 끼어들었다. "취빈아, 소문이 너무 안 좋아. 우리 나리만 편애한다고 다른 나리들이 난리가 났어. 애정을 적당히 나눠줄 줄도 알아야지."

"나보다 이덕리를 더 편애한다는 걸. 이덕리랑 밤마다 차를 마신다고……." 원중거는 말을 주워 담고 싶었다. 애들 앞에서 체면 없이 뭐라고 지껄인 게야.

실진 포구. 정하게 지은 관사와 사치스러운 기물들이 기기묘묘하였다.

대마주가 삼사를 찾아왔다. 대마주가 강호에서 온 편지를 전해주었다. 부기선의 손상에 대한 쇼군의 위문이었다.

대마주가 썼다. 〈강호에 도착하면 집정이 영접할 것인데, 반드시 이 문제를 별도로 위문하고 치사할 것입니다.〉

바닷물이 거울 같았다. 배마다 밝혀진 등불 수만이 점점이 빛나면서 달빛과 어우러졌다.

종도리가 추상우에게 문득 삐졌다.

"성님, 나도 잘하는 게 있소."

"등짐 잘 나르는 거 말고 또 있다는 게냐?"

"그게 뭔 재주요. 그냥 힘이 센 것뿐이지."

"그래, 네 재주가 뭐냐?"

"난 뭐든지 십중팔구 이기오."

"뭐라냐?"

"바둑이나 장기처럼 대가리로 겨루는 것 빼고, 나머지 잡기는 십중팔구란 말이오."

"너도 여아주 하나니 마나니를 닮아가는구나."

"해보실라오? 딱밤 맞기라도."

"그거 좋구나. 뭘로 할까? 네가 자신 있는 거로 하자."

"내가 할 소리요. 성님 제일 자신 있는 거로 하오."

"너 같은 놈한테는 가위바위보로 충분하다."

추상우가 한 번도 이기지 못했다. 종도리의 손가락 힘이 무척 세어 추상우 이마에 혹이 열 개나 생겼다.

"힘만 센 놈아, 다른 거로 하자."

묵찌빠를 했다. 종도리가 계속 이겼다.

"성님 대가리 구멍날까봐 더는 못 때리겠수. 저금하겠소."

"제대로 해보자."

윷놀이를 했다. 종도리가 세 판을 내리 이겼다.

쌍륙을 쳤다. 종도리가 다섯 번 다 이겼다.

투전을 했다. 추상우가 투전만큼은 자신만만했다.

"운수대통한 놈아, 이제까지 한 것은 운으로 결판나는 것이었다. 네놈 운이 기똥차게 좋았다."

"운이 아무리 좋다손 무조건 이길까. 아직도 내가 잡기에 십중팔구함을 못 믿겠소?"

"투전은 달라! 투전은 배짱 센 놈이 이긴다."

"나한테는 안 되오."

"내가 도적계 최고의 투전꾼이었다!"

둘이 투전을 하는데, 딱밤 열 대씩을 판돈으로 걸었다. 추상우는 패가 열 번 연속 잘 들어와서 백 대를 줄였다.

"얍삽한 놈아, 상대도 안 해보고 뒈지기만 하느냐? 하겠다는 거야, 말겠다는 거야."

"성님 끗수가 더 높은데 뭘."

추상우가 구땡 패를 잡았다.

"요번에도 그냥 뒈지면 너 뒈진다. 딱밤 열 대 받아라!"

"열 대 받고 백 대요!"

"어쭈구리! 잘 걸렸다. 백 대 받고 천 대."

"천 대 받고, 성님 막내누이요."

"뭐? 받고, 네 이모 숙모 전부 다."

"받고, 성님 마누라에 첩에……."

"어린 게 못 하는 소리가 없구나."

추상우가 패를 내던지고 종도리를 폭력으로 응징했다.

추상우가 훌쩍대는 종도리의 투전패를 펴보았다. 장땡이었다.

"잠지도 안 까진 놈아, 누이까지는 참는데 마누라까지 달라니. 그게 성님한테 할 소리냐?"

"내가 너무 심했소."

"한데 너 정말 내 패를 읽은 것이냐?"

"읽었수."

"내 표정을 보고 알았느냐? 난 무표정했는데."

"아니, 그냥 딱 읽히우. 윷이나 주사위나 던지는 건 내가 원하는 것이 나고, 투전 같은 것은 상대방 패가 그냥 읽히우."

"그 재주를 왜 썩히느냐? 노름판에 하루만 앉았어도 부자가 될 것 아니냐."

"그렇지가 않소. 사기꾼을 당할 수가 없소. 성님이 쌈빡하게 상대해줘서 내가 이긴 거요. 속여먹는 놈, 우기는 놈, 주먹으로 뒤엎으려는 놈, 그런 야비한 놈들한테는 어쩔 수 없수."

"당장 시험해봐야겠다."

추상우는 종도리를 데리고 투전에 미친 놈들을 찾아갔다. 부산에서부터 명성을 쌓아온 으뜸 투전꾼만 모인 판이었다. 일부러 그렇게 모였다기보다는, 못하는 놈들이 상대를 안 해주니, 잘하거나 안 하면 못 견디는 놈끼리만 어울리게 된 것이다.

"아니, 대봉새가 어쩐 일이래. 종달새까지 달고."

종달새 종도리가 투전판에 끼었다. 투전에 이골 난 자들은 호구 하나가 기어들어온 줄 알았다. 종도리는 한 서른 판 존재감이 없었다.

"호구, 이번에도 꿰질 거야?"

"이번엔 끝까지 가볼라우."

그때부터 종도리는 눈부신 실력으로 깡그리 따버렸다.

종도리만큼은 아니지만 상당히 따고 있던 게 여금이(呂金伊, 30세)였다. 자타가 인정하는 최고의 투전꾼이었다. 종도리와 여금이가 크게 붙었다.

종도리가 외쳤다. "성님 가지고 있는 거 다!"

"받는다, 천뜨기야. 받고, 네 손 한 짝!"

"손 받고, 형님 고추!"

"뭐여, 이 불상놈이! 자지 받고, 네 혓바닥이다. 혀를 뽑아서 젓갈을 담가버릴 테다."

"받소. 그만 깝시다."

종도리가 자신 있게 오땡 패를 깠다.

여금이가 삼팔따라지 패를 팔땡 패로 바꿔치기하다가 추상우에게 딱 걸렸다. 여금이가 폭력으로 위기를 탈출하려고 했으나, 칼까지 쥔 추상우를 이겨낼 수가 없었다.

"어서, 자지를 내놓아라." 추상우가 여금이의 아랫도리를 벗겨냈다. 시커먼 거시기가 분위기를 파악했는지 바짝 쪼그라들어 있었다.

"아, 살려줘. 종도리야, 너무 하잖느냐?"

"상우 성님한테 말하쇼. 나는 성님 말에 따르리다."

"상우야, 좀 봐줘라. 진짜 자르려고? 안 돼, 살려줘. 고자 싫어."

추상우가 여금이의 허벅지를 살짝 베었다. 피를 보자 여금이는 "어머니!" 부르짖었다. 종도리가 종이 한 장을 여금이에게 들이밀었다.

추상우가 을렀다. "거기에다 수결을 하면 고추도 안 자를 것이며 딴 것도 돌려주겠다."

"뭔데? 난 까막눈이라고!"

"추상우와 종도리가 궐기할 때 무조건 동참하겠다는 연판장(連判狀, 한 문건에 여러 사람이 도장을 찍어 판결하거나 승인한 서장)이다."

"뭐여? 좆 뽑는 소리를 허네."

"고추 자른다!"

"할게! 하고 싶은데 난 내 이름 못 써!"

"걱정하지 마."

추상우는 종이 여백에 언문으로 '여금이', 한자로 '呂金伊'이라고 썼다.

"너는 여기에 손도장만 찍으면 돼."

종도리가 먹물을 내밀었다.

여금이가 엄지에 먹물을 묻혀 제 이름 위에 꾹 눌렀다. 종도리가 딴 것을 돌려주었다.

다른 이들이 성질을 냈다. "우리도 돌려줘!"

"성님들도 손도장을 찍으시든가. 진서든 언문이든 쓰실 줄 알면 직접 이름을 쓰셔도 좋고."

다투어 손도장을 찍고 이름을 적었다. 종도리는 딴 것을 미련 없이 돌려주었다.

1월 15일

정월대보름이었다. 종놈끼리 밤 주전부리하며 시끄러웠다.

"지금쯤 광통교(廣通橋)에서 다리 밟고 있어야 하는데, 이게 뭐냐. 하고 보니 말짱 거짓일세. 내가 작년에 말여, 우리 나리가 종놈들 중에 누구를 데려갈까 막 이러고 있었거든. 나는 점찍어둔 계집애가 있어서 죽어도 안 갈라고 그랬어. 그래가지고 열두 다리를 백번씩은 밟았어. 근데 뭐여? 재액을 못 면하고 여기까지 왔잖나."

"네가 살아 있는 게 재액을 면한 거지. 다리 안 밟고 왔으면 넌 벌써 뒈졌을걸."

"광욱·광봉이 걔들은 왜 형제가 만날 싸우냐? 걔들 형제 맞어?"

"한 놈은 만적당 만들자 설치고 한 놈은 말리니까."

"만적당 만들자는 게 형이여 아우여?"

"고변해야 하는 거 아녀?"

"의리가 아무리 썩은 세상이라도, 고자질은 못 써."

"굿 보고 떡이나 먹으면 될 일."

"그게 말이 되냐? 만들어서 뭐 어쩌게?"

"혹시 살주계·검계 하는 것들 아녀?"

"걔들 말이 틀린 건 없지."

"종놈이 나쁜 거여? 솔직히 나는 종놈이 뭐가 나쁜 건지 모르겠어. 내가 삼십 평생을 종으로 살았지만 굶주린 적이 없고 못 입은 적이 없어. 사람 취급 못 받은 일도 없고. 상놈들 그게 사는 거냐? 여기서도 봐라. 제일 개고생하는 게 격군이잖아. 걔들이 우리 종놈보다 나은 게 뭐야?"

"종놈이 세상을 바꾼다고 쳐. 만적이 왕 되었다고 해보자고. 만적 왕은 종놈 안 둬?"

"우리는 사노비라 편한 거야. 관아에 딸린 종놈들은 마소나 다름 없어."

"종이래도 급수가 있지, 관노비 그것들은 사람도 아니지."

"병신 육갑하네. 관노비하고 사노비하고 뭐가 달러? 이매 같은 무식한 늙은이를 모시는 임금이 처지에서 따져봐."

"거, 하나님인가 여아이주인가 외치고 다니는 지랄병 말을 들으니까 평등이라는 게 있다던데."

"그건 만적당보다 더 지랄병이고. 평등이라니 개가 한여름에 얼어죽는 소리다."

"종놈도 주인을 잘 만나야 해. 병신 같은 주인 만나봐라. 자기는 굶어도 일 부려먹을 종놈 아가리에 밥은 넣어주어야 주인 아니겠어? 그 밥도 못 먹이는 주인한테 걸려봐. 그 종 신세 조진 거야. 뭐, 우리는 왜국까지 사신 가는 훌륭한 주인을 모시는 종놈들이니까……."

"그래도 종놈, 종놈 소리 듣기에 기분 나쁘잖냐."

"기분이 밥 먹여줘?"

"그러니까 노자라는 좋은 말을 쓰자. 우리 노자끼리라도. 노잣돈 생각도 나고 좋잖어?"

"좇털을 뽑아서 머리에 심는 소리 하고 자빠졌네. 종놈이 종놈이지 노자는 얼어뒈질!"

1월 16일

백 층의 돌계단을 열대여섯 명이 헉헉대고 올랐다. 하무신궁(賀茂神宮)이 우뚝했다. 다섯 구역에 성근 소나무가 굳세었다. 지붕이 둥글고 건물의 문설주와 처마와 난간은 죄 청동 장식이었다.

'하무'를 모신 건물 지킴이 두 왜인이 펄펄 뛰며 열어주지 않았다. 부정 탄다고.

쭉 가니 호수가 있고 누각이 있고 대나무가 우거졌다. 또 가니 또 신사가 있었다. 검은 칠한 뾰족한 나무로 울타리를 둘러쳤다.

"대체 어떤 신들을 모시는 건가? 똑같이 생긴 신은 드물고 다 다른 신 같은데……."

왜인의 말을 수집하고 공부하는 사이에 누구보다도 왜국의 이러저러한 형편에 능통하게 된 이가 역관 유도홍이었다.

유도홍이 수떨었다. "별의별 신을 다 모십니다. 그 집안의 시조, 나라 전체에서 유명한 사람, 그 고장에서 행적이 뛰어났던 사람…… 아, 나라나 고향을 위해서 싸우다가 전사한 사람은 반드시 모신답니다. 왜국에서 산수가 아름다운 곳에 있는 것은 둘 중의 하나죠. 절 아니면 신사. 대나무 우거진 데 크고 화려한 누각이 있으면 무조건 신사라고 보시면 됩니다. 여러 신을 모신 누각도 있고 한 신만 모신 누각도 있답니다."

"귀신을 모신다는 얘기일세. 성황신, 산신, 조왕신, 해신…… 이런 천지신명은 안 모시나?"

"글쎄요, 말씀을 듣고 보니 왜인한테 그런 천지신명 얘기는 거의 듣지 못한 것 같습니다. 순 죽은 사람 신만 얘기 들었습니다."

"죽은 사람이 산 사람을 지배하는 건가."

"우리는 뭐 다른가. 공자님·맹자님·주자님은 죽으신 분이 아니던가. 내가 보기엔 이 신사라는 데가 우리 서원과 똑같네. 서원에서 석학이나 충절로 죽은 선비를 제사지내는 것과 무엇이 다른가?"

"어째 박세당(朴世堂, 1629~1703) 무리 같은 얘기인걸. 실사구시 한다는 자네들을 실학파니 어쩌니 해가며 도외시하는 이유가 이거였군, 불경스러워."

박세당은 칠순 넘은 나이에 골수 성리학자들과 한판 뜬 사람이다. 『사변록思辨錄』을 저술하여 주자학을 비판하고 독자적 견해를 밝혔다. 사문난적(斯文亂賊)으로 몰렸다. 관작을 삭탈당하고 유배형을 받았다. 곧 죽지 않았다면 필시 이탁오 같은 꼴을 당했을 테다.

중국에 이탁오가 있었다면, 조선에는 허균(許筠, 1569~1618)이 있었고 박세당이 있었다.

"절이 센가, 신사가 센가?"

"고장마다 다르답니다. 신사가 더 성대한 고장도 많다고 합니다."

"그러고 보니 절도 이들 개념엔 신사에 불과하겠군. 절이 뭔가, 죽은 석가모니 모신 데 아닌가."

"누구 입에서 절도 서원이랑 같다는 말 나오겠는걸."

"왜인에게 절과 신사가 크게 구분되는 건 아닌 듯합니다. 우리 눈에는 절, 신사, 절과 신사를 합쳐놓은 데, 이렇게 구분이 되지만, 저들 눈에는 셋 다 절이면서 신사고 신사면서 절이라는 거죠."

"거, 임진년 때 우리나라 쳐들어왔다가 죽은 오랑캐들도 설마 신이 된 것은 아니겠지?"

"웬걸요, 대단한 신으로 추앙받고 있습니다."

"우리나라는 임진왜란 때 싸우다가 죽은 백성들 위해서 뭐라도 하고 있나?"

"들은 바가 없네만."

"중국에는 관우 신이 대인기라며. 관왕묘가 없는 데가 없다는군. 압록강 넘으면서 북경까지 가는 데마다 관우묘라는 거야. 유비, 장비, 조자룡은 별로 없고 오로지 관우래, 관우."

"동양 3국이 귀신에 홀딱 빠졌으니."

종놈 홍복도 한마디 했다. "우리나라 남산에도 관왕묘 뎁다 많잖아요."

1월 17일

역풍이 점점 거세게 불어서 아무리 노를 저어 나아가려고 해도 앞으로 나갈 수 없었다. 실진으로 되돌아왔다.

포구를 나갈 때 성대하게 배웅했던 인민이 다시 나와 성대하게 환영했다. 참속은 아연실색했을 테다. 에도막부가 통신사를 초청하는 근본적인 이유가 다이묘(번주)의 재정을 고갈시키기 위함이라는 말도 있었다. 다이묘가 손해 보고 말겠는가. 고장 인민을 착취하여 벌충할 테다.

1월 18일

조엄의 숙소 대청에 도금으로 테두리한 병풍이 있었다.

조엄이 손위 조카 조동관을 불렀다. "서예로 명성을 날리고 있다고? 사자관보다 더 잘 쓰면 어쩌는가."

"설마 제가 잘 쓰겠습니까. 사람들이 눈이 어두워……."

"저 병풍 말일세, 볼 때마다 허전해. 내가 채워볼까 했는데 내 글씨로는 버렸다는 소리 듣지 않겠는가. 그대가 한번 채워보게."

겸양하다가 할 수 없이 조동관이 멋들어지게 갈겼다. 고장 왜인은 희귀한 보배라고 기꺼워했다. 대마인은 떨떠름한 낯꼴이었다.

수역 최학령이 풀었다. "자기들이 소개한 것이 아니라 그런 것입니다. 뭐든지 거간 노릇을 해야 직성이 풀리는 자들이니까요."

병고(兵庫, 효고)—1월 19일

오후에 갑자기 서풍이 불어 배가 몹시 빨랐다. 명석(明石, 아카시) 해협을 순식간에 통과했다. 왜인이 실진 포구에서 여러 날을 지체한 까닭은 아카시의 험난함을 두려워했기 때문이다. 무사통과를 왜인들이 지나치게 좋아했다. '신'의 도움이라고 기꺼워했다.

소통사들이 다떠위었다.

"저 앞바다가 똑바로 태평양이랑 통한대. 태평양 한번 보고 싶다. 중국 상선이 여기로 왕래하는 거지. 옛날 중국 수나라 양제(煬帝)가 여기로 쳐들어왔다네. 신이 보호하고 자기네 태수가 용맹한 군사를 몰아쳐 모조리 무찔렀다는 거야."

"무식한. 수양제라면 우리 고구려한테 박살난 그 오랑캐잖아. 우리한테 박살난 놈들이 무슨 여력으로 여기까지 와. 허무맹랑하다. 고려조 때 원나라가 저기 하관 앞바다에서 박살난 것이 와전된 것이겠지. 넌 다 나쁜데 왜놈 말을 너무 믿는 게 가장 나빠."

"태평양 끝까지 가면 어디가 나오나?"

"당연히 구라파(歐羅巴, 유럽) 나오는 거지."

"아냐, 뭐가 또 있대."

"뭐가 있어? 고래?"

"왜놈들 말로는 엄청나게 큰 땅덩이가 또 있대. 큰 나라가 셋 있다는 거야. 영길리국(英吉利國, 잉글랜드)에 조공하는 미국(美國) 하나가 중국만 하대. 또 인도(印度, 인디아)처럼 큰 묵서가(墨西哥, 멕시코)가 있고, 아라사(俄羅斯, 러시아)처럼 큰 아이연정(亞爾然丁, 아르헨티나)이라는 나라도 있대."

"어이없는 놈아. 말이 되는 소리를 해."

"진짜라니까. 세계를 한 바퀴 빙 돈 사람이 있대. 무슨 쿠라라고 했는데……."

"곱게 미쳐라, 이 회까닥아!"

옛날이나 지금이나 진실을 말하는 자가 진실을 모르는 다수자에 의해 미친놈 되는 일이 왕왕 있다. 하세쿠라 쓰네나가(支倉常長, 1571~1622)가 이끄는 유럽파견사절단 180여 명은 세계를 일주했다. 태평양을 건너고, 육로로 멕시코를 지나고, 대서양을 건너고, 로마를 거쳐, 인도양을 건너, 돌아왔다. 무려 7년(1613~1620)이 걸렸다. 조선통신사는 갖다 대기도 민망한 대장정이었다.

소문 자자한 아카시성이 보였다. 성가퀴가 바다에 임하였고 삼사층 누각 대여섯이 하늘을 찔렀다. 성 밑 선착장은 석축이 정교하여 묘사하기 벅찼다.

모래해변에 구경꾼이 개미·벌떼 같았다. 흰 점들이 무수히 박혀 있었다. 다가가니 왜녀들이 머리에 하얀 목면을 두른 것이었다. 언덕까지 수로를 뚫고 만든 선착장이 드문드문했다. 성벽 같은 담장이 뱀 지나가는 듯했다.

원중거가 중얼거렸다. "평양 외성과 비슷하구나."

임취빈이 여쭈었다. "평양도 구경하셨습니까?"

"내 나이가 몇인데 평양성을 못 봤겠느냐? 나도 이덕리만큼 많이 돌아다녔다."

홍복이 취빈이 귀에 속삭였다. "아직도 질투하시나봐."

원중거가 귀 밝게 들었다. "그놈 죽지 않을 만큼 패라."

"예, 나리!" 취빈이 차돌리기로 홍복을 쓰러뜨리고 엉덩이를 다섯 번 걷어찼다. 홍복은 맞으면서도 실실댔다.

해가 떨어졌다. 서쪽은 도깨비불이 끓는 듯했다.

이전 사행 기록자들이 하나같이 언급했다. 명석의 달뜨는 광경이 천하의 장관이다.

이번에 만난 왜인도 한입이었다. 〈다른 것은 다 못 보셔도 억울하지 않을 것입니다. 허나 명석의 월출을 못 보신다면 참으로 한스러울 것입니다.〉

좋은 날씨였다. 조선인은 굉장한 기대감으로 바라보았다. 이윽고 보이는 것이 달빛뿐이었다. 옥기둥이 서는 것 같았다. 백옥덩이가 똑바로 떠올라 찬란했다. 와중에 못 본 이도 있었는데 평생을 억울해했다.

밝은 달빛으로 대낮 같았다. 병고(兵庫)에 들어가 정박했다. 갈라져 싸우던 시대에 무기 창고가 있던 곳이란다. 항구는 깊고 넓어서 배 만 척은 간직할 만했다. 무수한 등촉(燈燭)은 달과 빛을 겨루었다.

밤이 깊었고 새벽에 출항해야 했다. 삼사는 내리지 않기로 했다. 대마주가 직접 찾아와 하소연했다. 병고는 쇼군의 직할 영지다, 쇼군의 별장이 있는 데다, 쇼군이 직접 파견한 관리가 영접 준비를 만만히 갖추어놓았다, 묵지는 않더라도 내리지도 않고 가버리면 곤란하다, 사실 이 고장 태수가 내 친척이다, 체면 좀 살려주시라.

서너 번의 간청에 못 이겨, 삼사와 원역은 하선했다. 관사는 과연 화려하게 꾸며놓았다. 달빛에 볼 만한 경치라 시간 흐르는 줄 몰랐다.

대판(大坂, 오사카)—1월 20일~1월 26일

1월 20일

대판 하구(河口)에 닿았다.

바닷길로 온 것이 3천여 리였다. 이제부턴 뭍길이라 할 수 있었지만 뱃길이 끝난 것은 아니었다.

강배로 바꿔 타야 했다. 관례에 따라, 대판봉행이 옮겨 타시라고 세 번 권했다. 정사 조엄이 세 번 사양했다. 네 번째 권하자 허락했다.

금루선(金鏤船) 11척이 대기 중이었다. 배마다 깃발을 달았다. 國書(국서), 正(정), 副(부), 從(종), 上上官(상상관), 上判事(상판사)…….

원역은 각각 정해진 배로 옮겨 탔다.

떼로 여행할 때 꼭 꾸물거리거나 딴짓하며 유난 떠는 이가 있는 것은, 예나 저나 다를 바가 없다.

삼문사는 한데 모여 노닥거렸다.

"제작의 기교가 대단하네. 저런 배 한 척을 제작하는데 얼마나 들었을까? 수만금이 들었겠지?"

"태수가 타는 채선이라고 합니다. 선유락(船遊樂, 궁중 가무의 하나. 배를 이용한 가무)에 쓰는 배 말입니다."

"어린아이 노리개 같은 배에 수만금을 쓰다니 참으로 무식하고 무익하구나."

탈 사람 탄 배가 출발했다.

제술관 남옥은 관례상 제1선인 국서 실은 배에 타야 했다. 국서를 옮긴 군관들은 그런 걸 잘 몰랐고, 뒤에 있는 정사 탄 배가 재촉하자 급히 출발했다.

삼문사는 거룻배 한 척에 타고 국서선을 좇았다. 왜사공이 사력을 다해 저었으나 국서선이 워낙 빨라 따라잡을 수 없었다.

뒤쫓아온 상상관선 최학령이 소리쳤다. "어쩔 수 없네요. 이 배에 타시지요."

원중거가 속닥였다. "저 배에 타면 우리도 역관인 줄 알게야. 나는 역관놈으로 오해받기 싫어."

"어쩌자는 겐가?"

"관례라는 건 관례일 뿐이잖은가. 어차피 역관 것들 배를 타고 가봐야 국서선에 옮겨탈 수 있는 것도 아니고."

남옥이 최학령에게 소리쳤다. "우리끼리 가겠소. 우리도 금루선 하나 구해주시오."

최학령이 기가 막힌 듯 쳐다보다가 대꾸 없이 가버렸다.

금루선 왜인들이 노 저으며 부르는, 멀어져가는 노랫소리를 듣고 남옥이 한가로이 평했다. "사미승이 불경을 외는 것같이 운율과 꺾임이 있군. 들을 만해. 뱁새의 혀에도 제법 사람의 귀를 깨게 하는 데가 있어."

삼문사의 의복과 이부자리와 짐은 종놈들이 운반선에 싣고 가버렸다. 삼문사는 머물러 있는 배 여섯 척을 기웃거렸다.

이기선 선장 변탁이 태워주었다. "삼문사께서는 왜 낙동강 오리알이 된 겁니까?"

"자발적으로 남은 걸세."

요란스레 단장한 왜녀들이 붉은 돗자리를 깔고 빙 둘러앉아서 조선인을 구경했다. 사공과 격군도 갑판에 죽 나앉아 왜녀를 구경했다.

하구에서 대판성(大坂城)까지는 30리였다. 돌둑길이 강을 따라갔다. 둑 위로 인가가 잇닿았으며, 층층 누각이 여기저기 솟았다. 참호가 무수했는데 마을로 물을 끌어들이는 설치인 듯했다. 강을 가로질러 놓은 부교가 여럿이었다. 무지개 모양의 나무다리였다. 물속에 박힌 기둥들이 사각으로 반듯하고 난간이 대패로 방금 민 듯 깔끔했다. 부교 밑으로 왕래하는 배가 수백 척이었다. 큰 배도 여남은 척은 되었다. 해변에 구경꾼이 10만 명은 넘어 보였으나, 이상하리만치 고요했다. 해가 저물었다. 수천 개의 등불이 빛났다. 일곱 번째 다리를 지났다. 선창에 정박하니 2경이었다. 국서를 받들고 뭍에 내렸다.

삼사는 교자를 탔다. 좌우 8인이 채를 마주 들었다. 조선의 평교자(平轎子, 종1품 이상의 고관이 타던 포장이나 덮개가 없는 가마)보다 훨씬 넉넉하고 편안했다. 세 당상역관과 양의는 남여를 탔다. 아래는 넓고 위는 좁았다. 두 사람이 어깨에 메고 갔다. 제술관도 남여를 타야 했다. 남여 하나가 비었다고 소란스러웠다. 수역 최학령이 삼문사 소식을 고했다.

조엄이 입술을 깨물었다. "이자들이 정말……."

이때 삼문사는 선장에게 밥을 빌리고 격군에게 김치를 얻어 비벼 먹고 있었다.

상·중관은 말을 탔다. 말발굽에 징을 박지 않고 짚신을 신겼고, 입에는 재갈을 물렸다.

왕배덕배 했다. 살찌고 날랜 것이 좋은 종자 같다, 조금 불편하다, 길들이지 않은 모양이다, 왜인이 배 만드는 데에는 정밀하겠으나 말을 길들이는 데는 능숙하지 못한 것이 당연하지 않으냐…….

전체적으로 만 명에 달하는 장대한 행렬이었다. 인도하는 강호인 천여 명, 배행하는 대마인 2천여 명, 통신사 수천 명, 호행하는 고장인 2천여 명 순서였다.

통신사가 수천 명인 이유는 조선인 1인에, 가마 메거나 말고삐 잡거나 짐 짊어진 왜 시중꾼이 여남은 명씩 딸렸기 때문이다. 왜 시중꾼 딸린 조선인을 2백 명만 잡아도 2천 명이 넘는다.

통신사 자체로만 보면, 기마군 행렬과 흡사했다. 국서 실은 수레와 그 호위부대, 정사의 일방부대, 부사의 이방부대, 종사관의 삼방부대 순이었다. 각 부대의 구성이 약간씩 달랐지만, 대략 아래와 같았다.

선두는 기수였다.

청도수(淸道手)는 붉은색으로 '淸道'라고 적힌 대형기 매단 창을 들었다. 길을 비키라는 뜻이겠다.

독수(纛手)는 쇠꼬리 혹은 꿩꼬리를 수북이 매단 창을 들었다.

형명수(形名手)는 구름 속의 두 용이 그려진 대형기 매단 창을 들었다. 형명(形名)은 '깃발과 북소리로 군사의 동작과 진퇴를 지휘하는 일'이다. 깃발과 창이 원체 커서 형명수 혼자 지탱하기 힘들었다. 왜인 넷이 밧줄을 매달고 잡아당겨 보조했다.

절수(節手)는 왕명 받은 것을 상징하는 창을 들었다.

월수(鉞手)는 생살여탈권을 상징하는 도끼날 달린 창을 들었다.

대기수(大旗手)는 큰 기를 들었다.

장사군관과 나장이 끼어 감독했다.

다시 기수였다.

월도수(月刀手)는 일명 언월도가 달린 창을 들었다.

장쟁수(長鎗手)는 긴 창을 들었다.

순시수(巡視手)는 붉은색으로 '巡視'라고 적힌 소형기 매단 창을 들었다.

삼지수(三枝手)는 삼지창을 들었다.

영기수(令旗手)는 붉은색으로 '令'이라고 적힌 소형기 매단 창을 들었다.

도훈도와 나장이 끼어 감독했다.

이번엔 취수(吹手)들이다.

나팔수(喇叭手)·나각수(螺角手)·태평수(太平手)·호적수(號笛手)는 불었다.

동고수(銅鼓手)는 꽹과리를, 고수(鼓手)는 북을, 발라수(哱囉手)는 발라를, 쟁수(錚手)는 징을 쳤다.

점자수(點子手)는 작은 징 열 개를 나무틀에 달아맨 타악기를 쳤다.

탁수(鐸手)는 손잡이가 달린 작은 종을 쳤다.

나장이 또 있고, 역관, 전악과 악공, 사자관, 마상재가 따랐다.

비로소 교자 탄 사신이었다.

명무·자제군관, 반인, 역관, 서기 등이 남여 혹은 말을 타고 뒤따랐다.

흡창, 예단직, 반전직, 청직, 소동 등도 말을 타고 뒤이었다.

쇼군이나 다이묘가 주최하는 의례 혹은 연회에 참석할 때에는, 정해진 지점부터 순수하게 조선인만 행렬했다. 가마 탄 사람은 그대로지만 대개 말에서 내리고 왜 시중꾼 없이 위의를 갖추어 행진했다. 행렬의 세세한 구성은 통신사 때마다 달랐다. 같은 통신사 때에도 시시때때로 달라졌다. 사람의 일이라는 게 정해진 대로 흘러가지 않는 법이니까.

그럼에도 불구하고 정해진 도식(圖式)은 있었다. 도록 『조선시대 통신사 행렬』(국사편찬위원회·조선통신사문화사업회, 2005)은 1711년 사행 때 에도막부가 지시하여 제작되었다는 통신사 행렬도다. 도식의 대강을 유추할 만한 자료라 할 테다.

의장군악대는 말 타고 갈 때 제 위치를 이탈하거나 도보 행진시 발을 못 맞추면 벌을 받았다. 장쟁수 한봉삼(韓奉三, 31세)은 지독히 발을 못 맞추었다. 남들 왼발 내디딜 때 오른발 내디디고, 남들 우향우할 때 좌향좌했다. 하필이면 정사 조엄의 교자에서 바라보이는 위치라 태가 났다.

"오점 하나가 행렬 자체를 우습게 만드는구나. 자네들이 태만하니 그런 것인가?"

조엄이 두 장사군관을 신칙했다. 임춘흥·조신이 눈에 불을 켤 것도 없이 찾아낸 오점이 한봉삼이었다. 도보행진 다음날이면 한봉삼은 일단 작신 맞았다. 임·조의 지도편달을 받으며 혼자서 절도 있게 걷는 연습을 했다. 연습 때는 맞으면 고쳐지고 시정된 면모를 보였으나 실전에 들어가면 여지없이 오점으로 빛났다.

나중 일이지만, 에도에서 쇼군궁으로 행렬할 때, 임·조는 격군 중에 한 사람을 장쟁수로 위장하여 걷게 했다. 한봉삼은 격군 대열에서도 제일 끝에서 걷게 했다. '시정이 불가능한 고문관'으로 자리매김한 것이다.

골목길이 먹줄을 퉁긴 듯 반듯반듯했다. 휘어지는 곳마다 방정했다. 바둑판 같았다. 곧게 뻗은 골목을 정(井), 횡으로 뻗은 골목을 통(通)이라고 한다는데, 몇 정·몇 통이 되는지 헤아리기 벅찼다. 곳곳에 이문(里門)이 설치되었고 지키는 군사가 있었다. 갑옷에 투구를 쓴 군사가 철장을 내리치자 쇠고리가 땅에 부딪혀 호령 소리가 났다.

대판성은 일찍이 도요토미 히데요시가 도읍했던 곳이다. 유사 이래 왜국에서 으뜸·버금을 다투는 대도회지였다. 여러 강과 바다가 서로 접했다. 타국의 장삿배가 모두 정박했다.

난간에 의지하여 마루 기둥에 매달려 구경하는 이가 무수했다. 숫자보다 놀라운 것은 조용함이었다. 어린아이가 울려 하자 아낙이 얼른 입을 틀어막았다.

김인겸이 중얼거렸다. "아국(我國)의 종로보다 만 배는 더하구나! 한데 법령이 얼마나 혹독하면 소리 한번 안 들리는가. 구경이라 함은 으레 시끄럽게 하는 것이거늘 이곳 태수 성정이 각박하구나."

김인겸이 가마 탈 나이나 제술관도 아니고 서기여서 말을 탔다. 불안했는데 말이 사납게 뛰놀았다. 저쪽에 임취빈이 거의 날아오다시피 하여 말 앞에 서서 "이쁜 놈!" 하고 노려보았다. 말이 다소곳해졌다. 왜인이 법령을 잊었는지 일제히 "우와!" 했다.

숙소는 본원사(本願寺)였다. 봅시 웅장하고 화려했다. 선물이 수백 채고 방이 수천 칸은 돼 보였다. 지금까지 유숙했던 관소를 다 합쳐도 본원사의 백분지 일의 규모가 되지 않을 듯했다. 속은 달랐다. 그간 묵었던 방과 비교할 때 비좁았고 물품 구비가 보잘것없었다. 기생방에서만 자다가 광바닥에서 자게 된 이들처럼 실망이 대단했다.

1월 21일

새벽에 왜인이 몰려와 조선배에 밧줄을 묶었다. 배 한 척 겨우 지날 수 있는 강으로 들어섰다. 좌우 강변의 왜인 수백 명이 밧줄을 잡아당기며 올라갔다. 인공으로 파서 만든 강이었다. 큰 강으로 접어들었다. 조선의 마포 같은 마을이 나타났다. 집마다 배를 매어놓았다. 전함처럼 큰 배가 있는가 하면 잠자리처럼 작은 배도 있었다. 조각배들이 빽빽한 선착장도 보였다.

어느 포구로 깊숙이 들어갔다. 큼직하고 굵직한 대나무를 박아 울타리를 드넓게 한 선착장이 보였다. 한쪽에 큰 배 한 척이 통과 가능한 폭만 남겨두고 사방을 틀어막았다. 선착장에서 쉰 걸음 떨어진 숙소 또한 촘촘한 죽창 울타리였다. 두 사람 키를 합한 것보다 높고 뾰족뾰족했다.

"감옥이다, 감옥!" 한목소리로 불평했다.

삼문사는 방 하나에 누워 격군이 벌떼처럼 붕붕대는 것을 느긋이 바라보았다.

"저 사람들은 여기에 죽 있는 건가 봅니다."

"갑갑하겠어. 움직이는 게 낫지. 한 곳에서 옴짝달싹 못 하는 것보다야."

"별리의 정표를 아니 남길 수가 없군."

남옥이 벽에 시 한 수를 휘갈겼다.

격군 종도리가 물었다. "뭐라고 적으셨대요?"

"이별을 슬퍼한다고 적었지. 자네들은 별로 안 슬프겠네. 양반짜리들 안 보게 돼서."

"그건 좋은데, 소동도 못 보잖아요. 걔들 보는 재미로 살았는데. 오랑캐 여자라도 잔뜩 볼 줄 알았는데, 이거 뭐 보이는 건 대나무뿐이니."

"바다를 보게. 오랑캐 여자들이 자네들을 구경하러 오지 않겠나."

저녁때 거룻배 몇 척이 와서 삼문사와 선장들을 태웠다.

선장들이 보고했다.

"우리 배들은 제1판교 근처로 옮겨졌습니다. 여기서 10여 리쯤 됩니다. 숙소는 마음에 듭니다. 하온데 마음대로 출입하지 못하게 합니다."

"어디서는 안 그랬느냐?" 조엄이 인자하게 웃었다.

"사방이 촘촘한 죽창 울타리입니다."

"옥에 갇혀 있는 것 같습니다."

"그냥 앉아 있어도 숨이 턱턱 막힙니다."

"너희들이 참아야 하지 않겠느냐."

뱃사람들은 조금의 자유라도 얻고 싶었던 모양이나, 조엄은 오히려 잘된 일로 여겼다. 뱃사람들의 자유가 억제될수록 별문제가 없을 것이니까. 억지 춘향이 같은 말로 달래서 내보냈다.

삼문사를 대하자, 조엄의 인상이 험악해졌다.

"제술관, 그대의 행동이 지나치지 않은가? 국서선에 타서 국서를 보위해야 할 사람이 그 배를 안 타다니, 말이 되는가? 임금을 팽개친 신하와 뭐가 다른가?"

남옥은 잠자코 있는데, 원중거가 발끈했다. "말씀이 지나치십니다. 제술관은 관례를 잘 몰랐습니다. 누가 똑바로 알려준 적이 없습니다. 먼저 국서선에 탄 비장들도 제술관을 모시지 않았습니다. 늦게 듣고 딴은 노력했으나 타지 못한 것뿐입니다."

"자네가 제술관 대변인인가?"

"그 경황에 제가 제술관에게 말할 게 있어 붙잡았고 지체되었으니 제 탓이 큽니다. 모든 게 제가 해찰 부린 탓이지 제술관 탓은 아닙니다. 소인을 야단쳐주십시오."

"말이 나왔으니, 자네들 모두에게 묻겠네. 비단 이번 일뿐만 아닐세. 그대들이 다른 사람들과 다르게 행동한 것이 한두 번이 아니다. 왜들 그러는 건가? 모나게 행동하는 연유가 뭐야?"

성대중이 소맷자락을 잡아당기고 남옥이 "제발!" 했지만, 원중거는 입을 크게 열었다. "그럼 저희끼리 뭉쳐 다녀야지 어찌합니까?

군관은 진골이고 저희는 육두품 아닙니까. 역관 것들도 깔보는 서얼짜리입니다. 대접을 해줘야 같이 어울리죠. 여기 없는 사람 말을 해서 그렇습니다만, 군관 임흘이 종서기 김인겸에게 막 대하는 걸 보면 천불이 납니다. 아무리 서얼이라지만 김인겸이 아비뻘입니다. 김인겸한테도 그럴진대 김인겸 같은 문벌도 없고 벗도 없는 우리 삼문사에게는 오죽할까요?"

"임흘이 말고 또 누가 그러는가? 어떤 작자들이 자네들을 괄시했어? 나도 그랬나? 내가 자네들을 어떻게 더 대우해줘야 하는가? 비장들은 말이 달라. 내가 그대들만 편애한다는 거야."

"편애받는 일 없습니다."

"원중거, 그대가 그러니까 서얼인 거야. 김인겸에게 배우게. 그 사람의 풍모를 반만 닮아도 누가 자네를 괄시하겠나."

바락바락 대들다가 원중거는 결국 이 말까지 들었다.

"내 눈앞에 다시는 띄지 말라. 너 같은 치졸한 자와 다시는 상종하지 않겠다. 밖에 누구 없나? 이 못난 자들을 끌어내라."

정신 차리자 원중거는 몹시 민망했다. "내 주둥이는 왜 이런 걸까. 입 밖으로 나가는 말이 위태로움을 지나쳤다는 걸 깨닫지 못해. 나는 언제 철이 든단 말인가."

성대중이 한두 번이냐는 투로 힐끗했다.

남옥이 껄껄했다. "잘했네. 말도 못 하고 사나."

관례에 따라 바다 무사히 건너온 것을 치하하는 숙공연(熟供宴)이 예정되었다. 쇼군이 내리는 잔치이므로 공식 의례를 갖추어야 했다.

수역 최학령이 조엄에게 일러바쳤다. "일행 모든 관원이 공복을 갖추고 참석해야 하는 자립니다. 하온데 다들 나가지 않으려고 합니다. 피곤하다, 아프다, 군복이 어디 있는지 모르겠다, 나 한 사람 빠져도 괜찮지 않으냐……."

조엄이 군관을 집합시켰다. "우리가 놀러온 것이냐? 사신으로 온 것이다. 사신으로서 마땅히 해야 할 일은 해야 하지 않겠나. 각각 핑계를 대고 참석하지 않는다면 우리 삼사만 덩그러니 앉아 있겠구나. 피곤하고 아파도 의무에 게으르지 말자. 잔치에 참석하는 것도 자네들의 일이란 말이다. 다시는 이런 사소한 일로 그대들에게 싫은 소리 하고 싶지 않다."

역관 이명화가 삼문사의 종들을 불렀다. "다 계시는데 너희 나리들만 없다."

"자숙한다고 하시던데요."

"자숙 같은 소리 한다. 당장 모셔 와라."

종들은 주인에게 달려가 나불댔다. "나리, 다 갔습니다, 다 갔어. 삼문사만 없다고요. 이번에도 빠지면 사또한테 진짜 뒈지게 혼날 거라구요. 빨리 일어나셔서 관복을 갖추셔요."

말이 잔치지, 음악도 없고 춤도 없이, 격식만 갖추는 자리였다. 하품이나 하면서 간신히 자리를 지켰다. 다만 음식들이 흥미로웠다. 하나같이 기기괴괴했다. 먹으라는 건지 보라는 건지 헛갈렸다. 과연 맛있게 먹은 이는 드물고 젓가락 한번 대지 않고 보기만 한 이가 대다수였다.

1월 22일

삼사는 '무사히 바다를 건넜고 장차 육로로 향한다'는 장계를 썼다. 일행은 편지를 썼다. 장계와 서신을 비선 편에 부치었다.

쇼군이 보내는 것이라면서 강호관료가 이불과 요를 가져왔다. 삼사와 수역은 비단이고, 상관은 명주, 중·하관은 목면이었다. 군관 김상옥이 뱃사람 묵는 데로 이부자리를 싣고 갔다.

별로 기뻐하는 기색이 없는 격군을 보고, 김상옥이 똥겼다. "이 목면은 아주 주는 것이다."

"그게 뭔 말이다요?"

"네 집에 가져가도 된다는 얘기다."

"진짜요!"

대다수 격군이 크게 기뻐했다.

김상옥이 추상우에게 물었다. "제일 기뻐할 놈이 왜 하나도 기뻐하지 않느냐?"

"비단이 아니잖수."

사문사가 조엄에게 문안 갔을 때, 처음 분위기는 냉랭했다. 김인겸이 원중거의 옆구리를 찔렀다.

원중거가 허리를 푹 숙였다. "어제 소인이 미쳤었나이다."

조엄이 피식 웃었다.

김인겸이 즉시 손뼉을 쳤다. "웃으셨네, 웃으셨어. 그것 보라고. 사또께서는 그런 사소한 일을 마음에 담아두실 분이 아니라고 했지.

아니 그렇습니까?"

"글쟁이들 하는 짓이 남다르다는 걸 내 모르는 바 아니었으나, 이번 길에 저 셋을 보니 과연 문사가 유별나긴 유별나."

남옥: "가슴에 쌓인 건 많고 그것을 글로밖에 풀지 못하는 자들이라, 행동거지가 남 보기엔 변변치 않을 때가 많습니다."

성대중: "심려 끼쳐 드려 송구하옵니다. 앞으로는 신노하실 일이 없도록 조신하겠습니다."

김인겸이 자신을 헐뜯었다. "저 또한 젊었을 적엔 삼문사 못지않게 광인이었습니다. 실성했다는 소리 많이 들었습니다."

"그럴 리가 있나."

"아니요, 그렇지가 않습니다. 글쟁이라는 게 그렇습니다. 여럿이 어울려 시를 지을 때는 적당히 짓고 맙니다. 그러나 홀로 자신의 모든 것을 다 담은 글을 지을 때는 다릅니다. 진정한 글을 쓴다는 것은 고독하고 잔인한 짓입니다."

"고독한 건 알겠는데 잔인이라?"

"남들 보기엔 그저 글을 쓰는 것입니다만, 문사에게는 제 골수를 파고 제 가슴을 쥐어뜯고 제 피를 말리는 짓이지요."

"듣고 보니 이해가 가는 듯도 하이. 오래전이지만 나도 과거 볼 때 그랬던 것 같아."

다들 과거 공부할 때를 떠올리고 진저리를 쳤다.

김인겸이 또 한바탕 늘어놓았다. "문사는 자신만의 과거를 수시로 봅니다. 그래서 발광하는 자가 많습니다. 죽자 살자 과거만 보는 이가 견디겠습니까. 남들 보기엔 별난 행동, 광란이 사실은 글쓰기에 사로잡힌 자가 나름대로 켜켜이 쌓인 피로를 푸는 것이랍니다. 드러내지 않는 묵인도 있습니다만 지나치면 광인이고 적당하면 기인인 거죠."

"성대중은 묵인이겠군. 두 사람은 구별이 안 되는걸. 영감이 보기에 누가 광인이고 누가 기인인가?"

"겉으로는 원중거가 광인이고 남옥이 기인이겠으나, 속은 원중거가 기인이고 남옥이 광인인지도 모르죠."

남옥이 헛기침했다. "별 어이없는 말씀들을 하십니다. 면전에 두고."

조엄이 웃고 김인겸이 따라 웃자, 삼문사도 따라 웃고 말았다.

조엄이 김인겸에게 물었다. "영감은 얼마나 광증인가? 신선의 경지에 이르렀으니 도인인가?"

"늙으면 아무것도 아닙니다. 늙은 글쟁이는 글쟁이가 아니에요. 미치지를 못합니다. 정열이란 게 없거든요."

사문사는 종일 정열 없는 글을 써야 했다.

왜국의 으뜸 고장답게 유생도 부지기수였다. 문답하고 품평하고 창수하고 필담한 유생이 이날만 80명에 이르렀다. 같이 와서 구경만 한 유생은 그 서너 배에 달했다. 좁은 방에서 왜인에게 둘러싸여 사문사는 쓰고 또 썼던 것이다.

"내일은 더 많은 자가 기다리고 있다네. 내일이 참 두려워."

"이러다가 미치면 어떤 미침이 되는 건가? 내 인생에 이런 말도 안 되는 나날이 있을 줄이야. 쓰고 싶지 않은 글을 내내 쓰다니. 쓰고 싶지 않으면 목에 칼이 들어와도 쓰지 않던 내가 이 무슨 꼴인가."

"광인이나 기인될 인재가 더러 눈에 띄면 그나마 견디겠는데 없어도 너무 없습니다."

"자네들은 젊기라도 하지, 나는 죽겠네. 내가 쓰는 글이 산 사람이 쓰는 건지, 죽은 사람이 쓰는 건지 알 수가 없어."

"칼 장사, 부채 장사라도 해야겠어."

답례로 받은 칼과 부채가 한구석에 탑처럼 쌓였다.

사자관 홍성원이나 서예 명인 조동관 같은 이에게는 더욱 많은 사람이 몰렸다. 대판 사람만 온 게 아니었다. 가깝고 먼 고장에서 여러 날 거쳐 와서 며칠을 기다렸다는 이가 셀 수 없었다.

군관 민혜수는 모처럼 일기를 썼다.

> 그들이 사문사보다 훨씬 많은 글자를 썼지만 피로는 덜했다. 글을 써준 게 아니라 글씨만 써주었기 때문이다. 육체의 피곤은 있어도 심신의 피로는 거의 없었다.

우연히 본 조동관이 버럭 성을 냈다.

"자네가 서예를 아는가? 한 글자를 쓰더라도 혼을 바쳐 쓰는 것이 서예일세. 한 글자 쓸 때마다 내 골수가 하나씩 빠져나간단 말일세."

"노형. 농담이 지나치오. 한 글자에 골수 하나씩 빠져나갔으면 지금 노형이 살아 있겠소?"

"우리는 혼신을 다 바쳐 글씨를 쓴단 말을 하는 것이잖나. 아, 이러니 예인으로 산다는 것은 슬픈 일일세. 그저 신기하게 보기나 할 뿐 그 진면목을 인정받지 못하니."

"그러게, 왜 남의 일기는 훔쳐보았소."

"자네가 보란 듯이 펼쳐놨잖나."

"제가 잘못했습니다, 잘못했어요. 노형 눈앞에서 없애버릴 테니 노여움을 푸세요."

민혜수는 뜯어내어 북북 찢었다. 민혜수의 일기가 듬성듬성한 것은 자주 쓰지도 않았지만 썼어도 이러저러한 까닭으로 없앤 것이 숱하기 때문이다.

1월 23일

기이주(紀伊州) 다이묘가 소금에 절인, 고래고기 30포와 사슴고기 20포를 삼사에게 보내왔다.

수역 최학령이 고했다. "송구한 말씀이오나, 대마도 사람들이 고래고기를 원합니다."

"대마도에서도 고래고기를 먹지 않았나?"

"저들 말로는, 기이주의 소금에 절인 고래고기는 일미라 하여 먹고 싶답니다. 자기네 고래고기보다 훨씬 맛있다는 겁니다. 실은 '국가'의 것이라 갖고 싶은 모양입니다. 아국에서 주상전하의 하사품이 보배이듯이, 여기서는 국가의 물건이라면 뭐든지 대 영광으로 빼깁니다."

"그렇다면 나눠줘야지."

조엄은 대마주와 대마관료들에게 한두 포씩 두루 돌아가도록 베풀었다.

왜 비선이 부산의 관보를 싣고 왔다. 관보는 12월 24일에 작성되었다. 통신사는 10월 초순에 부산에서 출발하여 1월 하순에 대판에 닿았다. 일행은 백여 일이 걸렸는데, 지휘관 하나에 사공·격군 일고여덟의 왜 비선은 30일 만에 온 것이다. 이번에도 집안 편지는 없었다. 이번에는 있겠지! 기대했던 일행이 낙담하는 꼬락서니가 초상난 집 같았나. 관보에는 비변사가 '사사 편지는 일체 엄금하라!' 했다고 적혀 있었다. 비변사보다 왕의 말 한마디가 더 센 시절이었으니, 대개는 왕명으로 이해했다. 감히 왕을 원망할 수는 없고, 그저 답답한 가슴을 쳐댔다.

격군은 만두 한 궤짝을 받았다. 겨우 한 개씩 차지했다. 조선의 보통 만두보다 열 배는 컸다. 열 개씩 받은 셈 치니 괜히 흡족했다.

추상우가 자책했다. "말로만 듣던 조삼모사 꼴이군."

이날도 사문사는 고생이 자심했다. 원중거는 웬만하면 좋게 써주었다. 유생의 시가 아무리 형편없어도 좋은 말 한두 마디는 해주었다. 그게 문제일까. 화답시를 얻은 유생들은 한두 마디라도 칭찬으로 여겨지는 것이 있으면 지나치게 희희낙락했다. 좌중에게 두루 보이며 소란스러운 자도 있었다. 젊을수록 기뻐하며 떠들썩하게 날뛰는 정도가 심했다. 원중거가 견디다 못해 커다란 종이에 써서 모두에게 보였다. 〈두 나라의 사람들이 한자리에 모였으니 이처럼 무례하면 안 됩니다.〉

연로한 유생이 젊은이들을 진정시키고 썼다. 〈젊은이들이 처음으로 큰 나라의 고관을 보고, 또 여러 선생님을 만나 뵙게 되니 큰 기

뿐이고 영광스러운 행운입니다. 선생님의 너그러운 질책을 입었으니 전례없이 아름다운 일입니다.〉

뒤로는 희희낙락 소리가 낮아졌다.

더 많은 이들이 몰려오자, 삼문사는 대청에 나가 앉았다. 지필묵을 펼치자, 유생들이 시 종이를 서로 던지는 것이 마치 과거 시험장에서 시권을 던지는 것 같았다.

남옥은 두루 필어(筆語) 하느라고 눈과 마음이 다 어질어질했다. 글을 나눈 종이에 도장을 찍어달라는 유생도 점차 늘어났다. 유생이 직인에 집착하는 까닭이 있었다. 창수한 시가 간행될 때 조선 문사의 도장이 찍히지 않은 시는 가치를 인정받지 못했다. 증명 도장까지 찍어주려니 더욱 견디기 힘들었다.

지친 남옥을 위로하는 듯한 글이 있었다. 루스 가쓰노(留守括囊)란 자가 제자를 시켜 편지와 시에 책까지 보내왔다. 왜인에게 책을 받는 자체가 놀라운 일이었는데, 그의 『주역연의朱易衍義』는 인상적이었다. 주마간산하기엔 학문이 자못 깊은 이의 저술이었다. 시간이 날 때 자세히 읽어볼 만할 것 같았다. 남옥은 오래간만에 열의가 담긴 글을 썼다. 루스 가쓰노에게 보내는 답장이었다.

하야시 도안(林東菴)이라는 관상쟁이가 찾아왔다. 창수·필담하겠다는 유생이나, 글씨 한 조각, 그림 한 자투리 바라고 찾아오는 이가 전부였다. 뭘 얻겠다는 것이 아니라 관상을 보아주겠다니? 대개 무시했는데, 정성이 갸륵하기도 하고, 왜인은 관상을 어떻게 보나 호기심도 동하여, 몇 사람이 그를 만났다.

하야시는 성대중의 관상이 제일이라고 했다.

원중거만은 관상 보기를 거부했다. "내 나이 마흔다섯인데, 젊어서부터 관상을 이야기하며 운명을 점치는 것을 좋아하지 않았습니다. 이제 늙었으니 내 운명은 내가 압니다. 술법에 기대어 점치고 싶지 않습니다."

하야시가 급히 사과의 몸짓을 했다.

관상쟁이로부터 10년 안에 목숨 잃는 화를 피할 길이 없다는 재수 옴 붙는 말을 들은 남옥이 끌끌댔다. "이봐, 자네가 그러면 관상 본 우리는 뭐가 되나!"

의원 남두민이 홀로 있는데, 종서기 김인겸과 왜인 기타야마 쇼(北山彰)가 찾아왔다.

"이 사람이 의원을 만나고 싶다기에 데려왔네. 자네랑 말이 잘 통할 것 같아서."

왜 지식인이 대개 그렇듯이 기타야마도 유학자이며 문인이며 의원이었다. 기타야마는 듣기에 편할 수 없는 얘기를 늘어놓고, 남두민에게 날카로운 질문을 던졌다.

〈우리나라에 야마와키 도요(山脇東洋)라는 에도 의원이 있습니다. 그가 사형수의 시체를 얻었습니다. 가축 도살업자에게 해부하게 해서 내부를 관찰했습니다. 장기들의 모양과 빛깔을 낱낱이 살폈답니다. 문하생에게 내부 장기를 그리게 해서 5년 전에 『장지론藏志論』이라는 책을 냈습니다. '해부도록'이지요. 내부 장기가 고금의 저명한 의서에 적혀 있고 그려져 있는 바와 사뭇 다르더랍니다. 제대로 알려면 그와 같이 직접 열어보고 관찰해야 하지 않겠습니까? 귀국에서는 직접 해부하는 것에 대해 어떻게 생각하시는지요?〉

세종대왕은 문자 창제 과정의 일환으로 사람의 목구멍을 갈라 보았다, 『동의보감東醫寶鑑』의 저자 허준(許浚)은 스승의 시체를 해부했다, 전유형(全有亨)은 임진왜란 때 길거리에서 세 사람의 시체를 해부했다 등의 믿거나 말거나 야사가 전해오고 있었지만, 남두민은 이렇게 썼다.

〈그대 나라 학자들은 기이한 논설을 즐겨 말하는군요…… 우리나라에서는 일단…… 오래된 법칙을 따르고, 새로운 학설은 다시 구하지 않습니다. 갈라서 아는 것은 어리석은 사람들이 하는 짓이고, 가르지 않고도 아는 것은 성인만이 할 수 있는 것이니, 그대는 미혹되지 마십시오.〉

어찌된 일인지, 기타야마·남두민의 대화가 인터넷에 떠돌고 있다. 본의 아니게 남두민은 '중국 의술을 빨아들이고 서양의학까지 흡수하여 한없이 발전하던 일본 의술과 비교할 때 시대에 한참 뒤떨어졌던 조선 의술'을 상징하는 인물이 돼버렸다. 이언진처럼 후세에 찬란히 빛나는 이도 있는가 하면, 남두민처럼 어리석음의 표상으로 발굴되는 재수없는 고인도 있는 것이다.

1월 24일

전례대로, 공·사 예단을 긴 궤에 넣고 왕골로 싸서 왜인에게 내주었다. 별도로 금도를 선정하여 강호로 앞서 보낸다고 했다. 인삼과 비단 같은 값진 물건이 상당하여 왜인에게 운반 맡기는 것을 걱정하는 이가 적지 않았다.

조엄은 태평했다. "염려할 것 없다. 전부터 저들은 조금도 허술히 한 바가 없다. 중국 갈 적에 짐바리를 먼저 책문(柵門)에 보내면 염려가 없는 것이나 다름이 없다."

대판에서부터 사람이 타고 갈 말, 짐을 싣고 갈 말이 다 합하여 550여 필이나 되었다. 며칠 전부터 말을 골라잡느라 자지리 시끄러웠다. 종놈 딸린 원역은 모른 체하고, 종놈 없는 중관짜리들과 종놈들이 그 난리를 치는 것이다.

조엄은 종사관 김상익에게 소란을 그칠 방책을 마련하라고 당부한 바 있었다.

김상익이 보고했다. "각각 색종이에 '某人某等馬(아무개는 아무 말)'라고 두 통씩 써서 한 통은 왜인 마부에게 주고 한 통은 타는 자에게 주었습니다. 서로 지켜서 어지럽지 못하게 신칙하였습니다. 과연 효험이 있을지 모르겠습니다."

조엄은 일본 지도 개정본을 얻어, 화원 김유성이 모사하게 하였다. 김유성이 그런 모사에는 능하지 않았다. 하기 싫은 것인지도 몰랐다. 김유성이 모사한 것을 보니 억지로 대강한 태가 역력했다. 조엄은 마음에 들지 않았으나 다시 그리라고 해보았자 나을 게 없을 듯했다. 조엄은 삼기선장 변박이 그리웠다. 도훈도 최천종을 임시 선장에 임명하여 내보내고, 변박을 불러들였다.

"다 그리고, 다 모사하게."

"해오던 일입니다. 맡겨주십시오."

새로운 왜 관상쟁이가 찾아왔다. 제자인지 동료인지 두엇까지 대동했다.

니야마 다이호(新山退甫, 44세). 어제 나타났던 젊은 관상쟁이 하야시 도안보다 훨씬 관상쟁이 풍모가 역력했다. 하야시보다 실력이 좋은지 영향력이 있는지 대마간사관 아사오카가 직접 대동하고 와서 관상 좀 보시라고 했다. 니야마는 『한객인상필화』(허경진 옮김, 지만지, 2009)라는 책에서 '내가 가끔 가서 여러 사람의 관상을 보고 필담했다'고 했으니, 실은 여러 날에 걸친 관상일 수도 있다.

군관 유달원은 이런 말을 들었다.

〈……충직하며 정직하며 호탕하고 시원시원할 것입니다…… 밖에서는 장수가 되고 안에서는 재상이 될 자질입니다. 다만…… 외롭고 고달픔이 많을 것입니다.〉

유달원은 미소 지으며 끄떡끄떡했다. 훗날 유달원은 밖에서는 병마절도사 바로 밑인 방어사(防禦使)까지 오르지만 안에서는 입신양명(立身揚名)하지 못했다.

외롭고 고달픔이 많아서인지, 유달원은 무려 18년 뒤인 51세 때 비로소 아들을 얻게 된다. 늦둥이 유상필(柳相弼)이야말로 밖에서 장수가 되고 안에서는 재상이 되었다. 아버지 이름이 아들 덕분에 곁가지로 빛나게 만들었다. 또 늦둥이는 마지막 통신사 때(1811, 순조 11) 아버지와 똑같이 명무군관으로 참여했고, 사행록을 남기기까지 했다.

군관 서유대는 이런 말을 들었다.

〈……높은 벼슬을 하고 부귀할 상…… 이러저러하고…… 눈에 살기가 많으니 살해하고 흉악한 일을 부리는 화에 이를까 걱정…… 또 병액이 있고 아내를 잃는 근심이 있을 것이니 자기 자신을 잘 수양하고 음덕(陰德)을 널리 행하면…… 만회하여 복과 천수를 보전할 수 있을 것입니다.〉

이해문이 반색하고 소리쳤다. "맞아, 장사야! 근데 성정이 포악해서 삼대를 베듯 사람을 죽이니 두렵고 두려워. 이 사람이 주먹 한 대만 쳐도 웬만한 자는 즉사야, 즉사."

서유대가 기막힌 얼굴로 반문했다. "제가 언제 사람을 죽였습니까?"

"자네가 베어죽인 도적놈이 몇이고 자네 주먹에 맞아 황천 간 도적놈이 몇인가?"

"도적놈들이 순순히 오라를 안 받고 덤벼서 어쩔 수 없이 칼질하고 주먹질한 겁니다. 나는 살살했는데, 놈들이 그냥 한번에 가더라고요. 내가 죽인 겁니까? 그놈들이 그냥 죽은 거지요. 난 죽이지 않았습니다."

사실 서유대는 늘 찜찜했다. 아무리 군무를 수행하다 벌어진 일이라지만 사람의 목숨을 앗기는 앗은 것이었다. 내 손에 죽은 놈이 정말이지 서른은 되지. 체, 많이도 죽였군. 제사라도 지내주든지 해야지. 왜 자꾸 따라다니는 거야. 잡귀들 같으니라고.

이해문이 물었다. 〈이 무서운 자의 수명은 어떠합니까?〉

〈요절할 상입니다.〉

대놓고 요절할 상이란다. 서유대는 화가 나서 주먹을 움켜쥐었다. 저 오랑캐 관상쟁이를 그냥.

서유대의 분노를 보았는지 니야마는 아까 적었던 것을 압축해서 다시 적어주었다. 〈수양하고 음덕을 행하시오.〉

서유대는 이미 정사 조엄과 맞먹는 품계에 오른 전도양양한 무장이었다. 그의 경력은 이후에도 찬란하여 정조시대 때 금위대장 7회, 훈련대장 3회, 어영대장 7회를 지냈다. 정조의 오른팔이었다고 봐도 좋다. 젊은 날의 포악하다는 평판은 사라지고 덕장 소리를 들으며 칠순까지 장수했다.

관상쟁이는 생판 틀렸다고 봐야겠지만, 정확히 맞힌 것인지도 몰랐다. 서유대가 왜 관상쟁이를 만난 이후에 대오각성하고, '자기 자신을 잘 수양하고 음덕을 널리 행했기에' '복과 천수를 보전'한 것이라면 말이다.

군관 이해문은 이런 말을 들었다.

〈……부유하고 현달할 것입니다…… 재주와 지혜와 기예가 뛰어날 것입니다…… 늠름하고 의기가 있으니 호탕하고 뛰어난 선비로…… 수명이 59세를 넘지 않아 유감입니다.〉

이해문이 어처구니 없다는 듯 물었다. 〈상이 좋다면서요? 좋은 상으로 어찌 59세도 못 넘깁니까?〉

〈……장수할 상에 못 들어갑니다.〉

〈나도 관상을 좀 압니다. 내 광대뼈와 팔목을 보시오. 뼈와 살이 나름대로 조화롭소.〉

〈속은 매우 좋지 않을 것입니다. 과음해서 그런 듯합니다.〉

〈과연 많이 마셨습니다. 그러나 나라에서 금하기 때문에 딱 끊은 지 팔구 년은 되었소.〉

주위 사람들이 기가 막혀 한바탕 웃었다.

〈술을 끊으셨다니…… 수양할 수 있다면…… 수명이 더해질 것입니다.〉

이해문이 다시 어깃장을 놓았다. 〈그렇지 않아요. 천수는 이미 정해진 것입니다. 뭘 어찌해서 늘릴 수 있단 말이오? 술? 그거 말이요, 나라에서 금하기 때문에 안 마시게 된 거지 내 수명을 늘리기 위해 그런 거 아니오. 나는 정해진 천수가 있다는 건 믿지만, 그 천수를 변화시킬 수 있다는 건 안 믿소. 마시고 싶으면 마시는 거지. 뭐가 두려워서 안 마실까.〉

니야마는 문외한의 도전을 받은 전문가로서 전문가의 앎이 얼마나 큰 것인지 알려주겠다는 듯이 한참을 적었다.

이해문은 읽어보고 토론을 계속할 전의를 상실했다. 패배를 시인하듯 물었다. 〈우리나라는 관직이 높아야 장땡이오…… 나 같은 경우는 몇 품까지 갈 수 있겠소?〉

〈귀국의 관품에 대해서 잘 모르겠으나 한두 등급은 올라갈 상입니다.〉

〈겨우 한두 등급이라고요? 흐흐…….〉

기뻐하는 건지 낙담하는 건지 이해문 자신도 알 수 없었다.

이해문이 돌연 설쳤다. 〈이미 말했듯이 나도 관상을 좀 아오. 조선에도 관상쟁이가 많소. 어깨너머로 배웠지요. 내가 선생과 문인들의 관상을 좀 봐드려도 되겠소?〉

니야마 무리가 허락했다. 〈감사합니다.〉

이해문은 먼저 니야마의 관상을 보았다. 〈……수명은 팔십이 될 것입니다…… 지위가 없는 것이 아쉽습니다…… 일생 좋은 음식을 많이 드시겠습니다.〉

니야마가 껄껄 웃었다. 니야마 다이호는 십여 년 뒤 53세로 죽는다. 이해문은 완전히 틀렸다.

이해문이 또 보았다. 〈자궁이 좋지 않은데 어떠합니까?〉

〈아들 둘입니다.〉

이해문이 시비를 걸듯 단언했다. 〈효자는 하나뿐이겠습니다.〉 듣기에 따라서 상당히 기분 나쁜 말이겠다. 하나는 일찍 죽는다는 말일 수도 있고 불효할 것이라는 악담일 수도 있고.

〈맏이는 일곱, 둘째는 넷인데, 효자가 누구인지 모르겠습니다.〉

〈네 살 아이가 길합니다.〉

니야마는 헛웃음을 짓고 말문을 닫았다.

이해문이 다른 왜인의 관상을 보았다. 〈……이름이 멀리 퍼질 것입니다. 고희까지 살 것이며 늙어서 훌륭한 자손이 있을 것입니다. 축하합니다, 축하합니다.〉

정말 관상을 보는 건지, 왜 관상쟁이들이 한 말을 그대로 돌려주겠다는 건지 종잡을 수 없는 언행이었다.

이해문 가까이에 여섯 줄짜리 거문고가 있었다.

니야마가 청했다. 〈저를 위해 연주해주실 수 있는지요?〉

〈저의 제자를 시키지요.〉

이해문에게 제자가 있었나? 언제 와서인지 구경하던 소동 임취빈을 향해 이해문이 눈을 끔쩍했다. 임취빈이 거문고를 뜯으며 노래했다. 빠르면서도 느렸다. 특출나게 잘하는 것은 없지만 못하는 것도 없는 취빈이었다.

니야마는 곰곰 했다. 음성이 맑고 아름답구나. 볼수록 묘하게 생긴 소년이군. 여장사내인가? 남자의 생식기와 여자의 생식기가 함께 있다는 어지자지인가?

이해문이 니야마의 등을 어루만졌다. 〈노래 한번 하시지요, 노래해보세요.〉

니야마는 당황했다. 〈아니, 그대가, 그대가 하세요. 그대가 노래하세요.〉

왜국 관상 대 조선 관상 대결을 펼쳤던 두 사람은 서로 노래하라고 권하다가 허허 웃어댔다.

니야마 옆에서 그림만 그린 왜인 마토(馬東)는 관상 본 이들의 초상화를 챙겼다. 『한객인상필화』에 마토가 그린 초상화도 함께 엮였다. 초상화들이 마치 현대의 '캐리커처' 같다.

현태익, 최학령, 이명윤, 이명화, 장세문, 유달원, 서유대, 이해문 등은 캐리커처 닮은 자기 얼굴과 관상쟁이에게 들은 말이 회자하는 것을 저세상에서 알까.

1월 25일

영웅호걸은 마지막에 나타난다더니, 사문사는 오롯한 인물을 한꺼번에 만났다.

스에 구니오키(陶國興)는 77세였다. 지난 세 번의 사행 때 창수했다. 이번까지 합하면 무려 네 번이다. 사행 창수의 산 증인이었다. 나바 로도(羅波魯堂, 1727~1789)는 33세로 두루 해박했다. 기무라 겐카도(木村蒹葭堂)는 최고의 장서가였다. 호소아이 한사이(細合半齋)·후쿠하라 쇼메이(福原承明)·미나미가와 이센(南川維遷) 등은 의원을 겸했는데 하나같이 주목할 만한 시인이었다. 슈케이(周奎)·슈준(周遵)·슈코(周宏) 세 승려는 다재다능했고 중국 남경에서 1년을 체류한 국제경험도 있었다.

이들과 사문사는 죽 동행하게 된다.

낭화(浪華, 나니와)—1월 26일

대판성에 들어올 때와 마찬가지로 행렬하여, 선창으로 나왔다. 30여 척의 금루선과 금루선보다 조금 크거나 작거나 한 각종 배가 50여 척 대기했다. 심지어 뒷간 배도 있었다. 일단 다 타고 사행선 여섯 척이 머문 포구로 이동했다. 그곳에 있던 선장·도훈도·사공·격군 250여 명을 모두 모았다.

종사관 김상익이 고지했다. "함께 왔으니 함께 가는 것이 마땅한 도리다. 허나 우리 배를 지켜야 하고, 강호까지 가는 인원은 한정되었다. 백여 명은 여기 남아 있어야 한다. 선장과 사공은 무조건 남는다. 너희는 배와 한 몸이니까."

선장·사공 30여 명은 기뻐해야 할지 낙담해야 할지 헛갈리는 꼴로 서로를 쳐다보았다.

종사관이 이었다. “강호까지 동행하는 것이 더 고생일는지, 여기 남아 있는 것이 더 고생일는지 알 수 없구나. 스스로 판단해주기 바란다. 이왕이면 원하는 대로 해주고 싶다. 병든 자, 먼 길을 감당할 수 없는 허약한 자, 그리고 가기를 원하지 않는 자는 저쪽으로 옮겨라.”

쉬이 결정한 이, 어렵사리 선택한 이, 갈팡질팡하다가 손바닥에 침 묻혀 튕기고 그 방향을 따른 이, 옆 사람과 가위바위보 내기를 해서 정한 이, 친한 것들이 하도 졸라서 할 수 없이 택한 이…… 남겠다는 이가 대략 70여 인이 되었다.

종사관이 가겠다는 이들을 죽 둘러보고 10여 인을 가려냈다. “너희들도 안 되겠다.”

“왜요? 갈랍니다. 왔는데 왜국 수도도 못 가보고 돌아가면 우습잖아요.”

“병색이 완연하다. 십 리도 못 가서 발병 날 꼬락서니야.”

죽어도 가겠다, 안 데려갈 거면 차라리 죽이고 가라고 벋대는 이들 몇은 할 수 없이 데려가기로 했다.

당상역관 현태익이 방소동 김한중을 짠하게 쳐다보았다. “안 되겠다. 너도 남아라.”

“아닙니다, 수역 어르신을 모시고 꼭 가야지요.”

현태익의 종 미금이 눈을 부라렸다. “남으랄 때 남아, 인마. 너 가면 죽어! 주인님은 내가 잘 모실 테니까 아무 걱정 말고, 몸이나 추슬러.”

김한중은 두어 달 전부터 시름시름 앓았다. 그런 이들로 작정하고 뽑아서 그렇겠지만, 소동은 나이와 상관없이 계집처럼 야리야리했다. 그런 약골들이 심부름하느라고 팔다리가 쉴 틈이 없었다. 종놈·급창·흡창·방자가 잘 챙겨주면 좋았겠는데, 외려 상전처럼 부려먹는 녀석들이 태반이었다.

미금도 김한중이 방소동으로 온 날로부터 작은 첩 만난 큰 첩처럼 사사건건 딱딱하게 굴었다. 현태익이 예순둘 늙은이인데 몸이 굼뜨고 움직이기 싫어해서 아랫사람한테 시키는 일이 다른 주인보다 세 곱은 되었다. 미금은 제 일까지 김한중에게 떠맡기고 거들어주지는 않으면서 시어미 노릇은 철저히 했다.

게다가 현태익은 혼자서 못 잤다. 꼭 김한중을 데리고 잤다. 다 큰 사내가 다 늙은 사내와 좁고 퀴퀴한 뱃방에서, 낯선 왜국 절 구석방에서 동침하는 것이 여간 괴로운 일이 아니었다. 김한중은 딱 죽겠는 잠자리인데, 미금은 그것을 시샘하여 더욱 괴롭혔다.

미금은 앓는 김한중에게도 팍팍하게 굴었다. 꾀병이라고.

현태익은 골골대는 김한중이 부담스러워졌는지 잠자리 동침을 면해주었다. 차라리 늙은이랑 자는 게 낫지, 종놈들이랑 자니 괴로움이 배가 되었다. 진짜 사내 맞냐고 만지고 주물럭대는 놈, 현태익이랑 어떻게 잤느냐고 그림을 그려보라고 성화하는 놈, 스물두어 살씩이나 먹고 어떻게 소동이 될 수 있었는지 이해가 안 간다고 따져대는 놈, 같이 노름하자고 을러대는 놈, 병자한테 심부름시키는 놈, 별의별 놈이 다 있었다.

누가 보더라도 먼 길 기동이 불가할 만큼 김한중은 병세가 깊었다. 의원이 지어주는 약이 듣지를 않았다.

"미금 언니, 마지막으로 청이 있소. 우리 아이들을 불러주시오."

미금은 울 것 같았다. "미안해. 내가 참 거시기했지? 나도 왜 그랬나 몰라. 얼른 나아. 돌아갈 때는 내가 상전처럼 모실 테니까."

미금이 연통을 돌렸다.

소동들이 황망히 뛰어왔다.

"언니, 이 지경으로 아팠소?"

"몰골이 이게 뭐요. 엊그제 봤을 때는 생기가 돌았잖아."

대개 그저 울기만 했다.

김한중이 유언하듯 했다. "취빈아, 이제부터 네가 행수다. 취빈이보다 나이 위인 아이들은 까불지 말고 취빈이 말에 복종하거라. 취빈아, 아이들을 잘 돌봐라. 나처럼 앓는 애가 없도록 잘 살펴. 특히 금도하고 치대가 걱정이다. 저 어린것들……."

열네 살 된 손금도와 최치대가 엉엉 울었다.

임취빈은 짐짓 환하게 웃었다. "걱정 마 언니! 우리가 돌아올 때까지 팔팔해져야 해. 약속하지?"

"약속할게."

임취빈이 우는 두 아이에게 부라렸다. "울긴 왜 울어! 웃어야지. 웃어. 웃으라고. 그래야 언니가 기운 차릴 거 아냐."

임취빈은 이기선 선장 변탁에게 뛰어갔다. "선장님, 우리 행수 언니를 좀 돌봐주세요. 선장님만 믿어요."

"내가 한중이를 내 곁에 두고 지키마. 상전처럼 모시겠어. 너는 나한테 뭘 해줄 거니?"

"원하시는 걸 말씀해보세요."

"나 위대한 작가 광광이 왜국에 온 목적이 무엇이더냐? 왜국의 진기한 이야기를 수집하는 것이다. 한데 왜나라 수도를 못 가게 생겼으니. 네가 수집한 이야기의 절반을 요구한다."

"다 드릴게요. 우리 언니만 살려주세요."

"인명은 재천인 걸…… 암튼 내가 잘 돌봐주마."

최종 결정이 되었다. 강호까지 가는 사람은 366명. 대판 포구에 머무는 사람은 106명.

금루선이든 그 밖의 배든 한 배당 15~20명씩 타기로 되었다. 배가 작아서가 아니라, 강이 워낙 얕고 좁기 때문에 무게를 가능한 한 줄이려는 것이었다. 미리 정해진 대로, 조선인·대마인·대판인·강호인·각 주에서 파견 나온 왜인이 뒤섞여 승선했다. 배마다 심부름하는 왜인이 여럿이었다. 조선 종놈과 격군은 짐과 말 실은 배에 지킴이로 탔다. 벌써 반년을 동고동락한 사이다. 신분 차이가 있다고 해도, 떠나는 무리와 남는 무리 간에 헤어지는 애틋함이 없을 수 없었다. 격군은 반년을 더불어 먹고 자고 뒹굴던 불알동무와 갈라지는 것이다. 양쪽에서 울고불고 요란스러운 이가 수두룩했다.

"잘 다녀와!"

"잘 있거라!"

인사 소리가 오래오래 메아리쳤다.

흐르는 물을 거슬러 올라갔다. 번화하고 기이한 경치가 끝없이 눈을 사로잡았다. 비파호(琵琶湖)에서 흘러나왔다는 낭화강(浪華江)

은 모래가 쌓여 물의 깊이가 한 길도 못 되었다. 16년 전 통신사 때 모래를 파냈는데, 몇 번의 큰 장마를 겪은 뒤에 다시 메워졌단다.

금루선 앞에서 가람선(架纜船, 닻줄을 끌어당기는 배)이 끌어당겼다. 예졸(曳卒, 배를 끌어당기는 군사)이 양쪽 언덕에 항상 있었다. 배 한 척을 끌 때 70~100명의 예졸이 움직였다. 왼쪽 언덕이 나타나면 그쪽에서 끌어당겼다. 오른쪽 언덕이 나타나면 그쪽에서 끌어당겼다. 가는 것이 마치 '玄(현)' 자 같았다. 지나는 마을마다 예졸이 교체되었다. 얼마나 많은 예졸이 동원된 것인지 가늠하기 어려웠다.

금루선은 노 대신 상앗대를 사용했다. 상앗대 쥔 병사가 앞에 여섯 뒤에 넷인데, 얕은 곳이 나오면 그쪽을 밀어 깊은 곳으로 움직이게 했다. 병사들은 쉼 없이 노래를 불렀다. 한 사람이 선창하면 나머지가 화답하였다. 그 소리가 들을 만하다는 이도 있었지만, 시끄러워서 전전반측한 이가 태반이었다. 밤새 멈추지 않고 달렸다. 밤에도 예졸이 끄는 것은 마찬가지였다. 예졸을 돕는 등불이 강가 양쪽에 무수했다. 배에도 등불 네댓 개씩이 밝혀졌다. 강물이 붉게 물들어 있는 듯했다. 훤해서 잠 못 이루는 이도 부지기수였다.

대개 한가했지만, 사문사와 글씨 좀 쓴다는 이들은 배에 탄 왜인의 간절한 부탁에 부응하느라 심신이 고달팠다.

(2권에 계속)

조선통신사 1 김종광 장편소설

초판 1쇄 인쇄 2017년 11월 23일
초판 1쇄 발행 2017년 11월 30일

지은이 김종광
펴낸이 김선식

경영총괄 김은영
책임편집 이승환 **책임마케터** 이보민, 기명리
콘텐츠개발2팀장 김현정 **콘텐츠개발2팀** 김정현, 문성미, 이승환, 정민교
마케팅본부 이주화, 정명찬, 이보민, 최혜령, 김선욱, 이승민, 이수인, 김은지, 배시영, 유미정, 기명리
전략기획팀 김상윤
저작권팀 최하나
경영관리팀 허대우, 권송이, 윤이경, 임해랑, 김재경, 한유현
외부 스태프 **표지디자인** 오필민 **본문디자인** 이춘희

펴낸곳 다산북스 **출판등록** 2005년 12월 23일 제313-2005-00277호
주소 경기도 파주시 회동길 357 3층
대표전화 02-704-1724 **팩스** 02-703-2219 **이메일** dasanbooks@dasanbooks.com
홈페이지 www.dasanbooks.com **블로그** blog.naver.com/dasan_books
종이 한솔피앤에스 **인쇄** 민언프린텍 **제본** 정문바인텍
ISBN 979-11-306-1502-8 04810
979-11-306-1501-1 (세트)

* 이 도서의 국립중앙도서관 출판시도서목록(CIP)은 서지정보유통지원시스템 홈페이지(http://seoji.nl.go.kr)와
국가자료공동목록시스템(http://www.nl.go.kr/kolisnet)에서 이용하실 수 있습니다.
(CIP제어번호 : CIP2017030237)

* 이 책은 한국출판문화산업진흥원 2017년 우수출판콘텐츠 제작지원사업 선정작입니다.